WOOW BOOKS

Michelle Harrison

EIN HAUCH VON ZAUBEREI

Aus dem Englischen von
Mareike Weber

Außerdem bei WooW Books erschienen:

Eine Prise Magie (Band 1)

MIX
Papier aus verantwortungsvollen Quellen
FSC® C083411

Deutsche Erstausgabe
1. Auflage 2020

Aus dem Englischen von Mareike Weber
Die Originalausgabe erschien 2020 unter dem Titel *A Sprinkle of Sorcery* bei
Simon & Schuster UK Ltd, London
Lektorat: Maren Jessen, Hamburg
Coverillustration: Melissa Castrillón
Satz: Greiner & Reichel, Köln
Druck und Bindung: CPI books GmbH, Leck
ISBN 978-3-96177-045-8

www.woow-books.de
www.instagram.de/woowbooks_verlag

In liebevoller Erinnerung
an Fred Clifford, 1950–2017

Ein geborener Athlet

Liebe Leser,

als ich ungefähr elf Jahre alt war, wollte ich nach einem Streit von zu Hause weglaufen. Ich trug meinen kleinen Koffer zum Haus meiner Tante und meines Onkels, die zwei Straßen weiter wohnten, und beschloss, nie wieder zurückzukehren. Nachdem meine Tante Tee gekocht und sich meine Sorgen angehört hatte, sagte sie: »Ich denke, es ist Zeit, dass wir deine Mum anrufen und ihr sagen, wo du bist, meinst du nicht?« Und eine Weile später kam Mum vorbei, um mich abzuholen.

Wenn ich heute auf dieses Erlebnis zurückblicke, muss ich schmunzeln, aber es hat mir einen Denkanstoß gegeben: Was würde jemand erleben, der weggelaufen ist, ohne genau zu wissen, wohin? Jemand, der nicht zurückkann, weil es zu gefährlich ist? Als ein fremdes Mädchen im *Wildschütz* auftaucht, geraten die Widdershins-Schwestern Betty, Fliss und Charlie kopfüber in ein magisches

Abenteuer. Ein Abenteuer um eine geheimnisvolle Landkarte, ein verfluchtes Schiffswrack und eine alte Legende, in der womöglich mehr als ein Körnchen Wahrheit steckt …

Macht euch bereit, die Schwestern auf einer Reise ins Unbekannte fern von Krähenstein zu begleiten, beschützt nur durch einen Hauch von Zauberei. Doch nehmt euch vor den Piraten in Acht!

Ein tollkühnes Leseabenteuer wünscht euch

Michelle Harrison

Prolog

Es war einmal eine mächtige Hexe, die lebte am Rande einer Marsch. Ganz einsam lebte sie dort, doch sie hatte einen Gefährten: einen großen schwarzen Raben.

Jeden Tag kamen Menschen zu ihr, um ihren Beistand zu suchen, und jeden Tag half die Hexe ihnen, ohne mehr als eine kleine Geste oder einen kleinen Gefallen dafür zu verlangen. Ihr Zauber konnte vieles heilen: von kleinen Warzen bis zu großen Sorgen; von gebrochenen Fingern bis zu gebrochenen Herzen.

Eines Tages bekam sie Besuch vom Herrscher des Landes, der in Verkleidung erschien. Der Lord war ein grausamer Mann. Er hatte von der Hexe und ihrer Zauberkunst gehört und konnte es nicht ertragen, dass jemand reicher oder mächtiger sein sollte als er. Beruhigt stellte er fest, dass die Hexe alles andere als reich war, doch dann geschah etwas Unerwartetes: Der Lord begann sich in die Hexe zu verlieben. Die Hexe allerdings erwiderte seine

Gefühle nicht, selbst als der Lord seine Tarnung fallen ließ und sich zu erkennen gab.

Der Lord konnte die Hexe nicht vergessen und kehrte zurück, um sie zu besuchen. Er konnte nicht verstehen, warum die Hexe seine Liebe nicht erwiderte. Erzürnt befahl er seinen Schergen, sie zu blenden. »Wenn du mich nicht sehen und lieben willst, dann sollst du niemanden sehen«, verkündete er. Doch die Männer des Königs hatten Mitleid mit ihr und ließen ihr ein Auge.

»Du kannst mir mein Auge nehmen«, sagte die Hexe zum Lord, »aber ich werde dich immer klar sehen.« Und sie verzauberte einen alten Stein mit einem Loch in der Mitte, damit dieser Hühnergott ihr als magisches Auge das verlorene ersetzte.

Als der Lord zum dritten Mal zurückkam und sich die Gefühle der Hexe für ihn noch immer nicht geändert hatten, geriet er erneut in Zorn. Dieses Mal forderte er, dass man ihr die Stimme nehmen sollte.

»Wenn du nicht sagen willst, dass du mich liebst«, donnerte er, »dann sollst du überhaupt nicht sprechen.« Und er befahl seinen Männern, ihr die Zunge aus dem Mund zu schneiden und sie in die Marsch zu werfen. Doch nachdem der Lord gegangen war, krächzte der Rabe der Hexe mit einer heiseren, knarzenden Stimme: »Du hast mir vielleicht meine Zunge genommen, aber du wirst mich nie zum Schweigen bringen.«

Bei seinem letzten Besuch sah der Lord, was er der

Hexe angetan hatte, und konnte ihren Anblick nicht ertragen. »Seht, wie hässlich und seltsam sie ist!«, rief er. »Hört, wie sie durch ihren Raben spricht, diesen Todesboten! Tötet sie!«

Da beschwor die Hexe einen dichten Nebel herauf und floh in einem kleinen Holzboot durch die Marsch. Mit nichts als ihrem Hexenkessel, ihrem Raben und ihrem magischen Hühnergott ruderte sie weit aufs Meer hinaus, bis sie ein winziges Stück Land erreichte. Diese Insel, umgeben von Wasser, so weit das Auge reichte, machten die Hexe und ihr Rabe zu ihrem Zuhause.

Eine ganze Zeit lang lebten die Hexe und der Rabe dort ein einfaches und zufriedenes Leben und wurden von niemandem behelligt. Die Hexe war alt geworden und interessierte sich nicht mehr für die belanglosen Wünsche anderer.

Eines Tages jedoch wurde sie von einer Gruppe Fischer entdeckt, die durch eine launenhafte Strömung in die Nähe der Insel getrieben worden war. Die Hexe hatte Mitleid mit ihnen. Sie blies in eine große Muschel und rief einen Wind herbei, der die Fischer sicher wieder auf den Heimweg brachte. Zu Hause angekommen, erzählten die Fischer von der merkwürdigen Frau, die ihnen auf so magische Weise geholfen hatte. Es dauerte nicht lange, und all dies kam auch dem boshaften Lord zu Ohren. Er war inzwischen verheiratet und hatte die Hexe fast vergessen, aber die Geschichte der Fischer weckte seine Neugier, und er konnte nicht mehr ruhig schlafen, seit er wusste, dass die Hexe am Leben war.

Da nahm der Lord ein Boot und ruderte aufs Meer hinaus, bis er den zerklüfteten Felsen fand, auf dem die Hexe mit ihrem Raben lebte. Zuerst erkannte er sie kaum, denn sie war alt und bucklig und grau, wettergegerbt durch tausend Seestürme. Doch als der Rabe sprach, wusste er, dass sie es war, und auch die Hexe erkannte den Lord wieder.

»Ich bin gekommen, um dich um Vergebung zu bitten«, sagte er. »Ich habe dir Unrecht angetan, und es tut mir leid.«

Die Hexe dachte über seine Bitte nach. Trotz ihres aufwallenden Grolls gegen ihn hatte sie noch immer ein gutes Herz, und so beschloss sie, ihm eine Chance zu geben, seine Untaten wiedergutzumachen.

Sie füllte ihren Hexenkessel mit Meerwasser und warf eine Feder von ihrem Raben und einige Gegenstände hinein, die das Meer angespült hatte: einen alten Stiefel, ein zerrissenes Fischernetz, einen Knopf, ein Buttermesser und ein Hufeisen. Zum Schluss gab sie ihren Hühnergott in die Mischung, den Stein mit dem Loch, der ihr als magisches Auge diente.

Als das Wasser im Kessel verkocht war, hatten sich alle Gegenstände auf die eine oder andere Weise verwandelt. Die Rabenfeder war jetzt ein goldenes Ei. Der Stiefel hatte sich in ein Paar wunderschöne neue Schuhe verwandelt, gefertigt aus feinstem Leder. Aus dem Hufeisen war eine Hasenpfote geworden, wie man sie als Glücksbringer trug, aus dem Knopf ein Umhang von weichstem Samt, aus dem Buttermesser ein juwelenbesetzter Dolch und aus dem Fischernetz schließlich eine Rolle aus festem Zwirn. Nur der Hühnergott blieb unverändert. Die Hexe holte den Stein aus dem Kessel und schleuderte ihn weit ins Meer hinaus.

»Du hast die Wahl«, krächzte der Rabe. »Für was auch immer du dich entscheidest – es wird dich zu dem führen, was du verdient hast. Der Stein ist jetzt eine Insel. Wenn du wirklich Vergebung willst, suche die Insel und bring mir das erste lebendige Etwas, auf das du dort stößt. Wenn du das schaffst, wird dir vergeben. Nimm dir einen Gegenstand aus dem Kessel, aber sei gewarnt: Nur *eines* dieser Dinge wird dir von Nutzen sein, weil es verzaubert ist. Die anderen werden großes Unglück bringen.«

Die Augen des Lords funkelten listig. »Was gibt es denn noch auf dieser Insel?«

»In ihrem Inneren schlummern unerschöpfliche Reichtümer«, antwortete der Rabe. »Aber darum musst du dich ja nicht kümmern. Du bist ja schon reich.«

Ohne zu zögern, griff der Lord in den Hexenkessel und befühlte die merkwürdigen Gegenstände, bevor er sich schließlich für den Dolch entschied. Dann machte er sich auf den Weg. Fasziniert malte er sich die geheimnisvolle Insel aus, schwor sich aber, dass er dem Befehl der Hexe folgen und mit dem ersten lebendigen Etwas von dort zurückkehren würde. Doch als er sich der Insel näherte, musste er ständig daran denken, was sich wohl in ihrem Inneren befinden mochte.

Ich bin zwar reich, dachte er, *aber es gibt Männer, die sind noch viel reicher als ich, und zu denen möchte ich gehören.* Es dauerte nicht lange, und seine Augen leuchteten so hell wie die Juwelen, die er sich ausmalte.

»Ich werde das erste lebendige Etwas mitnehmen, das mir begegnet«, sagte er zu sich selbst, »und dann ziehe ich weiter, um die Reichtümer zu finden. Die Hexe wird das nie erfahren, und wenn ich zurückkomme, kann ich ihr immer noch das Gewünschte abliefern.«

Als er sein Boot festmachte, entdeckte der Lord eine kleine verflochtene Wurzel, die in den Felsspalten am steilen Ufer der Insel wuchs. Er rupfte sie aus, stopfte sie in seine Tasche und kletterte dann die Felsen hinauf. In diesem Moment durchbrach ein krachender Donnerschlag die Stille. Der Lord rutschte aus und blieb mit dem Fuß in einer tiefen Felsspalte stecken, die sich plötzlich vor ihm aufgetan hatte. Sosehr er sich auch bemühte, er konnte sich nicht befreien. Nicht einmal der Dolch konnte ihm helfen, denn seine Klinge gab nach und bog sich wie das Schilf im Wind …

Er wurde nie wieder gesehen.

Für den Lord war dies das Ende, doch gleichzeitig war es der Beginn einer Geschichte, die von Generation zu Generation weitererzählt wurde: die Fabel von der einäugigen Hexe, die stets danach strebte, die Habgierigen auszutricksen und die Tugendhaften zu belohnen. Mit der Zeit veränderte sich die Geschichte, doch die Insel blieb, genauso wie die Hexe und der Rabe und die geheimnisvollen Gegenstände, die in den jeweiligen Nacherzählungen verschiedene sein konnten. Manchmal geriet die Geschichte für Jahre in Vergessenheit, doch von Zeit zu Zeit tauchte sie wieder auf und kam den Menschen zu Ohren: den Bedürftigen, den Strebsamen und den Habgierigen. Denn Geschichten können die Menschen überdauern, die sie erzählen, genauso wie Magie.

Und genauso wie eine Geschichte hinterlässt Magie *immer* eine Spur.

Kapitel 1

Der Wildschütz

Die Gefängnisglocke begann kurz nach dem Abendessen zu läuten.

Es war ein tiefes, monotones *Dong … Dong …*, als würde die Glocke zwischen ihrem dumpfen Raunen immer wieder kurz Luft holen.

Im Schankraum des *Wildschütz* wiederum schwoll das Raunen der Gäste an wie das prasselnde Feuer im Kamin.

Betty Widdershins hörte auf zu kehren und hob erschrocken den Blick, als das Gemurmel durch die Kneipe ging. Ihre ältere Schwester, Felicity, die alle nur Fliss nannten, wischte gerade eine Bierlache von der Theke. Sie sah auf und begegnete Bettys Blick. Die Glocke war eine Warnung: *Geht nicht auf die Straße! Bleibt in den Häusern! Verriegelt eure Türen*! Fliss legte ihren Putzlappen zur Seite und begann die Stammgäste zu bedienen, die an die Theke strömten, um sich nachschenken zu lassen. Das Lästern machte die Kunden durstig.

»Da ist jemand ausgebrochen, oder?«, fragte eine mürrische Charlie, die Jüngste der Widdershins-Schwestern. Sie saß am Tresen und zupfte missmutig an einer Rüsche ihres Kleides.

»Ja«, antwortete Betty. Sie dachte zurück an die anderen Male, als die Glocke geläutet hatte. So nah am Gefängnis auf der anderen Seite der Marsch zu leben, war eines der schlimmsten Dinge an Krähenstein. Ausbrüche waren zwar selten, aber sie kamen immer noch vor und versetzten jedes Mal den ganzen Ort in Aufruhr.

»Was für ein Lärm!«, beschwerte sich Charlie und steckte sich die Finger in die Ohren.

»Das kann man wohl sagen!« Die Großmutter der Mädchen, Bunny Widdershins, knallte übellaunig einen Krug *Kräftigen Keiler* auf den Tresen, und das Bier schwappte ihrem grauhaarigen Kunden über die Hände. »Das ist das Letzte, was wir heute gebrauchen können!« Sie warf dem Kunden einen vernichtenden Blick zu. »Und ich dachte, ich hätte dich gebeten, dich ein bisschen schick zu machen, Fingerty? Schlimm genug, dass wir draußen von lauter Gesocks umgeben sind, da müssen doch unsere Kunden nicht auch noch aussehen wie die letzten Landstreicher!«

»Ich hab mich doch schick gemacht!«, protestierte Fingerty beleidigt, aber er zog trotzdem einen Kamm aus seiner Westentasche und fuhr damit durch seine strähnigen Haare. Bunny stampfte davon, wahrscheinlich, um sich einen ordentlichen Zug aus ihrer Pfeife zu genehmigen.

Fliss schob Fingerty ein Gläschen Portwein zu. »Der geht aufs Haus«, sagte sie mit einem flüchtigen Lächeln. »Aber kein Wort zu Granny.« Fingerty leckte sich die Lippen, und sein mürrischer Gesichtsausdruck wurde weicher.

Betty lehnte den Besen an den nächstgelegenen Kamin und blickte sich um. Sie versuchte, die Kneipe mit den Augen eines Fremden zu sehen. Das war nicht einfach, denn die Widdershins arbeiteten nicht nur im *Wildschütz*, sie lebten auch dort. Betty war so an den schäbigen Anblick des Hauses gewöhnt, dass ihr die abgewetzten Teppiche und die abblätternde Tapete kaum noch auffielen. Doch heute schien die verschlissene Einrichtung hervorzustechen wie eine Krähe inmitten von Rotkehlchen.

Sie fuhr sich mit der Hand über die feuchte Stirn. Es war eigentlich zu warm, um alle Feuer anzuzünden, aber Granny hatte darauf bestanden, damit die Kneipe gemütlicher wirkte. Betty und ihre Schwestern waren den ganzen Tag damit beschäftigt gewesen, Feuerholz aufzuschichten, den Boden zu wischen und die Zapfhähne zu polieren, bis sie glänzten. Fliss hatte sogar etwas gebacken, um das Haus mit einem heimeligen Duft zu erfüllen. So weit, so gut ... wenn Grannys üble Laune die Atmosphäre nicht verdorben hätte.

Betty ging zu Charlie hinüber, die sich jetzt schon zum

dritten Mal in zehn Minuten am beschlagenen Fenster herumdrückte.

»Granny sollte nicht so mit Gästen reden«, sagte Charlie. »Oder wir haben bald keine mehr!«

Betty schnaubte. »Glaubst du wirklich? Der *Fuchsbräu* ist fast zwei Meilen entfernt, und das Bier kostet dort das Doppelte!« Sie beugte sich zum Fenster vor und wischte einen kleinen Flecken frei, um durch die beschlagene Scheibe spähen zu können. »Sie müssten doch längst hier sein.«

»Die sollen sich mal beeilen, damit ich endlich dieses furchtbare Kleid ausziehen kann!«, murrte Charlie und zappelte unruhig. »Vornehme Kleider kratzen einfach wie verrückt!«

»Immerhin sind es zur Abwechslung mal nicht die Läuse, die jucken«, sagte Betty.

Charlie grinste und zog ihre Nase mit den vielen Sommersprossen kraus. Ausnahmsweise sah sie ganz manierlich und präsentabel aus. Ihr braunes Haar war ordentlich gebürstet und mit Schleifchen zu zwei glänzenden Zöpfen gebunden, aber Betty wusste, das würde nicht lange andauern.

»Ich hatte schon ewig keine Läuse mehr«, entgegnete Charlie stolz und steckte ihre Zunge durch die Lücke, wo ihr die zwei Schneidezähne fehlten. »Ganze sechs Wochen!«

»Alle Achtung«, murmelte Betty und starrte geistesabwesend aus dem Fenster. Über den Nestleinpark brach schon die Dämmerung herein, aber man konnte noch ein paar leuchtend bunte Frühlingsblumen erkennen. Die Blütenköpfe nickten im Wind, der über das Gras strich und das Schild an der Hauswand des *Wildschütz* quietschen ließ. Betty musterte das Schild, dessen große Aufschrift hin und her schwang wie eine winkende Hand, die Aufmerksamkeit auf sich ziehen wollte: ZU VERKAUFEN.

»Sie kommen bestimmt«, sagte Betty, aber mit jeder verstreichenden Minute war sie sich da weniger sicher. Das Schild quietschte noch einmal, und es klang fast wie ein gehässiges Lachen. Eine schwarze Krähe hatte sich darauf niedergelassen, und während sie Betty mit glänzenden Knopfaugen anstarrte, hockte sich eine zweite Krähe dazu und dann eine dritte. Ein alter Krähenspruch ihrer abergläubischen Großmutter kam ihr in den Sinn.

Eine bringt Marschnebel,
zwei bringen Sorgen,
drei eine lange Reise am Morgen …

Betty beobachtete, wie die dritte Krähe sich in die Luft erhob und nur noch zwei zurückblieben. Sie glaubte doch gar nicht an all diesen Unsinn, warum also war sie so nervös?

»Ihr werdet sehen, bis zum Frühling ist die Kneipe verkauft«, hatte Vater zu ihnen gesagt, nachdem er das

Schild in der ersten Woche des neuen Jahres angebracht hatte. Aber der *Wildschütz* war immer noch nicht verkauft. Aus Wochen waren Monate geworden, und jetzt war schon fast Mai. Granny hatte die Kneipe anfangs gar nicht verkaufen wollen. Es war Bettys Idee gewesen, und es hatte einige Überredungskunst gebraucht, bis Granny einsah, dass es Zeit war, die Flügel auszubreiten und Krähenstein zu verlassen.

»Die Welt steht uns offen«, hatte Betty sie beschworen. »Denk doch nur! Wir könnten ein kleines Café am Meer aufmachen oder vielleicht sogar eine Eisdiele … etwas, was uns allen mehr Spaß macht.«

Die Erwähnung von Eiscreme war natürlich genug gewesen, um Charlie zu überzeugen, und so hatte sich die Idee weiterentwickelt.

Aber zu gehen war nicht so einfach, wie Betty sich das vorgestellt hatte. Der *Wildschütz* mochte nicht mehr ganz so heruntergekommen sein wie früher, aber er war alles andere als prunkvoll. Es verging keine Woche, ohne dass sich ein Dachziegel löste oder ein Fensterladen kaputtging. Auch heute war ihr Vater dabei, im Obergeschoss etwas zu reparieren.

»Es ist ein Renovierungsobjekt mit Potenzial«, hatte Granny fröhlich zu den einzigen zwei Interessenten gesagt, die sich das Haus angeguckt hatten, seit es zum Verkauf stand. »Der *Wildschütz* ist seit Jahren im Besitz der Familie Widdershins!«

Doch das eigentliche Problem, das wussten sie alle, war nicht die Kneipe. Es war die Lage. Der Heimatort der Widdershins befand sich am Rande einer feuchten, trostlosen Marschlandschaft, die von einem riesigen Gefängnis überragt wurde, und war kein Ort, den man freiwillig besuchte. Krähenstein war die größte von vier Inseln, die als *Inseln des Jammers* bekannt waren. Viele der Bewohner hatten Verwandte im Gefängnis, in deren Nähe sie sein wollten. Und die zahlreichen Insassen kamen von allen Teilen der Inselgruppe.

Gefährliche Insassen, dachte Betty schaudernd. Betrüger, Diebe und sogar Mörder … alle nur eine Fährüberfahrt entfernt auf der *Insel der Sühne* gefangen. Dahinter lag die kleinere *Insel der Klagen*, wo Krähensteins Tote beerdigt wurden. Als Letztes kam die *Insel der Qualen*, die einzige der Inseln, auf der Betty und ihre Schwestern noch nie gewesen waren. Dorthin nämlich schickte man die Verbannten, und alle anderen durften die Insel nicht betreten.

Betty warf einen Blick zu Fingerty, der immer noch zusammengesunken auf seinem Barhocker saß. Auf seiner gerunzelten Stirn zuckte ein Muskel im Takt der schallenden Glocke.

Jeder kannte seine Vergangenheit, zuerst als Gefängniswärter und dann als Betrüger. Er wusste mehr über die *Insel der Qualen* als jeder andere im *Wildschütz*, denn er hatte einst verzweifelten Menschen von dort zur Flucht verholfen.

»Das kommt jetzt aber wirklich zum ungünstigsten Zeitpunkt«, sagte Fliss. »Wir haben uns solche Mühe gegeben, damit alles hübsch und freundlich aussieht, und nun macht dieser Lärm da draußen alles zunichte!«

»Die Glocke macht überhaupt nichts zunichte«, meinte Granny, die gerade die Treppe heruntergekommen war. »Sie verkündet nur die Wahrheit!« Sie deutete entnervt auf die Möbel um sie herum, und ihre Augen flackerten so wütend wie das lodernde Feuer im Kamin. »Was dachten wir denn, wem wir was vormachen können? Als ob diese Kaschemme irgendetwas anderes wäre als eine Absteige für ... den Abschaum der Gesellschaft!«

»Granny!«, rief Fliss. »Das ist wirklich furchtbar, so was zu sagen.«

»Aber es stimmt!«, erwiderte Granny patzig und nahm sich ein Glas, um sich einen Schluck Whisky einzuschenken. »Wir können diese Spelunke herausputzen, wie wir wollen, und es wird doch keinen Unterschied machen. Ich hab es ja von Anfang an gesagt: Aus einem Ackergaul kann man kein Rennpferd machen!«

Charlie machte ein entrüstetes Gesicht. »Der arme Gaul! Warum sollte man das tun?«

»Das ist doch nicht wörtlich gemeint«, erklärte Fliss. »Granny meint einfach, dass es keinen Zweck hat, dieses Haus als etwas anderes auszugeben, als es ist.«

»Heißt das, ich kann jetzt dieses Kleid ausziehen?«, fragte Charlie sofort.

»Noch nicht«, sagte Betty. »Vielleicht kommen sie ja doch noch.«

»Sie sind schon fünfzehn Minuten zu spät«, sagte Granny missmutig.

»Vielleicht …«, begann Fliss zögerlich. »Ich meine … wäre es denn so schlimm hierzubleiben?«

»*Was?*«, rief Charlie entsetzt. »Warum sollten wir das tun, wenn wir doch eine Eisdiele aufmachen könnten?« Ihre grünen Augen wurden ganz rund und gierig. »Denkt doch nur an all die Sorten … Sauce mit roten Beeren …«

»Ganz abgesehen davon, dass es mich noch verrückt macht, mit euch beiden ein Zimmer zu teilen«, warf Betty ein.

»Ich finde es schön, sich das Zimmer zu teilen!«, protestierte Charlie.

»Ich ja eigentlich auch«, lenkte Betty ein, »aber wir haben bald keinen Platz mehr. Du mit all deinen Tierchen und Fliss mit ihren Bergen von Liebesbriefen …«

»Berge ja wohl kaum«, murmelte Fliss mit hochrotem Kopf. »Der springende Punkt ist: Das hier ist unser Zuhause.«

Betty spürte, wie die Wut in ihr hochkochte. Dass Fliss auch immer so sentimental sein musste!

»Ich weiß«, seufzte Granny und fuhr mit sanfterer Stimme fort: »Aber der Gedanke, dass wir nicht weg *können* … nun ja, das gibt einem weniger das Gefühl von einem Zuhause als von einem … einem Gefängnis.«

Die Mädchen verstummten und wechselten Blicke. Niemand wusste so gut wie sie, was für ein Gefühl es war, gefangen zu sein. Bis zu Bettys dreizehntem Geburtstag hatten die Widdershins unter einem Fluch gelebt, der sie daran hinderte, Krähenstein zu verlassen. Doch gemeinsam hatten Betty und ihre Schwestern den Fluch gebrochen ... mithilfe einer Prise Familienmagie. Es war ein Geheimnis, das nur die drei Schwestern teilten. Und die Widdershins-Schwestern waren gut darin, Geheimnisse zu bewahren.

»Fliss«, sagte Charlie unvermittelt und schnupperte. »Was riecht hier so ...?«

»Zum Donnerraben!«, rief Fliss und rannte die Treppe nach oben. Ein paar Minuten später kam sie mit einem Blech angebrannter Lebkuchen zurück und begann sie herumzureichen.

»Das kann ich nich' essen«, maulte Fingerty, nachdem er ein angesengtes Gebäckstück inspiziert hatte. »Da brech ich mir ja die Zähne aus!«

»Die sind doch nur an den Rändern angebrannt«, sagte Fliss gekränkt. Sie schob sich ihren dunklen Pony aus der Stirn und blinzelte.

Betty griff nach dem am wenigsten verkohlten Lebkuchen, den sie finden konnte, und bemühte sich, nicht zu husten, als sie den Rauch im Rachen spürte. »Mmh«, murmelte sie wenig überzeugend.

Bevor Fliss etwas entgegnen konnte, nahm Charlie

sich zwei große Lebkuchen. »Einer für mich und einer für Hopsi.«

»Fängst du schon wieder mit dieser Ratte an?«, fragte Granny und stemmte die Hände auf die Hüften. »Ach, Charlie. Wenn du dir schon ein Haustier einbilden musst, warum kann es nicht ein nettes sein?«

»Ratten *sind* nette Tiere«, sagte Charlie und biss unverdrossen in ihren Lebkuchen. »Und keine Sorge, Granny. Hopsi sitzt sicher in meiner Rocktasche.«

»Nun, dann pass auf, dass er auch da bleibt«, murrte Granny.

Betty überließ Charlie und Granny ihrem Geplänkel über Ratten und erfundene Haustiere. Sobald Fliss nicht hinsah, warf sie den angebrannten Lebkuchen in den nächsten Kamin. Dann trat sie wieder ans Fenster und spähte zwischen einem Zweig getrockneter Vogelbeeren und Grannys anderen Glücksbringern in die Dämmerung hinaus. Abendnebel kroch von der Marsch herauf, und das ungute Gefühl, das Betty schon zuvor beschlichen hatte, verstärkte sich. Sie hatte sich immer über Grannys Aberglauben lustig gemacht, aber niemand konnte leugnen, dass die Widdershins in der Vergangenheit geradezu vom Pech verfolgt gewesen waren. Vielleicht war das Pech etwas, dem sie nicht so leicht entkommen konnten … wie Krähenstein selbst.

Da tauchte im Nebelgrau eine Gestalt auf. Ein Wärter pirschte auf der anderen Seite des Parks von Haus zu

Haus und klopfte an die Türen. Betty wusste, ihm würden weitere folgen. Um nach demjenigen zu suchen, der es gewagt hatte zu flüchten. Die Wärter würden nicht aufgeben, bis der Gefangene gefunden war. Schon bald würden sie durch den Park zum *Wildschütz* herüberkommen, argwöhnisch herumschnüffeln und jede Menge Fragen stellen.

Betty spähte angestrengt nach draußen. Unter dem mächtigen Eichenbaum im Park bewegte sich etwas. Im Schatten unter seinen Zweigen lungerten zwei Gestalten und starrten zum *Wildschütz* herüber. Es war schwer zu erkennen, aber es schienen Männer zu sein. Bettys Herz schlug schneller. Das *mussten* die Leute sein, auf die sie warteten, die potenziellen Käufer ... Brüder, hatte Granny gesagt. Ihren Gesten nach zu urteilen, stritten sich die beiden.

Einer von ihnen fuchtelte ungeduldig mit den Händen und machte einen Schritt auf den *Wildschütz* zu. Der andere schüttelte den Kopf, deutete zuerst auf die Kneipe und dann auf den Wärter, der von Tür zu Tür ging. Mit schwerem Herzen beobachtete Betty, wie die Männer sich umdrehten und in Richtung Fähre zurückgingen, ihre Schritte im Takt der läutenden Gefängnisglocke. Sie konnte sich vorstellen, was sie jetzt zueinander sagten: *Das lohnt sich nicht ... Was ist das überhaupt für ein Ort hier? Da finden wir doch was Besseres ...*

Betty wandte sich vom Fenster ab. Ihre Augen brannten vor Rauch und Enttäuschung. Granny hatte recht, dachte sie. So schnell würden sie die Kneipe nicht loswerden.

Doch Granny hatte nicht in allem recht. Die Widdershins würden in dieser Nacht doch noch Besuch bekommen ... wenn auch nicht den, mit dem sie gerechnet hatten.

Kapitel 2

Das Zeichen der Krähe

»Charlie!«, rief Fliss aufgebracht, als sie aus dem Badezimmer kam. »Warum ist mein Bett voller Krümel?«

»Weil ich auf meinem nicht sitzen konnte.« Charlie wischte sich mit dem Ärmel Butter vom Kinn und deutete auf das Bett, das sie mit Betty teilte. »Sie hat sich mal wieder total breitgemacht. Wie *immer.*«

Fliss schwebte einmal quer durch das Zimmer der Mädchen und rubbelte ihre kurzen dunklen Haare trocken. Ein Schwall süßlichen Rosenblütendufts folgte ihr. Fliss fegte die Krümel von ihrem Kopfkissen, stellte sich vor den Spiegel und kämmte sich zufrieden seufzend die frisch gewaschenen Haare.

Betty sah von den Landkarten auf, die sie auf dem Bett ausgerollt hatte. »Wenigstens eine von uns freut sich über Grannys neue Anweisung, zweimal in der Woche zu baden«, sagte sie.

Es war Abend geworden. Die Dunkelheit schien durch

die zugigen Fenster dringen zu wollen, und von unten war Gemurmel zu hören, als Granny ankündigte, den *Wildschütz* für heute zu schließen.

Vorhin, als die Wärter gekommen waren, mit Schlagstöcken an die Tür gepocht und mit bellender Stimme ihre Fragen gestellt hatten, war es ganz still geworden in der Kneipe, während die Glocke draußen umso lauter zu tönen schien. »Zwei Ausreißer«, hatten sie berichtet. »Eine Person wurde halb ertrunken an Land gespült und wird die Nacht wohl nicht überleben. Die andere ist noch auf freiem Fuß …« Ein Raunen war durch die Kneipe gegangen, und ungefähr eine Stunde nachdem die Wärter sich davongemacht hatten, war die Glocke endlich verstummt.

Betty hatte damit gerechnet, erleichtert zu sein – nun mussten sie den Gesuchten gefunden haben –, doch es gelang ihr noch immer nicht, das unbehagliche Gefühl abzuschütteln. Aber das hatte bestimmt nur mit dem bedrohlichen Auftreten der Wärter zu tun, sagte sie sich. Zuletzt waren sie vor ein paar Monaten in die Kneipe geplatzt, auf der Suche nach zwei Wärtern, die spurlos verschwunden waren, und auch damals hatten sie alle in Aufregung versetzt.

»Ich kann es nicht erwarten, bis wir das Haus verkauft haben«, sagte Charlie und riss Betty wieder in die Gegenwart zurück. Sie stopfte sich ein weiteres Stück Toast in den Mund. »Dann können wir endlich mit diesem Verkleiden und ständigen Waschen aufhören. Ein Mal baden in der Woche ist schlimm genug.«

»Ferkel«, murmelte Betty, auch wenn sie Charlie insgeheim zustimmte. Nicht dass sie etwas gegen das Baden an sich gehabt hätte. Es nervte sie nur, dass ihre Haare dadurch noch krauser wurden, als sie es ohnehin schon waren.

»Was guckst du dir denn diesmal an?«, fragte Charlie und hockte sich auf die Bettkante.

»Alle möglichen Orte«, sagte Betty. Für einen Moment waren die Sorgen, die heute den ganzen Tag an ihr genagt hatten, verflogen, und sie spürte die Begeisterung, die sie immer überkam, wenn sie Landkarten betrachtete. Es gab so viel zu entdecken! Außerhalb von Krähenstein wartete eine ganze Welt auf sie. Wohin würde es sie wohl verschlagen?

»Wie wäre es damit: Groß Schnoddburg. Das klingt doch spannend. Da gibt es Wald und eine Burgruine …«

Fliss schnaubte. »Der *Klang* sagt doch noch nichts darüber aus, wie ein Ort wirklich ist!«

»Bei Krähenstein schon«, gab Betty zurück. »Das klingt genauso düster, wie es ist.«

»Was ist damit?«, fragte Charlie und kam mit ihrem klebrigen Zeigefinger gefährlich nah an Bettys wertvolle Karten heran. »Da ist ein Strand in der Nähe. Bett… Bett…«

»Bettlersheim«, las Betty. »Klingt auch nicht gerade einladend. Aber wenn man arm ist, darf man nicht wählerisch sein, sagt Granny immer. Und das trifft auf uns wohl auch zu.« Sie schob Charlies Hand zur Seite. »Hast du dich schon wieder über die Lavendelmarmelade hergemacht, du gefräßiges Monster?«

»Genau.« Charlie leckte sich die Finger und hüpfte vom Bett. Sie ging hinüber zur Kommode, auf der eine bunt bemalte Matroschka stand, und drehte geschickt an den hölzernen Puppen.

Betty erkannte, was Charlie vorhatte. *»Nicht!«,* flüsterte sie, aber es war zu spät. Mit einer einzigen Bewegung hatte Charlie die zwei Hälften der äußersten Puppe einmal entgegen dem Uhrzeigersinn herumgedreht. Dabei waren ihre Augen in schelmischer Erwartung auf Fliss gerichtet.

Fliss, die damit beschäftigt war, selbst gemachtes Duftwasser auf ihre Handgelenke zu tupfen, schrie auf, als plötzlich und wie aus dem Nichts eine dreibeinige Ratte vor ihr auftauchte.

»Charlie!«, kreischte sie. Die Parfümflasche, die ihr aus der Hand rutschte, landete auf dem Fußboden und lief aus. »Du und diese verfluchte Ratte! *Mach das nicht noch mal!«*

Charlie hob die Ratte hoch und brach in Gekicher aus. »Oh, Hopsi«, flüsterte sie schadenfroh. »Der haben wir aber einen schönen Schrecken eingejagt, was?«

Fliss presste die Lippen aufeinander. »Diese Puppen sind kein Spielzeug, das weißt du genau.«

»Da hat Fliss recht«, sagte Betty. Sie rollte ihre Landkarten zusammen und verstaute sie. Dann nahm sie ihrer kleinen Schwester flink die Matroschka aus der Hand und zupfte Charlie sanft am Zopf. »Das hier ist nicht irgendein Zaubertrick, den du nach Lust und Laune vorführen kannst.« Betty strich zärtlich über das glatte Holz. »Die Puppen sind ein Geheimnis ... und sie sind etwas ganz Besonderes. Sie sind das Wertvollste, was wir besitzen.«

Sie hatte die Matroschka zu ihrem dreizehnten Geburtstag bekommen, ein Geschenk, das unter den Widdershins-Töchtern von Generation zu Generation weitergereicht worden war. Aber es waren keine gewöhnlichen Holzpuppen.

»Ich nenne es eine Prise Magie«, hatte Granny gesagt. Und Betty hatte staunend und vollkommen fasziniert beobachtet, welche außergewöhnliche Fähigkeit die Matroschka hatte. Indem Betty etwas Kleines von sich selbst in die zweitgrößte Puppe legte, konnte sie sich unsichtbar machen. Und wenn sie eine Kleinigkeit, die jemand anderem gehörte, in der dritten Puppe versteckte, löste sich auch diese Person scheinbar in Luft auf. In beiden Fällen mussten die Puppen ineinandergesteckt und exakt zugedreht werden. Sobald die Hälften der äußersten Puppe wieder perfekt zusammengeschraubt waren, wurde die jeweilige Person – es konnten auch mehrere sein –

unsichtbar. Um den Zauber rückgängig zu machen und wieder sichtbar zu werden, musste man die obere Hälfte der äußersten Puppe einmal ganz gegen den Uhrzeigersinn herumdrehen.

Betty öffnete die Matroschka und schüttelte ungläubig den Kopf. Dort im Hohlraum der dritten Puppe lag ein langes, dünnes Schnurrbarthaar der Ratte Hopsi.

»Das kann auch nur *dir* einfallen, eine Ratte unsichtbar zu machen«, sagte Betty und strubbelte Charlie durch die ohnehin schon zerzausten Haare. Trotzdem konnte sie sich ein Schmunzeln nicht verkneifen.

Charlie tippte sich auf ihre kleine Stupsnase und grinste breit. »Irgendwie muss ich Hopsi doch vor Granny verstecken.«

»Ich wünschte, du würdest ihn auch vor mir verstecken«, nörgelte Fliss.

»Wer wird hier versteckt?« Eine dröhnende Stimme ließ die drei Mädchen zusammenzucken.

Ohne zu überlegen, schraubte Betty die Matroschka zu und fügte die äußeren Hälften so zusammen, dass die Ratte auf Charlies Arm unsichtbar wurde. Als der Vater der Mädchen den Kopf zur Tür hereinsteckte, ließ Betty die Matroschka schnell hinter ihrem Rücken verschwinden.

»Niemand!«, riefen die Schwestern im Chor.

Barney Widdershins grinste. Seine Wangen waren rund und rosig wie die Grannys, und sein Haar war genau so ein Vogelnest wie das von Charlie. »Für einen Moment hab ich gedacht, Fliss versteckt mal wieder einen neuen Freund«, scherzte er.

Fliss wurde rot und warf ihr Handtuch nach ihm.

»Willst du noch irgendwohin?«, fragte Betty, denn ihr war aufgefallen, dass ihr Vater seinen Mantel trug.

Er nickte und kratzte sich das stoppelige Kinn. »Ich nehme die letzte Fähre nach Marschweiler. Dort wird morgen früh eine Kneipe versteigert, und ich hab mir gedacht, vielleicht kann ich da auch jemanden für den *Wildschütz* interessieren. Morgen zum Abendessen sollte ich zurück sein.« Er zwickte Charlie in die Nase. »Das heißt, wenn du mir etwas übrig lässt!«

Die scherzenden Worte ihres Vaters ließen Bettys Unbehagen verblassen. Wenn jemand einen potenziellen Käufer für den *Wildschütz* beschwatzen konnte, war es Barney Widdershins. Er hatte eine besondere Gabe, die Leute um den Finger zu wickeln, etwas, das Fliss von ihm geerbt hatte (wie auch die Neigung, Dinge auszuplappern, die besser ungesagt blieben).

Nachdem er ihnen allen einen kratzigen Abschiedskuss gegeben hatte, ging er die knarrenden Treppenstufen hinunter. Hoffnungsvoll sah Betty ihm durch das Fenster nach, wie er den Nestleinpark durchquerte und in einem immer dichter werdenden Nebel verschwand.

Einige Zeit später schreckte Betty aus dem Schlaf, als der Wind am Fenster rüttelte und einen feuchten Luftzug über ihr Kissen streichen ließ. Schlaftrunken vergrub sie sich tiefer unter ihre Decke. Doch etwas brachte sie dazu, die Augen zu öffnen.

Es war ganz still im Zimmer. *Zu* still. Charlie war kein leiser Schläfer, und normalerweise wurde die Stille durch ihr Schnaufen und Schnarchen unterbrochen. Aber jetzt hörte Betty nichts als das Geräusch ihres eigenen Atems. Sie drehte sich auf die Seite und blinzelte das letzte bisschen Müdigkeit weg.

Auf Charlies Hälfte war das Bett ganz zerwühlt. Und Charlie lag nicht unter ihrer Decke.

Betty setzte sich auf und lauschte. Konnte es sein, dass ihre kleine Schwester dabei war, den Vorratsschrank zu plündern, wie sie es manchmal nachts tat? Charlie wusste, dass sie nichts zu essen stibitzen sollte, aber ihr ständig knurrender Magen war immer stärker als sie. Letztes Mal hatte sie einen halben Laib Brot verputzt, der fürs Frühstück vorgesehen gewesen war. Da war Granny *richtig* sauer geworden. Sie hatte Charlie damit gedroht, die gruselige Kammer auf dem Flur aufräumen zu müssen.

Dann soll Granny das eben morgen früh regeln, dachte Betty und gähnte. Doch sie saß immer noch aufrecht im Bett, horchte und wartete darauf, ein verräterisches Klappern oder Klirren aus der Küche zu hören. Aber nichts dergleichen geschah. Mit wachsender Neugier stand Betty auf und schlüpfte in ihre Stiefel.

Auf der anderen Seite des Zimmers schlummerte Fliss

seelenruhig in ihrem Bett. Sie sieht aus wie eine Elfe, dachte Betty. Ihre kurzen dunklen Haare standen in Büscheln von ihrem ovalen Gesicht ab, und selbst im Schlaf schien sie zu vornehm zu sein, um etwas so Gewöhnliches zu tun wie zu schnarchen.

Betty legte sich einen warmen Umhang über die Schultern, schlich zur Tür und wartete. Aus Grannys Zimmer war grummelndes Schnarchen zu hören. Sie warf einen Blick in Richtung Küche. Alles war dunkel und still.

Betty trat auf den Flur hinaus und stieg die Treppe hinab. Als sie unten angekommen war, wurde der Geruch nach Bier und Grannys Pfeifenrauch immer stärker. Langsam stieß Betty die Tür auf und blieb wie angewurzelt stehen. Grannys Hufeisen über dem Türrahmen hing falsch herum. Wie hatte denn *das* passieren können? Alle wussten, wie penibel Granny darauf achtete, dass das Hufeisen richtig hing, damit das Glück nicht herauspurzeln konnte. Schnell drehte Betty das Eisen herum und ärgerte sich im Stillen über sich selbst. Hufeisen, Krähen ... sie war ja schon fast so schlimm wie Granny! Und trotzdem ... da war es wieder, dieses nagende, mulmige Gefühl.

Betty ließ ihren Blick über die leeren Tische und Stühle schweifen. Die glimmenden Kohlen in den Kaminen spendeten noch immer ein wenig Wärme in der Kneipe. Doch Charlie war nicht zu sehen.

Bettys Herz begann schneller zu schlagen. *Ruhig bleiben*, sagte sie sich. *Sechsjährige Mädchen verschwinden nicht einfach sang- und klanglos vom Erdboden*. Schon gar nicht ein solcher Wildfang wie Charlie Widdershins.

Konnte es sein, dass sie schlecht geträumt hatte und zu Granny ins Bett geschlüpft war? Es lohnte sich nachzusehen. Doch als Betty sich umdrehte, um wieder nach oben zu gehen, stolperte sie über etwas Warmes und Fauchendes zu ihren Füßen.

»Pfui!«, fauchte Betty zurück (zum einen, weil sie sich ärgerte, und zum anderen, weil das »Etwas« tatsächlich auf diesen Namen hörte). Die Katze warf ihr einen bösartigen Blick zu und schlich ins Hinterzimmer, wo sie mit einem kehligen, fordernden Mauzen an der Tür kratzte.

»Ich bin doch nicht dein Diener!«, raunte Betty, aber als Pfui sie mit ihren giftigen, grellen Augen fixierte, wurde ihr klar, dass es natürlich genau so war. Wenn sie die Katze jetzt nicht hinausließe, würde sie einen unangenehmen Preis dafür zahlen, denn meistens war es Betty, die eine solche stinkende Angelegenheit am nächsten Morgen beseitigen musste.

»Verfluchte Katze«, murrte sie und steckte den Schlüssel ins Schloss. Zu ihrem Erstaunen stellte sie fest, dass die Tür schon offen war. »Das wird doch nicht …«

Ein kalter Windhauch strich Betty um die Knöchel, als sie die Tür aufstieß. Sie trat nach draußen in den Hinterhof, und Pfui schoss an ihr vorbei. Der Mond stand verschleiert am nebligen Himmel, und in der Luft lag der salzige Geruch der Marsch. Betty strengte ihre Augen an, um etwas erkennen zu können, denn der Nebel um sie herum war dicker als die Rauchwolken, die Granny aus ihrer Pfeife ausstieß. Auf dem kopfsteingepflasterten Hof standen überall Kisten mit leeren Glasflaschen und übereinandergestapelte Bierfässer, die an die Brauerei zurückgehen sollten.

Betty ging zwischen den Kisten hindurch und spähte in die dunklen Ecken des Hinterhofs. Ein leises Wispern drang an ihre Ohren, und für einen winzigen Moment kamen ihr die Geschichten in den Sinn, die man sich seit jeher in Krähenstein erzählte. Legenden von Fischern und entflohenen Gefangenen, die sich im Nebel verirrt hatten und deren Seelen jetzt durch die Marsch spukten. Doch dann schüttelte Betty sich. Sie hatte sich fest vorgenommen, solche Dinge nicht zu glauben.

»Charlie?«, flüsterte sie in die Dunkelheit. »Bist du hier draußen?«

Schweigen. Dann wieder ein leises Wispern, gefolgt von einem schlurfenden Geräusch. Hinter einem Bierfass tauchte ein kleiner Kopf mit zwei unordentlichen Zöpfen auf. Zwei weit aufgerissene Augen starrten sie an.

»Verflixte Krähe, Charlie!«, knurrte Betty. Die Gedanken an Geister verblassten, und ihr Herzschlag beruhigte sich. »Was machst du mitten in der Nacht hier draußen?« Fröstelnd zog sie ihren Umhang fester um die Schultern und lief hinüber in die entfernteste Ecke des

Innenhofs. Dort gab es eine winzige sumpfige Grasfläche und ein spärliches Blumenbeet.

Charlie hatte sich auch etwas Warmes übergezogen und schien in ihrer dunklen Kleidung fast mit den Schatten zu verschmelzen.

Zu ihren Füßen neben dem Blumenbeet lagen eine Schaufel und eine Streichholzschachtel mit etwas Kleinem und Gefiedertem darin. Es bewegte sich nicht. Betty schluckte. Bestimmt war Pfui der Übeltäter gewesen.

»Charlie!« Bettys Mitleid schlug in Verärgerung um. Jetzt war ihr klar, warum ihre tierverrückte kleine Schwester sich mitten in der Nacht aus dem Haus geschlichen hatte. Sie deutete auf das Blumenbeet, in dem eine ganze Reihe von Zweigen steckten, von denen jeder ein winziges Grab markierte. »Du *weißt* doch, was Granny gesagt hat: keine Tierbeerdigungen mehr!«

Sie brach ab, als sie bemerkte, dass Charlie kaum zuhörte.

»Was ist los mit dir?«, fragte Betty. »Warum sagst du nichts?«

Charlie trat unruhig auf der Stelle und zeigte mit einem zittrigen Finger auf die Getränkekisten hinter sich. In dem dunklen Spalt zwischen zwei Kisten kauerte ein kleines Mädchen. Betty starrte sie an. Das Mädchen war ungefähr so alt wie Charlie, sechs oder sieben vielleicht. Ihr schmales schmutziges Gesicht war tränenverschmiert, und von der geflickten, abgetragenen Kleidung bis zum Hunger in ihren Augen war ihr die Armut anzusehen.

»Wer … wer ist das?«, brachte Betty hervor.

»Ich weiß auch nich'«, flüsterte Charlie. »Ich bin bloß nach draußen geschlichen, um den Vogel zu beerdigen, und da hab ich sie hier gefunden.«

Das Mädchen starrte sie mit großen Augen an und zitterte. Charlie ging in die Knie und streckte ihr eine Hand entgegen. »Wer bist du?«, fragte sie leise. »Du brauchst keine Angst zu haben. Wir tun dir nichts.«

Das kleine Mädchen zitterte, aber sie antwortete nicht. Ihre unordentlichen Haare hingen in lockigen Strähnen herunter, und die feuchten Kleider klebten ihr auf der Haut.

»Wie bist du hier reingekommen?«, fragte Betty. Ihre Stimme klang schärfer, als sie beabsichtigt hatte. Das Mädchen wich in die dunkle Ecke zurück, aber irgendwie hatte sie ein Leuchten an sich. Betty fiel auf, dass die Glasflaschen in der Nähe glitzerten, auch wenn das Mondlicht gar nicht überall hinreichte. Hatte das Mädchen womöglich eine Laterne bei sich …?

»Schau mal.« Charlie deutete auf die Pforte in der Mauer. Sie war verriegelt, aber es gab einen Spalt, wo das Holz morsch geworden war. »Da muss sie sich durchgezwängt haben.«

Betty runzelte verstört die Stirn. In ihrem Hinterkopf prickelte es.

»Warum versteckst du dich?«, hakte Charlie vorsichtig nach, als würde sie mit einem verängstigten Tier sprechen. Dann zog sie erschrocken die Hand zurück, denn hinter dem zerschlissenen Kleid des Mädchens schwebte eine leuchtende Kugel hervor.

»Ein Irrlicht!«, stieß Betty aus. Sie packte Charlie und zog sie ein Stück zur Seite, als die Leuchtkugel vor ihnen in der Luft verharrte. »Ein Irrwisch! Das Mädchen kommt aus der Marsch!«

Charlie wich zurück und stolperte fast über die Schaufel, die daraufhin über den Boden schepperte. Ihr kleines Gesicht war angstverzerrt, und ihre Hände machten schnell das Zeichen der Krähe, das Granny ihnen beigebracht hatte, um das Böse abzuwehren.

Betty zögerte. Dann machte sie es ihrer Schwester nach, auch wenn es eigentlich ihrer praktischen Veranlagung widersprach, solchen Aberglauben ernst zu nehmen. *Sicher ist sicher*, dachte sie düster. Granny hatte sie immer gewarnt, dass die Irrlichter aus der Marsch Unheil brachten. Die Menschen in Krähenstein waren mit Geschichten über diese glimmenden Lichtkugeln aufgewachsen, die Reisende im Nebel auf Irrwege führten und für immer verschwinden ließen. Wie Granny sahen viele Leute in den Irrlichtern geisterhafte Nachklänge der vielen Leben, die bei der Überquerung der Marsch verloren gegangen waren.

Der Irrwisch schwebte vor dem Mädchen, ohne näher

zu kommen. Sein unheimliches silbriges Licht warf gespenstische Schatten auf ihr schmales Gesicht und ließ sie auf einmal älter erscheinen.

»Charlie«, sagte Betty leise. »Geh lieber wieder ins Haus. Und du …« Sie wandte sich an das Mädchen. »Du gehst besser dahin zurück, wo du hergekommen bist.«

»Das kann ich nicht.«

Das Mädchen wisperte so leise, dass Betty für einen Moment glaubte, sie hätte sich ihre Antwort nur eingebildet, doch die Verzweiflung in ihren Augen war echt. Und noch etwas anderes lag in dem Blick des Mädchens: *Entschlossenheit*.

»Das kann ich nicht«, wiederholte sie, lauter diesmal. »Und das *werde* ich nicht.«

»Betty«, sagte Charlie, die das Mädchen nicht aus den Augen gelassen hatte. »Ich glaub, sie braucht unsere Hilfe.«

»Charlie Widdershins!«, zischte Betty. »Ich hab dir doch gesagt, du sollst reingehen! Wir wissen überhaupt nichts von ihr, was sie will oder warum sie dieses … dieses *Ding* bei sich hat!«

»Es tut euch nichts«, begann das Mädchen, doch dann verstummte sie, als auf der anderen Seite der Hinterhofmauer schlurfende Schritte zu hören waren. Sie wich erneut zurück und sah so klein und ängstlich aus, dass sich auch in Betty Mitleid regte. Charlie hatte recht. Das Mädchen war offensichtlich in Schwierigkeiten. Aber warum?

Eine mürrische Stimme war zu hören. »Wenn ich es dir doch sage, da war Licht. Eine Laterne oder so was …«

Jemand rüttelte an der Pforte. Betty erstarrte, als der Strahl einer Taschenlampe durch den Spalt im morschen Holz drang und die glänzenden, feuchten Pflastersteine abtastete. Sie packte Charlie am Ärmel und kauerte sich mit ihr hinter ein großes, leeres Bierfass – gerade noch rechtzeitig. Das Licht der Taschenlampe wanderte flackernd über den Hof, und Betty presste einen Finger auf ihre Lippen, um das Mädchen und Charlie aufzufordern, still zu sein. Ausnahmsweise tat ihre kleine Schwester, was sie von ihr verlangte.

Betty unterdrückte einen Aufschrei, als etwas – *eine Faust*? – die Pforte traf und Holzsplitter über die Pflastersteine fliegen ließ. Ein kräftiger Tritt, und die Pforte würde einbrechen. Kein Wunder, dass Granny Vater seit Wochen gedrängt hatte, sie zu reparieren.

Bettys Herz klopfte wild. Suchten diese Leute das Lumpenmädchen? War *sie* etwa eine der Personen, die ausgebrochen waren? Das konnte doch nicht sein … Die Glocke hatte vor Stunden aufgehört zu läuten … und soweit man wusste, gab es im Gefängnis von Krähenstein nur männliche Insassen. Betty rechnete damit, dass die Pforte jeden Moment zersplittern würde, aber von der anderen Seite war ein gebelltes Kommando zu hören: »Nicht.«

Stille. Dann folgte ein undeutliches Geraune, das Betty

nicht verstehen konnte. Die schweren Schritte zweier Stiefelpaare entfernten sich von der Pforte. Betty horchte angestrengt, bis kein Geräusch mehr zu hören war. Zittrig erhob sie sich und machte Charlie ein Zeichen. Einen Moment zögerte sie noch, dann winkte sie auch das geheimnisvolle Mädchen heran, deutete auf die Hintertür und formte lautlos die Worte: *»Los, rein!«*

Kapitel 3

Die schwarze Feder

Betty zog die Hintertür so leise wie möglich hinter sich zu und schob mit Mühe den schwergängigen Riegel vor. Schließlich rastete er mit einem lauten Klicken ein, das sie alle drei zusammenschrecken ließ. Betty fluchte leise vor sich hin, Augen und Ohren besorgt auf die Treppe gerichtet. Oben rührte sich nichts.

»Hier rein«, flüsterte sie. »Verdammt!«, entfuhr es ihr, als Pfui ihr zum zweiten Mal in dieser Nacht um die Füße strich und sie zum Stolpern brachte. »Verflixte Katze!«

Sie führte Charlie und das Mädchen in den Schankraum, wo sie schnurstracks auf den Kamin zuliefen. »Wir dürfen nicht zu viel Licht machen«, warnte Betty sie. »Und legt kein neues Feuerholz nach. Frischer Rauch aus dem Schornstein könnte um diese Zeit verdächtig aussehen.«

Aber vor wem verstecken wir uns überhaupt?, fragte Betty sich, während sie hektisch überprüfte, ob auch alle Vorhänge zugezogen waren und niemand neugierige Blicke in die Kneipe werfen konnte. Wer mochten die Männer dort draußen sein – und waren sie auch wirklich nicht mehr in der Nähe? Das ZU VERKAUFEN-Schild quietschte im Wind. Betty kontrollierte die vorderen Türen und vergewisserte sich, dass sie ebenfalls abgeschlossen waren. Dann eilte sie zurück zum Kamin und riss ihrer kleinen Schwester gerade noch im letzten Augenblick den Schürhaken aus der Hand, denn Charlie hatte schon versucht, die glühenden Kohlen wieder zu entfachen. Das fremde Mädchen hatte seine klammen Finger nach der letzten Wärme des Kamins ausgestreckt, ihre Haut war totenblass, und sie zitterte am ganzen Leib.

»Hier«, sagte Charlie und kramte ein halbes Butterbrot aus ihrer Manteltasche hervor. »Das hab ich heute Mittach für meine Ratte aufgehoben.«

»Mittag«, murmelte Betty. »Nicht Mittach.«

»Ist doch dasselbe«, sagte Charlie achselzuckend und hielt dem Mädchen großzügig das halbe Brot hin. »Du siehst aus, als ob du es dringender brauchst.«

Betty beobachtete das Mädchen – und das Irrlicht – wachsam. Das Mädchen stopfte sich das Butterbrot in den Mund, ohne sich im Geringsten daran zu stören, dass es trocken und zerdrückt war. Betty fiel es schwer, nicht an die Geschichten von heimtückischen Kobolden und Elfen zu denken, die urplötzlich vor der Haustür standen und einem etwas zu essen abluchsten. Wenn man nicht aufpasste, wurde man sie nie wieder los. *Hätte Granny uns über die Jahre nur nicht so viel abergläubischen Unsinn eingetrichtert,* dachte Betty. Mitten in der Nacht in der schummrigen Kneipe beschlich einen tatsächlich das Gefühl, das Auftauchen der Fremden könnte Unheil bringen. Das Irrlicht schwebte in der Nähe ihres nassen Rocksaums. Ein paarmal driftete es näher ans Feuer, als würde es hypnotisch angezogen von etwas, das glühte wie es selbst, doch dann kehrte es schnell an die Seite des seltsamen Mädchens zurück.

Betty bekam eine Gänsehaut. Sie hatte schon so manches Mal Irrwische in der Marsch gesehen, aber noch nie aus solcher Nähe. Im Innern des Irrlichts flimmerte ein helles Glühen, ein schwaches Flackern wie ein Herzschlag. Schaurig schön, fast betörend. Es war leicht nachzuvollziehen, warum die Leute ihnen folgten ... Erschrocken zuckte Betty zusammen. Sie blinzelte und zwang sich wegzusehen.

»Du hast noch fünf Minuten«, sagte sie etwas schärfer, als es nötig war. »Wenn du aufgegessen hast, sollte die Luft rein sein.«

Das Mädchen schien Bettys Worte nicht gehört zu haben. Sie starrte weiter mit verlorenem, verängstigtem Blick in die Flammen.

In Bettys Herz regte sich Mitleid. Hätte das Mädchen nicht das Irrlicht dabeigehabt, wäre sie nicht so misstrauisch gewesen, aber der Anblick dieses schwebenden, leuchtenden Etwas war zutiefst beunruhigend. Granny wäre außer sich, wenn sie wüsste, dass Betty es ins Haus gelassen hatte. Bei dem Gedanken daran kribbelte es in ihrem Nacken. Ein Teil von ihr wollte dem Mädchen helfen; der andere Teil wünschte, dass sie ihm nie begegnet wären. Und das alles nur wegen Charlie und ihren verdammten Tieren!

»Wie heißt du?«, fragte Charlie und kauerte sich zu dem Mädchen neben den Kamin. Aus der anderen Manteltasche zog sie einen angeknabberten schwarzen Lebkuchen hervor und reichte ihn ihr.

Das Mädchen biss hinein, warf einen verstohlenen Blick auf den Irrwisch und sagte zögerlich: »Ich ... bin ... Willow. Vielleicht solltet ihr mich einfach so nennen.« Dann ging ihre Stimme in ein Flüstern über, das Betty jetzt kaum noch verstehen konnte, und das war vielleicht auch gut so. Je weniger sie wussten, desto besser.

»Wie alt bist du?«, fragte Charlie. »Ich bin sechs, aber nächste Woche werde ich sieben.«

»Ich bin neun«, antwortete Willow. »Die Leute sagen, ich bin klein für mein Alter.«

»Du meinst, etwas kümmerlich?«, fragte Charlie wenig einfühlsam.

»Keine weiteren Fragen mehr, Charlie«, sagte Betty beklommen. »Es wird Zeit, dass du wieder ins Bett kommst.« *Und Willow muss verschwinden, bevor Granny aufwacht*, fügte sie in Gedanken hinzu. Sie weigerte sich, dem Mädchen selbst Fragen zu stellen, auch wenn sie einige hatte. Es war gefährlich, zu viel zu wissen, vor allem, wenn draußen Fremde nach dem Mädchen suchten.

Doch Charlie ließ sich nicht beirren und freute sich ganz offensichtlich, Besuch in ihrem Alter zu haben. »Willst du mal meine Ratte streicheln?«, fragte sie. »Hopsi ist unsichtbar.«

Willow sah von ihrem Lebkuchen auf. »Du hast eine Ratte als eingebildeten Freund?«

Charlie grinste. »Nein, Hopsi ist bloß unsichtbar – wie ich gesagt hab. Hier.«

»Charlie!«, warnte Betty, doch es war zu spät. Charlie hatte eine Hand in ihrer Tasche vergraben und wühlte darin herum. »Komm schon, Hopsi!«, sagte sie schließlich und zog ihre Hand wieder heraus. Willow starrte ungläubig von Charlies hohler Hand zu ihrem Gesicht.

»Fühl mal«, sagte Charlie. »Er sitzt direkt hier in meiner Hand.«

Willow streckte ihre Finger aus, die sogar noch dreckiger waren als Charlies. Es war offensichtlich, dass sie das Ganze für einen Trick hielt, doch dann stieß sie einen leisen Schrei aus.

»Oh! Da ist ja wirklich was in deiner Hand! Es ist ganz warm und ... *pelzig.*«

»Sag ich doch«, prahlte Charlie. »Ich musste ihn unsichtbar machen, damit Granny ihn nicht entdeckt und ihn mir wegnimmt.«

»Aber … wie?«, begann Willow.

Betty warf Charlie einen weiteren warnenden Blick zu, doch sie hätte sich keine Sorgen machen müssen.

»Das kann ich dir nicht sagen«, antwortete Charlie. »Es ist ein Geheimnis, das nur ich und meine Schwestern kennen.« Sie deutete mit einem Nicken auf das Irrlicht, das mit kleinen tänzelnden Bewegungen näher auf Charlie zuschwebte, als wäre es neugierig geworden. »Und was ist damit?«

Willow starrte das leuchtende Etwas nachdenklich an. »Was habt ihr denn von Irrlichtern gehört?«, fragte sie schließlich.

»Viele Dinge«, hörte Betty sich sagen, während ihr vage bewusst wurde, dass sie schon wieder gebannt auf den Irrwisch starrte. »Dass sie böse Geister sind, oder Kobolde oder die Seelen von Menschen, die in der Marsch ertrunken sind. Einige Leute sagen aber auch, es sind nichts als Sumpfgase.« Sie starrte auf den Irrwisch, der jetzt sogar noch näher – noch *mutiger*?, dachte sie – auf Charlies ausgestreckte Hand zuschwebte. »Aber wenn ich mir dieses Etwas hier ansehe, ist mir klar, dass es mehr ist als Sumpfgas. Es ist zu … lebendig. Zu neugierig.«

»Lebendig?«, brachte Willow heiser hervor. »Nicht direkt, aber früher einmal.«

»Wer … wer war es denn?«, fragte Charlie.

Willow sagte nichts. Sie streckte ihre Hände noch einmal über das glimmende Feuer und bewegte ihre Finger hin und her. Dabei rutschte ihr Ärmel ein Stück nach oben und gab den Blick auf ein kleines dunkles Mal frei, das auf ihr Handgelenk tätowiert war.

»Was ist das?«, fragte Charlie und beugte sich vor.

Aber Betty wusste es schon, und der Anblick erfüllte sie mit ebenso viel Angst und Grauen wie das Irrlicht.

»Eine Krähenfeder«, sagte Willow leise.

»Dann bist du also wirklich eine von denen, die geflohen sind«, sagte Betty mit klopfendem Herzen. »Aber ... aber nicht aus dem Gefängnis. Von der *Insel der Qualen*! Du gehörst zu den Verbannten!«

Willow nickte und sah sie mit weiten Augen an. »Bitte ruft nicht die Wärter«, flehte sie. »Ich gehe auch bald. Ich ... ich brauchte nur einen Platz, um mich für einen Augenblick zu verstecken und nachzudenken. Sobald ich weg bin, könnt ihr behaupten, dass ich nie hier war, dass ihr mich nie gesehen habt.«

»Aber das ergibt doch keinen Sinn«, sagte Betty langsam. »Warum haben sie aufgehört, die Glocke zu läuten, wenn du noch nicht gefunden wurdest?« Da kamen ihr die Worte der Wärter wieder ins Gedächtnis. *Zwei Ausreißer ... eine Person halb ertrunken an Land gespült ... wird die Nacht wohl nicht überleben.*

»Wer ... wer war denn bei dir?«, fragte Betty behutsam.

»Meine Mutter«, krächzte Willow. »Ich bin mir nicht einmal sicher, ob die Wärter wussten, dass wir zu zweit waren, dass ich bei ihr war ... aber dann ging etwas schief ...« Willows Miene verdüsterte sich. »Ich ... wir wurden getrennt, und danach ging alles so schnell, und dann ... dann konnte ich sie nicht mehr finden. Und dann hörte die Glocke nach ewig langer Zeit auf zu läuten. Deshalb weiß ich jetzt, dass sie ... dass die Wärter ...«

»... sie gefangen haben«, beendete Charlie atemlos den Satz.

Betty wandte beunruhigt den Blick ab. Die an Land gespülte Person, von der die Wärter gesprochen hatten, musste Willows Mutter sein – doch davon schien Willow nichts zu ahnen. Betty konnte sich nicht überwinden auszusprechen, was sie vermutete.

Willow schluckte hörbar und nickte. Ihre Augen glänzten im dämmerigen Licht. Eine Hand wanderte zu ihrer Rocktasche und tätschelte sie, als wollte sie sich vergewissern, dass sie etwas darin nicht verloren hatte. Der Irrwisch schwebte um sie herum und erinnerte Betty an Fliss, wie sie jedes Mal um Charlie herumscharwenzelte, wenn die sich die Knie aufgeschlagen hatte.

Charlie streckte den Arm aus und nahm sanft Willows Hand, um die tätowierte Feder auf ihrer Haut zu betrachten. »Hat es wehgetan?«

Willows Unterlippe zitterte. »Ja.« Dann starrte sie gedankenverloren ins Feuer und beruhigte sich ein wenig. »Alle auf der Insel bekommen eine Markierung. Ich habe noch Glück gehabt – meine ist ja nur klein ...«

Charlie starrte sie mit offenem Mund an. »Du meinst, andere Leute kriegen noch größere?«

»Ja. Ich hab nur eine Feder bekommen, weil es nicht mein eigenes Verbrechen war«, erklärte Willow.

»Wessen Verbrechen war es dann?«, fragte Betty, die ihre Neugier nicht unterdrücken konnte. Man erzählte sich viel über das Leben auf der *Insel der Qualen*, aber Genaues wusste niemand darüber. Allgemein bekannt war nur, dass dort gefährliche Menschen lebten. Ehemalige Sträflinge, die nach ihrer Haft keine Bleibe fanden, und andere, die aus Krähenstein verbannt worden waren. Es war ein Auffangbecken für Übeltäter.

Bevor Willow antworten konnte, wurden sie von einem empörten Quieken aus Charlies Richtung unterbrochen. Der Irrwisch schwirrte um ihre Handfläche herum, sichtlich fasziniert von der Ratte, die man nicht sehen konnte.

»Ganz ruhig, Hopsi«, sagte Charlie und ließ ihre Hand in der Tasche verschwinden. Betty beobachtete, wie sich der Stoff bewegte, als das unsichtbare Tier sich in Charlies warmer Manteltasche vergrub.

»Sie spüren Leben«, sagte Willow leise. »Sie werden davon angezogen. Deshalb kommen sie auch näher, wenn man ihnen draußen in der Marsch begegnet. Meistens sind sie harmlos, aber manche …«

Ein lautes Pochen an der Haustür ließ sie zusammenzucken.

»Aufmachen!«, bellte eine Stimme. »Im Namen von Krähenstein!«

»Wärter!«, zischte Betty entsetzt. Sie starrten einander an und wagten nicht, sich zu rühren. Von oben war das Quietschen von Sprungfedern zu hören, als sich jemand im Bett umdrehte. Dann war es wieder still.

»Wenn wir ganz leise sind, denken sie vielleicht, wir schlafen, und gehen wieder«, flüsterte Charlie, aber sie hatte den Satz kaum beendet, als ein weiteres lautes Hämmern die Tür erzittern ließ. Der Riegel hob sich und klapperte.

»Die geben nicht auf«, sagte Betty mit matter Stimme.

»Sie dürfen mich hier nicht finden«, sagte Willow zitternd. »Bitte! Ich gehe hinten raus, ich …«

»Nein.« Betty überlegte schnell und ergriff die Initiative. »Sie haben bestimmt die zerbrochene Pforte im Hinterhof gesehen und sich zusammengereimt, dass du hier bist. Wir müssen damit rechnen, dass einer von ihnen hinter dem Haus steht, um dich dort abzufangen.«

»Bitte verratet mich nicht«, flehte Willow.

Betty zögerte. Jeder, der dabei erwischt wurde, entflohene Gefangene zu verstecken, wurde selbst ins Gefängnis geworfen oder sogar verbannt. Jemandem von der *Insel der Qualen* zu helfen, würde sicher ähnliche Strafen nach sich ziehen. Aber wenn sie Willow an die Wärter auslieferten … Auf jeden Ausbruchsversuch stand die Todesstrafe.

Das Poltern an der Tür nahm ihr die Entscheidung ab.

»AUFMACHEN!«, brüllte eine Stimme.

»Schnell, hier entlang!« Betty packte Charlies Hand und lotste Willow in Richtung Treppe. Ihr Herz pochte so heftig wie das Klopfen an der Tür.

»Betty?«, fragte Charlie atemlos und stolperte fast die Treppe hinauf.

»Schsch«, flüsterte Betty und schob ihre Schwester und Willow vor sich her. Das Irrlicht schwebte neben ihnen und schoss an ihren Füßen vorbei, um in der Nähe des fremden Mädchens zu bleiben. Betty bugsierte sie alle in ihr Zimmer und schloss die Tür. Auf der anderen Seite der Wand knarrte noch einmal das Bett, und dann stampften schwere Schritte über den Fußboden.

»Granny ist wach«, wisperte Charlie.

»Los, ins Bett jetzt!«, befahl Betty. Ihr Blick schoss hinüber zum Regal. Dort lagen ein Stapel Bücher, ein paar Flaschen mit Fliss' selbst gemachtem Rosenduftwasser und Charlies neuester Erpresserbrief an die Zahnfee. Doch was Betty suchte, war nirgends zu sehen.

»Betty?«, flüsterte eine Stimme aus der Dunkelheit. »Was ist los? Wer ist da an der Tür?«

Betty wirbelte herum. Fliss saß aufrecht im Bett; das dunkle Haar stand ihr noch immer in kurzen Büscheln vom Kopf ab. Sie rieb sich die Augen und musterte Willow. »Wer ist das?«

»Keine Zeit für Erklärungen – die Wärter stehen vor

der Tür«, wisperte Betty, während ihr Blick weiter das Zimmer absuchte. »Fliss – die Matroschka! Wo ist sie?«

»Die Ma... was? Warum?«

Ein lautes Krachen klang durch die Stille, Holz auf Holz. Fliss' Augen weiteten sich. Jetzt war sie hellwach und stolperte zittrig aus dem Bett.

Im selben Moment stürmte Granny an ihrem Zimmer vorbei.

»IST JA GUT!«, brüllte sie. »ICH KOMME JA SCHON!«

»Fliss, die Matroschka, *sofort*!«, zischte Betty. »Charlie, ins BETT!«

»Ich hab sie vorhin versteckt, damit Charlie keinen Blödsinn mehr damit macht«, murmelte Fliss und kramte die Holzpuppen aus der unteren Schublade der Kommode hervor. Dann erstarrte sie und presste sich die Hände auf die Brust. »B-Betty ... ist das ein ... ein ...?«

»... Irrlicht? Ja.« Betty eilte auf ihre Schwester zu und warf dabei einen Stapel Wäsche um. Hektisch griff sie nach der Matroschka, zog die äußere Puppe auseinander und tat dann das Gleiche mit der zweiten und dritten. Sie waren leer, bis auf Hopsis Schnurrbarthaar in der dritten Puppe.

»Jetzt hör zu«, schärfte Betty dem Mädchen ein. »Ich werde dir helfen, dich vor den Wärtern zu verstecken, aber du darfst niemandem verraten, was jetzt gleich passieren wird. *Niemandem!* Verstanden?«

»Aber Betty«, sagte Charlie leise, »du hast doch gesagt, die Matroschka ist ein Geheimnis.«

»Das ist sie auch.« Betty warf Willow noch einen strengen Blick zu und versuchte, ihre Bedenken nicht zu zeigen. »Und das wird auch so *bleiben.*«

»Was, wenn nicht?«, wisperte Fliss, die Augen noch immer auf das Irrlicht gerichtet. »Wer *ist* dieses Mädchen, und warum gehst du ein so großes Risiko ein?«

»Weil *sie* die Gesuchte ist«, erklärte Betty atemlos. »Von der *Insel der Qualen*. Und wenn man sie hier findet, haben wir alle ein Riesenproblem.«

Dann wandte sie sich wieder an Willow und sagte: »Ich brauche etwas von dir. Ein Haar, ein Stück Kleidung ... irgendetwas Persönliches.«

Sie musterte flüchtig Willows Kleid, doch es war so zerschlissen, dass es wahrscheinlich auseinanderfallen würde, wenn sie versuchte, einen Knopf oder einen losen Faden abzureißen. Bevor sie weiter überlegen konnte, steckte Willow einen Finger in ihre Nase und zog etwas heraus.

»Igitt!«, rief Charlie.

»Entschuldigung«, sagte Willow. »Geht das?«

»Das wird sich zeigen«, sagte Betty. Sie drehte Willow in Richtung Kommode. »Jetzt guck in den Spiegel.« Sie schraubte die obere Hälfte der dritten Puppe zu und steckte alle Puppen vorsichtig wieder ineinander. Dabei achtete sie darauf, dass der winzige aufgemalte Schlüssel auf den beiden Hälften jeder Puppe genau zusammenpasste.

Sofort schnappte Willow erschrocken nach Luft: Sie war verschwunden.

Betty streckte die Hand aus und griff nach ihrem Arm. »Man kann dich immer noch hören und fühlen.« Sie führte Willow in die Zimmerecke neben der Kommode. »Bleib hier stehen. Sei still und beweg dich nicht.«

Von unten war ein lautes, schleifendes Geräusch zu hören. Granny öffnete die Haustür.

Kurz darauf schwang knarrend ihre Zimmertür auf, denn ein Luftzug strich jetzt durch den *Wildschütz* wie ein ungebetener Gast. Mit ihm drangen die harschen Stimmen zweier Fremder die Treppe herauf.

»Die Wärter sind hier«, wisperte Betty voller Angst.

Kapitel 4

Was für ein Schlamassel!

Betty!«, rief Fliss mit erstickter Stimme. Sie deutete mit zittrigem Finger auf die Zimmerecke. »Das ... *Ding* da!«

Das Irrlicht! Bei all der Hektik, Willow unsichtbar zu machen, hatte Betty fast die seltsame Lichtkugel vergessen, die neben der Kommode über dem Boden schwebte.

»Wir können es nicht verstecken«, begriff sie. Das wäre, als würde man versuchen, nach Luft zu greifen. Aber sie durften deshalb nicht erwischt werden! Bilder des Gefängnisses drängten sich in Bettys Gedanken. Der Gestank, die Ratten. Der baumelnde Strick am Galgen ... *Nein!* Sie zwang sich, ihre Gedanken zu fokussieren und sah sich nach möglichen Verstecken um – *der Kleiderschrank? Der Schmuckkasten?* –, nur um sie alle gleich wieder zu verwerfen. Dann blieb ihr Blick an einer alten Öllampe auf dem Bücherbord hängen, und eine Idee blitzte auf. Eine waghalsige Idee, aber eine, die vielleicht funktionieren könnte ...

»Willow«, flüsterte sie aufgeregt und zeigte auf die Lampe. »Kannst du den Irrwisch dazu bringen, da reinzugehen?«

»Ich ... ich versuche es, aber –«

»Gut«, sagte Betty. »Dann mach das – schnell.« Sie streifte ihre Stiefel ab, schlüpfte ins Bett und bedeutete Fliss, dasselbe zu tun. Als sie die Decke hochzog, spürte sie Charlie neben sich vor Kälte zittern. Betty sah hinüber zu Fliss. Ihre ältere Schwester war ganz bleich im Gesicht und ließ den Irrwisch nicht aus den Augen, der das einzige Licht im schummrigen Zimmer war. Betty folgte ihrem Blick. Aus der Ecke nahm sie Willows leise, bebende Atemzüge wahr. Erleichtert beobachtete sie, wie das Irrlicht auf die Öllampe zuschwebte, sich in dem kreisförmigen Glas niederließ und sanft leuchtete, ganz wie eine Flamme.

In der Stille des Zimmers konnte Betty nur ihre eigenen schnellen Atemzüge und die ihrer Schwestern hören. Doch dann ertönte von unten die Stimme ihrer Großmutter, dröhnend und kämpferisch.

»Ich habe es Ihnen doch schon gesagt – hier ist niemand! Nur ich und meine Enkeltöchter, die oben schlafen. Wenn Sie jetzt bitte –«

Eine eiserne Stimme schnitt ihr das Wort ab. »Wie viele Enkeltöchter?«

»Drei«, antwortete Granny frostig. »Warum? Wir haben nichts zu verbergen, das sagte ich Ihnen doch!«

»Dann haben Sie sicher auch nichts dagegen, wenn wir uns umsehen.«

»Dürfte ich wohl um Ihren Namen bitten?«, fragte Granny. Ihre Stimme klang jetzt gefährlich tief. »Damit ich weiß, über wen ich mich beschweren muss?«

»Wärter Wild«, kam die spöttische Antwort. »Und das ist Wärter Gans. Und es gibt nichts, worüber Sie sich beschweren müssten, meine Liebe. Lassen Sie uns einfach unsere Arbeit tun, dann gehen wir wieder.«

»Seit wann besteht Ihre Arbeit darin, zu nachtschlafender Zeit in die Häuser unschuldiger Leute einzufallen?«, wollte Granny wissen.

»Unsere Aufgabe ist es, Ordnung zu bewahren«, sagte Wild frostig.

»Und für die Sicherheit der Leute zu sorgen«, warf eine andere Stimme ein.

Das muss Gans sein, dachte Betty. Er klang weniger selbstbewusst als Wild.

»Also gut«, brummte Granny. »Aber beeilen Sie sich. Ich bin zu alt für solchen Mumpitz!«

Betty lag starr vor Angst unter der Bettdecke, aber sie verspürte auch ein wenig Stolz auf ihre unerschrockene Großmutter. Alle in Krähenstein hatten panische Angst vor den Wärtern – alle, außer Granny, wie es schien. Andererseits hatten die meisten Leute auch vor Granny Angst, wenn sie schlechte Laune hatte. Wenn irgendjemand diese zwei Männer vertreiben konnte, dann Granny.

»Wir durchkämmen das Haus. Jede Ecke, jeder Schrank und jeder Kamin muss durchsucht werden«, befahl Wild. »Aber zuerst will ich alle hier unten sehen.«

»Was?«, fragte Granny. »Warum?«

»Ich stelle hier die Fragen«, erwiderte Wild barsch. »Alle Bewohner hierher, und zwar ein bisschen plötzlich. Hol sie runter!«

Betty warf Fliss einen ängstlichen Blick zu. Die Schwestern wussten sehr gut, wozu die Wärter fähig waren. Ihr Vater hatte sich einmal mit ihnen angelegt und war im Gefängnis von Krähenstein gelandet. Und jetzt waren die Wärter wieder hier und fielen in ihr Zuhause ein.

Am Fuße der Treppe waren Geräusche zu hören, und dann rief Granny nach oben: »Fliss? Betty? Cha...«

»Wir kommen«, rief Fliss mit zittriger Stimme zurück. Sie schlüpfte aus dem Bett und lief mit nackten Füßen über die Holzdielen. Charlie folgte ihr und griff mit ihrer kleinen Hand nach der ihrer Schwester. Betty zog sich schnell ihren Morgenmantel über und warf einen Blick in die dunkle Ecke, wo Willow versteckt war, und dann auf das Bücherbord, wo die Lampe stand. Zu ihrem Entsetzen hatte das Irrlicht begonnen, aus dem Glashals der Öllampe herauszudriften.

»Bleib, wo du bist!«, zischte Betty mit zusammengebissenen Zähnen. Die leuchtende Kugel duckte sich wieder in das Glas zurück.

Schweigend gingen die Mädchen hintereinander die

Treppe hinunter in den Schankraum. Als sie an der geöffneten Hintertür vorbeikamen, sah Betty hinaus in den wabernden Nebel. Sie konnte nichts erkennen, aber sie hörte, wie draußen Fässer über die Pflastersteine schrammten und Glasflaschen klirrten, als Wärter Gans den Hinterhof durchsuchte. Betty ging auf den Kamin zu, wo Granny und ihre Schwestern sich unter Wärter Wilds forschendem Blick versammelt hatten.

Wild war groß und kräftig – der Typ Mann, der einen Raum ausfüllen konnte. Er hatte schulterlanges struppiges Haar wie ein Dachs, und sein Gesicht war fast ganz von einem dichten Bart verdeckt. Seine Augen hatten sich zu Schlitzen verengt und musterten jede von ihnen genau. Betty hielt den Atem an, als sein Blick von einem Mädchen zum anderen glitt, und rechnete damit, dass er an Fliss hängen blieb. Die Schönheit ihrer älteren Schwester erregte oft Aufmerksamkeit, selbst wenn sie so verschlafen aussah wie jetzt. Stattdessen war es Charlie, die Wild mit seinem kalten Blick fixierte, und da ging Betty auf, dass sie einen Fehler gemacht hatten.

»Du«, sagte er schroff. »Warum hast du nicht dein Nachthemd an?«

Granny öffnete den Mund, um zu protestieren, doch dann musterte sie Charlie genauer und verstummte. Zum ersten Mal wirkte Granny nicht nur verärgert, sondern verunsichert, als ihr zu dämmern begann, dass hier etwas nicht ganz schlüssig war. Die Stimmung im Raum veränderte sich, die Atmosphäre knisterte vor Anspannung.

Wenn ein Wärter kommt, um herumzuschnüffeln, tust du gut daran, jeden Gestank zu vermeiden, sagte Granny immer.

Und Wärter Wild sah zweifellos so aus, als würde er Unrat wittern – und zwar nicht nur den einer unsichtbaren Ratte.

Betty beobachtete hilflos, wie Charlies Blick von ihr zu Granny und dann zu Wild ging.

»Ich hab ins Bett gemacht«, log Charlie ohne das kleinste bisschen Scham. Sie sah Wild vorwurfsvoll an. »All das Poltern hier unten hat mir Angst gemacht. Also hab ich mich umgezogen.«

Wild hob eine Augenbraue. »So schnell?«

Charlie verschränkte die Arme vor der Brust. »Ja.«

Wild machte einen Schritt auf die Treppe zu. Charlie erkannte, dass er sie entlarven wollte, und stellte sich ihm in den Weg.

»Also gut! Ich hab *nicht* ins Bett gemacht.«

»Du hast gelogen.« Wilds Augen flackerten. *Wie ein Hai, der Blut wittert*, dachte Betty. »Warum?«

»Weil ich … ich …« Charlie warf Granny einen verlegenen Blick zu. »Ich hab draußen etwas begraben.«

»Oh, Charlie!«, stöhnte Granny. »Nicht schon wieder!«

Charlie griff in ihre Tasche und holte das kleine Federbündel hervor, dass Betty vorhin gesehen hatte. Wild verzog angewidert den Mund.

»Es war noch ein Küken«, sagte Charlie traurig.

»Genug!«, bellte Wild. »Warum seid ihr drei oben geblieben, bis ihr gerufen wurdet?«

»Wie meinen Sie das?«, fragte Betty, auch wenn sie plötzlich eine ziemlich genaue Ahnung hatte, worauf Wild hinauswollte. Es sah ganz so aus, als hätten sie einen zweiten Fehler gemacht.

»Also, wären das *meine* Kinder gewesen, die mitten in der Nacht von einem Klopfen an der Haustür geweckt wurden, wären sie aus dem Bett gesprungen und hätten wissen wollen, was da los ist.« Seine Augen blitzten und musterten Betty und ihre Schwestern feindselig. »Nicht so ihr drei.«

Betty war ganz mulmig vor Angst. Wild hatte recht: Normalerweise wären die Mädchen nicht im Bett geblieben. Nun ja, Fliss vielleicht, aber Betty und Charlie wären sofort mit Granny nach unten gelaufen, um herauszufinden, wer da so einen Krach machte.

»Worauf wollen Sie eigentlich hinaus, junger Mann?«, fragte Granny.

Wild schlug mit der Faust auf den Tresen und ließ sie alle zusammenzucken. »Wir suchen nach einem Mädchen«, fauchte er. »Ein Kind von neun Jahren, klein für sein Alter, braune Haare. Ein Mädchen ...« – er deutete auf Charlie – »genau wie *die* hier.«

»Sie meinen, Sie *wissen* eigentlich gar nicht, nach wem Sie suchen?«, fragte Granny ungläubig.

»Wir haben eine Beschreibung«, antwortete Wild. »Man kann ja wohl nicht erwarten, dass wir jeden Verbrecher auf dieser verfluchten Insel kennen.«

»Das kann doch nicht Ihr Ernst sein!«, platzte Fliss heraus, die endlich ihre Stimme wiedergefunden hatte. »Das hier ist unsere *Schwester*! Nicht irgendeine ... irgendeine Ausreißerin!«

Granny sah den Wärter entgeistert an. »Sie wollen doch nicht etwa behaupten, dass Charlie ...« Sie schüttelte sich. »Wir haben Urkunden, die genau belegen, wer sie ist!«

»Dann holen Sie die.« Wild schnippte mit den Fingern. »Sofort!«

Grannys Gesicht färbte sich dunkelrot vor Wut. Mit einem missmutigen Knurren ging sie zur Treppe und stampfte noch lauter die Stufen hinauf als sonst, dicht gefolgt von Wärter Gans, der inzwischen die Durchsuchung des Hinterhofs beendet hatte. Bettys Magen verkrampfte sich vor Angst, als sie an Willow – und das Irrlicht – dachte, die sich im Zimmer der Mädchen versteckt hielten. Sie begann sich allmählich inständig zu wünschen, dass sie Willow nie ins Haus gelassen hätte oder ihr überhaupt begegnet wäre.

Ein Ausruf von Gans ließ das Blut in ihren Adern gefrieren. »Hier oben!«

Betty stockte der Atem. *Bitte, bitte lass ihn nicht Willow gefunden haben …*

»Bewegt euch«, kommandierte Wild. Triumph blitzte in seinen Augen. »Allesamt nach oben, damit ich euch sehen kann.«

Eine nach der anderen stolperten die Mädchen die Treppe hinauf. Betty zwang sich, einen Fuß vor den anderen zu setzen. Ihr Herzschlag pochte in ihren Ohren. Das war es jetzt. Sie waren entlarvt. Erledigt. Fliss griff nach Bettys Hand und drückte sie fest. Doch als sie oben ankamen, fanden sie Gans in der Küche, wo er den Schrank neben der Spüle durchwühlte. Betty sah Fliss fragend an, dann fiel ihr Blick auf Granny, die mit einer alten Keksdose unter dem Arm in der Tür auftauchte.

»Verflixte Krähe! Ist das jetzt wirklich nötig?«, polterte Granny, aber ein leichtes Zittern hatte sich in ihre Stimme geschlichen.

Bettys Herz krampfte sich zusammen. Warum nur wirkte Granny auf einmal so verunsichert?

Gans hatte ein paar Dosen Schuhwachs und einige Putzlappen zur Seite geschoben. Ein vertrauter Geruch drang aus dem Schrank.

»Sieh mal einer an«, sagte Wild, drängte sich an ihnen vorbei und griff in den Schrank. »Was haben wir denn da?«

Betty starrte auf die kleine Dose in Wilds Hand … und die Dutzenden identischen Dosen, die in der hintersten Ecke des Küchenschranks übereinandergestapelt waren. Nun wusste sie, was für ein spezieller Geruch das war.

»Granny!«, stieß Fliss hervor. »Wo kommt der ganze Tabak her? Und was machen diese Unmengen davon in unserem Küchenschrank?«

»Äh«, druckste Granny jetzt sichtlich nervös. »Nun, also ... er war gerade im Angebot und ...«

»Ich habe Grund anzunehmen, dass es sich hierbei um Schmuggelware handelt«, sagte Wild.

»Granny!«, rief Charlie vorwurfsvoll.

Schmuggelgut? Betty starrte Granny ungläubig an. Das konnte doch nicht wahr sein! Doch der schuldbewusste Ausdruck in Bunny Widdershins Gesicht sagte alles.

»Bekommen wir ... bekommen wir jetzt Ärger?«, fragte Fliss nervös.

Wild antwortete nicht, aber er fuhr fort, die Küche zu durchsuchen. Bettys Unbehagen wuchs. *Schmuggelware!* Auf Krähenstein galten schwere Strafen für den Handel mit geschmuggelten Gütern, aber vielleicht würden die Wärter ja darüber hinwegsehen, weil sie mit dem vermissten Mädchen beschäftigt waren.

Da ertönte aus einem der Schlafzimmer ein deutlicher *Rums*. Wild hörte auf, die Schränke zu durchwühlen, und legte den Kopf schief wie ein lauschender Jagdhund.

»Wartet hier«, befahl er und ging aus dem Zimmer.

Einen Moment später war das vertraute Knarren von Grannys Schlafzimmertür zu hören, das Ächzen der Holzdielen unter schweren Schritten, das Abklopfen der Wände auf der Suche nach geheimen Verstecken. Bettys Knie zitterten. Das Zimmer der Mädchen war als Nächstes an der Reihe. Was, wenn Wild die Ecke absuchte, in der Willow kauerte? Er würde dort etwas spüren, auch wenn er das Mädchen nicht sehen könnte – und dann wäre das Spiel aus.

Betty sah von einem Familienmitglied zum anderen. Grannys Gesicht war bleich vor Schreck. Fliss sah besorgt aus und kaute auf ihrer Unterlippe. Niemand sagte ein Wort, und das Einzige, was Betty außer ihrem eigenen schnellen Atem hören konnte, war das Knistern von Papier, als Charlie in eine Tüte Rosinen griff und von Zeit zu Zeit die Hand in ihrer Tasche verschwinden ließ, um Hopsi ein paar abzugeben. Sie wirkte erstaunlich ruhig, aber Betty merkte an ihrem hektischen Kauen, dass auch sie angespannt war.

Wild marschierte jetzt über den Flur in das Zimmer der Mädchen. Bettys Puls raste immer schneller. Sie hörte, wie die Schranktür geöffnet und Kleider hastig zur Seite geschoben wurden. Sie dachte an Willow, die es sicher nicht wagte, sich zu bewegen oder sogar zu atmen. Konnte Wild spüren, dass er nicht allein im Zimmer war? Die nächsten Sekunden vergingen qualvoll langsam. Betty überlegte fieberhaft, wie sie den Wärter ablenken könnte.

Gäbe es nicht irgendeine Möglichkeit, Wild zurück in die Küche zu locken, ohne dass er Verdacht schöpfte? Während sie noch grübelte, schrie er plötzlich auf. Ein Jaulen ging durch das Haus, und Krallen kratzten über die Holzdielen. Mit gesträubtem Fell schoss Pfui an der Küchentür vorbei.

»Nichts als eine räudige Katze«, verkündete Wild griesgrämig, als er mit einem blutigen Kratzer an der Hand aus dem Mädchenzimmer kam. Von Willow hatte er keine Spur entdeckt, stellte Betty erleichtert fest. Ihre Knie hörten auf zu zittern, und Charlies Kauen wurde langsamer.

»Los, komm«, fauchte Wild den anderen Wärter an und wandte sich zum Gehen. »Wir haben hier genug Zeit verschwendet.«

Betty stieß erleichtert einen langen, zittrigen Atemzug aus und spürte, wie sich ihr Herzschlag beruhigte.

Doch in diesem Moment kam ein kleiner leuchtender Lichtkreis hinter Wild auf den Flur getrudelt wie ein Wollknäuel, das sich auflöst. Alle Augen richteten sich in stummem Entsetzen auf das Irrlicht, das neugierig über den Küchenfußboden huschte. Es taumelte hier entlang und da entlang, bevor es neben Charlie zur Ruhe kam.

Da wusste Betty, dass sie in einem Riesenschlamassel steckten.

Kapitel 5

Verhaftet!

Granny war die Erste, die reagierte. Die Keksdose fiel ihr aus der Hand und landete mit einem lauten Scheppern auf den Küchenfliesen, das sie alle zusammenschrecken ließ. Mit weit aufgerissenen Augen murmelte Granny etwas vor sich hin, und ihre Hände vollführten hektisch das Zeichen der Krähe. Zu ihren Füßen lagen haufenweise Briefe und Papiere verstreut, doch niemand machte Anstalten, sie aufzuheben. Betty war klar, dass sie so tun mussten, als würden sie den Irrwisch zum ersten Mal sehen. Die Schwestern wechselten einen Blick, und dann machten auch sie das Zeichen der Krähe.

Wild umklammerte seinen Schlagstock so fest, dass seine Knöchel weiß wurden. Ein seltsamer Ausdruck huschte über sein Gesicht, und Betty war sich nicht sicher, ob es Eifer oder Angst war. Draußen über der Marsch Irrlichter schweben zu sehen, war eine Sache, aber ihnen im Inneren eines Hauses zu begegnen, war etwas ganz anderes. Es ließ alles ein wenig ungewisser erscheinen. Ein wenig unsicherer.

»*Aha*!«, rief Wild heiser. Aber er zögerte, sich Charlie oder dem Irrlicht zu nähern, das jetzt um ihre Tasche herumschwirrte … die Tasche, in der sich eine unsichtbare Ratte versteckte. Wärter Gans wich zurück, stand mit dem Rücken zum Küchentisch und stammelte leise Worte vor sich hin, die wie ein Gebet klangen.

»Charlie?«, brachte Granny hervor. »Geh zur Seite!« Mutig griff sie nach einem hölzernen Kochlöffel und machte einen Schritt auf Charlie zu, um das Irrlicht wegzuscheuchen. Es schwirrte außer Reichweite wie eine Marschfliege, nur um dann wieder auf Charlies Tasche zuzusteuern.

Bettys Herz trommelte erneut in ihrer Brust. Wild war ohnehin schon misstrauisch, und das Irrlicht ließ sie alle verdächtiger erscheinen als je zuvor.

»Wir hatten doch recht«, sagte Wild triumphierend. Das Leuchten in seinen Augen erinnerte Betty an Charlie, wenn sie zu Hubbards Süßigkeitenladen auf der anderen Seite des Parks gehen durfte.

»Recht *womit*?«, fragte Fliss. »Wir haben mit diesem … diesem Ding hier nichts zu tun! Was auch immer Sie jetzt denken, Sie liegen völlig falsch!«

Wilds Augen wurden zu schmalen Schlitzen. »Das glaube ich kaum. Ihr müsst wissen, das Mädchen, nach dem wir suchen, hat … einen besonderen Draht zu Irrlichtern. Und das ist der Beweis dafür, dass sie das Mädchen ist, nach dem wir suchen: die Ausreißerin von der *Insel der Qualen*.«

»Ich bin nicht von der Verbannteninsel!«, stammelte Charlie.

»Jetzt halten Sie mal die Luft an«, warf Granny ein. »Das hier ist meine Enkeltochter, und das kann ich beweisen!« Ihre alten Gelenke knackten, als sie in die Knie ging und die über den Boden verstreuten Papiere durchforstete. Schnell kniete Fliss sich neben sie und begann ihr zu helfen.

Betty sah ihnen mit einem mulmigen Gefühl im Magen zu. *Es wird alles gut*, versuchte sie sich zu beruhigen. *Wir können beweisen, wer Charlie ist …*

»Hier!« Fliss sprang auf und schwenkte ein Blatt Papier vor Wilds Nase hin und her. »Charlies Geburtsurkunde. Dieses Papier beweist, dass sie hier geboren wurde. Auf der *Insel der Qualen* ist sie nie gewesen!«

»Da haben Sie es!«, krähte Charlie. »Ha!«

Doch Wilds hämischer Gesichtsausdruck veränderte sich nicht, als er das Papier geringschätzig musterte. »Das hier beweist gar nichts. Bloße Worte sind das.«

»Was?«, schnaubte Granny. »Aber es ist ihre Geburtsurkunde! Wie kann das nicht beweisen …«

»Alles, was das beweist, ist die Geburt eines Kindes«, fuhr Wild fort. »Nicht, wer das Kind ist. Das hier wiederum« – er deutete auf das Irrlicht – »spricht Bände. Mehr Beweise brauchen wir im Moment nicht.«

»Beweise wozu?«, wetterte Granny.

»Um sie zur *Insel der Qualen* zurückzubringen«, schloss Wild.

Charlie hob ruckartig den Kopf und sah ihn fragend an. In ihren Augen spiegelte sich Verunsicherung, aber wenn Betty es richtig deutete, auch ein Fünkchen Aufregung. »Sie bringen mich zur *Insel der Qualen*?«

»Das können Sie nicht machen!«, rief Fliss atemlos. »Da ... da leben doch nur Gauner!«

»Ach ja?«, sagte Wild und deutete auf Grannys Tabakvorrat. »Ihr müsst es ja wissen, nicht wahr? Ihr habt die Schmuggelware genommen und dafür das Mädchen versteckt, stimmt's?«

»Nein!«, rief Granny entsetzt. »Mit den Vermissten von der Insel haben wir nichts zu tun!«

Betty, die entschlossen war, Charlie nicht so leicht abführen zu lassen, wandte sich an Wärter Gans. »Warten Sie, Sir!«, flehte sie. »Bitte hören Sie uns zu. Meine Schwester ist nicht das Mädchen, das Sie suchen. Wenn Sie uns nicht glauben, dann fragen Sie doch die Leute in Krähenstein! Außerdem haben wir Fotos«, sagte sie mit immer festerer Stimme. »Ich meine, es sind nicht viele, denn wir hatten nie viel Geld, aber wenn wir Ihnen die zeigen ...«

Gans sah sie mit einer Mischung aus Mitleid und Unsicherheit an. Er fuhr mit der Zunge über seine trockenen Lippen. »Vielleicht sollten wir den Mädchen zuhören«, schlug er kleinlaut vor. »Vielleicht ist es ja doch nicht die Richtige …«

Wild schüttelte den Kopf. »Wenn wir uns geirrt haben, bringen wir sie zurück. Aber irgendwie hab ich das Gefühl, das wird nicht der Fall sein.«

»Warten Sie!«, rief Fliss. »Die schwarze Feder! Wenn sie eine der Verbannten wäre, müsste sie doch eine Tätowierung haben.« Sie schoss auf Charlie zu und schob ihren Ärmel hoch. »Und das hat sie nicht!«

Wilds flackernder Blick ruhte kurz auf Charlies Arm, aber sein Gesichtsausdruck veränderte sich nicht. »Das beweist nur, dass sie noch nicht tätowiert wurde«, sagte er tonlos. »Ein Grund mehr, das so schnell wie möglich nachzuholen.«

Betty wechselte einen entsetzten Blick mit Fliss. Ihre kleine Schwester, gebrandmarkt mit einer schwarzen Feder? Der Gedanke war einfach zu schrecklich.

Sie warf einen hilflosen Blick zu Gans, aber sie wusste schon, dass er zu schwach war, Wild umzustimmen. *Keine Panik*, redete sie sich selbst zu. *Das ist alles nur eine dumme Verwechslung, und das werden die Wärter auch bald merken.*

»Und was ist damit?«, fragte Gans ängstlich und deutete mit einem Nicken auf das Irrlicht. »Was sollen wir damit … *machen*?«

»Das, was wir sonst auch machen würden«, brummte Wild. »Nicht hinhören und nicht einlullen lassen. Wer weiß, welche dunkle Magie es herbeigerufen hat … welcher Fluch darin steckt … Übrigens, alle Bewohner dieses Hauses haben ab sofort Ausgangssperre«, fuhr er fort. »Niemand verlässt das Haus, niemand kommt herein, verstanden? Ihr wartet jetzt auf die Wärter, die morgen früh Dienst haben und euch noch mal ausführlich befragen werden.«

Er legte eine Hand auf Charlies Schulter, die Charlie sofort abschüttelte.

»Ich geh nirgends hin, Mister. Sie können mich nicht festnehmen – ich werde nächste Woche erst sieben!«

»Wir verhaften Kinder auch nicht«, sagte Wild mit zusammengepressten Zähnen. »Wir nehmen sie in Obhut.«

Charlie hörte auf, sich zu winden, und sah ihn fragend an: »Was für ein Hut?«

Wild warf ihr einen genervten Blick zu, aber Betty bezweifelte, dass er sich von Charlies frecher Art abschrecken lassen würde. Er platzierte seine Hand noch einmal auf Charlies Schulter, diesmal jedoch mit festem Griff. »Komm.«

»Jetzt hören Sie mal zu«, sagte Granny und stellte sich resolut an Charlies Seite. »Sie geht nirgendwohin, nicht ohne jemanden von uns.«

»Das ist nicht erlaubt«, sagte Wild. »Darf ich Sie daran erinnern, dass Sie alle unter Hausarrest stehen …«

»Zum Teufel mit dem Hausarrest!«, knurrte Granny. »Sie sind doch dafür da, uns zu beschützen! Eigentlich sollte ich *Sie* befragen, warum hier Irrlichter umherschwirren und in die Häuser unschuldiger Leute eindringen!«

Charlie sah hinab auf Wilds Hand und warf Betty einen Seitenblick zu.

Dann bewegte sie lautlos die Lippen: *Soll ich ihn beißen?*

»Nein!«, platzte Betty heraus, sodass alle verwirrt in ihre Richtung sahen. Sie hüstelte und warf Charlie einen warnenden Blick zu.

»Also, ich komme jedenfalls mit«, sagte Granny und griff entschlossen nach ihrer Pfeife. »Ihre Fragen können Sie mir ja auch auf dem Weg stellen!«

»Sie kommen ganz sicher *nicht* mit«, sagte Wild kühl.

Granny nahm Charlies Hand. »Das werden wir ja sehen.«

Und plötzlich lief alles aus dem Ruder.

Wild schlug Grannys Hand grob zur Seite. Ihr Unterkiefer klappte herunter, und sie stieß ein furchtbares Schimpfwort aus, das Fliss vor Scham erröten und Charlies Augen entgeistert hervortreten ließ.

»Wie können Sie es *wagen*, die Hand gegen mich zu erheben?«

Entsetzt sah Betty zu, wie Granny den Holzlöffel schwenkte, den sie in der Hand hielt, und Wild damit mir nichts, dir nichts auf die Nase schlug.

»Das reicht!«, brüllte er Granny ins Gesicht. »Sie sind verhaftet!«

»Nein!«, schrie Fliss. »Das können Sie nicht machen! Granny, schnell, entschuldige dich …«

»Das werde ich *nicht* tun«, sagte Granny mit einem seltsamen Funkeln in den Augen.

Sie hat sich absichtlich verhaften lassen, begriff Betty und spürte eine Welle der Zuneigung für ihre Großmutter. *Damit sie bei Charlie bleiben kann!*

Wild musterte sie mit eigenartiger Genugtuung und nickte Gans kurz zu. »Leg ihr Handschellen an. Wir setzen sie beim *Halunkenzinken* ab.«

»Sie meinen … sie geht *nicht* mit Charlie auf die Insel?« Betty sank der Mut, als Gans ein Paar silberner Handschellen hervorholte.

Mit einem Klick schloss er sie um Grannys Handgelenke. Ihre faltigen Hände ballten sich zu Fäusten, und ein weiterer Schwall von Schimpfwörtern strömte aus ihrem Mund.

»Der diensthabende Wärter kann sich morgen früh um sie kümmern«, sagte Wild zu Fliss.

Dann schob er Charlie in Richtung Küchentür. Gans führte Granny ab und folgte den beiden mit schuldbewusstem Blick.

Betty hätte am liebsten die Hände nach Granny und Charlie ausgestreckt und sie festgehalten, aber sie wagte es nicht.

»Wie können die so etwas machen?«, tobte Granny. »Das ist doch Entführung, genau, das ist es!«

»Keine Sorge, Granny«, sagte Charlie und schob ihre kleine Hand in Grannys alte, während Wild sie die Treppe hinunterführte. »Wenigstens bekomme ich mal die Insel der Verbannten zu sehen, und außerdem bin ich sehr gut darin, entführt zu werden!«

»Was redest du denn?«, murmelte Granny. »Du bist doch noch nie entführt worden, Charlie. Das hier ist nicht irgendein albernes Spiel!«

Betty und Fliss wechselten einen Blick. Sie erinnerten sich beide an etwas, von dem Granny und ihr Vater nichts ahnten. Nur die drei Schwestern wussten von dem Abenteuer, das sie zusammen erlebt hatten und bei dem Charlie tatsächlich entführt worden war.

Die Eingangstür des *Wildschütz* fiel mit einem Knall ins Schloss, der das ganze Haus erschütterte. Einen Augenblick später war ein Poltern zu hören. Grannys Hufeisen, das nun schon so lange über der Tür hing, war zu Boden gefallen. Betty lauschte auf das verklingende Scheppern des Eisens und konnte die unheimliche Vorahnung, die von ihren Gedanken Besitz ergriffen hatte, nicht mehr länger abschütteln. All diese kleinen unheilvollen Zeichen ... die Krähen, das falsch herum hängende Hufeisen. Hatte das alles vielleicht doch etwas zu bedeuten gehabt?

Auch wenn sie glaubte, dass die Wärter ihren Irrtum

bemerken und Charlie zurückbringen würden, beschlich sie das Gefühl, dass etwas an dieser ganzen Situation furchtbar falsch war.

»Arme Charlie«, sagte sie leise. »Das wäre alles nicht passiert, wenn ich Willow nicht ins Haus gelassen hätte.«

»Es wird ihnen schon nichts geschehen«, sagte Fliss. Sie strich Betty tröstend über den Arm, doch ihr Gesichtsausdruck verriet, dass sie genauso viel Angst hatte wie ihre Schwester. »Charlie lässt sich nicht so schnell unterkriegen, und die Wärter werden sie zurückbringen müssen, wenn sie ihren Fehler bemerken.«

»Wir müssen Willow aus dem Haus schaffen«, sagte Betty, die kaum zugehört hatte. Sie wischte sich mit dem Ärmel über die triefende Nase und bemühte sich, nicht mehr zu schniefen. »Wir müssen sie loswerden. Jetzt.«

Betty marschierte ins Zimmer der Mädchen und ließ Fliss in der Küche herumklappern. Ihr Atem ging stoßweise, als sie den dunklen Raum betrat. Aus einer schummerigen Ecke tauchte das Irrlicht auf und leuchtete matt, als es um ihre Knöchel schwebte. In den schrecklichen Momenten der Verhaftung und Entführung hatte sie die unheimliche Lichterscheinung fast vergessen. War es den Wärtern ebenso ergangen? Oder hatten sie einfach beschlossen, sich nicht mehr darum zu kümmern, nachdem sie Charlie gefangen genommen hatten? Der Anblick des Irrlichts aus dieser Nähe stärkte Bettys Entschlossenheit. Das Irrlicht gehörte nicht hierher, genauso wenig wie das seltsame Mädchen, das es begleitete.

»Willow?«, fragte Betty leise. »Bist du da?«

Für einen atemlosen Moment kam keine Antwort, und ein furchtbarer Gedanke schoss Betty durch den Kopf. Was, wenn Willow sich leise davongemacht hätte, unbemerkt, mit dem wertvollsten Besitz der Widdershins …? Ihr Blick flog zur Kommode, wo sie die Matroschka überstürzt – und leichtsinnigerweise – abgestellt hatte. Betty stieß einen zittrigen Atemzug aus. Sie war noch da. Schnell steckte sie die hölzerne Puppe in ihre Tasche und machte einen Schritt neben die Kommode. Das Irrlicht schwebte in der Ecke und hing in der Luft wie ein winziger Mond.

»Willow?«, sagte Betty noch einmal und griff in die Dunkelheit. Ihre Hand spürte nichts als Luft.

»Hier drüben.« Die Stimme kam von der anderen Seite des Raums. Betty starrte auf das Bett, in dem sich die zerwühlten Decken wie von selbst bewegten. Es sah gespenstisch aus.

»Er hat die Wände abgeklopft«, sagte Willow leise. »Ich bin an ihm vorbeigeschlüpft, als er weiterging. Aber nachdem er weg war, hab ich so gefroren und konnte nicht aufhören zu zittern. Wurde einfach nicht wieder warm. Also bin ich … ich …«

»Schon gut«, sagte Betty schroff.

Die Bettdecke hörte auf, sich zu bewegen, und für einen Moment war es ganz still.

»Es tut mir leid, dass sie Charlie mitgenommen haben«, flüsterte Willow. »Das ist alles meine Schuld.«

Betty verkniff sich eine bissige Bemerkung und erinnerte sich daran, dass Willow ja noch ein Kind war. Und nach der heutigen Nacht möglicherweise ein Kind, das keine Mutter mehr hatte – genau wie sie.

»Jetzt ist es nun mal passiert, da nützt es auch nichts, wenn du dir Vorwürfe machst. Sie werden Charlie zurückbringen müssen, wenn sie merken, dass sie nicht die Richtige ist.« Sie schaute aus dem Fenster. Draußen herrschte noch immer dichter Nebel. Zweifel schlichen sich in Bettys Gedanken. Willow war kaum älter als Charlie – konnten sie das Mädchen wirklich vor die Tür setzen und sich selbst überlassen? »Hör zu«, begann sie verlegen, »du musst nicht sofort gehen. Es ist immer noch so neblig da draußen ...«

»Nein«, sagte Willow. Die Decke bewegte sich noch einmal, als sie aus dem Bett stieg. »Der Nebel ist auf meiner Seite. Ich sollte jetzt aufbrechen, solange sie Charlie noch haben, solange die Wärter sie für mich halten ... also, das ist die beste Chance, die ich habe.«

Betty nickte und holte die Matroschka aus ihrer Tasche. Als sie die äußere Puppe auseinandernahm, wurde Willow schlagartig wieder sichtbar. Sie kauerte auf Bettys Bettkante. Der Irrwisch schoss zu ihr hinüber und schwirrte um ihre Füße, doch Willow sah so hilflos und verloren aus, dass Betty zögerte. »Ich könnte dich noch eine Weile länger unsichtbar lassen, wenn du willst?«, schlug sie vor.

Willow zuckte die Achseln. »Vielleicht. Aber vielleicht würde das auch nur mehr Probleme bringen.«

»*Aaaaaaaaaaaaaaah!*«

Der Schrei aus der Küche ließ sie beide zusammenzucken.

»Fliss?«, rief Betty. Ihre Stimme überschlug sich fast, und ihre Beine zitterten vor Angst, als sie aus dem Zimmer rannte. *Was war nur passiert?*

Fliss stand mit dem Rücken zur Küchenspüle, in der einen Hand den Teekessel, in der anderen eine große, halb leere Flasche. Ihr Atem ging schwer, und sie starrte gebannt auf den Tisch. »Sie ... war plötzlich da«, sagte sie atemlos.

»Die Flasche Whisky?«, fragte Betty und beäugte den Alkohol skeptisch.

»Nein, die Ratte!«, kreischte Fliss.

Betty drehte sich um. Jetzt erst bemerkte sie Hopsi, der auf dem Tisch saß und halb in die offene Tüte mit Rosinen gekrochen war, die Charlie zuvor stibitzt hatte. »Charlie muss ihn hier in der Küche gelassen haben. Oh, Vorsicht – Pfui hat sie gewittert!«

Ein Paar dämonischer gelber Augen war am Rand des Tischs aufgetaucht, zusammen mit einer zuckenden schwarzen Schwanzspitze. Schnell hob Betty die Ratte hoch und stopfte sie in die Tasche ihres Morgenmantels, auch wenn sie sich vor den kleinen feuchten Pfoten und dem wurmartigen Schwanz ekelte.

»Diese verfluchte Ratte.« Fliss stellte den Teekessel ab und fächelte sich Luft zu. »Und diese verfluchte Katze! Kusch!«, rief sie und schubste Pfui vom Küchenstuhl. »Ach, zum Teufel mit dem Tee! Ich brauche was Stärkeres.« Dann schraubte sie die Flasche auf und nahm einen großen Schluck.

»Felicity Widdershins!«, rief Betty schockiert. »Was ist denn in dich gefahren?«

Fliss riss entsetzt die Augen auf, würgte und spuckte den Whisky geradewegs in das Spülbecken. »War nur ein Versuch. Bei Granny wirkt das Wunder.«

Betty nahm die Flasche und schraubte sie wieder zu. »Du bist aber nicht Granny, und ich brauche dich mit klarem Kopf!«

»Es schmeckt sowieso total eklig«, krächzte Fliss.

Willow war Betty gefolgt und stand unschlüssig im Türrahmen. Fliss warf ihr einen nervösen Blick zu und sah schnell wieder weg, als wollte sie nur noch, dass Willow verschwinden würde. Sie nahm einen leeren Kartoffelsack vom Haken, kniete sich vor den Küchenschrank und begann, die Tabakdosen hineinzustopfen.

»Was machst du da?«, fragte Betty.

»Ich lasse Grannys Tabakreserven verschwinden«, antwortete Fliss und schnürte den Sack zu. »Wenn morgen die Wärter von der Frühschicht kommen, dürfen wir das Zeug hier nicht mehr liegen haben. Sonst machen wir uns nur noch verdächtiger.«

»Aber die anderen Wärter haben den Tabak doch schon gesehen ...«

»Dann steht Aussage gegen Aussage«, erwiderte Fliss stur. »Willow kann den Sack mitnehmen und ihn draußen irgendwo wegschmeißen, wenn sie geht.« Sie sah Willow durchdringend an. Betty warf noch einen Blick aus dem Fenster. Der wabernde Nebel zeigte keine Anzeichen, sich aufzulösen. Bettys Magen krampfte sich zusammen. Warum sollten die Wärter es riskieren, bei diesem Nebel die Marsch zu überqueren? Das unbehagliche Gefühl war wieder da und nagte an ihr wie eine hungrig pickende Krähe.

»Also gut«, sagte Fliss sanft. »Ich glaube, es ist Zeit, dass wir uns verabschieden, Willow. Ich hoffe, du kommst dahin, wo du hinwillst.«

Willow sah sie an. Die großen Augen in ihrem schmalen Gesicht blickten ernst. Sie öffnete den Mund, um etwas zu sagen, aber sie kam nicht dazu.

Ein lautes Klopfen an der Haustür ließ sie alle vor Angst erstarren.

»Wer zur Krähe kann *das* denn jetzt sein?«, fragte Fliss mit zittriger Stimme.

Betty packte Willow am Arm und schob sie zurück ins Zimmer der Mädchen, während ihre Finger nach der Matroschka tasteten. Als sie die zwei Hälften der äußeren Puppe wieder richtig zusammenfügte, verschwand Willow erneut. »Bleib in der Ecke, wie vorhin«, schärfte Betty ihr ein und stellte die Matroschka in die Kommode. »Und bring dieses Irrlicht zurück in die Lampe!«

Dann eilte sie die Treppe hinunter, dicht gefolgt von Fliss.

»Vielleicht haben die Wärter beschlossen, Granny wieder freizulassen«, überlegte Fliss hoffnungsfroh. »Oder Charlie hat die Männer überzeugt, sie zurückzubringen!«

Betty sagte nichts, aber ihre Gedanken überschlugen sich, während sie den Riegel zurückschob. So gerne sie Fliss auch zugestimmt hätte, das nagende Gefühl, dass etwas nicht stimmte, ließ sie nicht los. Noch bevor sie die Tür geöffnet hatte, wusste Betty, dass nichts Gutes passieren würde.

Auf der Türschwelle standen zwei Gestalten, umhüllt von Nebel. Wärter ... aber nicht dieselben, die vorhin da gewesen waren. Als ihre Gesichter im schummrigen Licht sichtbar wurden, sog Betty scharf die Luft ein. Sie erkannte einen der Männer, auch wenn er sich nicht an sie erinnern würde.

»Wir bitten die späte Störung zu entschuldigen«, sagte er. »Wir fahnden nach einer Ausreißerin, und es ist unabdinglich, dass wir alle Gebäude durchsuchen.«

Fliss starrte ihn verwirrt an. »Aber ... aber Sie haben dieses Haus doch gerade durchsucht.«

Der Wärter kniff die Augen zusammen und sah sie durchdringend an. »Nein, das haben wir nicht.«

»Ich meine, Ihre Kollegen«, sagte Fliss. »Andere Wärter.« Sie wandte sich an Betty. »Gans und …?«

»Wild«, ergänzte Betty. Mit wachsendem Unbehagen starrte sie auf die immer tiefer werdende Falte zwischen den Augenbrauen des Mannes.

Der zweite Wärter wechselte einen Blick mit dem ersten.

»Es gibt keine Wärter mit den Namen Gans und Wild.«

Kapitel 6

Ein verzauberter Stein

»Sie waren doch gerade hier, vor ein paar Minuten«, sagte Fliss mit schriller Stimme. »Haben uns Fragen gestellt, das Haus durchsucht …«

Doch der erste Wärter entgegnete kurz und knapp: »Auf dieser Seite von Krähenstein sind im Moment nur wir zwei unterwegs. Wir haben uns vor einer Stunde von den anderen beiden aus dem Suchtrupp getrennt. Wer auch immer bei euch gewesen ist, es waren keine Wärter.«

Keine Wärter? Diese Information drang in Bettys Gedanken wie Marschnebel und umhüllte sie wie ein grauer Schleier. Sie fühlte sich beklommen und verloren.

»A-aber sie waren doch in Uniform!«, fuhr Fliss fort. Ihre Unterlippe zitterte. »Sie haben unsere kleine Schwester mitgenommen! Und unsere Großmutter. Das ist alles ein schrecklicher Irrtum!« Sie warf einen verzweifelten Blick zu Betty. »*Sag* es ihnen!«

»Das … das ist es«, krächzte Betty. Sie sah das Flehen

in den Augen ihrer Schwester und wusste, dass Fliss sie beschwören wollte, Willow zu verraten, aber so einfach war das nicht. Willow an die Wärter auszuliefern, würde Charlie nicht zurückbringen. Es würde den Widdershins nur eine weitere Straftat einhandeln.

»Sie haben gedacht, unsere Schwester wäre jemand anders – die Ausreißerin –, und ... und als wir versucht haben, sie davon abzuhalten, Charlie mitzunehmen, haben sie Granny verhaftet und gesagt, sie würden sie zum *Halunkenzinken* bringen ...« Betty brach ab, als der erste Schreck einem eiskalten Grauen wich, das sich in ihrem Körper ausbreitete.

Wer *waren* diese Männer, die Charlie und Granny mitgenommen hatten? Was wollten sie von Willow? Fest stand nur, dass diese Leute den Wärtern zuvorgekommen waren. Wachsende Panik hatte von Betty Besitz ergriffen. Alles war auf einmal anders. Wenn sie nicht einmal mehr wussten, wer Charlie in der Gewalt hatte, wussten sie auch nicht, wo man sie hinbringen würde. Oder *warum* ...

»Warum sollten sie die beiden verwechselt haben?«, murmelte der Wärter vor sich hin. »Wir werden uns wohl besser selbst mal umsehen.«

»Einen Moment noch«, unterbrach ihn Fliss und versperrte den Männern den Weg. »Wenn das vorhin keine echten Wärter waren, wie kann ich dann wissen, ob Sie die sind, für die Sie sich ausgeben?«

Der Wärter schürzte die Lippen. Es waren schmale Lippen, an die Betty sich erinnerte, denn sie hatte diesen Wärter schon einmal gesehen. Er war klein und hager, mit einem schlaff herunterhängenden Schnurrbart im Gesicht. Ein Mann, der einer ausgemergelten Ratte ähnelte und der auch die passende Persönlichkeit dazu hatte. Er zeigte auf sein Dienstabzeichen: ein goldener Krähenfuß, der selbst im schummrigen Licht glänzte. Betty erinnerte sich an seinen Namen, bevor er ihn nannte.

»Tobias Pike. Und das hier ist Eli Minnich.«

Minnich deutete ebenfalls auf sein Abzeichen.

»Das beweist gar nichts«, sagte Fliss. »Die anderen haben auch Abzeichen getragen.«

»Er *ist* ein Wärter«, warf Betty ein. »Ich ... ich erinnere mich, ihn schon mal gesehen zu haben. Im Gefängnis.« Das stimmte zwar nicht ganz, aber es war einfacher, als Fliss zu erklären, dass sie Pike zum ersten Mal begegnet war, als die drei Schwestern sich aufgemacht hatten, um ihren Fluch zu brechen.

Die Mädchen traten zur Seite, um Pike und Minnich vorbeizulassen. Fliss schloss die Tür hinter ihnen.

»Und ihr habt ihnen die Geburtsurkunde eurer Schwester gezeigt?«, fragte Minnich stirnrunzelnd, als sie durch die Kneipe gingen. Er hatte eine sanftere Stimme als Pike und ein freundlicheres Gesicht. Er holte ein Notizbuch hervor, schlug es auf und begann mit einem Bleistift etwas hineinzukritzeln.

»Ja.« Fliss rannte schnell nach oben und kam mit dem Stapel Papiere aus Grannys alter Keksdose zurück. »Das ist Charlies Geburtsurkunde. Sie haben gesagt, das beweise nicht, wer sie sei, und haben sie mitgenommen.«

»Zurück zur *Insel der Qualen*?«, fragte Pike.

Betty nickte matt. »Das haben sie gesagt, aber wenn sie gar keine echten Wärter waren, dann …« *Warum sollten sie Charlie dann auf die Insel der Qualen bringen?*, fragte sie sich und sah, wie sich ihre eigene Angst in den Augen ihrer Schwester widerspiegelte. Und was würden sie mit Charlie machen, wenn sie ihren Irrtum bemerkten?

Pike wandte sich eindringlich an Minnich: »Wir müssen zum Hafen, und zwar schnell. In diesem Nebel können sie noch nicht weit gekommen sein. Wir zünden die Leuchtfeuer an und senden Suchtrupps aus.«

»Und was ist mit den Wärtern, in deren Kleider die Betrüger geschlüpft sind?«, wollte Fliss wissen. »Können Sie die nicht um Unterstützung bitten?«

»Dazu müssen wir sie erst mal finden«, sagte Minnich. »Aber wenn diese Betrüger Wärteruniformen tragen, dann …« Er brach ab und schluckte vernehmlich. »Dann sieht es nicht gut aus.«

»Was ich nicht verstehe, ist, warum sie Granny mitgenommen haben«, sagte Fliss. Ihr ovales Gesicht war jetzt leichenblass, und selbst ihre Lippen, die normalerweise tiefrot waren, sahen matt und farblos aus. »Wenn sie nur nach diesem Mädchen suchten, warum haben sie dann nicht einfach nur Charlie mitgenommen?«

»Sie wollten Granny eigentlich gar nicht. Sie wollten uns nur Angst einjagen«, begriff Betty. »Es war ein Ablenkungsmanöver, das uns völlig überrumpelt hat.« Wilds völlig übertriebene Reaktion ergab jetzt auf einmal Sinn. Es war klar, dass Granny eigentlich nicht hätte verhaftet werden sollen, aber es hatte Betty und Fliss auf jeden Fall eingeschüchtert.

Pike musterte Betty mit einem langen Blick. »Gibt es noch irgendetwas anderes, das ihr uns erzählen solltet? Irgendetwas, das wir wissen müssen, um eurer Schwester zu helfen?«

Betty schüttelte den Kopf. Sie dachte an Willow, die sich oben im Mädchenzimmer versteckt hielt und lauschte.

»Nein.« Bettys Stimme klang hohl. *Solch ein kleines Wort für solch eine große Lüge.*

»Wenn das so ist«, sagte Pike, »fangen wir gleich an zu suchen.«

»Eine Beschreibung? Oder eine Fotografie?«, warf Minnich ein.

Betty reichte ihm ein kleines Bild aus dem Regal über der Kasse. Charlie grinste darauf vorwitzig in die Kamera. »Hier. Das Bild wurde Anfang letzten Jahres aufgenommen – seitdem sind ihr die beiden Schneidezähne ausgefallen.«

»Bitte«, sagte Fliss mit bebender Stimme. »Bitte, finden Sie unsere Schwester. Bringen Sie Charlie zurück.«

Minnich nickte ernst und steckte das Bild in seine Tasche.

»Bist du schon mündig?«, fragte Pike Fliss.

»I-ich werde nächsten Monat siebzehn«, stammelte Fliss.

»Gut. Alt genug also, um die hier zu beaufsichtigen«, sagte Pike barsch und deutete mit einem Nicken auf Betty.

Wenn die Umstände nicht so ernst gewesen wären, hätte Betty sich diesen Kommentar nicht gefallen lassen. Sie war dreizehn – sie brauchte niemanden, der sie beaufsichtigte! Aber jetzt war nicht der Moment, die Augen zu verdrehen oder eine sarkastische Bemerkung zu machen. Jetzt war der Moment, den Mund zu halten und die Augen offen zu halten.

Die Wärter verabschiedeten sich, und die Mädchen verriegelten zum zweiten Mal an diesem Abend die Eingangstür des *Wildschütz*. Als sie den Riegel vorgeschoben hatte, lehnte Fliss ihre Stirn gegen das dunkle Holz und stieß einen erstickten Seufzer aus. Betty, die schon auf halbem Weg zur Treppe war, drehte sich voller Ungeduld und Sorge nach ihrer Schwester um. Wenn eine von ihnen jetzt zu weinen anfinge, würde die andere womöglich auch in Tränen ausbrechen, und das konnten sie sich im Augenblick nicht erlauben.

»Komm schon«, drängte sie. »Ich weiß, dass du traurig bist, aber wir haben jetzt keine Zeit zu weinen. Das hilft uns nicht weiter – und Charlie auch nicht!« Und damit eilte sie die Treppe hinauf, immer zwei Stufen auf einmal nehmend.

»Charlie helfen?«, fragte Fliss zweifelnd und rannte Betty hinterher. »Wie stellst du dir das vor? Wir sitzen hier mitten im Nebel fest und …«

»Nein, Fliss.« Betty war auf dem oberen Treppenabsatz angekommen, lief ins Mädchenzimmer und kramte warme Kleider aus den Schubladen. »Wir sitzen hier nicht fest, das ist es ja. Die Wärter waren nicht echt, und dasselbe gilt für unsere Ausgangssperre.« Sie holte Hopsi aus der Tasche ihres Morgenmantels und drückte die Ratte ihrer Schwester in die Hand.

»Oh, du weißt doch, dass ich solche Zapppelviecher nicht mag. Kann ich ihn nicht … nicht einfach auf den Boden setzen?«

»Nein, es sei denn, du willst Charlie erzählen, dass ihr Lieblingstier von Pfui verspeist wurde.« *Vorausgesetzt, wir sehen Charlie je wieder*, fügte eine grausame kleine Stimme in Bettys Kopf hinzu. Sie schüttelte sich, um die Stimme zum Schweigen zu bringen. »Verflixte Krähe, jetzt halt ihn einfach!«

Fliss verzog das Gesicht und hielt die Ratte auf Armeslänge von sich. »Was machst du?«

»Wonach sieht es denn aus?«, gab Betty zurück und warf ihr Nachthemd aufs Bett. »Ich gehe raus, um Charlie zu suchen.« Sie durchwühlte einen Haufen Wollstrumpfhosen, nahm sich die mit den wenigsten Löchern und zwängte sich hinein. Als sie sich auf die Bettkante hockte, bemerkte sie, wie die Matratze unter einem weiteren – unsichtbaren – Gewicht nachgab, und spürte, dass Willow neben ihr saß und zuhörte. Das Irrlicht war nicht mehr in der Lampe, doch unter dem Bett drang ein mattes Leuchten hervor.

»Du willst r-rausgehen?«, stammelte Fliss. »Aber die Wärter – die echten – sind doch schon draußen und suchen! Sollten wir ihnen nicht vertrauen, dass sie Charlie aufspüren?«

»Wie können sie das, wenn sie nur einen Teil der Geschichte kennen?«, sagte Betty grimmig. Sie schlüpfte in ihre Stiefel und zog eine dicke Strickjacke über ihr Kleid. Dann nahm sie Fliss die Ratte ab und steckte das Tier in ihre Tasche. »Außerdem weißt du so gut wie ich, dass man einem Wärter nie trauen sollte. Die Hälfte von ihnen ist korrupt. Denk doch nur an Fingerty – und die zwei, die Anfang des Jahres verschwunden sind. Wer weiß, worin die verwickelt waren?«

»Aber nicht alle sind korrupt«, wandte Fliss ein. »Und sie haben Macht und Waffen. Ganz abgesehen von ihrer Erfahrung, Leute aufzuspüren.«

Betty verzog das Gesicht. »Die habe ich auch. Ich habe dich und Charlie letztes Jahr gefunden, oder etwa nicht?«

»Das war etwas anderes«, murmelte Fliss.

»Der einzige Unterschied war, dass Charlie damals entführt wurde, weil sie etwas Wertvolles bei sich hatte«, zischte Betty. »Dieses Mal war die Entführung ein Irrtum, und sobald die Männer das bemerken, wird Charlie nutzlos für sie sein! Und dann ...«

»Dann ist sie wirklich in Gefahr«, beendete Fliss den Satz. Ihr Atem ging stoßweise. Sie lief zum Schrank und begann eilig, sich anzuziehen, aber ihre Angst und ihre Bedenken standen ihr ins Gesicht geschrieben. »Selbst wenn wir sie finden, wie sollen wir sie denn befreien?«, fragte sie. »Wir können diese Betrüger ja schlecht überwältigen. Die lachen uns doch ins Gesicht!«

»Nein, überwältigen nicht«, erwiderte Betty. »Aber vielleicht können wir sie überlisten, denn wir verfügen über zwei Dinge, die selbst die echten Wärter nicht haben.« Sie nahm die Matroschka aus der Kommode. »Erstens können sie uns gar nicht ins Gesicht lachen, wenn sie uns nicht sehen können.« Sie nahm die Puppen auseinander, und sofort wurde Willow wieder sichtbar. Das Mädchen saß auf der Bettkante, als wollte sie jeden Moment aufspringen und fliehen. »Und zweitens haben wir Willow, und die hat vielleicht ein paar Antworten für uns.«

»Aber ich dachte, sie soll gehen?«, fragte Fliss. »Wir können doch nicht riskieren, mit ihr erwischt zu werden!«

»Wir konnten sie bis jetzt auch verstecken«, sagte Betty und schnürte entschlossen ihre Stiefel zu. »Und wie ich die Sache sehe, haben wir gar keine andere Wahl. Was auch immer die Männer von ihr wollen und was auch immer sie weiß – sie ist der Schlüssel, um Charlie zu finden.« *Und sie zurückzubekommen*, fügte sie im Stillen hinzu, als sich ihr ein dunklerer Gedanke aufdrängte. Konnten sie womöglich einen Handel ausmachen – Willow gegen Charlie eintauschen? Es war ein verwerflicher Gedanke, aber einer, den Betty nicht ganz von der Hand weisen konnte. Charlies Sicherheit ging vor, koste es, was es wolle.

»Und was ist damit?«, fragte Fliss und deutete auf den Irrwisch, der unter dem Bett hervorgekommen war und um Willows Füße schwirrte. »Wir können das Mädchen verstecken, aber einen Irrwisch können wir nicht unsichtbar machen!«

»Da hast du recht.« Betty starrte das Irrlicht an. »Vielleicht können wir es in der Marsch freilassen oder so was.«

»Ihr habt wohl vergessen, dass ich euch hören kann.« Willows Stimme klang leise, aber entschlossen. Sie lockte den Irrwisch zurück in die Öllampe. »Und so einfach könnt ihr das Irrlicht nicht loswerden.«

»Was *ist* es denn nun wirklich?«, fragte Fliss. »Warum folgt es dir?«

Willow gab keine Antwort.

»Du musst anfangen zu reden«, drängte Betty sie.

»Wir brauchen deine Hilfe, um Charlie zu finden, und die Zeit drängt. Mit jeder Minute, die verstreicht, entfernt sie sich weiter von uns. Weißt du, wer diese Männer sind und warum sie Charlie entführt haben? Was ist es denn, was sie von dir wollen?«

Willow schluckte laut. »Ich weiß … ich weiß, warum sie eure Schwester mitgenommen haben«, antwortete sie schließlich. »Aber wenn ich euch das verrate, müsst ihr auch mir helfen.«

Betty warf Fliss einen Blick zu. In diesem Moment war klar, dass beide von ihnen so ziemlich alles versprechen würden – ob sie es nun ernst meinten oder nicht –, wenn es sie zu Charlie führen würde. »Was verlangst du denn von uns?«

Willow starrte mit einer Mischung aus Staunen und Angst auf die hölzernen Puppen in Bettys Hand. »Es gibt einen Ort, zu dem ich gelangen muss«, sagte sie nach einer Weile. »Aber ich glaube nicht, dass ich es allein schaffen kann. Es ist zu weit, und ich brauche ein Boot und …«

»Wir haben ein Boot«, warf Betty ein und versuchte, sich ihre Ungeduld nicht anmerken zu lassen. »Sag uns einfach, wo du hinwillst.«

»Es ist wahrscheinlich einfacher, es euch zu zeigen«, sagte Willow und holte etwas aus den Falten ihres schäbigen Kleides hervor. Es war ein quadratisches Papier, gewachst und ziemlich vergilbt. Das Pergament war mehrfach zusammengefaltet und an den Kanten und Ecken schon etwas abgenutzt.

Betty nahm das Papier in die Hand. Ihr Herz begann wieder schneller zu schlagen, doch diesmal vor Aufregung und nicht vor Angst. Sie faltete das Papier vorsichtig auseinander, aber sie ahnte schon, dass es eine Landkarte war. Handgezeichnet in schwarzer Tinte, mit einer dekorativen Kompassrose in der Ecke. Betty musterte die Zeichnung genauer, und für einen Moment verschlug ihr die Schönheit der Karte die Sprache, doch dann runzelte sie die Stirn.

»Es ist nur eine Karte von Krähenstein und Umgebung«, sagte Fliss, die ihr über die Schulter sah. »Hast du nicht auch so eine ähnliche, Betty?«

»Nein, so eine nicht«, sagte Betty. Etwas an der Karte kam ihr seltsam vor. Sie wandte sich an Willow. »Ich meine, ich habe natürlich Karten von Krähenstein, aber sie sind größer, detaillierter. Auf dieser hier sind Krähenstein und die *Inseln des Jammers* zu klein, um Details darzustellen. Den größten Teil scheint das Wasser einzunehmen – und da ist nicht viel mehr zu sehen als dieses alte Schiffswrack.« Sie hielt inne und kratzte sich am Kopf. »Das ist wirklich eine merkwürdige Karte. Wo genau willst du denn nun hin?«

Willow biss sich auf die Lippe und zögerte. Dann legte sie einen zittrigen Finger auf das vergilbte Papier. »Hierhin.«

Betty musterte Willow eindringlich. Allmählich begann sie sich zu fragen, ob dieses seltsame Mädchen vielleicht *einen Sprung im Whiskyglas* hatte, wie Granny immer sagte. »Willow«, begann sie behutsam. »Da ist nichts.«

Schweigend zog Willow etwas aus ihrer Tasche und legte es in Bettys Hand. Einen runden grauen Stein mit einem Loch in der Mitte.

»Ein Hühnergott?«, fragte Betty. Sie fuhr mit dem Daumen über die Oberfläche des Steins. Sie war uneben und mit winzigen Seepocken besetzt. »Granny hat auch so einen. Man sagt, sie bringen Glück und können böse Geister abwehren.«

»Und dir helfen, Dinge zu sehen, die sonst unsichtbar sind«, fügte Fliss hinzu. »Granny hat uns immer erzählt, wenn man durch so einen Stein schaut, könnte man Kobolde und andere verborgene Wesen sehen, weißt du noch?«

Betty verdrehte die Augen. »Also, ich bekomm dabei immer nur Sand ins Auge.«

»Diesmal nicht«, flüsterte Willow.

Ihre Worte ließen Betty eine Gänsehaut über den Rücken laufen. Sie hielt den Stein vor ihr Auge – und rang erschrocken nach Luft. Denn dort auf der Karte, wo sie eben noch nichts als Wasser gesehen hatte, war auf einmal etwas anderes aufgetaucht.

»Das ... das verstehe ich nicht«, stammelte Betty. Sie

nahm den Stein zur Seite, dann hielt sie ihn wieder vors Auge. »Wie ist denn das … möglich?«

»Was?«, fragte Fliss und streckte ihre Hand aus. »Was meinst du denn? Lass mich auch mal gucken!«

Mit zittrigen Fingern reichte Betty ihrer Schwester den Stein. Voller Staunen und mit einer Spur von Furcht musterte sie noch einmal das seltsame Mädchen. Ihr Kopf quoll über vor Fragen. Schließlich brachte sie ein ungläubiges Krächzen heraus.

»Es ist eine Insel.«

Kapitel 7

Halunkenzinken

Fliss sog erschrocken die Luft ein, als sie durch das Loch im Stein schaute.

»Was ist denn das für eine Karte? Ist das ein Trick?«

»Nein«, antwortete Willow. »Es ist alles wahr.« Sie deutete mit einer Handbewegung auf die Matroschka. »Nur weil man etwas nicht sehen kann, bedeutet es ja nicht, dass es nicht da ist.«

»Ich besitze so gut wie jede Karte von Krähenstein und Umgebung«, sagte Betty heiser. »Und ich habe noch nie etwas von einer geheimen Insel gesehen oder gehört.« Sie war ganz außer Atem und fühlte sich ein wenig schwindelig – wie damals, als sie die Holzpuppen bekommen und zum ersten Mal ihre Zauberkraft erkannt hatte. Und auch wenn sie sich schon immer danach gesehnt hatte, Abenteuer zu erleben und das Unbekannte zu entdecken, schwang in dem Zauber dieser Karte ein Gefühl unterschwelliger Gefahr mit.

»Wenn alle davon wüssten, wäre es ja kein Geheimnis«, entgegnete Willow.

Betty nahm Fliss den Stein ab und betrachtete die Karte noch einmal genauer. Da war sie wieder, gezeichnet in derselben Art wie der Rest der Karte: eine Insel mit Buchten und Klippen und einem Gewässer in ihrem Inneren.

»Sieht aus, als wäre in der Mitte eine Art Lagune«, sagte Betty. »Aber nichts davon ist beschriftet.« Sie musterte Krähenstein und die *Inseln des Jammers*, winziger als auf ihren eigenen Karten, aber noch immer groß genug, dass einige Orte verzeichnet waren: die *Teufelszähne*, das Gefängnis und die *Drei Witwen* zum Beispiel.

»Warum sollte die Insel beschriftet sein, wenn doch keiner von ihr weiß?«, fragte Fliss.

»Aber irgendjemand muss ja darüber Bescheid wissen«, erwiderte Betty. »Zumindest gut genug, um die Insel auf dieser Karte zu verzeichnen. Es sei denn …« Sie zögerte und musterte Willow eindringlich. »Ich meine, wie sicher bist du, dass dieser Ort wirklich existiert? Woher sollen wir wissen, dass die Karte nicht gefälscht ist? Etwas, das sich Piraten oder Schmuggler ausgedacht haben, um Leute irgendwo hinzulocken? Woher hast du die Karte überhaupt?«

»Sie gehörte meinem Vater. Und sie ist alles, was ich habe.« Willow schob störrisch die Unterlippe vor, was Betty an Charlie erinnerte. Sie spürte einen Kloß in ihrem Hals. *Charlie!*

»Wenn wir eine Chance haben wollen, Charlie zu finden, können wir nicht einfach hier herumsitzen«, sagte Betty. Sie schluckte hart, um den Kloß in ihrem Hals loszuwerden. »Wir müssen uns beeilen, damit wir sie noch einholen können – wir haben schon zu viel Zeit verschwendet.«

Sie gab Willow die Karte zurück. »Wenn du willst, dass wir dir helfen, musst du ehrlich zu uns sein. Wer sind diese Leute, die nach dir suchen?«

»Trapper«, antwortete Willow. »Das ist alles, was ich weiß.«

»Trapper?«, wiederholte Fliss ängstlich.

Willow nickte. »Die haben es auf ... auf Leute wie mich abgesehen.«

»Warum?«, fragte Betty. »Hat das etwas mit dem Irrlicht zu tun?« Es war das Einzige, was Willow von anderen zu unterscheiden schien. »Aber sie haben ja gar nicht versucht, das Licht einzufangen ... Sie wollten nur Charlie – also dich, meine ich.«

»Stimmt, sie wollten das Irrlicht nicht, zumindest nicht dieses.« Willow kaute auf ihrer Lippe. »Für mich interessieren sie sich nur, weil ... weil sie wissen, dass ich Irrlichter fangen kann.«

... dass ich Irrlichter fangen kann.

Willows Worte hallten in Bettys Kopf nach. Und selbst als sie verklungen waren, ließen sie viele Fragen zurück. Betty zwang sich, diese Fragen zur Seite zu schieben – für den Moment zumindest. Es spielte jetzt keine Rolle, warum Willow das konnte. Entscheidend war, dass Charlie es *nicht* konnte.

»Wo könnten sie Charlie denn hingebracht haben? *Denk nach!*«

»Ich ... ich weiß nicht«, wisperte Willow.

Betty wandte sich frustriert ab. Dann nahm sie ein paar trockene Kleider aus Charlies Schublade und drückte Willow das Bündel in die Hand. »Zieh dich um«, sagte sie und sah Willow stirnrunzelnd an. »Deine Kleider sind ja immer noch ganz durchnässt.«

»Ich friere aber nicht«, sagte Willow matt.

»Du bist eiskalt«, sagte Betty, als Willows Hand ihre eigene streifte. »Selbst deine Haare sind noch tropfnass.«

Betty durchsuchte die Kartenrollen neben ihrem Bett und zog eine heraus. »Halt mal«, sagte sie zu Fliss und ging aus dem Zimmer.

Mit klopfendem Herzen stand sie in der Küche. Sie hatte so viele Stunden ihres Lebens im *Wildschütz* damit verbracht, von Abenteuern zu träumen. Jetzt war sie kurz davor, ein echtes Abenteuer zu erleben, doch wie schon beim letzten Mal entwickelte es sich ganz und gar nicht so, wie Betty es sich vorgestellt hatte. Sie nahm ein Schlüsselbund von einem der Haken über der Spüle, dann holte sie einen Laib Brot aus dem Vorratsschrank und füllte zwei Flaschen mit Wasser. Ihr Blick fiel auf den Kartoffelsack, in den Fliss Grannys Tabak gestopft hatte.

Kurzerhand nahm sie den Sack und warf die anderen Sachen hinein – Grannys Schmuggelware konnten sie dann ja auf dem Weg loswerden. Dann ging Betty zurück ins Mädchenzimmer und holte einen weiteren warmen Umhang aus dem Kleiderschrank. Eine von ihnen würde ihn in diesem kalten Nebel da draußen sicher brauchen. »Los jetzt«, sagte sie und ließ die Matroschka in ihrer Tasche verschwinden, nachdem sie Willow wieder unsichtbar gemacht hatte. »Und du musst uns noch einiges erklären.«

Willow antwortete nicht, aber die Lampe, in der das Irrlicht leuchtete, zitterte in ihrer Hand. Betty nahm sie ihr ab und schauderte, als sich ihre Hände berührten. Willows Finger fühlten sich an wie Eiszapfen.

Draußen herrschte noch immer dichter Nebel. Feuchtkalte Luft stieg den Mädchen in die Nase, als sie schweigend aus dem Haus traten und sich am Nestleinpark vorbeischlichen. Betty lauschte und sah sich nach den Wärtern – oder den Betrügern – um, aber die Straßen waren leer, die Fenster dunkel. Die Leute hielten ihre Vorhänge immer geschlossen, wenn die Gefängnisglocke läutete. Doch selbst wenn jemand aus dem Fenster schauen sollte, dachte Betty düster, würde er die Wahrheit nie erfahren. Niemand konnte ahnen, dass sie das Mädchen an ihrer Seite hatten, nach dem die Wärter suchten, oder dass in der Lampe, die ihnen den Weg leuchtete, keine gewöhnliche Flamme brannte. Noch waren es ein paar Stunden bis zum Tagesanbruch, den Betty herbeizusehnen begann. Bei Nacht kam einem alles schlimmer vor – das hatte Granny auch immer gesagt. Ängste und Sorgen wurden größer, wenn es Schatten gab, in denen sie lauern konnten.

»Betty?«, flüsterte Fliss. »Wohin gehen wir eigentlich? Was ist der Plan?« Dann fügte sie besorgt hinzu: »*Gibt* es überhaupt einen Plan?«

»Ich arbeite daran«, murmelte Betty und zog ihr Schultertuch über ihre Haare, die sich in der feuchten Luft sofort kräuselten. »Auf jeden Fall sollten wir zum Hafen gehen. Die echten Wärter wollten als Erstes dorthin, also sollten wir unsere Suche auch da beginnen. Es gibt gar keine andere Möglichkeit, Krähenstein auf sicherem Wege mit dem Boot zu verlassen.«

»Es gibt aber viele *unsichere* Orte, von denen aus sie aufs Wasser geflohen sein können«, sagte Fliss beklommen. »Die Höhlen am *Schmugglerwinkel* zum Beispiel …«

»Zu riskant«, sagte Betty und hoffte, dass sie recht hatte. »Sie geben sich schließlich als Wärter aus. Da wäre es doch verdächtig, von irgendwo anders als vom Hafen aus loszufahren, oder? Und vielleicht ist Charlie ja auch so clever gewesen und hat getrödelt, wie sie es immer tut, und wir können sie noch einholen.« Sie beschleunigte ihren Schritt und verfluchte sich im Stillen dafür, mit dem Betrachten der seltsamen Karte so viel Zeit vergeudet zu haben. Das hatte sie wertvolle Minuten gekostet, und schon jetzt hatte sie das Gefühl, dass sie zu spät kamen.

Als sie den Hafen erreichten, war dort tatsächlich keine Menschenseele zu sehen. Das Einzige, was sie in Nebel und Dunkelheit wahrnahmen, war das leise Ächzen der Boote auf dem grauen Wasser. Mit bedachtsamen Schritten folgten sie dem Weg von einem Ende des Hafens zum anderen. Ihr eigenes Boot, erst kürzlich in einem frischen Grün gestrichen, schaukelte im Gleichtakt mit seinen Nachbarn auf den Wellen. Dabei zog es leicht an seinem Haltetau, als wartete es ungeduldig darauf, in See zu stechen.

Fliss deutete daran vorbei. »Schaut mal, das Boot der Wärter.«

In dem wabernden Nebel hatte Betty es fast übersehen: ein kleines Boot ganz am Rande des Hafens. Es war schwarz und schlicht, abgesehen von einem Krähenmotiv aus Eisen am Bug. Drei Sitzbänke hatte das Boot: zwei für die Wärter und die mittlere, ausgestattet mit Fußeisen, für Gefangene.

»Und wo ist das andere Boot?«, fragte Betty. »Pike hat doch erzählt, dass der zweite Suchtrupp auf der anderen Seite der Insel unterwegs ist.« Etwas knirschte unter ihrem Stiefel. Sie griff hinunter und hatte Krümel an ihren Fingerspitzen.

»Lebkuchen! Charlie muss die Krümel fallen gelassen haben – sie *war* hier!«

»Aber sie ist es nicht mehr«, sagte Fliss niedergeschlagen. Betty folgte dem Blick ihrer Schwester zu einem dicken Tau, das an einem Eisenring neben dem Boot der Wärter baumelte. Es war mit einem komplizierten Knoten befestigt gewesen, den Betty schon einmal in einem von Vaters Seemannsbüchern gesehen hatte.

Ihr Magen verkrampfte sich. »Wenigstens wissen wir jetzt Bescheid«, sagte sie und deutete auf das Tau. Es war eindeutig durchgeschnitten worden. »Charlie ist nicht mehr in Krähenstein. Sie haben sie auf dem anderen Boot der Wärter mitgenommen.«

»Verflixt!« Fliss stiegen Tränen der Wut in die Augen. »Warum immer wir?« Sie starrte auf den Hafen, die dunkelbraunen Augen funkelten erbost. »Klar, dass gerade Flut sein muss! Und dann dieser furchtbare Nebel. Warum ist das Glück eigentlich nie, aber auch wirklich *nie* auf unserer Seite?«

Betty strich ihrer Schwester sanft über den Arm. »Gib nicht auf. Und schieb es nicht auf unser Schicksal, dass wir in diesem Schlamassel stecken. Wir haben es uns selbst eingebrockt.« *Ich habe es uns eingebrockt*, fügte sie im Stillen hinzu.

»Und Granny?«, fuhr Fliss fort. Ihre Blicke suchten den Hafen ab, auch wenn es unmöglich war, in dem undurchdringlichen Nebel weit zu sehen. »Glaubst du, die Wärter haben sie auch mitgenommen?«

»Nein«, sagte Betty hilflos. Die Last der Geschehnisse lag wie ein Stein in ihrem Magen. Normalerweise war Fliss diejenige, die alle beruhigte und tröstete, aber heute Abend war alles anders. »Es ist Charlie, für die sie sich interessieren.« Sie warf einen Blick zurück in die Richtung, aus der sie gekommen waren, vorbei an ihrem Boot zu einem steinigen Pfad, der die Anhöhe hinaufführte. Wenn sie diesem Pfad folgten, würden sie am Fähranleger vorbei zur äußersten Landspitze von Krähenstein gelangen. »Falls diese Trapper überhaupt in irgendeiner Sache ehrlich waren, gibt es nur einen Ort, wo Granny sein kann.«

»Der *Halunkenzinken*«, sagte Willow neben ihr. Die Stimme des unsichtbaren Mädchens ließ Betty zusammenzucken.

»Genau«, murmelte Betty und versuchte, einen Anflug von Furcht zu ignorieren. Da sie Willow nicht sehen konnte und der wabernde Nebel ihren Blick verschleierte, konnten ihre Sinne ihr leicht etwas vormachen. Für einen Moment war Betty überzeugt gewesen, dass Willows Atem in der kalten Luft nicht zu sehen war, als sie sprach.

»Wir sollten auf jeden Fall nachsehen«, sagte Fliss. »Ich muss wissen, ob es Granny gut geht. Wenn sie wirklich dort ist, dann sitzt sie bestimmt in diesem furchtbaren Rattenloch von einem Kerker.«

»Aber was ist mit Charlie?«, protestierte Betty. »Wir haben nicht genug Zeit!«

»Bitte, Betty. Wir wissen nicht einmal, in welche

Richtung sie gefahren sind – ihnen in diesem Nebel zu folgen, ist doch verrückt! Vielleicht sehen wir ja sogar etwas von den Klippen aus – ein Licht von einem Boot. Oder … oder vielleicht hat Granny die Betrüger etwas darüber sagen hören, wo sie hinwollen. Einen Versuch ist es wert.«

»Also gut«, sagte Betty schnippisch. »Ich hoffe nur, dass es kein Fehler ist.«

Sie machten sich auf den Weg, zügiger als zuvor, auch wenn der Nebel weiter die Sicht erschwerte. Der Pfad schlängelte sich die Klippen hinauf, und die Luft wurde noch kälter. In der Lampe, die Betty trug, leuchtete das Irrlicht und erhellte ihren Weg. Betty versuchte, sich über den schimmernden Begleiter zu freuen. Immerhin war der Irrwisch das einzige Licht, das sie hatten, und ohne ihn wären sie vielleicht schon über Wurzeln und Steine gestolpert. Gleichzeitig war Betty das unnatürliche, gespenstische Leuchten unheimlich. Das Irrlicht hatte etwas so Überirdisches und Schauriges an sich, dass es zwischen ihnen eindeutig fehl am Platze wirkte.

Die Mädchen gingen schweigend weiter, um auf dem steilen Weg nicht außer Atem zu geraten. Betty war froh über den Aufstieg, denn die Anstrengung wärmte ihre Glieder. Sie war schon so daran gewöhnt gewesen zu frieren! Schließlich erreichten sie erschöpft das Ende des Weges und spähten angestrengt in den Nebel, um herauszufinden, welche Richtung sie jetzt einschlagen mussten.

Auf der Halbinsel, die Krähensteins Bewohner *Halunkenzinken* nannten, war die Landschaft flach und karg: eine weite Ebene mit nicht viel mehr als struppigem Gras und nistenden Möwen und Krähen. Vor Jahren hatte es einen weiteren Pfad gegeben, der von den Klippen hinunter zu mehreren Höhlen führte, die von Räubern und Schmugglern benutzt wurden, doch inzwischen standen die Höhlen unter Wasser, und der Pfad war nicht mehr begehbar. Es gab nur noch eines, was an die düstere Vergangenheit des *Halunkenzinken* erinnerte, das Einzige überhaupt in dieser Einöde: der Kerker im Fels.

Es war eine kleine, in den Stein gehauene Zelle mit einer einzelnen Holztür, die ein winziges, vergittertes Fenster hatte.

»Ich hasse diesen gruseligen Ort«, sagte Fliss leise.

Betty nickte und starrte auf die moosigen Felswände. Als sie kleiner waren, hatten sie manchmal mit anderen Kindern aus Krähenstein ein Spiel gespielt, um zu sehen, wer mutig genug – oder dumm genug – war, sich so nah wie möglich an den Kerker heranzuwagen. Die Regeln waren einfach: Jeder musste etwas zur »Schmugglerbeute« beisteuern, wie sie es nannten. Das konnte eine Münze, eine Süßigkeit oder eine andere Kleinigkeit sein, ein besonderer Stein etwa oder eine Muschel. Dann schlichen sie sich abwechselnd näher und näher an den Kerker heran, während die anderen zuschauten. Das endgültige Ziel war es, das Gitter oben in der Tür zu berühren und laut zu rufen: »Schmugglerbeute!«, aber meistens gewann derjenige, der sich am weitesten herantraute, denn nur wenige hatten den Mumm, tatsächlich einen Arm auszustrecken und die Gitterstäbe zu berühren. Ganz besonders nach dem, was Betty passiert war …

Sie schluckte, als sie sich daran erinnerte, wie sie breit grinsend die Hand nach der Tür ausgestreckt und tief Luft geholt hatte, um das Kennwort zu rufen. Doch statt des erhofften Triumphs hatten sie dreckige Finger erwartet, die zwischen den Gitterstäben herausgeschossen waren und ihre eigenen umklammerten. Gleichzeitig ertönte ein trockenes, röchelndes Kichern aus der Zelle. Das Gesicht des Gefangenen konnte Betty nicht sehen, was alles nur noch furchterregender machte. Sie hatte sich gewunden und geschrien und geschrien … aber der Griff um ihre Finger hatte sich nicht gelockert. Es war Fliss gewesen, die Mut gefasst und alle Süßigkeiten und Münzen durch das Gitter geschleudert hatte. *»Lass meine Schwester los!«*, hatte sie dabei geschrien.

Und es hatte funktioniert. Die dreckigen Hände hatten sie losgelassen, als der Gefangene sich bückte und auf dem Boden der Zelle herumkroch, um die Schmugglerbeute aufzusammeln.

Betty sah auf ihre Hand hinunter. Sie erinnerte sich noch genau an die Berührung dieser grausigen Finger.

»Damals hab ich zum ersten Mal erlebt, dass dir etwas Angst gemacht hat«, sagte Fliss matt.

»Und ich hab dich zum ersten Mal mutig erlebt«, entgegnete Betty mit einem Lächeln. Für einen kurzen Moment sahen sie einander an, ohne ein weiteres Wort sagen zu müssen. Seit jenem Tag hatten sie einander beide noch viele Male ängstlich – und mutig – erlebt.

Vorsichtig gingen sie auf den Kerker zu, schlichen sich leise von hinten an. Ihre Schritte waren im hohen, feuchten Gras kaum zu hören, und Willow schien sich überhaupt ohne jedes Geräusch fortzubewegen.

Als sie die Vorderseite des Kerkers erreichten, sahen sie, dass die Tür geschlossen und mit einem schweren Vorhängeschloss verriegelt war. Dann war die Zelle doch sicher nicht leer? Das vergitterte Fenster war zu hoch, um durchzugucken, ohne selbst gesehen zu werden. Betty legte einen Finger auf ihre Lippen und lauschte. Einen Augenblick lang hörte sie nichts außer dem leisen Rauschen des Windes. Dann war in der Zelle eine kleine Bewegung wahrzunehmen. Bettys Herz klopfte bis zum Hals. Es war tatsächlich jemand im Kerker!

Sie pochte dreimal mit der Faust gegen die Holztür. »Hallo? Wer ist da drinnen?«

Aus der Zelle war ein Schlurfen zu hören. Jemand erhob sich vom Boden, und an den Gitterstäben tauchten Hände auf, die Betty erkannte, bevor ihre Besitzerin auch nur ein Wort sagte. »Betty, bist du das?«

»Granny!«, rief Fliss und umarmte Betty erleichtert. »Ja, wir sind es!«

»Gott sei Dank, dass du hier bist«, sagte Betty. Sie hatte auf einmal ganz weiche Knie und sackte an der kalten Steinwand zu Boden. Der feuchtkalte Nebel schnitt ihr ins Gesicht. Fliss hatte sich geirrt: Es gab nicht die geringste Chance, von den Klippen aus irgendwelche Lichter auf dem Wasser zu sehen. Sie konnten ja nicht einmal erkennen, wo das Land endete. Bis sich der Nebel gelichtet hatte, war Granny ihre einzige Chance, Charlies Fährte aufzunehmen.

»Bei nichts und niemandem sollst du dich bedanken, dass ich hier bin«, gab Granny zurück. »Verhaftet, in meinem Alter! Ganz Krähenstein wird sich das Maul zerreißen über mich.«

»Bestimmt nicht«, widersprach Betty. Sie brachte die Wahrheit kaum über die Lippen. »Es war nämlich keine richtige Verhaftung. Oh, Granny, man hat dich hereingelegt – uns alle!«

»Hereingelegt?«, wiederholte Granny ungläubig.

»Die Männer haben sich nur als Wärter ausgegeben, damit sie Charlie mitnehmen konnten«, sagte Fliss.

»Was?«, rief Granny aufgebracht. »Wohin haben sie Charlie mitgenommen? Wer *sind* diese Leute? Lasst mich hier raus, damit ich sie mir vorknöpfen kann!«

»Wir wissen es noch nicht«, sagte Betty und machte Willow ein Zeichen, still zu sein. »Wir wissen nur, dass wir ihnen folgen müssen – sie haben Charlie auf einem Boot mitgenommen. Wenn wir Glück haben, sind sie noch nicht allzu weit gekommen in diesem Nebel.« Sie sah sich um, und erst jetzt wurde ihr bewusst: »Vielleicht ist der Nebel ausnahmsweise mal unser Freund.«

»Betty Widdershins«, sagte Granny mit einer messerscharfen Stimme, »du gehst nicht etwa auf Verbrecherjagd, hörst du? Du wirst jetzt die echten Wärter holen, damit sie mich hier rausholen, und dann bewerkstelligen wir das alle gemeinsam.«

»Die echten Wärter sind schon auf der Suche«, erklärte Fliss. »Sie werden einen Zweitschlüssel besorgen müssen, um dich zu befreien. Aber Granny?« Sie schluckte nervös. »Wir können doch nicht einfach herumsitzen und darauf warten, dass jemand anders Charlie rettet. Wir ... wir haben etwas, das die Wärter nicht haben. Wir müssen hinterher!«

»Es ist ganz egal, was ihr habt oder nicht habt«, entgegnete Granny. »Wie wollt ihr sie denn überhaupt einholen? Ihr habt doch gerade gesagt, dass sie ein Boot haben!«

»Stimmt«, sagte Betty. »Wir aber auch.«

»Was?«, stieß Granny hervor. »Du bist dreizehn! Du kannst kein Boot steuern!«

»Kann ich doch«, gab Betty zurück. »Ich hab jede freie Minute mit Vater auf dem Boot verbracht. Ich hab viel zugeguckt und gelernt. Ich *kann* es, und ich *muss* es auch, wenn wir Charlie zurückhaben wollen.«

Granny lockerte ihren Griff um die Gitterstäbe. »Das

ist alles meine Schuld. Ich hätte mich mehr wehren sollen. Wenn euer Vater da gewesen wäre, wäre das alles nicht passiert. Von einer dummen alten Frau haben sie sich natürlich nicht beeindrucken lassen.«

»Das darfst du nicht sagen!«, rief Fliss schockiert. »Es hätte keinen Unterschied gemacht. Sie haben uns alle reingelegt. Und mal ehrlich – du bist *doppelt* so Angst einflößend wie Vater! Wie du dich ihnen entgegengestellt hast …«

»Du warst klasse«, fügte Betty nachdrücklich hinzu. Sie hob den Arm, griff nach Grannys lederner Hand und drückte sie. »Und du kannst uns nicht übel nehmen, dass wir Charlie suchen wollen, denn das ist genau das, was *du* auch machen würdest.«

Granny erwiderte Bettys Händedruck und schniefte. »Darum geht es doch gar nicht.«

»Wir müssen herausfinden, wo sie Charlie hingebracht haben«, sagte Betty. »Haben die Wärter noch *irgendetwas* gesagt, das uns einen Hinweis geben könnte?«

»Nein«, sagte Granny niedergeschlagen. »Sie haben immer nur von der *Insel der Qualen* gesprochen. Aber wenn sie gar keine Wärter sind, bringen sie Charlie bestimmt nicht dorthin.«

»Sie sind also bei ihrer Lüge geblieben«, sagte Fliss. Ihrer brüchigen Stimme war die Enttäuschung anzuhören. »Wer auch immer sie sind, dumm stellen sie sich nicht an.«

Granny atmete scharf ein. »Wartet. Etwas hab ich noch mitgekriegt, nachdem sie mich eingesperrt hatten und weggingen.«

»Was? Wo?«, fragte Betty aufgeregt.

»Nicht wo«, sagte Granny. »Und wie gesagt, sie hatten sich schon etwas entfernt ... ich hab sie nicht gut verstehen können. Aber mir war, als hätte ich den Namen ›Swindles‹ gehört.«

»Swindles ...« Betty runzelte die Stirn. »Es gibt nur einen Swindles, über den man in Krähenstein spricht.«

»Rusty Swindles«, stieß Fliss aus, »der berüchtigte Schmuggler?«

»*Toter* Schmuggler, meinst du«, warf Granny ein. »Alles, was mit ihm und seiner Bande zu tun hat, kann nichts Gutes bedeuten.«

»Warum sollten sie über ihn gesprochen haben?«, rätselte Betty, doch dann blitzte ein Gedanke in ihr auf. »Es sei denn ... es hatte vielleicht wirklich etwas zu bedeuten. Ein Plan, ein *Ort* ...«

»Betty«, sagte Granny in einem mahnenden Tonfall. »Das kannst du nicht tun – das ist verrückt! Fliss, bring du sie zur Vernunft.«

»Tut mir leid, Granny«, sagte Fliss, »aber Betty hat recht. Charlie braucht jetzt unsere Hilfe.«

Granny schnaubte unwillig. Sie wussten alle, dass Fliss normalerweise die Vernünftige unter ihnen war. Aber heute Nacht war nichts normal, und Fliss wünschte sich genauso sehnlichst, Charlie zurückzubekommen, wie Betty.

Als sie bemerkte, dass Granny fröstelte, erinnerte sich Betty plötzlich an den zusätzlichen Umhang, den sie eingesteckt hatte. Sie zog ihn aus dem Kartoffelsack und stopfte ihn durch die Gitterstäbe in der Zellentür. »Hier. Nimm den, um dich warm zu halten.« Sie zögerte einen Moment, dann schob sie auch eine Dose Tabak hindurch.

»Du hast nicht zufällig auch noch einen Whisky dabei?«, fragte Granny hoffnungsvoll.

»Äh ... nein«, sagte Betty und sah, wie Fliss das Gesicht verzog. »Aber wir kommen so schnell wie möglich wieder zurück.«

»Betty, nein ... warte!«, befahl Granny, doch Betty steuerte schon mit großen Schritten auf den Klippenpfad zu, der zum Hafen führte. Fliss folgte ihr wortlos, und mit jedem Schritt wurde Grannys Stimme leiser – und verzweifelter.

»Betty Widdershins, wenn du nicht sofort zurückkommst, dann ... dann ...«

Aber die Mädchen hörten Grannys Drohung nicht mehr. Sie hatten den Klippenpfad erreicht, und Betty war dankbar für den Wind, der in ihren Ohren pfiff und alles andere übertönte. Eine verärgerte Granny war etwas, das sie gewöhnt war, womit sie umgehen konnte. Eine verängstigte, verzweifelte Granny ... nicht. Es machte sie wütend. Nein, *zornig*. Und diesen Zorn brauchte sie, denn er verscheuchte ihre Ängste und Zweifel.

»Betty!«, rief Fliss, die versuchte, ihre Schwester einzuholen. »Warte!«

Betty lief weiter mit großen Schritten voraus. Ihr entschlossenes Tempo pumpte das Blut durch ihre Adern und verstärkte ihren Zorn. Machte sie mutig.

»Betty!«, flehte Fliss noch einmal. »Sag doch was. Warum hast du diesen Ausdruck im Gesicht? Woran denkst du?«

»An so manches«, antwortete Betty grimmig und versuchte, das Durcheinander in ihrem Kopf zu sortieren. »Aber eines sage ich dir: Wer auch immer diese Männer sind, die Charlie entführt haben – sie haben sich mit der falschen Familie angelegt!«

Kapitel 8

Rusty Swindles

Als sie den Hafen erreichten, war Betty wieder kalt. Ihre Nase und Finger fühlten sich halb erfroren an. Sie schob die Hände in die Taschen ihrer Strickjacke, um sie zu wärmen, und zuckte erschrocken zusammen. Eine kleine feuchte Nase und ein paar kitzelnde Schnurrbarthaare berührten ihre Fingerspitzen. Betty hatte Charlies Ratte vollkommen vergessen. Sie kraulte dem Tier die Ohren und war froh, das warme weiche Fell an ihrer Hand zu spüren.

»Welches Boot ist es?«, fragte Willow neben ihr. Die Stimme des Mädchens schien aus dem Nichts zu kommen und erschreckte Betty. Willow bewegte sich wie Schneeflocken in der Luft – so leise, dass man kaum merkte, ob sie da war oder nicht.

Betty sah an der Reihe von Booten entlang, einige in schäbigem Zustand und mit abblätternder Farbe, andere gepflegt und leuchtend bunt gestrichen.

»Da drüben«, sagte sie und deutete auf ein kleines Fischerboot. »Das grüne da.«

Als sie näher kamen, las Willow den geschwungenen Schriftzug an der Seite des Bootes: »*Die Reisetasche*. Was ist denn damit gemeint?«

»Eine magische Tasche, mit der man reisen kann – wohin oder *zu wem* man möchte«, sagte Betty wehmütig. Sie griff nach dem Anlegetau und begann, das Boot näher an die Kaimauer zu ziehen.

»Etwas Magisches ... wie die Puppen?«, fragte Willow. »So eine magische Tasche hattet ihr wohl auch einmal?«

»Früher, ja ...« Betty wandte den Blick ab. Wenn sie Grannys gammelige alte Reisetasche doch noch hätten! Aber die Tasche war lange weg, und kein noch so inständiges Wünschen konnte sie wieder zurückbringen. »... inzwischen leider nicht mehr.«

»Es ist immer noch ein witziger Name für ein Boot.«

Betty zuckte die Achseln. »Nicht witziger als *Fauler Strick*«, sagte sie, um das Thema zu wechseln. Sie deutete mit einem Nicken auf ein ramponiertes Ding, das neben ihnen im Wasser dümpelte. »Oder dieses pinkfarbene Monstrum da drüben: *Sommerliebe*.«

»Ich finde das schön!«, widersprach Fliss.

»Das glaub ich dir«, schnaubte Betty.

Die Reisetasche schaukelte näher heran und war jetzt nur noch einen Schritt von der Mauer entfernt. »Komm, Fliss, du zuerst«, wies Betty ihre Schwester an.

Fliss stieg in das Boot und unterdrückte ein vorhersehbares seekrankes Glucksen. Betty spürte einen kühlen Luftzug neben sich, als Willow leise wie eine Katze an Bord huschte, und dann kletterte sie selbst hinterher.

Fliss ließ sich auf die Sitzbank fallen und starrte entschlossen in die Ferne, während sie tief ein- und ausatmete.

»Was ist denn mit deiner Schwester los?«, fragte Willow. Betty schloss das Ruderhaus auf und warf den Kartoffelsack hinein. Ein leichter Fischgestank drang heraus, den kein Farbgeruch übertünchen konnte.

»Sie wird seekrank, das ist alles«, antwortete Betty. »Sie kann kaum ein Boot ansehen, ohne grün im Gesicht zu werden.«

»Aber wir fahren doch noch gar nicht.«

»Und du bist wohl auf dem Wasser zu Hause?«, fragte Fliss schnippisch.

»Wir sind eine Fischerfamilie«, erklärte Willow. »Ich hab wahrscheinlich schon mehr Zeit auf dem Wasser verbracht als an Land.«

»Gut«, sagte Betty. Sie spürte, wie ein Wassertropfen auf ihrer Hand landete, und war sich sicher, dass er von dem seltsamen Mädchen kam. »Geh du lieber ins Ruderhaus, damit du nicht noch kälter und nasser wirst. Fliss, hilf mir mal, den Kessel zu befüllen.«

Zusammen schleppten Betty und Fliss Kohle aus dem Laderaum unter Deck und schütteten sie in den Dampfkessel. Sie niesten, als ihnen der Kohlestaub ins Gesicht flog und ihre Hände schwarz färbte. Auch wenn sich der Nebel ein wenig gelichtet hatte, war noch immer kein Zeichen von Leben im Hafen zu sehen. Bald begann Dampf aus dem kleinen Schornstein zu paffen. Betty holte die Halteleine ein und zündete die Lampe am Bug des Bootes an, auch wenn das Licht ihnen noch nicht helfen konnte, im Nebel weit zu sehen.

»Fliss«, rief Betty und verschwand im Ruderhaus, wo sie das Steuer übernahm. »Kommst du auch rein?«

Fliss nickte gequält, folgte ihrer Schwester und setzte sich auf ein Kissen, das auf der Holzbank lag. Der karierte Kissenbezug passte zu den dünnen, selbst genähten Vorhängen an den Fenstern. Die Mädchen hatten darauf bestanden, das kleine Fischerboot etwas hübscher zu gestalten, nachdem der Vater es gestrichen und repariert hatte.

Sobald sie alle im Ruderhaus waren, drehte Betty an der Matroschka und ließ Willow wieder sichtbar werden. Auch wenn sie es nicht zugeben wollte: Die Anwesenheit des unsichtbaren und fast geräuschlosen Mädchens war Betty unheimlich. Willow bewegte sich so lautlos, dass man fast glauben mochte, sie könnte auch ohne die magischen Puppen unsichtbar sein. Als sie wieder zu sehen war, fühlte Betty sich ein wenig wohler.

Willow setzte sich Fliss gegenüber auf die Holzbank. Langsam tuckerte das kleine Boot durch den Hafen und in die Nacht hinaus.

»Ich frage mich, ob Granny schon gefunden wurde«, murmelte Fliss vor sich hin.

»Das bezweifle ich«, sagte Betty und spähte in den Nebel hinaus. Sie umklammerte das hölzerne Steuerrad, lenkte das Boot nach links und hoffte inständig, dass sich der Nebel endlich auflösen würde. »Sonst wäre sie sofort zum Hafen gerannt, um uns aufzuhalten.«

Fliss lehnte den Kopf zurück und schloss die Augen. »Das gibt ein Donnerwetter, wenn wir zurückkommen.«

»Immerhin bleibst du optimistisch«, sagte Betty.

Fliss öffnete ein Auge und hob eine perfekt geschwungene Augenbraue. »Das nennst du optimistisch?«

»Du gehst davon aus, dass wir zurückkommen«, antwortete Betty. »Das ist doch schon mal was.«

»Großartig«, murmelte Fliss, schloss wieder die Augen und stieß ein leises *»Oooh«* aus, als das Boot sich auf einer kleinen Welle hob.

Betty streckte den Fuß aus und schob einen Blecheimer zu ihrer Schwester hinüber. »Wir sind gerade noch im richtigen Moment losgefahren«, sagte sie mit Blick auf eine Boje. »Das Wasser geht schon wieder zurück. Es hätte nicht lange gedauert, dann wären wir aufgelaufen.«

»Tja, da hatten wir ja mal wieder ein Riesenglück«, sagte Fliss, die sonst selten sarkastisch war. »Übrigens, du hast uns noch immer nicht erzählt, *woher* wir zurückkommen werden.«

Betty griff in den Kartoffelsack und zog die Karte

heraus, die sie mitgebracht hatte: eine Rolle festes Pergamentpapier mit etwas abgenutzten Ecken. Sie breitete die Karte unter dem Fenster vor sich aus und beschwerte die gewellten Ecken mit zwei Steinen, die Vater zu diesem Zweck mit an Bord genommen hatte. Ebenso wie Willows Karte zeigte Bettys Pergament in kleinem Maßstab in der unteren rechten Kartenhälfte Krähenstein und die *Inseln des Jammers* – die *Insel der Qualen*, die *Insel der Klagen* und die *Insel der Sühne*. Darüber war das Festland zu sehen, beginnend mit Marschweiler, bis zur *Hufeisenbucht* und noch weiter. Aber es war die linke Kartenhälfte, die Betty interessierte, die große Wasserfläche, in der sich nach Willows Karte die geheimnisvolle verborgene Insel befand.

Betty fuhr mit dem Finger über ihre Karte und verharrte auf einer Stelle etwas unterhalb der geheimen Insel, wo das erste von zwei ungewöhnlichen Details zu sehen war. Sie tippte auf das Papier und sah Willow forschend an.

»Weißt du, was das ist?«

Willow starrte auf die Karte. »Ein Schiffswrack.«

»Nicht irgendein Schiffswrack«, sagte Betty. »Das berühmteste von allen.«

Fliss riss wieder die Augen auf. *»Der Magische Kompass?«*

»Ganz genau«, sagte Betty. »Wobei ›berüchtigt‹ wohl das bessere Wort wäre. Und weißt du, wem dieses Schiff gehörte?«

»Rust…« Willow runzelte die Stirn. »Rusty …? Der Schmuggler, von dem ihr vorhin geredet habt?«

»Richtig«, bestätigte Betty. »Rusty Swindles.«

»Wir haben seine Geschichte oft erzählt bekommen, als wir kleiner waren«, sagte Fliss. »Manchmal von Vater, manchmal von Granny.« Sie brach ab und fragte: »Kennst du die Geschichte etwa nicht?«

Willow sah verunsichert aus. »Meine Familie ist nicht aus Krähenstein. Wir leben erst seit letztem Jahr auf der *Insel der Qualen*, seit mein Vater verhaftet wurde. Dort gibt es auch eine Geschichte von einem verfluchten Schiffswrack, nur dass sie etwas anders erzählt wurde. Das ist wohl typisch für kleine Orte. Dieselben Geschichten werden immer wieder …«

»… neu erzählt?«, ergänzte Fliss. »Ich verstehe, was du meinst. Bis vor Kurzem sind wir auch nie aus Krähenstein rausgekommen.« Sie sah an Betty vorbei in den sich allmählich auflösenden Nebel. »Unsere Welt war sehr klein, aber deine muss auf der *Insel der Qualen* noch kleiner gewesen sein.«

Ihre Worte hingen in der Luft, und Betty hatte das Gefühl, als sickerten sie in ihre klammen Kleider und ließen den Stoff noch schwerer an ihrem Körper kleben. Sie hatte natürlich schon einmal überlegt, wie das Leben auf der *Insel der Qualen* wohl sein musste, aber so genau hatte sie nicht darüber nachgedacht. Sie war zu sehr damit beschäftigt gewesen, Pläne für ihre eigene Freiheit zu schmieden, um mehr als einen flüchtigen Gedanken an die Menschen zu verschwenden, die noch weniger Freiheit hatten als sie.

»Rusty Swindles soll einer der berüchtigtsten Schmuggler in diesen Breiten gewesen sein«, fuhr Fliss fort. »Und es wird erzählt, dass sein wertvollstes Diebesgut ein magischer Kompass war, der einst einem alten Zauberer gehörte ...«

»Manche sprechen auch von einem Magiker«, warf Betty ein. »Und der Kompass hatte angeblich die Kraft, seinen Besitzer überall hinzuführen – zu jedem Ort und zu allem, was er finden wollte. Nachdem er diesen Kompass gestohlen hatte, feierte Rusty seinen Triumph und taufte sogar sein Schiff um.«

»Ein großer Fehler«, sagte Fliss, die ihre Seekrankheit fast vergessen hatte und aufgeregt weitererzählte. »Unsere Granny sagt immer, ein Schiff umzutaufen, bringt großes Unglück, und das sollte Rusty auch bald erfahren. Kurz nachdem er den Kompass in seinen Besitz gebracht hatte, wurde sein Schiff von Piraten gekapert. Rusty kam bei dem Überfall ums Leben, aber seine Leiche wurde nie gefunden – genauso wenig wie seine gestohlenen Schätze. Es heißt, dass er mit seinem Schiff untergegangen ist – und der Kompass mit ihm.«

»Woher wussten sie denn, dass er tot war?«, fragte Willow, die mit großen Augen zuhörte.

»Ein paar seiner Männer haben überlebt und die Geschichte weitergetragen«, sagte Betty. »Und wie du gehört hast, soll das Schiffswrack verflucht sein – von dem Geist Rusty Swindles. Jeder, der versucht, das Wrack zu bewegen oder etwas daraus zu rauben, findet ein grausames Ende.«

»Glaubst … glaubst du also …« Fliss kaute nachdenklich auf ihrer Unterlippe herum. »… dass Charlies Entführer Rusty Swindles erwähnt haben, weil sie etwas von ihm suchen? Seinen Schatz? Den Kompass?«, mutmaßte Fliss, doch dann legte sie sorgenvoll die Stirn in Falten. »Aber was, wenn Granny sich verhört hat? Und selbst *wenn* Rustys Name gefallen ist, woher wollen wir wissen, dass es da einen Zusammenhang gibt? Vielleicht war es nur etwas, was sie nebenbei erwähnt haben – oder um Granny auf die falsche Fährte zu locken!«

»Nein.« Betty umklammerte das Steuerrad. Sie war jetzt immer überzeugter, dass sie eine entscheidende Spur gefunden hatte. »Überlegt doch mal, sie hatten gar keinen Grund, Granny auf eine falsche Fährte zu locken. Sie war doch schon eingesperrt und konnte ihnen nicht mehr in die Quere kommen! Die Entführer gehen davon aus, dass ihnen niemand folgt.« Sie kniff die Augen zusammen und betrachtete ihre Karte. »Und wenn ihr gerade zwei Leute entführt hättet, würdet ihr euch da nicht auch auf euren Plan konzentrieren? Also, *ich* würde das auf jeden Fall tun. Und nicht noch nebenbei Geschichten von alten Schmugglern und Schiffswracks zum Besten geben.«

»Aber was hat das alles mit Charlie zu tun?«, fragte Fliss. »Oder vielmehr mit Willow? Sagtest du nicht, sie haben es auf dich abgesehen, weil du ... weil du Irrlichter fangen kannst?«

Willow nickte. »Meine Eltern haben immer gesagt, das darf nicht rauskommen, sonst bin ich in Gefahr.« Ihre Stimme war kaum mehr als ein Flüstern. »Wir haben uns so bemüht, es geheim zu halten, aber es muss uns jemand beobachtet haben.« Ihre Lippen zitterten. »Und als wir geflohen sind, haben sie ihre Chance gesehen und *mich* gefangen.«

»Aber warum?«, fragte Betty und sah Willow an, als ihr ein Gedanke durch den Kopf schoss. »Vorhin im *Wildschütz* hast du erzählt, dass dieses Irrlicht einmal lebendig war ... also muss es wirklich stimmen, dass es Seelen sind, wie Granny immer gesagt hat.« Ein eisiger Mantel, kälter als der Nebel, legte sich um ihr Herz. Sie hatte es stets vorgezogen, die Irrlichter für Marschgase zu halten, eine logische Erklärung, die ihr entsprach. Aber nachdem sie nun die Gelegenheit gehabt hatte, diesen Irrwisch genauer in Augenschein zu nehmen, musste sie einsehen, dass sie falschgelegen hatte.

»Wer?«, wisperte Fliss, die jetzt ganz aschfahl im Gesicht war. »Wer war es? Was will dieses Etwas von dir?«

»Ich glaube, es ist jemand, der die Unschuld meiner Familie beweisen kann«, murmelte Willow schließlich.

»Warum denkst du das?«, fragte Betty.

Als Willow weitersprach, klang ihre Stimme gequält. »Weil das Licht heute aufgetaucht ist – an dem Tag, als meine Mutter und ich uns auf den Weg zu der Insel gemacht haben, die ich euch auf der Karte gezeigt hab.«

»Was ist denn überhaupt auf dieser Insel?«, wollte Betty wissen. Willows Erklärung hatte sie nur noch mehr beunruhigt. »Warum ist die Insel versteckt? Ist es womöglich *gefährlich* dort?«

»Ich … ich weiß nicht.« Willows Stimme war lauter geworden, und das Irrlicht schien ihre Unruhe zu teilen, denn es schoss aus der Lampe und schwirrte um Bettys Beine.

Betty atmete scharf aus und spürte ein leichtes Kribbeln vor Angst. Wie war Willow an diese Karte gekommen? Und was genau erwartete sie, auf der Insel zu finden? »Es scheint einiges zu geben, was du nicht weißt«, murmelte sie. *Oder was du nicht sagen willst.*

Sie beobachtete den Irrwisch, und zum ersten Mal spürte sie dabei einen leichten Stich im Herzen. Dieses Etwas war nicht nur ein kleines Licht in der Marsch, dachte sie traurig. Es war einmal ein Mensch gewesen. Lebendig, atmend, mit Hoffnungen und Gefühlen und Erinnerungen. War das alles, was blieb? »Wenn sie dich wollen, um einen Irrwisch zu fangen, und nicht irgendeinen Irrwisch …«

Fliss sog erschrocken die Luft ein. »Dann muss das bedeuten, dass sie von Charlie verlangen werden …«

Betty starrte auf das Irrlicht, überwältigt von einer schrecklichen Angst. »… den Geist von Rusty Swindles zu fangen.«

Kapitel 9

Irrlichtfänger

Sie wollen, dass Charlie die Toten weckt?«, kreischte Fliss.

»Sicher wissen wir das nicht«, sagte Betty und schluckte hart. »Aber logisch wäre es. Wenn sie solche Risiken auf sich nehmen, muss es schon eine große Sache sein. Und wenn sie es auf Rusty Swindles abgesehen haben, müssen sie auf dem Weg zum Schiffswrack sein – dem *Magischen Kompass.*«

Sie näherten sich jetzt der *Insel der Sühne*, Krähensteins Nachbarinsel und die zweitgrößte der Inselgruppe. Doch auch wenn ihre Bevölkerungszahl größer war, lebten hier keine Familien – nur auseinandergerissene Familien. Ein riesiges hässliches Gefängnis aus Stein nahm den Großteil der Inselfläche ein.

Durch die Nebelschwaden konnte Betty am Küstenrand der Insel brennende Leuchtfeuer erkennen, die vorbeifahrende Boote vor der Landmasse warnten. Dahinter flackerten schwache Lichter in ein paar Fenstern, wo die Wärter Nachtdienst hatten. Betty wusste, es gab noch Hunderte mehr Fenster, auch wenn man diese im Moment nicht sehen konnte. Jedes der Fenster war vergittert, und hinter jedem von ihnen war ein Gefangener eingesperrt. Es war nicht lange her, dass ihr eigener Vater dort gefangen gewesen war, weil er Schmuggelgut verkauft hatte, nachdem er alles Geld der Familie verspielt hatte. Glücklicherweise gehörten diese Tage der Vergangenheit an, doch Betty schauderte, als sie an ihre Besuche im Gefängnis zurückdachte. Sie erinnerte sich nur zu gut an diesen hoffnungslosen, stinkenden Ort. Abseits von der großen Festung stand auf der gegenüberliegenden Seite der Insel ein uralter steinerner Turm, der bis in die tief hängenden Wolken reichte.

Betty suchte den Blick ihrer Schwester, und die beiden tauschten schweigend Erinnerungen aus. Ebenso wie das Gefängnis war der Krähensteinturm Teil ihrer Vergangenheit und des furchtbaren Fluchs gewesen, der über Generationen auf der Familie Widdershins gelastet hatte. Auch wenn der Turm keine Gefahr mehr für sie darstellte, hatte Betty kein Bedürfnis, ihn jetzt zu betrachten. *Oder jemals wieder dahin zurückzukehren*.

Betty war so in ihre eigenen Gedanken versunken, dass ihr erst nach einer Weile auffiel, dass Willow wie versteinert dasaß und mit angsterfülltem Blick auf das Gefängnis starrte. Es war ein Blick, den Betty wiedererkannte.

»Willow?«, sagte sie sanft. »Vorhin hast du erzählt, dass du mit deiner Mutter geflohen bist, aber dass ihr nicht deshalb auf der Verbannteninsel wart, weil ihr selbst etwas getan hattet.« Sie ließ ihren Blick hinüber zum Gefängnis schweifen. Willow verstand die unausgesprochene Frage und nickte. »Mein Vater«, flüsterte sie mit gesenktem Blick. »Er ist dort drinnen. Schon seit fast einem Jahr. Als er verhaftet wurde, mussten meine Mutter und ich unser Zuhause in Marschfreud verlassen und auf die *Insel der Qualen* ziehen«, erzählte Willow. Sie hatte wieder diesen Ausdruck in den Augen, der sie viel älter erscheinen ließ, als sie war. »Wir durften ihn nicht einmal besuchen.«

»Oh, Willow.« Betty spürte, wie etwas in ihr weich wurde. Sie wusste, was für ein Gefühl das war: die Scham darüber, einen Vater im Gefängnis zu haben. Der Schmerz, wenn er einem fehlte, die Enttäuschung, wenn man ihn nicht besuchen durfte. Betty streckte die Hand aus und berührte Willows Finger. Sie waren noch immer beunruhigend kalt, auch wenn Willow das nicht zu bemerken schien. Betty fragte sich, was Willows Vater wohl verbrochen hatte. Es musste etwas Schlimmes gewesen sein, wenn seine Familie verbannt worden war, doch bevor sie danach fragen konnte, meldete sich Fliss zu Wort.

»Betty, was ist, wenn unser Boot angehalten und durchsucht wird?« Fliss blickte ängstlich aus dem Fenster und vergewisserte sich, dass nirgendwo Wärter zu sehen waren. »Sie suchen ja immer noch nach Willow.«

»Dann verstecken wir sie«, antwortete Betty. »Du bist die Älteste, also musst du sprechen. Du sagst einfach, dass unser Cousin in Marschweiler krank geworden ist und wir zu ihm müssen, um uns um ihn zu kümmern.«

Fliss nickte, aber sie sah nicht besonders begeistert aus. »Du weißt, wie ich es hasse zu lügen.«

»Na ja, es ist ja nicht deine Lüge, oder?«, überlegte Betty. »Es ist meine, und ich hab überhaupt kein Problem damit zu lügen. Du bist nur diejenige, die meine Lüge ausspricht.«

»Also gut«, sagte Fliss verdrießlich.

»Wo wir gerade von verstecken reden«, fügte Betty hinzu, »wir sollten lieber schon mal etwas von uns in die Holzpuppen legen, nur für den Fall, dass wir alle verschwinden müssen.« Sie zog die Matroschka aus ihrer Tasche und reichte sie ihrer Schwester.

Fliss schraubte die Holzpuppen auseinander, rupfte sich eins ihrer kurzen Haare aus und platzierte es in der dritten Puppe. Anschließend legte Betty eins ihrer eigenen Haare in der zweiten ab. Wie stumpf und kraus es im Vergleich zu dem glänzenden, glatten Haar ihrer Schwester aussah, dachte sie wehmütig. Sie steckte die Puppen wieder ineinander, achtete aber darauf, dass das Muster auf den äußeren Hälften verschoben war, damit die Mädchen sichtbar blieben – zumindest im Moment noch.

Fliss rutschte auf der Bank näher, um die Karte besser

sehen zu können, und stieß dabei gegen den Kartoffelsack. »Es wird Zeit, dass wir den loswerden, meinst du nicht?«

»Vielleicht sollten wir ihn noch eine Weile behalten«, sagte Betty.

»Was?«, fragte Fliss erschrocken. »Warum? Du weißt doch, was passieren könnte, wenn wir damit erwischt werden! Das Sicherste wäre es, den Sack über Bord zu werfen, und fertig.«

»Es ist eine Menge Tabak darin«, gab Betty zu bedenken. »Könnte einiges wert sein.«

»So viel wert, sich deshalb verhaften zu lassen?«

»Nein«, antwortete Betty. »Aber wir haben schließlich kein Geld – es ist das Einzige, womit wir handeln könnten!«

Fliss rümpfte die Nase. »Du klingst ja schon wie ein Gauner.«

Betty zuckte die Achseln. »Die Männer, die Charlie in der Gewalt haben, sind ja auch Gauner. Wenn wir sie zurückbekommen wollen, müssen wir denken wie sie.«

Fliss spitzte die Lippen. Dann klammerte sie sich am Rand der Bank fest, weil das Boot sich zur Seite neigte. »Wir müssen also Rusty Swindles' Schiffswrack finden. Wie lange ist es noch bis dorthin?«

Wortlos reichte Willow Betty die vergilbte alte Karte und den Hühnergott. Betty hatte schon Sorge, dass das Pergament beschädigt werden könnte, denn Willows nasse Haare hatten vorn auf ihrem Mantel feuchte Flecken hinterlassen. Doch als sie die Karte entgegennahm, war sie seltsamerweise trocken. Zum zweiten Mal starrte Betty durch das Loch im Stein, und wieder ließ der eigentümliche Nervenkitzel ihre Finger kribbeln.

Sie betrachtete Willows Karte und verglich sie dann mit ihrer eigenen. Willows Karte war zwar kleiner, aber sie war vollkommen maßstabsgetreu und detaillierter gezeichnet als ihre. Schnell berechnete Betty die Entfernung und ihre Geschwindigkeit. »Ein paar Stunden bestimmt.« Sie warf einen verstohlenen Blick zu Willow, die auf ihren Schoß starrte. »Genügend Zeit für dich, uns zu erzählen, was oder *wer* dieses Irrlicht ist und warum du von der *Insel der Qualen* geflohen bist. Und dann ist da noch die Frage, woher du diese Karte hast.«

Willow zog die Beine an. Ihre langen Haare hingen ihr strähnig ums Gesicht. Merkwürdig, dachte Betty, dass sie selbst jetzt noch tropfnass waren. Wahrscheinlich war der feuchte Nebel schuld daran.

»Komm schon, Willow«, drängte Betty. »Es wird Zeit, dass du den Mund aufmachst. Wenn wir nicht wissen, was genau du vorhast, können wir dir auch nicht helfen.« Sie bemerkte den harschen Tonfall in ihrer Stimme, sah Willow zusammenzucken und zwang sich, freundlicher zu sprechen. Willow hatte schließlich schon genug durchgemacht. »Ob es uns nun gefällt oder nicht, wir stecken da jetzt drin. Alle.«

Willow nickte und begann schniefend: »Wie ich schon sagte: Ich bin mit meiner Mutter geflohen, und sie war am Anfang die ganze Zeit bei mir. Falls wir getrennt würden, das hat sie mir immer wieder eingeschärft, sollte ich den Schildern zum Nestleinpark folgen und zu eurem Hinterhof laufen.«

»Warte, du solltest *was*?«, fragte Betty entsetzt. »Ich dachte, du hast einfach das Loch in der Pforte gesehen und bist zufällig in unseren Hinterhof geraten. Und jetzt sagst du, du bist absichtlich zu uns gekommen? Warum?«

»Meine Mutter hat jemanden bezahlt, um uns über das Wasser zu bringen«, erklärte Willow. »Einen Tuchhändler. Eingefädelt hat das alles einer der Wärter ...«

»Zum Donnerraben!«, rief Fliss aus. »Ihr habt einem *Wärter* vertraut? Wusstet ihr nicht, dass die Hälfte von denen Gauner sind?«

Willows Augen füllten sich mit Tränen, und ihr Blick wurde glasig und abwesend. »Nein, damals wussten wir das noch nicht. Ich hab den Wärter überhaupt nicht gesehen, sondern nur gehört, wie er eines Abends unten mit Mutter gesprochen hat. Er sagte ... er sagte, dass wir zu Unrecht auf der Insel wären und er uns helfen wolle zu fliehen. Er hat auch gewusst, dass ich Irrlichter fangen kann. Er meinte, das wäre doch gefährlich. Wenn das die falschen Leute herausfänden, wäre ich in Gefahr. Deshalb vertrauten wir ihm – weil er unser Geheimnis kannte und nicht weitererzählte. Nachdem alles arrangiert war und

Mutter ihn bezahlt hatte, haben wir ihn nie wiedergesehen.«

»Ihr habt ihn nie wiedergesehen?«, wiederholte Betty und dachte an die zwei Wärter, die verschwunden waren.

Willow schüttelte den Kopf. »Zuerst hat Mutter befürchtet, dass er uns nur das Geld abgeknöpft und uns reingelegt hatte – oder vielleicht sogar selbst erwischt worden war –, aber niemand kam, um uns festzunehmen, und der Tag der Flucht rückte immer näher.« Willow knetete nervös ihre Hände. »Es war unsere einzige Chance – die mussten wir ergreifen. Mutter und ich versteckten uns in Stoffrollen, die nach Krähenstein verschifft werden sollten. Sie dachte, es wäre sicherer, diesen Weg zu nehmen, statt direkt von der *Insel der Qualen* zu unserem Ziel aufzubrechen. Unser Plan war, uns zu verstecken und dann heimlich auf einem anderen Boot Krähenstein zu verlassen.«

»Und was hatte der *Wildschütz* damit zu tun?«, wollte Betty wissen.

»Die Fässer im Hinterhof«, antwortete Willow. »Mutter hat gesagt, ich sollte warten, bis der Brauereiwagen käme, um die leeren Fässer abzuholen. Sobald sie aufgeladen wären, sollte ich mich in einem von ihnen verstecken.«

»Und dann wäre das Fass verschifft worden, mit dir darin«, sagte Betty.

Der Nebel lichtete sich, und nur noch über dem Wasser hielten sich ein paar Schwaden. Die Mädchen waren jetzt fast an der Gefängnisinsel vorbei und steuerten in Richtung Marschweiler.

»Aber warum ausgerechnet der *Wildschütz*?«, fragte Fliss. »Der *Fuchsbräu* ist auf der anderen Seite von Krähenstein. Wäre es nicht sinnvoller gewesen, dorthin zu gehen, wenn du dich in einem Bierfass verstecken solltest? Der *Fuchsbräu* ist doch viel näher an der *Insel der Qualen*.«

Willow zog die Knie an ihren Körper. »Mutter dachte, vom *Wildschütz* aus hätten wir bessere Chancen. Wir hatten gehört, dass die Kneipe ziemlich schäbig und heruntergekommen sei und man einfacher in den Hinterhof kommen würde ...«

»Schäbig?«, wetterte Fliss gekränkt. »*Heruntergekommen?*«

»Jetzt reg dich nicht künstlich auf, Fliss«, schnaubte Betty. »Der *Wildschütz* ist eine Bruchbude, das lässt sich nicht bestreiten.«

Fliss schürzte die Lippen und sah damit fast so aus wie Charlie, wenn sie schmollte. »Und das, nachdem Vater so viel dafür getan hat, das Haus wiederherzurichten«, murmelte sie und warf Willow einen verletzten Blick zu.

»Wir hatten auch noch etwas anderes gehört«, fügte Willow leise hinzu.

»Was denn noch?«, fragte Fliss forsch. »Dass unsere Granny eine Trinkerin ist? Oder unsere Hausmannskost miserabel schmeckt?«

»Nur, wenn du am Herd stehst«, murmelte Betty.

Fliss funkelte sie wütend an. »Das hab ich gehört!«

Betty hob erstaunt eine Augenbraue. Fliss fuhr selten aus der Haut, aber Seekrankheit und Familienstolz waren anscheinend eine explosive Mischung.

»N-nein«, stammelte Willow. »Nichts davon. Mutter hatte gehört, dass dort nette Menschen wohnen. Gütige Menschen. Dass ... dass sie uns nicht an die Wärter verraten würden, wenn sie uns entdeckten.«

»Oh«, sagte Fliss, schon wieder viel sanfter. Sie zitterte und beugte sich über den Eimer. »Besser, wir sind dafür bekannt, gütig zu sein, als begütert, würde ich sagen.«

Betty bewegte die Zehen in ihren abgetragenen Stiefeln. »*Die* Gefahr bestand ja wohl nie.«

Ein niederträchtiger Gedanke drängte sich ihr auf, aber sie behielt ihn für sich. Es war ja ganz schön, für gütig gehalten zu werden, aber diese Güte hatte dazu geführt, dass Charlie verschleppt wurde. Diese Güte hatte sie *verletzlich* gemacht. Betty stand am Steuerrad und trat unbehaglich von einem Bein aufs andere. Willow an die Wärter auszuliefern wäre nicht einfach gewesen und hätte sich bestimmt nicht gut angefühlt – aber hätten sie genau das getan, würden jetzt alle Widdershins friedlich in ihren Betten liegen. Stattdessen waren sie nun in alle Winde verstreut. Betty schob den boshaften Gedanken beiseite und umklammerte das Steuerrad noch fester.

»Ich verstehe allerdings nicht, wie dir das geholfen hätte, zu dieser … dieser unsichtbaren Insel zu kommen. Das Brauereischiff hätte doch bestimmt nicht dort gehalten, oder auch nur irgendwo in der Nähe.«

»Das stimmt«, räumte Willow ein. »Es hätte mich nur sicher von Krähenstein weggebracht. Dann hätte ich irgendwie zur *Zwinkernden Hexe* kommen müssen. Das Brauereischiff fährt ziemlich nah daran vorbei – nah genug, um hinüberzuschwimmen.«

»Die *Zwinkernde Hexe*?«, fragte Betty und spürte, wie ihr vor ängstlicher Aufregung ein Schauer über den Rücken lief. Sie musterte noch einmal Willows Karte und betrachtete die zwei ungewöhnlichen Landmarken genauer. Zuerst war sie so von der geheimnisvollen Insel fasziniert gewesen, dass sie kaum etwas anderem Beachtung geschenkt hatte. Da war der *Magische Kompass*, gezeichnet als winziges Wrack. Zwischen dem Schiffswrack und der verborgenen Insel befand sich ein kleines felsiges Eiland, dessen Umriss die Form einer stehenden Figur mit einem markanten spitzen Hut hatte. Auf der Schulter dieser Gestalt saß ein großer Rabe und daneben stand ein Kessel. Betty hatte diesen Felsen schon auf vielen ihrer eigenen Karten gesehen, doch nie so kunstvoll und detailliert gezeichnet wie hier. Gewöhnliche Karten zeigten an dieser Stelle etwas viel weniger Fantastisches:

einen Felsenhaufen, der entfernt an ein Gesicht mit einer Hakennase erinnerte, und etwas, das aussah wie ein Hexenhut. Aber auf Willows Karte … hatte die Figur noch etwas Seltsames an sich, das sah Betty jetzt. Ein weißer Fleck hob sich von dem Felsengesicht ab, wie ein winziges weißes Auge.

»Schau durch den Hühnergott«, forderte Willow sie auf.

Betty hob den Stein ans Auge. Für einen Moment sah sie gar nichts. Dann schien die Figur, wie von einer unsichtbaren Brise erfasst, leicht zu schwanken. Und da war noch eine weitere Bewegung, ganz eindeutig.

»Sie hat gezwinkert!«, rief Betty und drückte Fliss vor Schreck die Karte und den Hühnergott in die Hand. »Die Figur hat mir *zugezwinkert*!«

»Heiliger Krähenfuß – sie zwinkert *wirklich*!« Mit zitternden Fingern reichte Fliss den Stein und die Karte an Betty zurück.

»Ich glaube, die *Zwinkernde Hexe* hat irgendwie mit der Insel zu tun«, sagte Willow. »Deshalb muss ich dorthin.«

Fliss zog die Stirn kraus. »Moment mal – gab es da nicht eine Geschichte, die Vater uns immer erzählt hat? Über eine einäugige Hexe in der Marsch und eine Insel …«

»Stimmt!«, rief Betty. »Es ging irgendwie darum, dass sie Bitten oder Wünsche erfüllte.« Erinnerungen an ihre

Kindheit wurden wach: Betty und Fliss, Geschichten lauschend an ihren Vater gekuschelt, während Charlie brabbelnd in ihrem Bettchen lag und an ihren Zehen lutschte.

Charlie.

Bettys Augen brannten. *Nicht weinen*, befahl sie sich. *Es ist jetzt nicht die Zeit zu weinen.*

»Dieses alte Buch – jetzt erinnere ich mich wieder. Dieses Buch mit all den Geschichten und Legenden aus Krähenstein.«

»Ja«, sagte Fliss und nickte eifrig. »Die *Krähenstein-Chroniken*!«

Betty schloss die Augen. Sie hatte fast das Gefühl, die vergilbten, moderigen Seiten riechen zu können. Und in ihrem Kopf hörte sie Vaters Stimme und die Geschichte, die er ihnen so oft erzählt hatte.

Sie holte tief Luft, öffnete die Augen und begann:

»Es war einmal ein armer Mann, der hatte drei Söhne …«

DIE KRÄHENSTEIN-CHRONIKEN

Die Hexe, der Rabe und das Labyrinth: Teil I

Es war einmal ein armer Mann, der hatte drei Söhne. Sie lebten mitten in der Marsch auf einer Insel, die man nur über das Wasser verlassen konnte.

Wie das bei Geschwistern oft so ist, waren die drei Brüder sehr unterschiedlich. Der Älteste, Prospero, dessen Name Wohlstand verhieß, war gutherzig, aber eingebildet. Als der Erstgeborene hatte er das Beste bekommen, was die Familie besaß, und war mit Charme und gutem Aussehen gesegnet. Der zweite Sohn, Fortino, benannt nach dem Glück, war mutig, aber töricht, und hasste es, Prosperos abgetragene Kleider zu erben. Der jüngste Bruder, dessen Name Espero Hoffnung bedeutete, war der Liebenswürdigste und Klügste der drei, wurde aber meist nicht beachtet.

Die Familie lebte von der Arbeit des Vaters als Schuhmacher und kam gerade so über die Runden. Doch während der Vater früher mit großer Kunstfertigkeit gearbeitet hatte, ließ das Alter seine Hände zittrig und seine Augen schwach werden. Viele Kunden blieben weg. Nach einem besonders strengen Winter war der alte Mann überhaupt nicht mehr in der Lage zu arbeiten. Die drei Söhne fürchteten um ihre Existenz und überlegten, wie sie die Familie vor dem Ruin retten könnten.

»Ich ziehe los, um mir Arbeit zu suchen«, verkündete Prospero. Aber er hatte nicht viele Fähigkeiten und brachte nie mehr als ein paar Kupferraben oder Messingkrähen nach Hause, was nicht reichte, um sie alle zu ernähren. Eines Tages aber brachte er noch etwas anderes mit: eine geheimnisvolle Geschichte, die er unterwegs gehört hatte.

Die Geschichte erzählte von einer merkwürdigen Insel mit einem verborgenen Labyrinth, in dessen Mitte unermessliche Reichtümer warteten. Doch der Weg durch das Labyrinth war voller Fallen und Rätsel, und den Zugang dazu kannte nur ein einäugiges altes Weib, das mit einem Raben draußen in der Marsch lebte.

Selbstbewusst wie immer, prahlte Prospero, dass er derjenige sein würde, der in das Herz des Labyrinths vordringen werde. Der Vater glaubte die Geschichte zwar nicht so ganz, aber in seiner Verzweiflung war er bereit, alles zu probieren, und stimmte zu. So kam es, dass Prospero in dem kleinen Boot seiner Familie aufbrach, um das alte Weib in der Marsch aufzusuchen.

Allerdings gab es einen Grund dafür, dass das alte Weib beschlossen hatte, allein zu leben. Sie mochte die

Menschen nicht besonders. Ihr missfiel, dass sie ständig um Hilfe baten und oft unangekündigt auftauchten. Am meisten aber missfiel ihr die Art, wie die Menschen sie ansahen, weil sie anders war. Nun traf es sich, dass sie außerdem eine Hexe war.

Als sie Prospero laut rufend herannahen sah, beschwor sie einen furchtbaren Sturm herauf. Doch Prospero war ebenso stark wie hochmütig, und so gelang es ihm, das Boot sicher bis zu dem schroffen Felsen zu steuern, auf dem die Hexe lebte. Dort stellte er fest, dass ein großer schwarzer Rabe auf ihrer Schulter saß und in abgehackten Sätzen für sie sprach.

Wortlos drückte die Hexe Prospero einen Stein in die Hand. In der Mitte dieses Steins war ein Loch, umrandet von winzigen Edelsteinen.

»Schau durch, schau durch«, befahl der Rabe.

Prospero hielt den Stein vor sein Auge und schrie erstaunt auf. Eine Landmasse, die er zuvor nicht gesehen hatte, war am Horizont aufgetaucht. Sofort wusste er, dass dies der Ort des verborgenen Labyrinths sein musste.

Die Hexe hielt einen Kessel im Arm, den sie ihm jetzt zeigte.

»Nimm eines, wähle eines«, sagte der Rabe und blinzelte Prospero mit einem gelben Auge zu.

In diesem Hexenkessel befanden sich alle möglichen seltsamen Dinge: ein Paar feine Lederschuhe, die genau Prosperos Größe hatten; ein plüschiger Umhang aus

Samt; ein edelsteinbesetzter Dolch; eine Glück bringende Hasenpfote; eine Rolle Zwirn und ein goldenes Ei. Prospero ahnte schon, dass einer dieser Gegenstände ihm helfen würde, und er überlegte angestrengt. Wäre es nicht klug, etwas Wertvolles zu wählen, falls seine Mission misslänge? Dann würde er zumindest nicht mit leeren Händen zurückkehren.

»Gute Schuhe habe ich schon«, dachte er, »und der Dolch und der Umhang können sicher nicht mit den Reichtümern mithalten, die auf mich warten. Die Hasenpfote nehme ich nicht, weil ich für mein Glück nicht mit dem Leben einer anderen Kreatur bezahlen will. Und der Zwirn ist wertlos.« Schließlich entschied er sich für das große goldene Ei.

Die Hexe war so hässlich, dass Prospero ihren verärgerten Gesichtsausdruck gar nicht bemerkte. Er hatte lange hin und her überlegt, und der Kessel war schwer. Ihre alten Arme schmerzten. Doch Prospero war so damit beschäftigt, sich selbst für seine Klugheit zu beglückwünschen, dass er vergaß, sich bei der Alten zu bedanken, bevor er in sein Boot zurückkletterte. Das erregte erneut den Zorn der Hexe, und sie beschwor wieder einen starken Wind herauf, der sein Boot vom Kurs abbrachte und ihn einen Tag kostete.

Doch Prospero fuhr weiter und ließ sich von dem Stein den Weg weisen. Als er erschöpft die Insel erreichte, ruderte er einmal um die schroffen weißen Klippen herum, ohne einen Weg zu entdecken. Hier und da ragten ein paar Äste heraus, wo über die Jahre Wurzeln in den Felsspalten gewachsen waren. Erst jetzt fiel Prospero auf, dass er im Sturm das Tau verloren hatte, mit dem er das Boot festmachen wollte. Ohne das Seil hatte er keine andere Wahl, als das Boot treiben zu lassen.

Müde begann er die Klippen hinaufzuklettern, doch der Fels bot nicht viel Halt. Etliche Male rutschte er ab und wirbelte Staub auf, der sich in seiner Lunge sammelte. Wundersamerweise überstand das goldene Ei den Aufstieg, aber Prospero begann schon jetzt, an seiner Wahl zu zweifeln. Das Ei war schwer und hinderlich, und er hatte noch einen langen Weg vor sich. Es wurde schon dunkel, als der Pfad auf einer kleinen Ebene vor einer Höhle endete. Prospero hätte weinen können vor Freude, als er im grünen Dickicht einen alten steinernen Brunnen entdeckte.

Doch seine Freude währte nicht lange. Als er in den Brunnen spähte, sah er weit unten einen Eimer im Wasser treiben, den er nicht erreichen konnte. Die einzige Möglichkeit, seinen Durst zu löschen, war, das feuchte Moos auszuquetschen, das innen am Brunnenrand wuchs, und ein paar Tropfen in seinen Mund zu träufeln. Inzwischen hatte er auch furchtbaren Hunger und begann sich auszumalen, welch riesiges Eigelb wohl in dem goldenen Ei sein mochte.

»Nur ein Narr würde Hunger leiden, um ein Ei zu

behalten, das ihn ernähren könnte«, sagte er sich. »Was nützt einem toten Mann ein goldenes Ei?« Und damit brach er das Ei auf.

Doch – oh nein! – aus dem goldenen Ei sprang ein schwarzer Rabe, der krächzend lachte. Voller Zorn warf Prospero sich auf den Vogel, verfehlte ihn und fiel kopfüber in den Brunnen. Der Rabe – der natürlich kein anderer als der Gefährte der Hexe war – kreischte: »Was für ein Pech, was für ein Pech!« und flog zurück zu seiner Herrin.

Und Prosperos kleines Boot driftete weiter von den Felsen ab und trieb davon.

Kapitel 10

Ein silberner Schleier

Betty unterbrach ihre Erzählung, als Fliss sich an ihr vorbeidrängte und zur Tür des Ruderhauses stürzte. Einen Augenblick später konnte man hören, wie sie sich über die Reling beugte und erbrach. Kreidebleich kam sie ins Ruderhaus zurück. Inzwischen hatte Betty über die Geschichte nachgedacht und versucht, sie aufzudröseln wie einen verknoteten Faden. Sie hatte immer gedacht, dass die Geschichte von den drei Brüdern nichts anderes sei als eine lehrreiche Fabel, die Kindern abends vorgelesen wurde. Doch falls in der Legende von der einäugigen Hexe ein Körnchen Wahrheit steckte, dann war an der Existenz der Insel vielleicht auch etwas Wahres dran. Die Frage war nur, was hoffte Willow dort zu finden?

Unermessliche Reichtümer ...

Sie hörte Vaters Stimme ganz deutlich in ihrem Kopf. Hatten Willow und ihre Mutter wirklich so viel riskiert und waren so weit gereist, nur weil sie zu Reichtum gelangen wollten? Der Gedanke erfüllte Betty mit Wut und Abscheu.

»Was genau hofft ihr eigentlich auf der verborgenen Insel zu finden, Willow?«, fragte sie mit eiskalter Stimme. »Kann es wirklich angehen, dass du und deine Mutter alles aufs Spiel gesetzt habt und Charlie entführt wurde, nur weil ihr eine Chance gewittert habt, reich zu werden?«

»Was? *Nein!*«, protestierte Willow und fing an zu weinen. Tränen liefen über ihre blassen Wangen und tropften von ihrem Kinn. »Ich hatte überhaupt keine Ahnung von den Reichtümern auf der Insel. Es ist alles ganz anders!«

Betty presste wütend die Zähne aufeinander. Selbst wenn Willow die Geschichte tatsächlich nicht kannte, hatte vielleicht ihre Mutter davon gehört und war töricht – oder habgierig – genug gewesen, um zu denken, dass Geld ihre Probleme lösen würde. Vielleicht hofften sie, Willows Vater aus dem Gefängnis freizukaufen.

»Betty.« Fliss warf ihr einen warnenden Blick zu und schüttelte leicht den Kopf. Betty beschloss, erst einmal den Mund zu halten. Mithilfe ihres Charmes würde ihre Schwester Willow vielleicht eher dazu bringen, sich zu öffnen, als sie selbst mit ihrer direkten Art.

»Wenn ihr es nicht auf die Reichtümer abgesehen habt, warum wollt ihr dann unbedingt auf die Insel?«, fuhr Fliss fort. »Ihr müsst doch wissen, was mit Leuten passiert, die versuchen zu fliehen! Wenn ihr so viel auf euch genommen habt, müsst ihr wirklich ...«

»Dumm sein«, knurrte Betty.

»Verzweifelt sein, wollte ich sagen«, fügte Fliss hinzu. »Und wir wissen, was das für ein Gefühl ist, nicht wahr, Betty?«

»Es geht hier aber nicht um uns«, blaffte Betty zurück. Sie war noch immer so genervt, dass es ihr schwerfiel, sich zusammenzunehmen. »Sie soll uns von *sich* erzählen. Denn bisher ist ihre Geschichte voller Löcher, und damit meine ich nicht nur das Loch im Stein!«

»Wir sind wirklich verzweifelt«, sagte Willow unglücklich. »Wir wussten, wie gefährlich es war zu fliehen, aber wir mussten es tun – für meinen Vater. Um zu beweisen, dass er unschuldig ist.«

»Unschuldig? Was wird ihm denn vorgeworfen?«, fragte Betty, deren Stimme schon nicht mehr ganz so frostig klang. Konnte das wahr sein? Hatten Willow und ihre Mutter wirklich ihr Leben riskiert, um Willows Vater zu helfen? Betty warf einen Blick zurück zum Gefängnis, das hinter ihnen in der Dunkelheit verschwand. Sie und Fliss erinnerten sich beide noch zu gut, wie schrecklich es war, einen geliebten Menschen hinter diesen Mauern zu wissen.

»Mord«, flüsterte Willow.

Das Wort hallte in Bettys Ohren wider. Sie hatte schon geahnt, dass ein schweres Verbrechen im Spiel gewesen sein musste, wenn Willow und ihre Mutter auf der Verbannteninsel lebten – aber damit hatte sie nicht gerechnet. Betty und Fliss atmeten beide scharf ein, als ihnen alles erschreckend klar wurde. Gefängnisstrafen in Krähenstein waren immer hart, aber wenn man des Mordes angeklagt war, konnte das nur ein Ende nehmen, das schlimmste Ende.

»Er soll hingerichtet werden, nicht wahr?«, fragte Fliss mit zitternder Stimme.

Willow schluchzte unwillkürlich auf und nickte.

»Wann?«, fragte Betty. Ihre Stimme war jetzt nur noch ein trockenes Krächzen. Schaudernd erinnerte sie sich an den Galgen auf der *Insel der Sühne*. Das hölzerne Schafott, der düstere Gefängnishof. Früher, hatte Granny erzählt, hatte man die Hinrichtungen vor aller Augen auf dem Platz an der Wegkreuzung abgehalten. Heutzutage fanden sie auch noch statt, allerdings innerhalb der Gefängnismauern.

»In drei Tagen«, antwortete Willow und kaute nervös auf ihrer Unterlippe. »Wir haben *alles* versucht, aber niemand wollte uns zuhören. Und gleichzeitig lief die Zeit ab.« Sie wischte sich über die triefende Nase. »Deshalb mussten wir weg von der Insel und versuchen, ein für alle Mal zu beweisen, dass er unschuldig ist. Und jetzt, wo Mutter gefangen genommen wurde, liegt es an mir. Ich bin alles, was er noch hat. Ich bin seine einzige Chance.« Sie vergrub ihr Gesicht in den Händen und weinte still.

Da sie nicht wusste, was sie sonst tun sollte, streckte Betty den Arm aus und legte Willow sanft eine Hand auf den Rücken. Obwohl sie Charlies trockene Kleider angezogen hatte, fühlte sich der Stoff feucht und klamm an. Als hätte die Marsch das Mädchen noch immer in ihrem nassen Griff und wollte sie nicht loslassen.

»Aber warum mussten deine Mutter und du auf die *Insel der Qualen*?«, fragte Fliss. »Ich dachte immer, dort leben nur Leute, die verbannt wurden oder die nach dem Gefängnis nicht nach Hause zurückkehren dürfen?«

»Als Strafe«, sagte Willow. Sie fuhr mit einem Ärmel über ihr nasses Gesicht und seufzte. »Bevor das alles passiert ist, haben wir auf dem Festland gelebt, in Marschfreud. Mein Vater war Fischer, ein guter Fischer. Aber er war auch ein Irrlichtfänger wie ich.« Willow verzog das Gesicht, als würde sie gleich wieder anfangen zu weinen. »Das war ein Grund dafür, dass sein Fang oft der größte und beste war.«

»Das verstehe ich nicht«, sagte Betty. »Hat ihm das wirklich geholfen, mehr Fische zu fangen?«

Willow schüttelte den Kopf. »Nicht direkt. Vater sagt, Irrlichter geistern über das Wasser, weil sie mit irgendetwas nicht abschließen können. Manchmal ist es ein Gefühl: Wut oder Traurigkeit. Manchmal sind sie rachsüchtig; manchmal wollen sie Gerechtigkeit. Aber immer wollen sie gehört werden. Und deshalb können sie Leuten gefährlich werden, die nicht zuhören wollen, die nicht vorbereitet sind. Es ist einfach, ihnen zu folgen, sich selbst zu vergessen. Deshalb fürchten die Leute sie. Aber Vater nicht. Er hatte keine Angst«, erklärte Willow. »Er fuhr dorthin, wo andere sich nicht hintrauten. Gewässer voller Irrlichter, die den meisten Fischern Angst einjagten. Doch er ... *respektierte* sie. Und das brachte er auch mir bei, als klar wurde, dass ich die Gabe ebenfalls besaß.« Sie lächelte matt. »Er hat immer gesagt, ich sei die geborene Irrlichtfängerin.«

»Was machen Irrlichtfänger denn eigentlich?«, wollte Fliss wissen.

»Wir lullen sie ein.«

»Ihr lullt sie ein?«, wiederholte Betty.

»Es ist eine Methode, um sie zu beruhigen, damit sie ihre Macht über die Menschen verlieren«, sagte Willow. »Zumindest für eine Weile. Vater hat mir gezeigt, wie man das macht, ohne sich in Gefahr zu bringen, aber er hat gesagt, dass wir unsere Gabe immer geheim halten müssen. Dass es Menschen gibt, die versuchen würden, sie für ... schlimme Dinge zu missbrauchen.«

Betty spürte einen plötzlichen Schauder, der ihr bekannt vorkam. Granny hatte etwas ganz Ähnliches gesagt, als sie Betty damals die magische Matroschka gegeben hatte. Wie gefährlich sie werden könnte, wenn sie in die falschen Hände fiele ...

»Eines Tages fuhr Vater mit seinem besten Freund Saul zum Fischen raus«, fuhr Willow fort. Ihr Gesicht verfinsterte sich. »Mutter hatte nicht gewollt, dass sie aufbrachen. Sie machte sich Sorgen, weil ich beobachtet hatte, wie sich die beiden über etwas stritten. Ich war zu weit weg, um zu hören, was sie sagten, aber ich konnte sehen, dass Saul meinem Vater etwas zeigte – ein Stück Papier. Vater schüttelte den Kopf, und Saul wurde wütend. Schließlich nickte Vater, und sie fuhren los ... doch irgendetwas passierte, und Saul kehrte nie zurück. Vater kam mit einer Beule am Kopf nach Hause. Er konnte sich nicht erinnern, wie er die Beule bekommen hatte, aber da war ...« Sie zögerte und wischte sich die Tränen aus den Augen.

Fliss zwang sich aufzusehen, auch wenn sie inzwischen wieder ausgesprochen grün im Gesicht war. »Da war ...«, hakte sie vorsichtig nach.

Willow schniefte. »Blut, im Boot. Aber Vater hatte keine Verletzungen – na ja, keine Schnittwunden. Abgesehen von der Beule auf seinem Kopf war er vollkommen unversehrt. Das Blut musste also von Saul stammen, doch sie fanden ihn nirgends.« Willows sorgenvoller Blick ging von Fliss zu Betty, und in ihren Augen glänzten wieder Tränen. »Nachdem sie Vater festgenommen hatten, durchsuchte ich sein Boot. Es gibt da ein kleines Geheimfach, wo wir Geld und Proviant verstecken, wenn wir fischen gehen, falls das Boot mal ausgeraubt werden sollte. Dort habe ich die Karte und den Hühnergott gefunden. Ich konnte mir nicht erklären, was der Stein da sollte, aber ich erinnerte mich an die Geschichten, nach denen Hühnergötter magisch sind, also guckte ich durch das Loch. Weil ich gerade die Karte in der Hand hielt, sah ich zufällig, wie die Insel auftauchte. Da wusste ich, das musste ein Schlüssel sein – ein Hinweis darauf, was mit Saul passiert war. Sein geheimnisvolles Verschwinden und die Entdeckung einer Karte mit einer unsichtbaren Insel ... ich war sicher, dass beides zusammenhängen musste.«

»Warum hast du den Wärtern nicht davon erzählt?«, fragte Betty. »Du wolltest ihnen doch bestimmt jeden möglichen Hinweis geben, wo Saul sein könnte.«

»Mutter wollte den Wärtern die Karte nicht zeigen. Sie hatte zu viel Angst. Sie hatten Vater nicht zugehört, meinte sie, warum sollten sie also uns irgendwelche Beachtung schenken? Womöglich würden sie uns beschuldigen, die Karte gezeichnet zu haben, und dann ...«

»Und dann hätte man euch in den Krähensteinturm geworfen«, beendete Betty den Satz. »Wie jeden, den man der Hexerei verdächtigt.«

Willow nickte schniefend. »Vater sitzt im Gefängnis, weil er Saul ermordet haben soll – aber das hat er nicht! Ich *weiß*, dass er es nicht getan hat – aber er sagt, er kann sich an nichts erinnern.«

»Also haben sie euch auf die *Insel der Qualen* verbannt«, sagte Betty, »weil sie denken, wenn sie dich und deine Mutter bestrafen, wird dein Vater gestehen, was er Saul angetan hat ... und wo seine Leiche ist.«

Willow nickte noch einmal. »Und deshalb glaube ich ihm«, sagte sie mit tränenerstickter Stimme. »Weil er nie, nie zulassen würde, dass wir auf dieser furchtbaren Insel leben müssen!« Sie sackte weiter auf der Bank zusammen und sah genauso niedergeschlagen aus, wie sie klang.

»Und dein Vater sitzt nun schon seit einem Jahr im Gefängnis?«, fragte Betty, jetzt mit viel sanfterer Stimme. Wie schrecklich, für die Taten eines anderen bestraft zu werden, wenn man unschuldig war!

»Ja«, antwortete Willow. »So lange sind wir schon auf der *Insel der Qualen.*«

»Wie furchtbar!«, rief Fliss.

»Und das Irrlicht?«, wollte Betty wissen. »Was hat das mit dem Ganzen zu tun? Und wer genau ist es?« Auch wenn es sich ruhig verhalten hatte, seit sie an Bord gegangen waren, konnte Betty ein leichtes Schaudern nicht unterdrücken, wenn sie die leuchtende Kugel an Willows Seite betrachtete. Während Willow ihre Geschichte erzählt hatte, war der Irrwisch einmal sogar näher herangeschwebt, als würde er lauschen.

»Das Irrlicht ist heute Abend aufgetaucht, nachdem Mutter und ich getrennt wurden«, sagte Willow mit bebender Stimme. »Es hat irgendetwas ... Vertrautes an sich. Als ... als würde es mich kennen. Ich glaube ... vielleicht ist es Saul? Und er versucht, mir etwas zu zeigen.«

Ein beklemmendes Gefühl machte sich in Betty breit. Es gab noch eine andere, wahrscheinlichere Möglichkeit, nämlich dass Willows leuchtender Begleiter ihre Mutter war. Die Wärter hatten ja gesagt, dass eine der gesuchten Personen halb ertrunken war und die Nacht wahrscheinlich nicht überleben würde … und wenn Willow meinte, das Irrlicht komme ihr vertraut vor, dann sah es nicht gut aus. *Aber wie soll ich ihr das sagen?*, dachte Betty. *Nach all dem, was sie durchgemacht hat. Wie kann ich ihr da sagen, dass ihre Mutter es nicht geschafft hat?*

»Das bedeutet dann ja, dass Saul wirklich tot ist«, murmelte sie.

»Aber es bedeutet nicht, dass mein Vater ihn umgebracht hat«, entgegnete Willow mit demselben entschlossenen Gesichtsausdruck, den Betty schon einmal bei ihr gesehen hatte.

»Nein, aber es hilft dir auch nicht weiter.«

»Doch, das tut es, wenn er mir zeigen kann, was passiert ist«, beharrte Willow. »Deshalb muss ich zu dieser Insel. Um zu beweisen, dass Vater niemanden umgebracht hat! Die Insel ist der Schlüssel zu all dem – das spüre ich einfach!«

»Es könnte genauso gut sein, dass es seine Schuld bestätigt«, gab Fliss zu bedenken. »Was du finden wirst, gefällt dir vielleicht gar nicht.«

Willow starrte sie mit trotzigem, tränenverschmiertem Gesicht an. »Vielleicht nicht, aber wenn mein Vater sterben muss, habe ich das Recht zu erfahren, was passiert ist, so oder so. Ich *muss* es einfach wissen.«

»Und wenn er schuldig ist?«, fragte Betty. »Was dann?«

»Dann haben wir wenigstens einen Beweis, und die Wärter haben keinen Grund mehr, uns auf der *Insel der Qualen* gefangen zu halten«, sagte Willow. »Dann werden sie uns gehen lassen. Das *müssen* sie.«

Das kenne ich, dachte Betty. Diese Verzweiflung, dieses sich Klammern an die kleinste Hoffnung, wenn es das Einzige war, was einen noch aufrecht hielt. Ganz ähnlich fühlte sie sich, wenn sie daran dachte, Charlie retten zu müssen.

»Du hast vorhin gesagt, die Irrlichter geben keine Ruhe, wenn etwas nicht abgeschlossen ist«, sagte Fliss mit einem sorgenvollen Blick in den dunklen Augen. »Aber was passiert mit einem Irrlicht, wenn das Problem, das es herumirren lässt, ungelöst bleibt?«

»Dann werden sie gefährlicher«, sagte Willow leise. »Ihre ... ihre ...« Sie brach ab und rang nach den richtigen Worten. »Was auch immer es war, was sie zu Lebzeiten ausgemacht hat, das verblasst. Alles, was übrig bleibt, ist eine Erinnerung, ein Gefühl, ein Geheimnis – eben das, was diese Seelen nicht zur Ruhe kommen lässt. Und das flimmert dann als kleines Licht über der Marsch. So hat Vater es mir erklärt. Ein Licht, das einst eine Seele war und darauf wartet, dass man ihm zuhört.«

»Wie traurig«, murmelte Fliss und übergab sich unvermittelt in den Eimer. »Entschuldigt«, brachte sie kreidebleich hervor. »Ich sollte wohl besser an die frische Luft gehen. Hier drinnen riecht es einfach zu … *boah* … fischig.« Sie stand schwankend auf und ging aus dem Ruderhaus. Ein Schwall kalter Luft strömte herein, bevor sie die Tür hinter sich schloss.

Doch wenige Minuten später war sie zurück, noch bleicher als zuvor und ganz außer Atem.

»Was ist denn jetzt los?«, fragte Betty. »Du siehst ja noch elender aus als eben schon.«

»Ich – äh …«, begann Fliss mit zitternder Stimme. Ihre weit aufgerissenen Augen hatten einen glasigen Blick. »Da draußen«, stammelte sie und zeigte auf die Fenster. »Schaut mal raus!«

Beunruhigt drehte Betty sich um und spähte durch das Glas. Sie erstarrte vor Schreck, als sie begriff, was Fliss gesehen hatte.

Irrlichter, Dutzende von ihnen! Sie tauchten aus dem Marschnebel auf und umhüllten das Boot wie ein leuchtender silberner Schleier. Betty lief ein eiskalter Schauer über den Rücken, als die Irrwische von allen Seiten gegen die Fensterscheiben des Ruderhauses prallten.

Sie waren umzingelt.

Kapitel 11

»Hört nicht auf das Wispern …«

So viele auf einmal hab ich noch nie gesehen«, flüsterte Betty. Der Anblick der glimmenden Leuchtkugeln, die sich um das Boot drängten, war äußerst verstörend. Sie konnte spüren, wie sich die Haare in ihrem Nacken aufstellten, ähnlich wie bei Pfui, wenn jemand versuchte, sie zu streicheln. »Das … das ist ja eine ganze Armee von Irrlichtern!«

Willow stand auf und spähte durch das Fenster. Sie versuchte ganz offensichtlich, sich mutig zu geben, aber das Zittern ihrer Knie unter ihrem Kleid verriet sie. Verängstigt sah sie aus und jünger als je zuvor.

»Wahrscheinlich spüren sie den Irrwisch auf unserem Boot«, sagte sie. »Und uns.«

Fliss schluckte. »Betty, können wir das Tempo erhöhen? Durch sie hindurchfahren oder sie abhängen?«

»Wir können sie nicht abschütteln – nicht indem wir schneller fahren«, sagte Willow.

»Wie werden wir sie dann los?«, fragte Fliss mit schriller Stimme. »Was *wollen* sie?«

»Sie wollen gehört werden«, antwortete Willow. »Und gesehen.«

Betty beobachtete, wie immer mehr Irrlichter um das Boot schwirrten und man kaum noch etwas anderes sehen konnte. »Wie kommen wir hier nur raus?«, rief sie verzweifelt.

Das Ruderhaus war jetzt von einem gespenstischen grauen Licht erfüllt, in dem sie alle zu unheimlichen Schemen wurden. An den Seiten der Tür schimmerten schmale Lichtstreifen durch die Ritzen, und unter dem Türrahmen drangen Nebelschwaden hindurch, als wollten sie nach ihnen greifen.

Und dann war ein leises Wispern zu hören. Ruckartig wandte Betty den Blick vom Fenster und musterte Willow und Fliss.

»Was?«, fragte Betty. Ihre Nerven waren zum Zerreißen gespannt. »Hat jemand etwas gesagt?«

»Nein«, sagte Fliss. »Ich dachte, das warst du?«

Da war das Wispern wieder, so leise, dass Betty es kaum als Worte wahrnehmen konnte, und nun sah sie auch, dass weder Fliss noch Willow ihre Lippen bewegten.

»Wer ist es dann?«, fragte sie matt. »Wer wispert hier so?«

»Die Irrlichter«, antwortete Willow.

Es waren inzwischen so viele, dass Betty nur noch ein

unheimliches weißes Leuchten sehen konnte, das ihr Boot umhüllte.

»Was machen wir jetzt?«, brachte Fliss krächzend hervor.

»Wir lullen sie ein«, sagte Willow. »Aber je mehr es sind, desto schwieriger ist es. Selbst für jemanden, der weiß, wie man es macht. Irrlichter können ungestüm sein, unberechenbar.« Willows weit aufgerissenen Augen war die Angst anzusehen. »Ich habe noch nie so viele eingelullt.«

»Wie machst du das überhaupt?«, fragte Betty mit wild klopfendem Herzen und wagte es nicht, den Blick von den leuchtenden Fenstern abzuwenden.

»Ich singe ihnen ein Lied vor«, erklärte Willow.

»Ein Lied?«, fragte Betty etwas hoffnungsvoller. »Dann bring es Fliss und mir bei! Wenn wir alle singen, werden wir sie vielleicht schneller los. Wenn Fliss singt, nimmt normalerweise jeder Reißaus.«

»Das ist jetzt nicht die Zeit für Scherze«, sagte Fliss angespannt.

»Ich scherze ja auch nicht«, sagte Betty ernst. »Dein Gesang ist wirklich furchtbar, aber vielleicht hat das heute ja mal etwas Gutes!«

»Das Singen vertreibt sie nicht«, sagte Willow. »Es lässt sie nur in Trance fallen, sodass wir an ihnen vorbeifahren können, aber es ist nichts, was ich euch beibringen kann … jedenfalls nicht so auf die Schnelle.« Sie sah sich suchend im Ruderhaus um. »Und wir brauchen noch ein paar andere Dinge … Netze, Gläser. Habt ihr so was?«

»Netze und Gläser?«, fragte Betty verwirrt. Ein weiteres Wispern war zu hören, näher diesmal, und Betty fuchtelte genervt mit der Hand, als wollte sie eine Fliege verscheuchen. Sie bückte sich und kramte etwas unter der Sitzbank hervor. »Hier sind ein paar kleine Krabbennetze von einem Ausflug mit Charlie und ein oder zwei Gläser, in denen sie Kaulquappen aufbewahrt hat. Wozu brauchst du das?«

»Das wirst du gleich sehen«, sagte Willow. »Aber wir müssen uns beeilen.« Sie holte ein paarmal tief Luft, als machte sie sich bereit, dann trat sie an die Kabinentür. »Wenn ich draußen bin, müsst ihr auf mein Signal warten und mir schnell die Netze und Gläser bringen. Ich sage euch dann, was ihr als Nächstes tun sollt. Aber was auch immer ihr tut, hört nicht hin. Hört auf keinen Fall auf das Wispern!«

»Was würde denn dann passieren?«, fragte Fliss mit erstickter Stimme.

»So verschwinden Menschen in der Marsch«, erklärte Willow. »Zuerst, indem sie dem Licht folgen. Dann, indem sie dem Wispern zuhören. Sich so auf das Wasser locken lassen.«

»Und du willst da *allein* rausgehen?«, fragte Fliss entsetzt und zog die Beine an ihren Körper.

»Ich muss«, sagte Willow. »Wenn ich es nicht mache, kommen wir hier nicht weg. Und es werden immer mehr.«

Sie drückte die Türklinke hinunter und schlüpfte aus dem Ruderhaus in den leuchtenden Schwarm von Irrlichtern. Betty erhaschte noch einen letzten Blick auf ihr angstverzerrtes Gesicht, dann verschwand Willow ganz. Betty und Fliss rückten näher zusammen und versuchten, das kleine Mädchen inmitten des silbernen Lichts auszumachen. Alles, was als Nächstes passieren würde, mit ihnen und mit Charlie, hing von dem ab, was Willow jetzt tun würde.

»Hör mal«, murmelte Betty, die ihr Ohr an die Tür gepresst hatte. »Hörst du das?«

»*W-was?*« Fliss griff nach Bettys Hand, die sich so klamm anfühlte wie noch nie. »Willow hat doch gesagt, wir sollen nicht auf das Wispern hören!«

»Das meine ich nicht.« Betty lehnte sich näher zur Tür. Ein Luftzug streifte ihr Ohr. »Es ist Willow.«

Zuerst war es kaum wahrzunehmen, ein seltsames tiefes Summen, das fast von einem Tier hätte stammen können. Langsam schwoll es an und ebbte ab wie die Wellen des Meeres. Als Betty sich noch mehr anstrengte, das Singen unter dem Wispern der Irrlichter herauszuhören, begann sie zu verstehen, warum Willow ihnen dieses Lied nicht hatte beibringen können.

»Sie singt in der alten Sprache«, begriff Betty. »Alt-Rab, die Sprache, die sie hier vor Hunderten von Jahren gesprochen haben.« Granny hatte versucht, ihnen ein paar der wenigen Wörter beizubringen, die sie kannte, aber Betty hatte sie sich nie merken können. Im Hintergrund hielt das zischelnde Wispern an, wie das Rascheln von Blättern im Wind. Willow sang weiter, und ihre Stimme gewann an Stärke.

»Schau!«, rief Fliss, zog ihre Hand aus Bettys klammem Griff und deutete nach draußen.

Bettys Blick schoss zum Fenster hinüber, das sich zusehends wieder verdunkelte. Fliss hatte recht: Die Irrlichter schwirrten davon, eines nach dem anderen, und nahmen ihr Wispern mit.

»Wo ist Willow?«, fragte Betty und reckte den Hals, um besser aus dem Fenster schauen zu können. »Ich kann sie nicht sehen – sie muss am Heck sein.«

»Heck?«

»Hinten am Boot«, erklärte Betty genervt.

»Was sollen wir jetzt machen?«, fragte Fliss.

»Sie hat gesagt, wir sollen auf ihr Signal warten«, erwiderte Betty. »Und dann müssen wir uns die Finger in die Ohren stecken und uns diese Netze und Gläser schnappen.«

»Wie sollen wir das machen, wenn wir gleichzeitig die Finger in den Ohren haben?«, gab Fliss zurück.

»Du weißt schon, was ich meine«, blaffte Betty. Die Anspannung in ihr wuchs, und es fiel ihr schwer, nicht patzig zu werden.

Argwöhnisch beobachtete sie das Irrlicht, das mit ihnen an Bord gekommen war und jetzt wieder in der Öllampe glimmte. Als Willow zu singen begonnen hatte, war sein Leuchten etwas schwächer geworden, und es schien reglos zu lauschen.

Betty und Fliss standen zitternd vor Angst und Kälte im Ruderhaus. Bettys Hand ruhte auf der Türklinke. Draußen begann Willows Stimme leiser zu werden. Vielleicht war ihr Lied gleich zu Ende, und sie wären die Irrwische bald los. Betty kniff die Augen zu, lauschte und hoffte.

»Betty?«, sagte Fliss beunruhigt. »Hast du auch das Gefühl ... dass es hier drinnen wieder heller ist?«

Betty riss die Augen auf. Blinzelnd sah sie zu den Fenstern, wo die Irrlichter sich abermals zu versammeln schienen. Draußen an Deck hörte man nur noch den heulenden Wind und die Wellen, die gegen das Boot klatschten.

Betty erstarrte. »Da stimmt etwas nicht. Willow singt nicht mehr.«

»Vielleicht ist sie fertig«, überlegte Fliss. »Aber warum sind dann wieder Irrlichter am Fenster?«

»Genau«, sagte Betty und holte tief Luft. »Wir müssen da raus.«

»A-aber ihr Signal ...«

»Was, wenn sie uns nicht rufen kann?«, fragte Betty aufgebracht. »Sie braucht unsere Hilfe – das spüre ich.«

Fliss zögerte. »Ich hab Angst«, gab sie zu. »Ich bin nicht so mutig wie du.«

»Doch, das bist du«, sagte Betty. »Ich hab auch Angst. Und trotzdem werden wir Willow helfen, und genau *das* ist Mut.«

Fliss nickte und sah nicht mehr ganz so panisch aus. »Wer probiert, triumphiert«, murmelte sie. »Das sagst du doch immer, oder?«

»Mm«, machte Betty. Etwas anderes fiel ihr nicht ein, und Fliss sollte nicht merken, dass ihre Zähne klapperten. Sie warf ein Netz über ihre Schulter und klemmte sich ein Glas unter den Arm. Dann steckte sie sich tatsächlich die Finger in die Ohren und machte ihrer Schwester ein Zeichen, dasselbe zu tun. Als sie sich vergewissert hatte, dass auch Fliss sich die Ohren zuhielt, nahm Betty allen Mut zusammen und trat nach draußen.

Sie sahen sich einer Mauer von Irrlichtern gegenüber, die wie der Nebel selbst vor ihnen aufstieg. Fliss wich sofort zurück, doch Betty biss die Zähne zusammen und schubste sie mit dem Ellenbogen vorwärts. »Komm schon! Wir müssen an ihnen vorbei.«

Die Irrlichter umzingelten sie mit wallenden Bewegungen. Langsam, wie Tentakel oder Quallen. Aus der Nähe waren sie so hell, dass Bettys Augen geblendet wurden. Und das Wispern schwoll jetzt zu einem tiefen, schaurigen Wortgewebe an, das sich wie eine Decke über sie legte.

»Kommt mit miiiiir ... muss euch zeigen ... etwas, das ihr sehen müsst ... helft uns, bitte ...«

Betty bohrte ihre Finger tiefer in die Ohren. Schon begann ihr Mut sie zu verlassen. Verzweifelt suchte sie das Deck nach Willow ab, aber alles, was sie sehen konnte, waren Irrlichter. Ein erschrockenes Gurgeln drang aus ihrer Kehle. War Willow etwa über Bord gegangen? Betty stieß die Irrlichter mit dem Ellenbogen zur Seite und kämpfte sich voran, doch sobald sie einen Irrwisch verscheucht hatte, folgte ein neuer.

»Willow?«, rief Betty mit kratziger Stimme. »Wo bist du?« Um sie herum drängten sich die Irrwische wie neugierige Katzen vor einem Mäuseloch. Noch einmal scheuchte Betty die leuchtenden Wesen zur Seite und bahnte sich und ihrer Schwester einen Weg. Doch schon bald begann sie inmitten der schwebenden Lichter die Orientierung zu verlieren. Sie war sich nicht mehr sicher, wo das Ruderhaus war, und erst recht nicht, wo Willow sein konnte.

Ihr Fuß stieß an etwas auf dem Deckboden. Etwas Festes, aber Bewegungsloses. Betty spähte angestrengt durch das Licht der Irrwische, doch sie ahnte es schon.

Ein kleiner Lederstiefel, nicht viel größer als Charlies. Betty sog erschrocken die Luft ein und kniete sich auf den Boden. »Willow!« Sie vergaß die Warnung des Mädchens, nahm ihre Finger aus den Ohren und rüttelte die reglose Gestalt. Augenblicklich füllte das Geflüster ihren Kopf, drängte ihre eigenen Gedanken zur Seite und machte es fast unmöglich, sich zu konzentrieren.

»*Befreie mich ... hör einfach zu, hör zu ...*«

»Schsch«, stöhnte Betty. Sie griff nach Willows Stiefel und tastete ihr Bein hinauf, bis sie das Gesicht des Mädchens spürte und es mit ihren Händen umfasste. Willows Haut war kalt wie die einer Toten, ihre Augen blickten glasig und starr.

»Ist sie etwa ...?« Fliss' erschrockene Stimme durchbrach warm und lebendig das unheimliche Wispern der Irrwische.

»Nein.« Bettys Herz machte einen Sprung. Willows Lippen schienen sich leicht zu bewegen. Betty beugte sich näher über das kleine Gesicht, um die Worte zu verstehen. Seltsamerweise konnte sie den Atem des Mädchens nicht spüren. »Sie sagt etwas ... nein, warte. Sie versucht immer noch zu singen!«

Betty schlang die Arme um Willow. Das Wispern füllte ihren Kopf mehr und mehr aus und benebelte ihre Gedanken.

»Betty!«, schrie Fliss jetzt. »Du darfst nicht *hinhören*!«

Aber es war unmöglich. Denn in dem Flüstern und Raunen erhoben sich unzählige Stimmen, eine über die andere. Flehten darum, gehört zu werden, forderten, dass man ihnen folgte. Betty versuchte krampfhaft, ihre eigenen Gedanken festzuhalten, und kämpfte verzweifelt gegen das Gefühl, von der Nachtluft davongetragen zu werden.

Wörter drängten sich in ihren Kopf: Sätze aus vergangenen Leben, Lieder, Versprechen, Drohungen, Geheimnisse. Verworren fragte sie sich, wie hell sie selbst wohl leuchten würde, wie laut ihre Stimme wäre ... und was sie zu vorbeifahrenden Reisenden sagen würde, die sich ebenso im Nebel verirrt hatten wie sie. Die Stimmen drifteten über Betty hinweg, bis sie spürte, dass sich ihr Griff um Willow lockerte. Schließlich begann sie, langsam mit den Lichtern davonzutreiben.

Kapitel 12

Seegras

»Betty!«

»*Uaah!*« Betty prustete laut, als ihr ein Schwall kaltes Salzwasser ins Gesicht spritzte. Sie spuckte aus und fröstelte, weil ihr etwas Wasser in den Kragen lief. »Zum Donnerraben, Fliss!«, brüllte sie und setzte sich kerzengerade auf. »Willst du mich ersäufen?« Hustend kniete sie auf dem Boden. Die Planken unter ihren Händen fühlten sich sandig und feucht an. Für einen Moment hatte sie Schwierigkeiten, sich zu erinnern, was sie mitten in der Nacht hier draußen machte. Dann sah sie aus dem Augenwinkel, wie sich der Schleier von Irrlichtern auf sie zubewegte, und spürte, dass das Wispern sich wieder in ihrem Kopf breitmachte.

»Ich *versuche*, dir das Leben zu retten!« Die Stimme ihrer Schwester durchdrang das Wispern, und das in einem so strengen Ton, wie Betty ihn noch nie bei Fliss gehört hatte.

Betty drehte sich um. Unter anderen Umständen wäre ihr zum Lachen zumute gewesen. Doch als sie Fliss schließlich genauer betrachtete, stellte sie fest, dass ihre Schwester ziemlich wild aussah. Ihr kurzes, sonst so ordentliches Haar war sturmzerzaust, und in den Händen schwenkte sie wütend ein Fischernetz und ein Glas, aus dem Seewasser tropfte.

Betty musterte sie eindringlich. »Ist das etwa ... *Seegras* in deinen Ohren?«

»Ja«, presste Fliss hervor. »Was anderes hab ich nicht gefunden, um dieses unerträgliche Gewisper auszublenden.« Bevor Betty protestieren konnte, stocherte Fliss schon entschlossen in ihren Ohren herum.

»Iiiih.« Betty schauderte, als Fliss ihr das kalte, schleimige Seegras in die Ohrmuscheln stopfte. »Das fühlt sich absolut ... abscheulich an«, sagte sie kläglich.

»Ich weiß«, erwiderte Fliss, deren Stimme jetzt gedämpft klang. »Und es stinkt. Aber jetzt komm.« Sie zog Betty auf die Füße und reichte ihr ein großes Glas. »Willow braucht uns!«

Fliss stieß die Irrwische mit dem Ellenbogen zur Seite, um Platz um sie herum zu schaffen. Willow lag zusammengesackt auf dem Deck und rührte sich nicht. Das Wispern klang nun undeutlicher und war einfacher zu ignorieren. Fliss' Idee schien zu funktionieren.

»Willow.« Fliss begann das Mädchen sanft zu schütteln. Ihr Kopf kippte zur Seite, und ihre Augen starrten glasig ins Leere. »Willow!« Fliss schüttelte das Mädchen kräftiger, und in ihre Stimme mischte sich Verzweiflung. »Komm schon – bleib bei uns! *Sing!* Wir sind bei dir, Willow. Du darfst nicht aufgeben. Wir brauchen dich. *Charlie* braucht dich!«

Fliss drehte sich zu Betty um. Auf ihrem maskenhaften Gesicht zeichneten sich Erschütterung und Trauer ab. »Zu spät. Wir hätten sie nie allein hier rausgehen lassen dürfen.«

»Nein!«, schrie Betty. »NEIN!« Sie versuchte sich an Willows seltsame, säuselnde Melodie zu erinnern. Die Worte hatte sie sich nicht merken können, aber ein kleiner Teil des Liedes war in ihrem Gedächtnis hängen geblieben, und den begann sie nun zu summen.

Zögernd stimmte Fliss ein, ahmte die Melodie in ihrem trällernden, leicht schiefen Tonfall nach und fügte einen anderen kleinen Abschnitt an, den sie in Erinnerung hatte, was wiederum Bettys Erinnerung auf die Sprünge half. Dann fiel ihr anscheinend noch etwas anderes ein: ein einzelnes Wort in der alten Sprache Krähensteins: *Domus*. Dieses Wort war es nun, das Betty und Fliss sangen. Sie summten weiter und hofften, dass sie das einzige Wort, das sie kannten, an der richtigen Stelle wiederholten.

Das Boot schaukelte sanft auf den Wellen, doch Willow regte sich noch immer nicht.

Wir haben sie verloren, dachte Betty starr vor Entsetzen.

Sie ist davongegangen, und Fliss und ich werden die Nächsten sein. Bei diesem Gedanken kam das Wispern noch einmal näher und wurde wieder lauter in ihrem Kopf. Betty warf einen entmutigten Blick zu ihrer Schwester hin, griff nach ihrer Hand und drückte sie fest. Fliss erwiderte den Druck und summte weiter, noch lauter und unmelodischer als zuvor.

Und dann sah Betty es: die leiseste Andeutung einer Bewegung in Willows Gesicht.

»Fliss, ich glaube, es funktioniert!«

Sie summten noch lauter und sangen das eine Wort, das sie kannten, wenn auch nicht in der richtigen Melodie, so doch zumindest im Gleichklang. Willow atmete ein paarmal zitternd ein und aus. Langsam kam sie wieder zu sich und stimmte in den Gesang ein, korrigierte die Melodie und ergänzte die Abschnitte, die Betty und Fliss ausgelassen hatten. Zuerst waren ihre Worte so leise, dass es klang, als würde auch sie nur vor sich hin summen. Doch nach und nach wurde Willows Stimme kräftiger und übertönte das Gesumme der beiden Schwestern. Sie ließ die seltsamen alten Worte aus sich herausströmen und presste ihre Hände an die Ohren, um das Wispern auszublenden, das immer leiser wurde, je weiter der Gesang auf dem Boot anschwoll.

Alles kam zum Stillstand. Die Luft, das Wasser, das Boot. Es war, als würde die Nacht den Atem anhalten. Die Irrlichter schwebten reglos um sie herum, und Betty kam sich vor wie in einer dieser Schneekugeln, die man schütteln konnte.

Dann beendete Willow ihren Gesang und setzte sich auf. »Es ist Zeit.«

»Zeit wozu?«, fragte Betty mit krächzender Stimme. Schwankend erhob sie sich, und Fliss folgte ihr.

»Zeit, sie einzufangen.« Willow nahm Fliss das Netz ab und schwang es sanft von einer Seite zur anderen. Und statt wie flinke Fische davonzuflitzen, verharrten die Irrwische regungslos und ließen sich so leicht einsammeln, als wären sie nichts als Pusteblumensamen. Zusammen trudelten sie in das Netz und verschmolzen darin zu einem einzigen leuchtenden Lichtball. Wenn die Irrlichter Betty nicht gerade noch fast ins Verderben gelockt hätten, wäre sie von dem Anblick sogar fasziniert gewesen.

»Und jetzt?«, flüsterte Fliss.

»Jetzt transportieren wir sie vorsichtig auf die andere Seite«, erklärte Willow. Sie lief geduckt durch die vielen Irrlichter, die noch immer um sie herumschwebten, und schüttelte das Netz vorsichtig am Heck des Bootes aus. »Mein Vater hat immer gesagt, wir dürfen nie vergessen, sie zu respektieren, egal, wie sehr wir sie fürchten.«

Zögernd nahm Betty das zweite Netz, schwenkte es und hielt es auf Armeslänge von sich, während sie die Irrlichter einfing und am Heck des Bootes wieder freiließ. Auch als das Netz voll war, fühlte es sich seltsam leicht an, als ob Betty nur Wolken darin gefangen hätte.

Sie sah zu Fliss hinüber, die ein Glas ausschüttete, und fragte sich, ob ihrer Schwester wohl auch so mulmig zumute war wie ihr. Fliss' Gesicht war aschfahl, aber sie hatte einen eisernen Blick in den Augen. Betty war immer die Stärkere von ihnen gewesen, die stets eine Lösung oder Idee parat hatte. Fliss, die so oft errötete und so eine sanftmütige Art hatte, war hingegen leicht zu unterschätzen. Doch als die Mutter der Mädchen gestorben war, hatte Fliss ihre Rolle übernommen und sich liebevoll um ihre jüngeren Schwestern gekümmert, wenn Granny manchmal etwas ungehobelt und forsch war. Es gab verschiedene Arten, stark zu sein, das begriff Betty jetzt.

Sie beeilte sich, das Netz wieder zu füllen, und konzentrierte sich dabei auf das vordere Ende des Bootes. Schon bald war die Sicht nach vorn frei und dunkel.

»Wir sollten schnell weiterfahren«, sagte Willow leise. Sie ließ das Netz sinken und stand atemlos da. »Ihr Trancezustand hält nur ein paar Minuten an, aber das reicht hoffentlich, um ihnen zu entkommen.«

Betty war froh, wieder etwas Handfesteres zu tun zu haben, und heizte den Kessel an. Langsam nahm das Boot Fahrt auf. Sie ging ins Ruderhaus und stellte sich ans Steuerrad. Nachdem sie die letzten Irrlichter beseitigt hatten, kamen auch Fliss und Willow herein, und Fliss holte aus einem Stauraum über ihnen ein paar Wolldecken hervor.

Bettys rasendes Herz beruhigte sich, und ihre Gedanken wurden klarer, nachdem das Wispern der Irrwische verklungen war. Hier im Ruderhaus fühlte sie sich sicherer und hatte das Gefühl, die Dinge wieder unter Kontrolle zu haben. Hier konnte sie sich leichter darauf konzentrieren, was zu tun war und warum sie überhaupt mit dem Boot aufgebrochen waren. Sie durfte jetzt nur noch an eines denken, daran, Charlie zu retten. Ihre Finger klammerten sich um das Steuerrad, als könnte sie damit nicht nur das Boot, sondern auch ihre Gedanken lenken.

Betty warf einen Blick auf die kleine Uhr, die im Ruderhaus hing. Es war fast zwei Uhr nachts, und doch lag ihr nichts ferner, als jetzt zu schlafen. Bestürzt wurde ihr klar, dass ihr Boot während des Angriffs der Irrlichter die ganze Zeit ziellos auf den Wellen umhergetrieben war. War das Glück auf ihrer Seite gewesen und hatte sie in die richtige Richtung geführt? Oder war es zu viel erwartet, dass die andauernde Pechsträhne der Widdershins einmal ein Ende haben würde? Sie schaute sich noch einmal das markante Schiffswrack auf Willows Karte an und überprüfte die Richtung auf ihrem Kompass. Verzweifelt suchte sie den Horizont nach irgendwelchen Orientierungspunkten ab. Das Gefängnis zumindest war nirgendwo mehr zu sehen.

»Also wirklich«, sagte Fliss, die aus einem Nest von Wolldecken hervorlugte, »ich hätte nie gedacht, dass ich heute Nacht noch so etwas erleben würde.«

»Ich auch nicht«, stimmte Betty ihr zu. »Nicht heute Nacht und nicht irgendwann.«

»Wenn Granny uns jetzt sehen könnte …« Fliss' leise Stimme klang nachdenklich. »Wenn sie wüsste, was wir gerade gemacht haben …«

»Sie wäre stolz auf uns.« Betty starrte durch das Kabinenfenster und suchte das endlose Wasser ab. »Wahrscheinlich wäre sie trotzdem sauer, dass wir uns einfach so davongemacht haben, aber stolz wäre sie, ja. Ob es ihr nun gefiele oder nicht. Und Vater. Der wäre beeindruckt.«

»Und Charlie auch«, sagte Fliss noch leiser.

Betty antwortete nicht. Sie hatte wieder diesen Kloß im Hals und hätte am liebsten geweint. Charlie wäre bestimmt stolz. Allerdings auch wütend, weil sie etwas verpasst hatte. Außerdem, dachte Betty, als sie ihr Spiegelbild im Fenster sah, würde sich Charlie sicherlich fragen, warum ihren zwei Schwestern Seegras aus den Ohren wuchs.

Kapitel 13

Der Magische Kompass

Der Marschnebel hatte sich gelichtet, und der Himmel war jetzt so schwarz und klar, dass es schwerfiel zu glauben, dass es überhaupt neblig gewesen war. Nachdem Willow aus einem unruhigen Schlaf aufgewacht war, hatten sie sich das Brot geteilt, das Betty mitgenommen hatte, aber sie waren noch immer sehr hungrig. Ein Laib Brot durch drei geteilt war nicht viel. Oder durch vier, wenn man Hopsi mitzählte.

Bettys Magen knurrte laut. Jetzt erinnerte sie sich wieder daran, dass Seeluft einen Menschen angeblich so hungrig machen konnte, dass es ihn fast in den Wahnsinn trieb. Das musste stimmen, denn Betty hatte sogar schon den Punkt erreicht, da der Gedanke an Fliss' angebrannten Haferbrei ihr das Wasser im Mund zusammenlaufen ließ.

»Charlie behauptet immer, Hunger zu haben ist noch schlimmer, wenn man nicht weiß, was es als Nächstes zu essen geben wird oder wann«, sagte Fliss beklommen.

»Arme Charlie. Wo auch immer sie ist – ich hoffe, sie bekommt wenigstens etwas Ordentliches zu essen.«

Oder überhaupt etwas, dachte Betty, doch sie beschloss, das nicht laut auszusprechen. »Na ja«, sagte sie mit bemühter Fröhlichkeit, »wenn nicht, dann wird sie wahrscheinlich ihre Entführer essen.«

Ein blasser Mond und funkelnde Sterne standen am Himmel. Ein- oder zweimal sah Betty ein paar Schatten in der Ferne, die Land sein könnten, aber sie waren noch zu weit weg, um das richtig zu erkennen. Fliss' Augenlider wurden schwerer, und Betty musste widerstrebend zugeben, dass sie nicht genau wusste, wo sie sich befanden. Sie weigerte sich aber auch, das Boot zu stoppen und zu warten, bis sie ihre Position eindeutig bestimmen konnte. Zu sehr nagte der Gedanke an ihr, dass Charlie sich immer weiter von ihnen entfernte.

»Wir könnten ein paar Fische fangen«, murmelte Fliss schläfrig, als aus ihrem Bauch ein nicht sehr damenhaftes Gluckern zu hören war. »Schließlich haben wir Netze. Und den kleinen Heizkocher.«

»Stimmt«, antwortete Betty. »Auch wenn ich nicht gerade scharf darauf bin, die Fische auszunehmen. Du etwa?«

Fliss verzog das Gesicht.

»Dachte ich mir«, seufzte Betty. »Vater meint, es gibt mehrere Arten von Seetang, die man essen kann, und einige schmecken gar nicht mal *so* schlecht.«

»Nein, danke«, sagte Fliss und kräuselte angewidert die Lippen. »Man weiß ja nie, wer das Zeug schon mal in den Ohren gehabt hat.«

Schließlich ging die Sonne auf und tauchte den Himmel in ein blasses Rosa. Betty sah hinaus auf das Wasser. Das Meer war glatt wie ein Spiegel, und man konnte meilenweit sehen. Sie war am Steuer geblieben, während Fliss und Willow unruhig gedöst hatten, doch jetzt in der Morgendämmerung waren ihre Augen trocken und müde. Dank der Salzwasserdusche, die Fliss ihr verpasst hatte, waren ihre Haare krauser als je zuvor, und die Haut in ihrem Gesicht fühlte sich rau und spröde an. Betty fuhr sich mit der Zunge über die Lippen und schmeckte Salz. In ihren Gedanken blitzte eine neue Sorge auf: Sie hatten auch nicht viel Trinkwasser, und es war ganz und gar ungewiss, wann sie wieder welches finden würden.

Eine schläfrig dreinblickende Fliss gesellte sich zu Betty ans Steuerrad. Sie gähnte und blinzelte durchs Fenster. Auf ihrer weichen Stirn stand eine tiefe Sorgenfalte. »Wo sind wir?«

»Ich bin gerade noch dabei, das auszutüfteln«, sagte Betty. »Wir sind gestern Nacht etwas vom Kurs abgekommen, aber nicht so sehr, wie ich befürchtet hatte.« Sie studierte ihre Karte und verglich sie mit Willows magischem Pergament. »Da ist das Festland. Wir sind schon am *Witwenwinkel* vorbei, und das Schiffswrack müsste in dieser Richtung sein. Wenn wir so weiterfahren, können wir am späten Vormittag dort sein und Charlie hoffentlich noch abfangen.«

»Was, wenn sie es schon vor uns zum Wrack geschafft haben?«, fragte Fliss, die jetzt eindeutig wach war und noch besorgter aussah. »Wenn sie feststellen, dass Charlie gar nicht das kann, was sie wollen, wenn sie denken, dass sie nutzlos für sie ist ...«

»Charlie ist clever«, sagte Betty, um Fliss und auch sich selbst zu beruhigen. »Sie hat die Männer gleich durchschaut, das weiß ich. Wenn sie schlau genug war, eine Spur aus Lebkuchenkrümeln zu legen, dann hat sie sicher auch Möglichkeiten ausgeheckt, die Entführer hinzuhalten. Wer weiß, vielleicht hat sie die beiden schon über Bord geschubst und ist auf dem Weg zurück zu uns!«

Fliss blinzelte die Tränen aus ihren Augen und lächelte.

»Wir müssen weiter in Richtung Nordwesten fahren«, sagte Betty entschlossen, »dann werden wir sie finden.«

Jeder andere Gedanke war einfach unerträglich.

»Und du brauchst jetzt eine Pause«, sagte Fliss sanft. »Lass mich mal übernehmen.«

»Du hast doch noch nie ein Boot gesteuert«, protestierte Betty. »Du denkst wahrscheinlich immer noch, Steuerbord ist ein Gesellschaftsspiel!«

Fliss schnaubte. »So schwer kann das doch nicht sein. Richtung Nordwesten, nicht wahr?«

Hin- und hergerissen zwischen Zweifel und Erschöpfung ließ Betty sich von ihrer Schwester zur Seite schieben und sank in die Wolldecke, die Fliss auf der Bank liegen gelassen hatte. Die Decke war noch warm und roch nach Rosenwasserparfüm und eine Spur nach Erbrochenem. Betty wickelte sie trotzdem um ihren Körper, denn jetzt merkte sie, wie müde sie tatsächlich war. Gegenüber auf der Bank lag Willow und schlummerte.

»Vergiss nicht: Nordwest«, erinnerte Betty ihre Schwester, während die Müdigkeit schon ihre Augenlider schwer werden ließ.

»Das vergesse ich nicht«, sagte Fliss geduldiger, als Betty es verdient hatte. »Ich bin zu mehr imstande, als du denkst.«

»Mmm«, murmelte Betty. »Wenn du nicht gewesen wärst ... als diese Irrlichter kamen ... ich war ja schon ganz in ihrem Bann. Wie hast du es geschafft, ihnen zu widerstehen?«

»Das war im Grunde Glück«, antwortete Fliss. Ihre schlanken, grazilen Hände sahen schon seltsam aus auf dem Steuerrad. »Dieses Wort, das mir wieder eingefallen war ... *Domus*. Das hat mir Granny beigebracht. Es bedeutet ›Zuhause‹, also hab ich genau daran gedacht. An den *Wildschütz* und unsere ganze Familie dort.«

»Wie gut, dass du dir das Wort gemerkt hast«, sagte Betty. »Ich kann mich nur daran erinnern, dass Granny mir die Wörter für ›Whisky‹ und ›Aufräumen‹ beibringen wollte. Wenn wir uns auf mich verlassen hätten, wären wir verloren gewesen.«

»Rede keinen Unsinn, Betty«, sagte Fliss und sah sie funkelnd an. »Es lag doch auch an dir, dass ich mir das zugetraut hab. Was du über Mut gesagt hast, ist wahr. Und ich wusste nie, dass ich auch mutig sein kann – bis *du* mir das klargemacht hast.«

»Wirklich?«, murmelte Betty gerührt.

»Wirklich«, wiederholte Fliss. »Na ja, und außerdem war mir schlecht, und ich musste mich die ganze Zeit darauf konzentrieren, nicht ständig die Fische zu füttern. Das war anscheinend eine ganz gute Ablenkung.«

Betty hatte nicht das Gefühl, geschlafen zu haben, doch es musste so gewesen sein, denn als ein erstickter Laut von Fliss sie aufschrecken ließ, stand die Sonne schon hoch an einem leicht bewölkten Himmel. Nachdem Betty eingenickt war, musste Hopsi aus ihrer Jackentasche geschlüpft sein und saß nun empört quiekend vor dem Irrwisch in Willows Schoß.

Betty setzte sich auf und warf die Decke zur Seite. »Was ist los?«, wollte sie wissen. Dann fiel ihr Blick auf den Eimer neben Fliss, die mit grünlichem Gesicht am Steuerrad stand.

»Wir müssen langsamer fahren«, sagte Fliss leise.

Betty starrte auf das Meer hinaus. Ein beklemmendes Gefühl beschlich sie, als sie sah, dass die Wellen jetzt höher stiegen und die Wolken Schatten auf das Wasser warfen. Nicht weit von ihnen entdeckte sie gleich mehrere Dinge im Wasser: Reihen von zackigen Felsen, seltsame schwimmende Weidenkörbe und dahinter ein riesiges Gebilde aus schwarzem Holz, das aus dem Wasser ragte.

»Das ist es, Fliss«, flüsterte Betty, gebannt von dem Anblick vor ihnen. »Das ist Rusty Swindles' Schiff – *Der Magische Kompass*!« Sie nahm Willows Karte, trat aus dem Ruderhaus und war überrascht, wie warm es jetzt draußen war. Sie schloss die Drosselklappen, um das Tempo des Bootes zu reduzieren und es von den Felsen weglenken zu können. Betty lehnte sich über die Reling am Bug, und einen Augenblick später trat Fliss neben sie. Zusammen starrten sie auf das Schiffswrack draußen im Meer, während Willow ein Stück hinter ihnen stand. Im Tageslicht sah sie noch blasser aus. Das Einfangen der Irrlichter schien sie vollkommen ausgelaugt zu haben, denn sie hatte seitdem kaum ein Wort herausgebracht.

»Das ist ja riesig!«, rief Fliss aus. Ihre Stimme bebte vor Staunen oder vielleicht auch vor Angst. »Wie kann es sein, dass es so weit aus dem Wasser herausragt?«

»Vater hat erzählt, das Wrack ruht auf einem erhöhten Teil des Meeresbodens«, antwortete Betty und sah gebannt auf das Schiff. »Darunter liegen mehrere Schichten von Felsen – deshalb ist der *Magische Kompass* ja auch gekentert. Und es sind nicht irgendwelche Felsen.« Vorsichtig faltete sie Willows Karte auseinander, hielt sie gut fest, damit das wertvolle Pergament nicht vom Wind davongetragen würde, und bestimmte ihre Position. »Es sind die *Sirenenkrallen*. Und dieser Bereich dort hinten wird *Sirenennest* genannt, wegen der vielen Schiffswracks.«

»Viele Schiffswracks«, murmelte Willow kraftlos und schloss die Augen. »Viele Seelen. Bei Tageslicht sind sie nicht so gut zu sehen, aber sie sind da. Ich kann sie spüren ... ungeduldig ... wütend.«

Schaudernd betrachtete Betty die zackigen Felsen, die wie Splitter aus schwarzem Eis in der Sonne glänzten. Es war erst das zweite Mal, dass sich Betty solch lebensgefährlichen Felsen gegenübersah. Vor der Küste der *Insel der Klagen* hatte sie es letztes Jahr schon mit den *Teufelszähnen* aufnehmen müssen. Aber im Gegensatz zu jener Felsformation, die zum größten Teil im Wasser verborgen war, durchstießen die *Sirenenkrallen* die Wasseroberfläche wie eine jagende Katze, die auf ihre Beute zuspringt. Verglichen damit, wirkten die *Teufelszähne* wie die Zähne eines harmlosen Kätzchens.

»Und diese herumschwimmenden Körbe?«, fragte Fliss mit schreckgeweiteten Augen. »Sind das etwa ...?«

»Geschenke für Verstorbene«, vermutete Betty, als einer der Körbe näher trieb. Er ähnelte einem kleinen Vogelbauer aus schilfgefertigtem Korbgeflecht. Im Inneren des Korbes konnte Betty ein Papier erkennen, vermutlich beschriftet mit liebevollen Worten oder Gebeten. Das Papier war gewachst und aufgerollt worden, um es vor dem Wasser zu schützen. Ein tiefrotes Band hielt die Schriftrolle zusammen, und unter das Band war eine einzelne schwarze Feder geschoben worden.

»Jemand, der geliebt und vermisst wird«, sagte Fliss traurig. »Und schau, hier noch einer.«

Der zweite Korb war kleiner und so gefertigt, dass er oben offen war, fast wie ein kleiner Rauchabzug. Dennoch war das Schilf oben etwas angesengt, denn unten klebte der Stumpf einer Kerze, die sicher schon seit Langem heruntergebrannt war. Ein Stück weiter entfernt entdeckte Betty ein dünnes Tau, das mit einem Stein beschwert sein musste, damit es nicht abtrieb. Sie fragte sich, an wen es wohl erinnern sollte und ob die arme Seele eines der Irrlichter war, denen sie in der nebligen Nacht begegnet waren. Betty wollte nicht daran denken, wie viele Menschen an diesem Ort ihr Leben verloren hatten.

Sie setzten ihre Fahrt fort und achteten darauf, den todbringenden *Sirenenkrallen* und den Gedenkkörben auszuweichen, die geisterhaft auf dem Wasser trieben. Betty konnte nicht aufhören, sich auszumalen, was unter ihnen auf dem Meeresboden liegen mochte. Wie viele Holzwracks? Wie viele Geisterschiffe und versunkene Schiffsladungen waren es wohl? Ein- oder zweimal spürten und hörten sie ein leichtes Kratzen auf Holz, als ein unsichtbarer Felsen am Rumpf des Bootes entlangschrammte. Sie hielten den Atem an, aber das Boot setzte seine Fahrt unbeschadet fort und steuerte immer weiter auf das aus dem Wasser herausragende Schiffswrack zu.

Über ihnen ballten sich jetzt dunkle Wolken zusammen, und als das kleine Boot in den Schatten des großen Wracks fuhr, wurde es plötzlich kälter, und Betty fröstelte. In stiller Ehrfurcht starrten sie alle drei zu dem riesigen Gebilde hinauf, das drohend über ihnen aufragte.

Der vordere Teil des Schiffes war der einzige, der sichtbar war. Der Bug bäumte sich aus dem Wasser auf wie ein Hengst, etwas nach links geneigt, sodass auch der Schiffskiel teilweise zu sehen war. Die Galionsfigur, eine wunderschöne geschnitzte Meerjungfrau, war noch gut erhalten. Zeit und Salzwasser hatten ihre Farbe etwas abblättern lassen, aber mit einem meergrünen Schwanz, bronzefarbener Haut und goldschimmerndem Haar war sie nach wie vor eine Schönheit.

»Ich kann nicht glauben, dass das Schiff wirklich noch da ist«, sagte Fliss und sah sich staunend um. »Und sogar dieses ... wie heißt das noch mal ... dieses Ausguckdings an dem Stab da.«

»Du meinst, das *Krähennest* am *Mast*«, korrigierte Betty sie und verdrehte die Augen. Sie begriff einfach nicht, wie Fliss an der Küste leben konnte und trotzdem so wenig über Boote wusste. »Am *Fockmast*, um genau zu sein. Der Hauptmast ist weiter hinten ... Er muss unter Wasser sein.«

Sie beobachtete, wie die Wellen gegen die Seiten des Wracks schlugen, und spähte in die trüben Tiefen des Meeres. Ein Stück unterhalb der Wasseroberfläche glaubte sie ein Bullauge auszumachen, aber es war schwierig, dort unten irgendetwas zu erkennen, zumal das schwarze, mit Seetang bewachsene Holz das Wasser noch dunkler erscheinen ließ. Was mochte dort unten in der Tiefe verborgen liegen?, fragte Betty sich. Welche Geheimnisse oder Schätze mochte das riesige Wrack noch bergen, wenn es überhaupt welche gab? Waren sie im Meeresboden versunken? Oder befand sich alles noch im Schiff, wie an dem Tag seines Untergangs? Konnte es sein, dass Wrackräuber das Schiff längst geplündert hatten? Jetzt, wo sie darüber nachdachte, erinnerte sich Betty an das, was ihr Vater ihnen früher so oft erzählt hatte, als sie gemütlich in ihren Betten lagen und seinen Geschichten lauschten.

»Es heißt, auf dem *Magischen Kompass* liegt ein Fluch. Niemand kann das Wrack bewegen oder etwas daraus stehlen, auch wenn viele es versucht haben«, hatte Vater erzählt.

»Wer hat es versucht?«, hatte Betty gefragt, die wie immer alle gruseligen Details erfahren wollte. Neben ihr war Fliss schon halb eingeschlafen, und Charlie lag auf dem Rücken in ihrem Gitterbettchen und nuckelte geräuschvoll an ihrer Faust.

»Oh, viele Leute«, hatte Vater geantwortet. »Aber man erzählt sich, Rusty Swindles soll ein Meister im Fallenstellen gewesen sein. Als er wusste, dass sein Schiff untergehen würde und es kein Entkommen mehr gab, hat er das ganze Schiff mit einem Fluch belegt, damit niemand an seine Beute käme und Rusty und seine Männer ihren Schatz für immer behalten würden. Und über die Jahre haben sich diese Legenden dann verbreitet, und mit ihnen die Angst. Aber es gibt immer Menschen, die sich von ihrer Gier blenden lassen.«

»Und was ist mit denen passiert?«, hatte Betty wohlig schaudernd gefragt.

»Alle möglichen schrecklichen Dinge«, hatte Vater mit einem dämonischen Blitzen in den Augen geantwortet. »Finger, die von fallenden Schwertern abgetrennt wurden; geisterhafte Erscheinungen von toten Seefahrern; Schätze, die sich einfach in Luft auflösten oder in ein Rudel von Ratten verwandelten. Aber vor allem wurden Finger abgehackt ...«

Und jedes Mal, wenn Vater zum Ende der Geschichte kam, senkte er seine Stimme und grölte in einem grummelnden Piratenbass die Worte, auf die Betty schon ungeduldig wartete.

Rusty Swindles im kalten, nassen Grabe
Versteckt in der Tiefe all seine Habe
Treibt dich die Gier, treibt dich der Mut,
störst du seine Ruhe, spürst du seine Wut.

Betty dachte zurück an Vaters blutrünstige Geschichten von Rusty Swindles und seinem berüchtigten Schiff. Sie hatte diese Erzählungen wie alle anderen, mit denen ihr Vater sie unterhalten hatte, nie ganz für bare Münze genommen. Schließlich war Barney Widdershins bekannt dafür, gerne zu übertreiben. Doch als sie jetzt zu dem Furcht einflößenden Schiffswrack hinaufsah, fiel es ihr nicht schwer, zu glauben, dass ein Fluch auf ihm lag.

»Und was jetzt?«, unterbrach Fliss Bettys Erinnerungen. Ihre Stimme klang schrill und panisch. »Keine Spur von Charlie oder den Entführern. Was, wenn wir sie verpasst haben?«

»Das kann nicht sein«, sagte Betty, doch die Sorge begann auch an ihr zu nagen. Der Angriff der Irrlichter hatte sie wertvolle Zeit gekostet, aber es gab zwei Dinge, an die sich Betty klammerte, einfach, weil ihr nichts anderes übrig blieb. »Mag ja sein, dass sie vor uns aufgebrochen sind, aber sie haben nur ein Ruderboot. Unser Boot ist größer, schneller. Und was Granny uns erzählt hat, ist unser einziger Anhaltspunkt.« Ein Anhaltspunkt, der sie vielleicht doch nicht so viel weiterbrachte, wie sie gehofft hatten.

Eine Bewegung im Krähennest weckte Bettys Aufmerksamkeit. Das »Nest« selbst war ein altes Fass, das weit oben am Mast befestigt war und durch die Schieflage des Schiffs seitlich über das Wasser ragte. Büschel von Stroh oder etwas Ähnlichem steckten in den Ritzen, und an einigen Stellen hatte Unkraut zu wachsen begonnen. Ohne Vorwarnung schoss eine riesige Möwe daraus hervor und erhob sich in den Himmel, was die Mädchen allesamt aufschreien ließ.

»Zum Donnerraben!«, rief Fliss, griff sich ans Herz und stieß Betty fast über Bord. Die Möwe war genauso erschrocken und flatterte einen Moment taumelnd in der Luft, bevor sie davonflog.

»Lasst uns mal auf die andere Seite fahren«, sagte Betty schließlich. »Vielleicht finden wir da ein Zeichen, dass kürzlich jemand hier gewesen ist.«

Doch als sie das Wrack umrundet hatten, stellten sie fest, dass auch auf der anderen Seite keine Bullaugen oder andere Teile des Schiffsdecks sichtbar waren. Obwohl sie sich eigentlich über Wasser befinden mussten, konnten die Mädchen sie von ihrem kleinen Boot aus nicht sehen. Was sie allerdings sahen, war ein primitives Holzschild, das an den Schiffsrumpf genagelt worden war.

Mit zitternder Stimme las Fliss die Worte vor:

»KOMMST DU ZU PLÜNDERN, DANN HAB ACHT,
DIEBE WERDEN ALLE KALTGEMACHT!«

»Was bedeutet das – kaltgemacht?«, wollte Willow wissen.

Fliss schluckte. »Umgebracht«, erklärte sie. »Diebe werden umgebracht. Na ja, du hast ja nach einem Zeichen gesucht, Betty. Sieht so aus, als hätten wir eins gefunden.«

»Das Schild hängt bestimmt nur da, um die Leute einzuschüchtern«, murmelte Betty. »Jeder kann so was geschrieben haben! Das heißt noch lange nicht, dass es stimmt.«

»Du weißt doch, was Granny immer sagt«, entgegnete Fliss schwarzseherisch. »Wo Rauch ist, da ist auch Feuer. Warum sollte jemand so was schreiben, wenn nichts Wahres daran wäre?«

»Vielleicht hatte dieser Jemand einen Sinn für schwarzen Humor«, sagte Betty und starrte auf das Schild. Je länger sie es ansah, desto gruseliger kam es ihr vor. »Vielleicht ... vielleicht aber befinden sich ja tatsächlich wertvolle Dinge in diesem Wrack.«

Bilder von kostbaren Edelsteinen und goldenen Kelchen tauchten vor ihrem inneren Auge auf. Kisten mit wertvollen Münzen und Antiquitäten ... Ein Gegenstand allein wäre vielleicht schon genug, um eine Familie für Jahre zu ernähren. Betty spürte ein seltsames Kribbeln der Spannung und Erwartung. »Vielleicht gibt es hier ja *wirklich* etwas, das es sich zu stehlen lohnt.«

»Betty Widdershins«, entgegnete Fliss missbilligend. »Unsere Familie war nie reich und wird es wahrscheinlich auch nie werden. Das gibt uns aber noch lange nicht das Recht, uns zu nehmen, was nicht uns gehört.«

»Ich meine doch nicht für uns! Aber wenn die Entführer auftauchen, brauchen wir etwas, das wir gegen Charlie eintauschen können. Sie sind hinter Rustys

Schatz her – aber was, wenn wir ihn zuerst in die Hände bekommen?«

»*Wir?*«, stotterte Fliss. »Wir sollen den Schatz stehlen? Ich würde aber gerne alle meine Finger behalten – vielen Dank auch!«

»Wir würden den Schatz ja nicht behalten«, beruhigte Betty sie. »Vielleicht könnten wir sogar etwas im Austausch dalassen, damit wir Rustys Geist nicht wütend machen.«

»Und was, denkst du, haben wir, was Rusty Swindles interessieren könnte?«, entgegnete Fliss scharf. »*Hm?* Das Einzige, was mir einfällt, ist die Matroschka, und dass wir die nicht weggeben dürfen, ist ja wohl sonnenklar.«

»Ja«, stimmte Betty ihr zu. »Das will ich ja auch nicht. Aber was ist mit Grannys Tabakvorrat? Ich meine, Piraten mögen doch Tabak, oder? Und wenn er gestohlen ist, umso besser. Was meinst du, Rusty?«, raunte sie. »Einverstanden?«

Für einen Moment stellte Betty sich vor, das alte Schiff würde mit einem Knarren antworten, aber nur das sanfte Klatschen der Wellen gegen das Holz durchbrach die Stille. Sie drehte sich zu Fliss, die mit jeder Minute nervöser aussah.

»Also, wer geht zuerst? Du oder ich?«

Kapitel 14

Salzwasser und Spucke!

Nach langer Beratschlagung fuhren sie auf die andere Seite des *Magischen Kompasses* zurück, wo das Wrack komplett unter Wasser lag.

»Dort unten ist doch etwas!«, rief Fliss mit weit aufgerissenen Augen. »Seht ihr dieses Leuchten hinter dem Bullauge? Was, wenn das ein Irrlicht ist – oder schlimmer noch ... eine ganze Mannschaft von ihnen?«

Betty starrte ins Wasser hinunter. Ein gespenstisches blaues Licht schimmerte aus der Tiefe herauf. »Vielleicht ist es nur Plankton«, sagte sie, um Fliss zu beruhigen.

»Oder Rusty Swindles«, gab Fliss sichtlich aufgewühlt zurück.

»Kann schon sein – sehen wir mal, ob er eine Augenklappe trägt«, witzelte Betty, doch dann hörte sie auf zu grinsen, weil Fliss ihr einen eiskalten Blick zuwarf. »Was auch immer es ist, wir müssen nachsehen. Wenn dort unten irgendetwas ist, das uns helfen könnte, Charlie freizukaufen, brauchen wir es. Wir haben gar keine andere Wahl.«

Bei der Erwähnung von Charlie presste Fliss entschlossen die Lippen aufeinander.

»Ich gehe«, sagte sie. »Ich bin die Älteste.«

»Aber ich kann am besten schwimmen«, argumentierte Betty. »*Ich* gehe.«

In Wahrheit waren alle drei Widdershins-Mädchen gute Schwimmerinnen, selbst Charlie mit ihrem ungestümen Hundepaddeln. Doch Betty merkte, dass Fliss von ihrem eigenen Vorschlag nicht überzeugt war. Der Gedanke, sich einen Fingernagel abzubrechen, reichte normalerweise schon aus, um sie in Panik zu versetzen, ganz zu schweigen von dem Verlust eines ganzen Fingers.

»Wie wäre es mit mir?«, fragte Willow leise. »Es ist schließlich meine Schuld, dass all das passiert ist. *Ich* sollte tauchen.«

Fliss schüttelte sofort den Kopf. »Auf keinen Fall. Wir würden nicht wollen, dass Charlie so etwas Gefährliches macht, also lassen wir dich auch nicht da runter.«

»Fliss hat recht«, bekräftigte Betty. Außerdem hatte sie nicht den Eindruck, dass Willow der Sache gewachsen wäre – ganz und gar nicht. Sie schien sich kaum noch auf den Beinen halten zu können, und im trüben Tageslicht sah sie noch blasser aus als vorhin. Fast, als würde sie allmählich *verblassen*, dachte Betty. Die Anstrengung, so viele Irrlichter zu beschwören und zu fangen, musste sie sehr geschwächt haben.

»Oh, das wird uns eine Menge Pech bringen«, jammerte Fliss und begann, unruhig auf dem Deck auf und ab zu laufen. »Das wisst ihr schon, oder? Wie viel Unglück es bringt, ein Grab auszurauben? Und genau das haben wir vor!«

»Heiliger Krähenfuß«, murmelte Betty. »Du bist ja schon so abergläubisch wie Granny!«

»Nicht nur Granny«, entgegnete Fliss. »Das ist etwas, das alle Seefahrer sagen.«

»Wir sind aber keine Seefahrer«, stellte Betty klar. »Wir sind auf einer Rettungsmission.«

»Genau, und da brauchen wir alles Glück, das wir nur bekommen können!«

Betty beachtete sie nicht. Reden würde jetzt nicht weiterhelfen – sie musste handeln. Wortlos nahm sie Hopsi aus ihrer Tasche und reichte ihn Fliss, die sich ausnahmsweise nicht einmal darüber beschwerte.

»Betty«, begann sie, doch Betty schnitt ihr das Wort ab.

»Ich passe schon auf.« Sie streifte ihre Strickjacke und ihr Kleid ab, zog sich die Stiefel und Strümpfe aus und setzte sich an den Rand des Decks. Langsam tauchte sie ihre Füße ins Wasser, um sich an die Kälte zu gewöhnen. Dann holte sie einmal tief Luft, hielt sich die Nase zu und ließ sich ins Wasser fallen.

Was für ein Schock das war! Das eiskalte Wasser betäubte ihre Finger und Zehen und drang in ihre Ohren. *Ooooh!* Sie ließ sich einen Augenblick Zeit, den Temperaturschock zu überwinden, und konzentrierte sich darauf, noch keine wertvolle Atemluft auszustoßen. Dann öffnete sie die Augen, senkte den Kopf und begann zu schwimmen.

Das Salzwasser brannte in ihren Augen, doch sie hielt sie offen und versuchte, keinen Schlick aufzuwühlen. Glücklicherweise war das Wasser klarer, als sie gedacht hatte, und so war sie in der Lage, zu ihrer Rechten das Bullauge auszumachen. Sie streckte die Arme aus und tastete vorsichtig den Rand ab. Was auch immer für ein Glas darin gewesen sein mochte, es war längst nicht mehr da, Bettys Hände berührten nur ein paar weiche, vermoderte Holzsplitter. Als sie durch das Bullauge spähte, spürte sie einen Adrenalinschub. Da war tatsächlich ein Leuchten, und es wurde stärker. Dahinter war ein hellerer Lichtschein zu erkennen, der von oben kam – ein weiteres Bullauge? Bettys Finger griffen nach dem abblätternden Holzrand.

Sie zwängte Kopf und Schultern hindurch. Sofort begann ihr Herz schneller zu schlagen. Trotz des Leuchtens von oben war es hier drinnen viel dunkler und sogar noch kälter, denn dies war ein Ort, der die Sonne seit Jahrzehnten nicht gesehen hatte. Schon spürten ihre Lungen den ungeheuren Druck des Luftanhaltens, und es kostete sie immer mehr Energie voranzukommen. Betty wusste, dass sie nicht mehr viel Zeit hatte. Sie tastete sich im trüben Unterwasserlicht voran und schwamm auf das Leuchten zu.

Etwas Glattes und Schleimiges streifte sie von unten und ließ sie zusammenzucken. Sie wirbelte in der Dunkelheit herum und sah ein langes Etwas mit Tentakeln durch das Bullauge glitschen. *Ein Oktopus*. Sie schauderte und wandte sich wieder dem blassen Leuchten zu. Jetzt, da sie näher kam, sah sie zu ihrer Erleichterung, dass es gar kein Irrlicht war. Ihre Finger ertasteten eine kalte, glatte Oberfläche aus Glas. Es war ein Spiegel, nicht viel größer als Bettys Hand, und zwar einer, der an der Wand befestigt war und nach vorn geschwenkt werden konnte. Etwas an diesem Spiegel kam ihr seltsam vor.

Doch Betty hatte keine Zeit, länger darüber nachzudenken. Sie brauchte Luft. Ihre Lungen brannten bei jeder Bewegung, als sie sich umdrehte und zum Bullauge zurücktauchte. Sie zwängte sich hindurch, zog sich einen Splitter im Daumen zu und schwamm auf die Wasseroberfläche zu. Sie tauchte mit brennenden Augen auf und sog in tiefen Zügen die kalte, salzige Luft ein. Während sie sich noch an der Bootswand festhielt und um Atem rang, brachte sie prustend die ersten Worte hervor.

»Das ist kein Irrlicht da unten, sondern ein Spiegel. Ist das nicht merkwürdig?«

»Alles an diesem Ort ist merkwürdig«, entgegnete

Fliss, aber sie klang überaus erleichtert, dass Betty sicher wieder aufgetaucht war.

Betty starrte an dem Mast hinauf, der über das Wasser ragte. Ab und zu gab das Wrack ein leises Knarren von sich, als würde es in seiner Ruhestätte rastlos hin und her rutschen. »Gut. Ich tauche noch mal, um mich weiter umzusehen. Jetzt müsste es einfacher sein, weil ich mich besser orientieren kann. Und es gibt noch ein zweites Bullauge – über der Wasseroberfläche. Vielleicht kann ich da zwischendurch auftauchen und Luft holen.«

»Betty, bitte mach nichts Gefährliches«, flehte Fliss. »Charlie ist entführt, Granny eingesperrt ... das Letzte, was wir jetzt gebrauchen können, ist, dass dir auch noch etwas zustößt.«

»Ich schaffe das«, versprach Betty und sah zu ihrer besorgten Schwester hinauf. Da brach unerwartet die Sonne durch die Wolken und wärmte ihre Schultern. Sie sammelte sich, holte tief Luft und glitt zum zweiten Mal unter die Wasseroberfläche. Dieses Mal war sie schneller und fand leichter den Weg durch das Bullauge in das dunkle Innere des Schiffs. Wieder war der Temperaturabfall deutlich spürbar, und das Gefühl, allein durch die Dunkelheit zu schwimmen, nahm all ihre Sinne in Anspruch. Dank der Sonnenstrahlen, die durch das Wasser drangen und alles um sie herum in ein trübes Grün tauchten, war es etwas heller als bei ihrem ersten Tauchgang.

Da kam Betty eine Idee. Sie schwamm zu dem Spiegel an der Schiffswand und schwenkte ihn in Richtung des Lichts, das durch das Bullauge strömte. Das seltsame Gefühl, das sie schon zuvor beschlichen hatte, verstärkte sich: das Gefühl, dass ein Spiegel in diesem uralten Wrack fehl am Platze wirkte. Der silberne Rahmen fühlte sich glatt an, das Glas war unbeschädigt. Ein alter Spiegel wäre nach all der Zeit unter Wasser doch sicher matt geworden? Und was machte ein Spiegel überhaupt auf einem Piratenschiff?

Der Spiegel war *neu*, stellte sie beunruhigt fest, als sie das Glas nach oben neigte. Der Spiegel fing das Sonnenlicht ein und schickte einen schmalen Lichtstrahl in das Wrack hinunter.

Das trübe Grün des Wassers hellte sich so weit auf, dass Betty mit einiger Anstrengung mehrere Details ausmachen konnte. Das Salzwasser brannte in ihren Augen, doch sie konnte ein paar Möbelstücke erkennen, die auf der Seite lagen. Sie waren halb verrottet und mit Algen überzogen, die sich in den Wellen wiegten. Daneben ein eiserner, mit Seepocken besetzter Tresor, dessen Tür offen stand. Und schließlich eine schwer aussehende Truhe, umwickelt mit Ketten und Schlössern.

Ein dumpfes Pochen begann Bettys Kopf auszufüllen, und ihr Pulsschlag war das Einzige, was sie in der Stille des Wassers hören konnte. Die Truhe sah alt aus … aber sie war mit Sicherheit transportiert worden. Sie lag noch nicht lange dort.

Das Verlangen zu atmen wurde stärker, das Bullauge war verlockend nah, doch Betty wollte noch mehr wissen. Zu ihrem Entsetzen löste sich etwas von den Ketten auf der Kiste: eine blasse, skelettartige Hand, die sich auf sie zubewegte. Ein Strom von Luftblasen drang aus Bettys Mund. Voller Angst floh sie zurück, bis ihr klar wurde, dass es einfach nur Knochen waren. Aber wessen Knochen? Gehörten sie womöglich jemandem, der hier verbotenerweise herumgeschnüffelt hatte wie sie? Betty schwamm mit klopfendem Herzen erneut auf die Truhe zu. Es musste doch etwas darin sein. Sie kraulte näher, schob ihre Finger unter den Deckel und versuchte ihn anzuheben. Die verschlossenen Ketten hielten stand, doch der Deckel ließ sich einen winzigen Spalt öffnen, weit genug, um einen Blick hineinzuwerfen: haufenweise Silber und Gold, glänzend und unschätzbar wertvoll.

Sie ließ den Deckel fallen und wich zurück. *Das hier ist nicht nur ein Schiffswrack*, wurde Betty klar. Die Angst in ihr wuchs. Die Warnung dort draußen auf dem Schild … sie war nicht nur dazu gedacht, mögliche Plünderer abzuschrecken, die es auf Rusty Swindles' Beute abgesehen hatten. Nein, der *Magische Kompass* war mehr als das. Es war eine Schmugglerhöhle, ein Schlupfwinkel für Diebe, die das Wrack benutzten, um ihre geraubten Schätze zu verstecken – und Betty war geradewegs in diese Räuberhöhle hineingestolpert.

Ich muss hier raus, dachte sie. *Bevor derjenige, dem das alles gehört – oder der es gestohlen hat –, zurückkommt und uns findet.* Waren es dieselben Leute, die Charlie entführt hatten? Betty wirbelte herum und stieß mit dem Ellenbogen an eines der Vorhängeschlösser. Knochige Finger kratzten über ihren Rücken und verhedderten sich in ihrem Unterhemd. Voller Panik zerrte sie an dem Stoff. Schwarze Punkte schwammen am Rande ihres Blickfelds, als Angst und Atemnot sich mischten. Verzweifelt versuchte Betty sich loszumachen, trat nach der Kiste und spürte endlich, wie der Stoff riss und sie frei war.

Lange konnte sie nicht mehr warten, um Luft zu holen. Das nächstgelegene Bullauge war jetzt das auf der anderen Seite. Es lag schräg über ihr, eine helle Scheibe aus Licht über dem Wasser. Zu ihrer Rechten war der Rest des Schiffs in tiefes Schwarz getaucht, und die Schräglage des gesamten, nach unten gerichteten Wracks brachte sie aus dem Gleichgewicht. Sie versuchte, das Gefühl auszublenden, heftete ihren Blick auf den Lichtkreis über ihr und folgte ihm wie einem Leuchtfeuer.

Jetzt ergab auch der Spiegel Sinn, dachte Betty grimmig. Wer auch immer hier sein Zeug bunkerte, musste ihn auf dieselbe Weise benutzt haben, wie sie es eben getan hatte – um Licht von oben in die Tiefe zu lenken. Ganz in der Nähe des Bullauges tauchte sie auf, hielt sich eine Weile an der Schiffswand fest und atmete tief ein. Von der anderen Seite des Wracks trug der Wind aufgebrachte Worte herüber. Fliss redete noch immer von Pech und Unglück und regte sich darüber auf, wie lange ihre Schwester brauchte. Das Wasser schwappte in Bettys Ohren, und ihre durchnässten Haare fielen schwer über ihren Rücken. Geschmeidig zog sie sich aus dem Wasser und stützte die Arme auf beiden Seiten des Bullauges ab.

Sie öffnete den Mund, um ihrer Schwester etwas zuzurufen und sie zu beruhigen, doch die Worte blieben ihr im Halse stecken, als ihr Blick auf etwas fiel, das sie alle von unten nicht gesehen hatten.

Nicht weit von dem Bullauge lagen ein nasses weißes Hemd und eine Hose auf dem Deck. Sie waren ganz knitterig, als hätte sie jemand ausgewrungen und zum Trocknen in der Sonne ausgebreitet. Betty drehte sich der Magen um. Wem konnten diese Sachen gehören?

Wie zur Antwort gab der Holzmast über ihr ein leises Knarren von sich. Bettys Blick schoss nach oben, zum Krähennest, das über dem Wasser hing.

Das konnte doch wohl nicht ...

Ängstlich kletterte sie an Bord. So leise wie möglich presste sie das Wasser aus ihren Haaren und ihrer Unterwäsche und war dankbar für das Klatschen der Wellen an der Schiffswand, das lauter war als ihre eigenen Geräusche. Über ihr kam kreischend die Möwe zurückgeflogen, doch diesmal freute sich Betty über ihre Schreie. Angestrengt starrte sie zum Krähennest hinauf und versuchte, die Spalten in dem hölzernen Fass auszumachen.

Da! Im Inneren des Fasses war eine leichte Bewegung

zu erkennen. Es musste etwas Größeres sein als ein nistender Vogel. Und als Bettys Blick auf einen breiteren Spalt in der Nähe des Bodens fiel, entdeckte sie plötzlich etwas, das eindeutig aussah wie ein Zeh.

Dort oben war jemand!

Erschrocken wich Betty zurück. Die ganze Zeit hatten die Mädchen nur an das gedacht, was sie im Innern des Wracks finden würden. Und die ganze Zeit war jemand hier gewesen und hatte sie beobachtet. Hatte alles gesehen, was sie gemacht, und mit Sicherheit alles gehört, was sie besprochen hatten.

Sie ging langsam zum Bullauge zurück. Vielleicht könnte sie hindurchschlüpfen und auf die andere Seite gelangen, um Fliss und Willow leise zu warnen, und dann könnten sie fliehen, bevor irgendetwas passierte.

Aber Charlie …

Wenn sie jetzt weiterfuhren, würden sie vielleicht ihre Chance verpassen, und die Lage würde nur noch verzwickter werden. Plötzlich überkam Betty ein Gefühl der Wut und Verachtung für denjenigen, der sich dort oben versteckte. Hatten sie in dieser einen Nacht nicht schon genug durchgemacht? Granny verhaftet, Charlie entführt. Und nun würde dieser hinterhältige Spion womöglich auch noch den einzigen Plan zunichtemachen, den sie hatten.

Dabei sind wir doch zu dritt. Und der da oben ist nur einer.

Der Gedanke schoss Betty durch den Kopf wie ein heißer Blitz. Ohne lange zu überlegen, begann sie wutentbrannt den Mast zu erklimmen. Das schwarze Holz war massiv und robust, und auf dem Weg zum Krähennest gab es eine Menge Trittstufen. Barfuß und lautlos kletterte Betty weiter hinauf. Nun konnte sie Fliss und Willow sehen. Die beiden beugten sich über die Reling und waren so damit beschäftigt, das Wasser nach ihr abzusuchen, dass sie nicht auf die Idee kamen, nach oben zu schauen.

Das Krähennest war jetzt nur noch eine Armeslänge entfernt, doch der Mast neigte sich durch Bettys Gewicht immer weiter über das Wasser, je höher sie kletterte. Sie zog sich noch eine Sprosse hinauf, nur noch einen Sprung vom Krähennest entfernt. Wer auch immer dort im Fass saß, musste jeden Moment spüren, wie stark der Mast unter ihrem Gewicht nachgab.

Betty hielt den Atem an, wartete. Wer *war* dort drinnen?

Eine Hand kroch über den Rand des Fasses; dann kam eine zweite dazu. Es waren große, schmutzige Hände mit kurzen, dreckverkrusteten Fingernägeln. Blonde Haare sprossen auf den Knöcheln, zumindest auf jenen, die nicht aufgeschürft oder verschorft waren. Betty starrte die fremden Hände an, und ihr Mut schwand dahin. Sie hatte genügend Schlägereien im *Wildschütz* erlebt, um zu wissen, wie Ärger aussah, nämlich genau so.

Einen Moment später tauchte ein Kopf aus dem Fass auf. Ein Junge mit zerzaustem hellen Haar, das mit goldfarbenen Strähnen durchsetzt war, spähte über den Rand. Betty verharrte still wie eine Katze, als er sich weiter hinausbeugte und zu Fliss und Willow hinuntersah. Er hatte Betty noch nicht entdeckt, doch sie konnte sein Profil sehen. Er hatte eine schmale, gerade Nase und hellbraune, fast honigfarbene Augen. Sein nackter Oberkörper und seine Schultern waren gebräunt, doch Betty konnte eine deutliche Gänsehaut erkennen, die seinen Körper jedes Mal überzog, wenn eine Windböe darüberstrich. Er war größer als sie, aber nicht viel älter – vierzehn vielleicht –, und irgendwie stärkte das ihren Mut wieder ein wenig. Außerdem hatte sie das Überraschungsmoment auf ihrer Seite …

Betty tat das Einzige, was sie tun konnte. Sie sprang hoch, griff nach dem Arm des Jungen und packte ihn. Mit einem lauten Schrei stürzte sie in die Tiefe und riss ihn mit sich. Als sie ins Wasser tauchten, lockerte sich ihr Griff um seinen Arm, und er befreite sich. Sein Fuß traf sie am Brustkorb, als er um sich trat und von ihr wegschwamm.

Betty kam prustend an die Oberfläche.

»Betty!«, kreischte Fliss. »Wer *ist* das?« Sie streckte ihrer Schwester die Hand entgegen und begann, sie über die Reling der *Reisetasche* zu ziehen. Betty sackte atemlos auf das Deck. Wasser perlte von ihr ab, und sie spürte, wie sie zitterte. Ihr Atem ging schneller als je zuvor, und ihr Blick suchte das aufgewühlte Wasser ab.

»Wo ist er?«, rief sie. »Wo ist er hin?«

»Vielleicht ist er ertrunken«, sagte Willow mit leiser Stimme, während sie über die Reling spähte.

Da tauchte der Junge ein Stück vor ihnen auf und spuckte Wasser aus. Sein Gesicht war feuerrot, ob vor Wut oder Atemnot, das konnte Betty nicht erkennen. Doch als er ein zweites Mal unter der Wasseroberfläche verschwand, war es klar.

»Er ertrinkt!«, rief Fliss. »Betty, wirf ihm den Rettungsring zu!«

»Wir *haben* keinen Rettungsring!«, rief Betty zurück. Eine plötzliche Angst packte sie: Was, wenn der Junge wirklich ertrank, und sie war schuld daran? Sie hatte ihn überrumpeln wollen, aber sie hatte ihm keinen Schaden zufügen wollen.

»Dann eben ein Seil!« Fliss suchte das Deck ab und warf alle möglichen Dinge zur Seite. »Wir können ihn doch nicht ertrinken lassen.«

»Ein Seil gibt es auch nicht«, rief Betty und verfluchte ihren Vater im Stillen dafür, das Boot so schlecht ausgerüstet zu haben. Sie griff nach dem Einzigen, was ihr einfiel: dem größeren Fischernetz, mit dem sie die Irrlichter eingefangen hatte. Sie beugte sich über die Reling und warf dem Jungen das Netz zu. »Halt dich fest! Ich ziehe dich raus.«

Der Junge schaffte es noch, ihr einen hasserfüllten Blick zuzuwerfen, bevor er wieder unter der Wasseroberfläche verschwand. Als er erneut auftauchte, stieß er ein furchtbares Gurgeln aus. Jetzt sah er ein, dass er keine andere Möglichkeit hatte, und griff nach dem Netz. Behutsam zog Betty ihn heran, bis er direkt unter ihnen auf den Wellen trieb.

Aus der Nähe betrachtet und nachdem das Wasser den Dreck von seinem Körper gewaschen hatte, war seine Haut von einem noch tieferen Goldbraun, und auf seiner Brust waren ein paar feine Haare zu sehen, die dort zu wachsen begannen. Er trug ein dünnes Lederband um den Hals, an dem eine cremefarbene, schnörkelige Muschel hing. Was zur Krähe machte er hier draußen ganz allein?

»Nimm meine Hand«, sagte sie und versuchte, so bestimmt wie möglich zu klingen. »Keine Sorge, du hast nur etwas Wasser geschluckt.«

Er griff nach Bettys Hand. Sie nahm alle Kraft zusammen, um ihn aus dem Wasser zu hieven … und schrie erschrocken auf, als er mit überraschender Kraft an ihrem Arm zog. Zu spät bemerkte sie den arroganten Zug um seine Mundwinkel und die Entschlossenheit in seinen irritierenden goldbraunen Augen. Betty verlor das Gleichgewicht, taumelte und fiel kopfüber ins Wasser.

Das Salzwasser brannte in ihren Augen und strömte in ihren Mund, der vor Schock noch immer offen stand. Sie hatte vergessen, wie weh es tat, wenn man Wasser schluckte und in die Nase bekam. Ihr Hals brannte vor Schmerz und Demütigung. *Natürlich* konnte er schwimmen – er hatte sie *reingelegt*! So etwas Fieses, Heimtückisches ...

Als sie auftauchte, sah sie, wie der Junge sich mit seinen muskulösen Armen äußerst geschickt hochzog und über die Reling kletterte. Willow und Fliss standen wie erstarrt an Deck, und Betty wurde schlagartig klar, dass er vorhatte, sie alle über Bord zu werfen und ihr Boot zu kapern.

»NEIN!«, brüllte sie, dann hustete sie wieder und spuckte Salzwasser. So schnell wie möglich begann sie auf das Boot zuzuschwimmen. Doch der Schock hatte sie geschwächt, und der Junge war schon fast bei Fliss, die ihn anstarrte wie ein verängstigtes Reh.

Betty erreichte das Boot und tastete nach Halt am Bootsrand, schwang einen Arm hinüber und dann den anderen. Schon jetzt wusste sie, dass sie es nicht mehr rechtzeitig schaffen würde. Es entstand eine seltsame Pause, als die Augen des Jungen einen Moment zu lang auf dem Gesicht ihrer Schwester ruhten. Doch zu Bettys Erstaunen verschwand der ängstliche Ausdruck in Fliss' Gesicht, sie duckte sich, um dem Jungen auszuweichen, und rollte sich zur Seite. In einer einzigen schnellen Bewegung griff sie nach dem kleineren Fischernetz, wirbelte herum und stülpte es dem Jungen über den Kopf.

Er stieß ein überraschtes Gebrüll aus, als Fliss dem Netz einen kräftigen Stoß versetzte und der Junge zum zweiten Mal über Bord ging. Dann zog sie das Netz wieder ein und beugte sie sich hinunter, um Betty ins Boot zu helfen.

Fliss untersuchte das Netz. »Also, so was könnten wir doch auch im *Wildschütz* gebrauchen, wenn Sperrstunde ist. Und ich hab mir nicht mal einen Nagel abgebrochen!«

Betty grinste unwillkürlich.

Misstrauisch beobachteten sie den Jungen, der im Wasser zappelte, um sich schlug und fluchte. Verächtlich spuckte er durch die Zähne und starrte wütend zu ihnen herauf, während er auf der Stelle schwamm.

»Wer bist du?«, fragte Betty fordernd. »Und warum hast du uns bespitzelt?«

»Das ist meine Aufgabe.« Er spuckte noch einmal aus und spritzte einen Schwall Wasser in Bettys Richtung.

Sie machte ein paar Schritte zurück, verschränkte die Arme und funkelte ihn böse an. »Das war aber ein fieser Trick eben.«

Er zuckte die Achseln und sah Fliss mit zusammengekniffenen Augen an. »Nicht fieser als ihrer.«

»Wer *bist* du?«, fragte Betty noch einmal, auch wenn sie kaum mit einer Antwort rechnete.

»Spit«, sagte er.

»Spit? Spucke?«, empörte sich Fliss sofort. »Ausspucken ist eine widerliche, schmutzige Angewohnheit.«

»Nein, Spit ist mein Name«, sagte er, drehte den Kopf

und spuckte noch einmal aus, dieses Mal nicht in ihre Richtung.

»Spit?«, fragte Betty ungläubig. »Das kann doch nicht dein richtiger Name sein! Wer nennt denn jemanden Spit? Das ist vielleicht ein Spitzname.«

»Nee, ist es nich'.« Er sah jetzt genervt aus. »Es ist der einzige Name, den man mir je gegeben hat, okay?«

»Und was machst du hier?«, wollte Betty wissen. »Abgesehen davon, ein schlechter Spion zu sein?«

Spit schnaubte vor Wut. »Wer sagt denn, dass ich ein schlechter Spion bin?«

»Du hast dein Hemd an Deck liegen lassen«, sagte Betty. »Das hat dich verraten.«

Spit zuckte die Achseln. »Viele Leute kommen hierher und suchen nach was. Wollen sich was holen, was ihnen nicht gehört. Die meisten sehen das Schild und befolgen den Rat.«

Ohne Vorwarnung zog er sich geschickt hoch und schwang sich an Deck, bevor die Mädchen protestieren konnten. Betty machte einen Schritt zurück. Spit war stärker, größer. Und sie sah an dem Ausdruck in seinen Augen, dass er sich nicht noch einmal überrumpeln lassen würde. Jetzt war er bereit, es mit ihr aufzunehmen.

Die Härchen auf Bettys Armen stellten sich auf wie bei einem Tier, dem sich das Fell sträubt. »Was willst du damit sagen?«

»Ich meine, dass Leute, die versuchen, dieses Wrack zu

plündern, damit nicht davonkommen«, antwortete Spit. »Das hier gehört *uns*, versteht ihr.«

»Wem?«, fragte Willow ängstlich.

»Meiner Mannschaft«, sagte Spit mit einer Spur von Stolz. »Den Rusty Scuttlers.«

»Dann ist das also euer Schatz da unten?«, platzte Betty heraus.

Fliss und Willow schnappten beide nach Luft. »Da unten ist wirklich ein *Schatz*?«

Spit seufzte und schüttelte seinen tropfnassen Kopf. Er machte einen Schritt auf sie zu, und Betty wich instinktiv einen zurück, als ihr klar wurde, dass sie einen Fehler gemacht hatte. Warum, warum nur hatte sie diesen Schatz erwähnt?

»Ich meine, ihr müsst da unten doch was versteckt haben, oder?«, schwafelte sie, als könnte sie damit ihre Frage von eben zurücknehmen. »Nicht dass ich was gesehen hätte – es war ja so dunkel da unten ...« Sie brach ab, beunruhigt von Spits ernstem Gesichtsausdruck.

»Ich hatte gehofft, dass ihr nichts gesehen habt«, sagte er finster. »Die Rusty Scuttlers ... mögen es nicht, wenn Leute über sie reden oder über Sachen Bescheid wissen.«

»Ich *habe* ja gar nichts gesehen!«, protestierte Betty, aber es klang selbst in ihren Ohren wie eine Lüge. »Ich *weiß* nichts!«

»Doch, das tust du.« Spit seufzte noch einmal. »Und das ... erschwert die Situation leider etwas.«

Fliss trat vor und legte Willow ihre Hände auf die Schultern. »Es gibt überhaupt keinen Grund, feindselig zu werden«, sagte sie ruhig zu Spit. »Wir sind nicht hier, um Probleme zu machen – davon haben wir schon genug. Also vergiss einfach, dass du uns jemals gesehen hast, und wir verschwinden von hier.«

Betty sah, wie Spit zögerte, als er Fliss in die warmen braunen Augen sah. Er senkte den Blick. »Es tut mir leid«, sagte er schließlich. »Aber ihr wisst zu viel. Ich kann euch nicht einfach gehen lassen.«

Kapitel 15

Piraten!

Fliss blinzelte ein paarmal und klimperte mit ihren langen Wimpern. Spit jedoch schien entschlossen, sie nicht anzusehen.

»Jetzt hör mal zu«, sagte Betty ungeduldig. Wenn Fliss mit ihrem Charme nichts ausrichten konnte, war die einzige andere Möglichkeit, Klartext mit ihm zu reden. »Du bist allein, wir sind zu dritt. Wenn wir gehen wollen, kannst du uns nicht aufhalten. Es wäre verrückt, das zu versuchen.«

Spit trat von einem Bein aufs andere und spuckte zweimal hintereinander aus. Fliss verzog das Gesicht.

»*Ich* kann euch vielleicht nicht aufhalten«, sagte er barsch. Er deutete über den *Magischen Kompass* hinweg auf das offene Meer, wo in der Ferne eine Reihe schroffer Felsen zu sehen war. »Aber die da werden es tun. Und glaubt mir, *die* sind in der Überzahl. Bei Weitem.«

Betty starrte in Richtung der Felsen und hielt den

Atem an. Sie sah nichts außer den Steinen und dem Wasser, das in der Sonne glitzerte.

»Du bluffst doch, oder? Da ist niemand!«

»Warte mal ab«, sagte Spit.

Und dann sah Betty es: den langen Bug eines Schiffs, der jetzt hinter den Felsen zum Vorschein kam. Ja, es war ein großes Schiff, das sich auf der anderen Seite der Felsen unbemerkt genähert hatte.

»Von hier aus kapieren die meisten Leute gar nicht, wie groß diese Felsen sind«, sagte Spit. »Die Entfernung täuscht einen.«

Betty schluckte nervös. Neben ihr zog Fliss angespannt die Schultern hoch. Auch sie hatte das Schiff entdeckt, das unaufhaltsam näher kam.

»Woher wissen sie Bescheid?«, fragte Betty mit erstickter Stimme. »Du hast ihnen irgendein Signal gegeben, nicht wahr?«

»Das kann nicht sein!«, protestierte Fliss. »Das hätten wir doch bemerkt …«

»Ich gebe ein Signal, wenn alles in Ordnung ist«, erklärte Spit. »Zu jeder vollen Stunde.« Er deutete mit einem Nicken auf das zerknitterte Segel des Wracks, das neben ihnen auf dem Wasser trieb. »Eines dieser Taue führt bis zum Krähennest hinauf. Ich muss nur kurz daran ziehen, und das Segel hebt sich. Dann wissen sie, dass hier alles in Ordnung ist. Wenn das Segel unten bleibt, wissen sie, dass etwas nicht stimmt.«

»Was … was passiert jetzt mit uns?«, fragte Willow, den Blick ängstlich auf das näher kommende Schiff gerichtet. Ihre Gesichtshaut war jetzt entsetzlich bleich, ja fast durchsichtig. Betty verspürte das plötzliche Bedürfnis, sie zu beschützen.

»Schwer zu sagen«, antwortete Spit. »Der letzte Wrackräuber, den sie hier gefunden haben, musste über die Planke gehen …«

»Über die Planke?«, rief Betty. »Einen Augenblick mal!« Das Schaudern, das sie empfunden hatte, wurde allmählich zur Panik. »Wenn du uns von da oben die ganze Zeit zugehört hast, musst du doch wissen, dass wir nie vorhatten, etwas zu *rauben*. Wir hatten es nie auf euren Schatz abgesehen. Es gibt nur einen Grund, warum wir hier sind.«

Spit kratzte sich am Hinterkopf, dann inspizierte er seine Fingernägel. »Kann sein, dass sie euch schonen werden, weil ihr noch so jung seid. Aber das kommt ganz drauf an, in welcher Laune sie gerade sind.«

»Laune?«, wiederholte Betty. Ihre aufschäumende Wut verdrängte jetzt die Angst. »*Laune?* Erzähl mir bloß nichts von Launen! Ich habe nämlich eine furchtbar schlechte. Unsere Schwester ist entführt worden, und wir werden hier gleich von einem Haufen … *Piraten* gefangen genommen!«

Betty machte einen Schritt auf Spit zu und versetzte ihm einen heftigen Stoß vor die Brust. »Wir gehen jetzt«, sagte sie bissig und durchbohrte Spit mit ihrem Blick. »Und wenn sie herkommen, sagst du ihnen, wir wären nur Schaulustige, die sich das Wrack angucken wollten und sonst nichts. Sag einfach, du bist eingeschlafen und deshalb hast du das Segel nicht gehisst ...«

»Das kann ich nicht sagen!«, rief er aufgebracht. Auf seinen Wangen waren zwei rote Flecken, die jedes Mal aufzuflammen schienen, wenn er in die Richtung des näher kommenden Schiffes blickte. Das Schiff hatte die Felsen mittlerweile längst hinter sich gelassen; seine Segel blähten sich im auffrischenden Wind. »Ich bin hier als Wachposten, eine der armseligsten Aufgaben, die es gibt! Wenn ich sage, ich bin eingeschlafen, halten sie mich für total nutzlos.«

»Dann sag, wir hätten haltgemacht, um nach dem Weg zu fragen ... unser Anker hat sich in dem Segel verheddert, sodass du es nicht hochziehen konntest«, schlug Fliss vor. »Bitte, liefere uns nicht an die Piraten aus«, flehte sie.

Spit starrte in ihre Augen. Auf seiner Stirn und seiner Oberlippe schimmerte jetzt etwas Schweiß. »Hört zu, wenn es nach mir ginge, würde ich euch gehen lassen, aber sie treffen die Entscheidungen, nicht ich«, sagte er tonlos. »Seit dieses Segel unten geblieben ist, werden sie das Wrack beobachtet haben. Wenn ihr versucht, hier wegzukommen, werden sie euch sofort einholen.«

»Aber wir haben doch nichts *getan*«, protestierte Willow.

Spit spuckte noch einmal in hohem Bogen über die Reling. Betty begann zu vermuten, dass sich seine Angewohnheit verstärkte, wenn er nervös wurde.

»Das weiß ich«, sagte er. »Meine Mannschaft müsst ihr davon allerdings noch überzeugen.«

»Warum sollten wir das?«, fragte Betty wütend. »Deine Mannschaft hat auch nicht mehr Anrecht auf dieses Wrack als wir!«

»So ist das aber nun mal auf dem Ozean«, murmelte Spit. »Hier draußen zählt nur ein Gesetz: Der Stärkere gewinnt.«

»Ach, wirklich«, gab Betty zurück. »Vielleicht ändern sich die Gesetze ja bald.« Sie warf einen Blick zu Fliss und versuchte, ihrer Schwester ihre unausgesprochenen Gedanken zu übermitteln. Fliss nickte ihr fast unmerklich zu.

»Du musst wissen, Spit, wir haben etwas ziemlich Ungewöhnliches an uns«, fuhr Betty fort. »Wir haben nämlich die Angewohnheit, unsichtbar zu werden. Du solltest dir also besser deine Geschichte zurechtlegen, bevor sie hier sind und du lauter unangenehme Fragen beantworten musst.«

»Hä?« Spits Blick ging von Betty zu Fliss und zurück. »Unsichtbar? Wovon redest du?«

»Wir lösen uns in Luft auf.« Betty schnippte mit den Fingern. »*Puff!* Weg sind wir. Es ist alles ziemlich sonderbar.«

»Aber wie …?«, begann er. Dann schüttelte er heftig den Kopf. »Das ist nicht möglich. Niemand kann einfach verschwinden.« Er warf einen unruhigen Blick auf das Schiff, das weiter auf sie zusegelte. »Hört zu, ihr haltet euch vielleicht für clever, mit irgendeinem Geheimversteck für blinde Passagiere oder so was. Aber glaubt mir, wenn sie euch finden, wenn sie spitzkriegen, dass ihr sie hereingelegt habt, dann bringen sie uns alle um.«

Bettys Magen krampfte sich vor Angst zusammen. »Das werden sie nicht«, sagte sie schließlich. »Solange du deinen Mund hältst, wird uns allen nichts passieren.«

»Und euer Boot?«, fragte Spit, der immer noch skeptisch die Stirn runzelte. »Wird das auch verschwinden?«

»Nein«, antwortete Betty. »Nur wir. Lass sie ruhig glauben, dass sie das Boot haben. Wir holen es uns bald zurück.«

Sie presste die Zähne aufeinander. Ihre Gedanken liefen auf Hochtouren, und ein Plan kristallisierte sich heraus. Ein waghalsiger, hirnverbrannter Plan, der nur gelingen konnte, wenn alle ihn zusammen durchzogen. Betty warf einen verzweifelten Blick auf das sich nähernde Piratenschiff, dann zu ihrer Schwester. Sie hatten nicht mehr viel Zeit. »Beantworte mir nur eine Frage, und sag die Wahrheit«, drängte sie Spit. »War hier heute Morgen vor uns schon irgendjemand anders? Zwei Männer in Wärteruniformen und ein kleines Mädchen?«

»Wärter?«, fragte Spit erschrocken. »Was habt ihr denn ausgefressen?«

»Es sind keine echten Wärter«, warf Fliss ein. »Es sind Betrüger, und sie haben unsere Schwester entführt. Bitte antworte.«

Er schüttelte den Kopf. »Nein«, sagte er schließlich. »Ihr seid die Ersten, die seit Sonnenuntergang gestern hier aufgetaucht seid.«

»Das schwörst du?«, fragte Betty und sah Spit durchdringend an.

Spit spuckte sich auf die Finger und salutierte. »Auf mein Wort. Ich hab keine Menschenseele gesehen.«

Betty stockte der Atem. Sie wusste nicht, ob sie beunruhigt oder erleichtert war. Vielleicht beides. Erleichtert, dass sie Charlie nicht verpasst hatten; beunruhigt, weil niemand ihre kleine Schwester gesehen hatte, seit sie den *Wildschütz* verlassen hatte. In Bettys Innerem herrschte ein hoffnungsloses Durcheinander von Gefühlen, die sich mit dem Meerwasser zu vermischen schienen.

»Und du?«, fragte er immer noch voller Zweifel. »Sagst *du* denn die Wahrheit? Ich hab schon einige Geschichten gehört und hier draußen seltsame Dinge gesehen, aber nichts so Seltsames, wie du gerade behauptet hast.«

»Ich werde es dir beweisen«, sagte sie. »Gib mir etwas von dir, schnell. Die Muschel, die du um den Hals trägst.«

Spit reichte sie ihr zögerlich. »Die brauche ich aber wieder …«

»Ich klaue sie dir ja nicht.«

»Betty«, sagte Fliss und warf ihr einen warnenden Blick zu.

»Alles klar«, murmelte Betty. Sie hatte nicht die Absicht, Spit die Matroschka zu zeigen und ihr Geheimnis preiszugeben. *Soll er sich ruhig wundern*, dachte sie. Ein kleines Rätsel kam jetzt sehr gelegen. Hastig raffte sie ihre Kleidung zusammen und eilte ins Ruderhaus.

»Wo willst du hin?«, rief Spit. »Bleib gefälligst da, wo ich dich sehen kann!«

»Ich ziehe mich um«, sagte Betty und hoffte, dass sie herablassend genug klang.

Spit wandte den Blick ab. »Beeil dich.«

Im Ruderhaus vergewisserte Betty sich, dass das Irrlicht noch immer in der alten Öllampe flackerte. Panik stieg in ihr auf. Ihr Plan war noch nicht einmal richtig zu Ende gedacht, und schon wies er die ersten Lücken auf. Das Irrlicht war etwas, das sich nicht verstecken ließ. Sie hängte ein Stück Stoff über die Lampe und zog ihre Kleidung an. Sie hatte keine Zeit, sich darüber Sorgen zu machen.

Vorsichtig legte sie Spits kleine Muschel in die dritte Puppe neben Fliss' Haar und Willows Popel. Dann überprüfte sie, dass ihr eigenes Haar in der zweiten Puppe lag, und schraubte beide inneren Puppen exakt zusammen. Anschließend steckte sie die beiden Hälften der äußersten

Puppe aufeinander, drehte sie aber noch nicht passgenau zu. Sie verbarg die Matroschka in ihrer Tasche, legte eine Hand darüber und fuhr mit dem Daumen über den eingravierten Schlüssel auf dem Holzkörper. Dann trat sie auf das Deck hinaus.

Erschrocken stellte sie fest, dass die Rusty Scuttlers ein ganzes Stück aufgeholt hatten. Das Schiff war jetzt so nah, dass sie winzige Gestalten an Deck ausmachen konnte – viele von ihnen. Betty wusste, sie mussten sich beeilen. Wenn sie die Piraten sehen konnten, würden die Piraten auch in der Lage sein, sie zu sehen.

»Beobachte dein Spiegelbild«, sagte sie zu Spit. »Guck ins Wasser.«

»Ist das wieder irgendein Trick?«, fragte er argwöhnisch. »Wenn du mich noch mal ins Wasser schubst, dann …«

»Mach es einfach«, blaffte Betty ihn an. »Oder guck ins Fenster des Ruderhauses – wie du willst. Hauptsache, du siehst dein Spiegelbild.«

Spit verschränkte die Arme und starrte auf das Fenster. Seine Kiefermuskeln zuckten. »Dann mach schon.«

Betty holte tief Luft, bewegte lautlos die Lippen und tat, als würde sie einen Zauberspruch aufsagen.

Ihre Finger tasteten nach der Matroschka in ihrer Rocktasche. Mit Daumen und Zeigefinger drehte sie die obere Hälfte der äußeren Puppe ein Stück weiter, sodass die zwei Teile des aufgemalten Schlüssels wieder zusammenpassten. Sie bewegte weiter lautlos die Lippen und beobachtete ihre Spiegelbilder im Fenster. In dem Moment, als die zwei Hälften zusammengefügt wurden, verschwanden ihre Spiegelbilder. Nur der Himmel und das schimmernde Wasser waren jetzt im Fensterglas zu sehen.

»W-waaas?« Spit wich taumelnd zurück und starrte auf das Fenster. Verwirrt blickte er von Betty zu Fliss, zu Willow und dann wieder zum Fenster. »D-das verstehe ich nicht ... Ich kann euch immer noch sehen, aber wir sind nicht mehr da!«

»Wir sind alle unsichtbar«, erklärte Betty. »Wir können uns gegenseitig sehen, aber niemand anders kann es.«

Spit ging zum Fenster und spähte durch das Glas. »Das muss doch irgendein ...«

»Es ist kein Trick«, sagte Betty. »Das ist echt. Schau aufs Wasser, wenn du mir nicht glaubst.«

Spit warf ihr einen misstrauischen Blick zu, dann stolperte er an die Reling, um im Wasser sein Spiegelbild zu suchen. Mittlerweile stand ihm das Entsetzen ins Gesicht geschrieben.

»Wir sind allesamt verschwunden«, sagte Betty. Voller Angst sah sie zum Piratenschiff, das sich unaufhaltsam näherte. Zum Donnerraben, wie groß war denn diese Mannschaft? Alle paar Sekunden tauchten neue Gestalten an Deck auf und lösten eine neue Welle von Angst aus, die Betty durchflutete. Die Zeit lief ihnen davon, und sie musste sich jetzt schnell eine Strategie überlegen.

»Also gut, hör zu«, sagte sie eindringlich. »Spit, ich mache dich jetzt wieder sichtbar, und du wirst Folgendes sagen. Erzähl ihnen, dass eine von uns zum Wrack getaucht und in Schwierigkeiten geraten ist. Die anderen sind hinterhergeschwommen, um mich zu suchen, aber keine von uns ist wieder aufgetaucht.«

»Oh, Betty!«, rief Fliss entsetzt. Hastig machte sie das Zeichen der Krähe. »So was können wir nicht sagen! Das ist ja, als würden wir das Schicksal herausfordern.«

»Das können wir schon, wenn es uns das Leben rettet«, sagte Betty entschlossen. »Und es ist das Einzige, was funktionieren wird, ohne dass jemand zu Schaden kommt.« Sie sah Spit direkt in die Augen. »Dich eingeschlossen.«

Spit schluckte hart. »Aber was, wenn sie euch entdecken? Oder merken, dass ich lüge? Das nimmt ein schlimmes Ende für uns alle. Ihr kennt sie nicht so gut wie ich.« Seine Stimme begann zu zittern. »Ich habe das schon mal erlebt. Ein Verräter zu sein, ist das Schlimmste für einen Piraten. Ich kann ... ich kann das nicht machen.« Er schob herausfordernd das Kinn vor und versuchte, kühn auszusehen, aber Betty merkte sofort, dass es nur gespielt war.

»Du musst«, sagte Betty. Sie nutzte den Moment, als Spit aufs Meer schaute, um seine Muschel aus der Matroschka zu nehmen und in ihre Tasche zu stecken. Schnell schraubte sie die Puppen wieder zusammen, um sich selbst, Fliss und Willow wieder unsichtbar zu machen. Es beruhigte sie ein wenig, zu wissen, dass zumindest die Piraten sie jetzt nicht mehr sehen konnten. »Denn wenn du dich weigerst, lasse ich dich verschwinden. *Für immer.*«

Spit drehte sich um. Erschrocken sah er, dass sein Spiegelbild im Fenster wieder zu sehen war, während die anderen verschwunden blieben. »Du machst *was*?«

»Ich mache dich für immer unsichtbar. Und ich glaube nicht, dass das deinen Piratenfreunden besonders gut gefallen würde.«

»Och, da bin ich mir nicht sicher«, sagte Spit. Sein Blick schoss hierhin und dorthin. Seit er sie alle nicht mehr sehen konnte, war er deutlich verunsichert. »Vielleicht fände meine Mannschaft es auch ganz praktisch, ein unsichtbares Crewmitglied zu haben. Dann müsste ich mich schon mal nicht mehr in dieses stinkende Krähennest quetschen.«

Während Betty noch verblüfft nach einer Antwort suchte, ergriff Fliss das Wort.

»Mag sein, dass es einigen von ihnen anfangs ganz gut gefallen würde«, sagte sie. »Aber Piraten sind doch ein abergläubisches Volk, oder? Denen wäre bestimmt nicht wohl dabei, jemanden an Bord zu haben, der mit einem Fluch belegt wurde. Du würdest verstoßen werden. Eine weitere einsame Stimme, nicht viel mehr als ein Irrlicht, verloren im Meer.«

»Nein«, sagte Spit. Trotzig verschränkte er die Arme, aber über sein Gesicht huschte ein Ausdruck des Zweifels. »Ich kann es trotzdem nicht tun. Ich habe geschworen, ein Rusty Scuttler zu sein. Und ich bin *ihnen* zur Loyalität verpflichtet, nicht euch.« Er senkte die Stimme und fügte flüsternd hinzu: »Egal, was sie getan haben. Und egal, in welchen Schwierigkeiten ihr steckt.«

»Das ist wirklich schade«, sagte Fliss und schnalzte mit der Zunge. »Vor allem, wenn jemand so ... so *Gutaussehendes* unsichtbar wird.«

Spit reckte die Brust vor wie ein aufgeplusterter Täuberich. »G-gut aussehend?«

»Sehr«, gurrte Fliss.

Ein Schweißtropfen rann über Spits Wange. Er wischte ihn weg und warf einen Blick in Richtung Piratenschiff. »Also gut«, knurrte er. »Ich mache jetzt das, was ihr wollt. Aber wenn ihr entdeckt werdet, halte ich nicht den Kopf für euch hin! Dann werde ich sagen, dass ihr mich auch reingelegt habt.«

»In Ordnung«, knurrte Betty zurück, dankbar für den Charme ihrer Schwester.

»Betty«, brachte Fliss atemlos hervor. Starr vor Angst sah sie dem Piratenschiff entgegen. »Sie sind gleich da. Was machen wir mit unserem Boot? Selbst wenn wir unsichtbar an Bord bleiben, werden die Piraten es kapern! Und dann haben wir keine Chance mehr, Charlie zu finden!«

»Wir werden das Boot nicht verlieren«, erklärte Betty leise. Ihr Mund war ganz trocken vor Salz und Angst, und sie konnte selbst kaum glauben, was sie jetzt sagen würde. »Weil wir uns aufteilen werden.«

»Bist du *verrückt* geworden?«, zischte Fliss. »Wir haben schon Charlie verloren! Ich werde nicht zulassen, dich auch noch zu verlieren. Auf gar keinen Fall. Da mache ich nicht mit!«

»Fliss, es bleibt uns nichts anderes übrig«, beharrte Betty. »Es ist die einzige Möglichkeit. Du und Willow bleibt unsichtbar auf dem Boot und sucht euch ein Versteck. Sobald die Rusty Scuttlers sich in Sicherheit wiegen und sich eine Chance bietet, bindet ihr das Boot los und kommt zurück, um mich zu holen.«

»Und wo bleibst *du* in der Zwischenzeit?«, wollte Fliss wissen. »Du glaubst doch nicht, dass das funktionieren wird!«

»Wir haben keine Wahl«, sagte Betty. »Falls Charlie kommt …«, sie brach ab und korrigierte sich, »*wenn* Charlie kommt, muss eine von uns hier sein. Wir dürfen sie nicht verpassen. Ich bleibe mit Spit auf dem *Magischen Kompass*.«

»Das ist der schlechteste Plan, den du je hattest, Betty Widdershins«, murmelte Fliss, die vor Angst zu zittern begonnen hatte.

»Aber es ist der einzige, den wir haben. Wenn wir Charlie finden wollen, müssen wir es so machen.«

»Aber …«

»Kein Aber«, zischte Betty. »Dafür ist jetzt keine Zeit mehr. Sie sind gleich hier.«

Kapitel 16

Tot oder lebendig

Das Piratenschiff preschte über die Wellen auf sie zu. Von einem Moment zum anderen waren mehr Details zu erkennen, während der Bug durch das Wasser schnitt und die roten Segel sich im Wind blähten.

Rot, dachte Betty düster. *Die Farbe der Gefahr. Die Farbe des Blutes.*

Auf dem größten roten Segel prangte ein Wappen in Form eines riesigen Krähenskeletts. Der tote Vogel trug einen Schlüssel im Schnabel, der wie eine Drohung wirkte: *Wir finden euren Schatz. Und eure Geheimnisse. Wir haben den Schlüssel zu allem. Vor uns ist nichts sicher.*

Noch einmal kam Betty Grannys Warnung in den Sinn. Sie hörte die Worte so deutlich wie an jenem Tag, als Granny sie ausgesprochen hatte. Damals, als Granny Betty zum ersten Mal die magische Matroschka überreicht hatte.

»Ihr dürft diese Gegenstände nie unbedacht verwenden, besonders an einem Ort wie Krähenstein. Die meisten Leute hier haben Verbindungen zu den Häftlingen im Gefängnis. Gefährliche Leute, die vor nichts zurückschrecken würden, um solche Dinge in die Hände zu bekommen ...«

Dass Grannys Angst berechtigt gewesen war, hatten sie am eigenen Leib erfahren, als Charlie entführt worden war, um mit ihrer Magie einem Gefangenen zur Flucht zu verhelfen. Damals hatte ihnen der Gedanke an die Insassen im Gefängnis von Krähenstein Angst eingeflößt, doch jetzt begann Betty zu begreifen, dass es draußen in der weiten Welt Dinge – und Menschen – gab, die noch furchterregender waren. Die Sträflinge saßen wenigstens hinter Gittern. Doch hier draußen auf dem offenen Meer gab es niemanden, der die Rusty Scuttlers in Schach hielt. Sie hatten ihre eigenen Gesetze und ließen sich von niemandem etwas sagen.

Betty packte das Grauen. »Schnell, versteckt euch«, befahl sie Fliss und Willow. »Auf unserem Boot wird es gleich von Piraten wimmeln! Denkt dran, sie können uns immer noch hören – und fühlen. Wenn sie euch finden, bringen sie euch um!«

Für einen furchtbaren Moment schien Fliss wie versteinert vor Angst. Verzweifelt gab Betty ihr einen Schubs. *»Beweg dich!«* Endlich erwachte Fliss aus ihrer Schockstarre, scheuchte Willow unter eine der Sitzbänke, bevor sie selbst ihre schmale Gestalt unter die andere Bank zwängte.

Betty schlich an Spit vorbei und spürte, wie er erstarrte, als ihre Kleider seinen Körper streiften. Sie tauchte ihre Beine ins Wasser und passte auf, dass sie dabei keine Wellen verursachte, die sie verraten würden. Sofort saugten ihr Rock und ihre Strümpfe sich mit Wasser voll und zogen sie hinunter. Betty atmete einmal tief durch und ließ sich ins Wasser hinab. Über sich hörte sie, wie Spit nervös an Deck ihres Bootes auf und ab lief und dreimal hintereinander ins Wasser spuckte, während seine Mannschaft näher kam.

Betty begann auf die andere Seite des Wracks zu schwimmen, hinter den riesigen Schiffskörper, der im Wasser verschwand. Als sie bei dem Warnschild der Rusty Scuttlers ankam, klammerte sie sich an einem abgewetzten Tau fest und begann, an der Außenwand des Wracks hinaufzuklettern. Wenn sie hoch genug stieg, würde sie auf die andere Seite hinüberschauen können, wo Fliss und Willow waren. Auch wenn sie wusste, dass die Piraten sie nicht sehen konnten, wollte sie sich vergewissern, dass Willow und ihre Schwester noch da waren. Schon tönten von der anderen Seite des *Magischen Kompasses* grölende Stimmen zu ihr herüber.

Was sie nicht bedacht hatte, war das Wasser, das aus ihren durchnässten Kleidern triefte und ins Meer platschte. In Bettys Ohren war es ein furchtbar lautes Geräusch – laut genug, um sie zu verraten. Sie erstarrte und wartete, bis der Wasserschwall nur noch ein Tröpfeln war. Vorsichtig zog sie ihren Rock hoch und begann, das restliche Wasser auszuwringen. Es rann an der schrägen Bordwand des Wracks hinab, glücklicherweise ohne ein Geräusch.

Sie kletterte weiter das Wrack hinauf. Die Sonne hatte das schwarze Ebenholz getrocknet und aufgeheizt. Bettys durchgefrorener Körper wurde allmählich wieder wärmer. Sie zog sich an Deck, schlich an Spits Hemd vorbei, das inzwischen getrocknet war, und blieb an der Stelle stehen, wo der Mast und das Krähennest sichtbar wurden. Das Piratenschiff war jetzt ganz nah, lag praktisch neben dem Boot der Widdershins, wenn auch in sicherem Abstand zu den Felsen, die dem *Magischen Kompass* zum Verhängnis geworden waren. Wie das Wrack war das Schiff der Rusty Scuttlers riesig und ließ das Boot der Widdershins winzig klein erscheinen.

Mit klopfendem Herzen beobachtete Betty die vielen Piraten, die sich unter den roten Segeln an Deck drängten. Es mussten um die zwanzig sein – und unter Deck waren sicher noch mehr. Schon wurde ein Ruderboot mit drei Leuten an Bord zu Wasser gelassen. Die zwei Ruderer waren junge Männer mit drahtigen, kräftigen Armen. Der dritte Passagier war eine Frau, die am Bug stand und durch ein Fernglas blickte. Sofort war jeder einzelne von Bettys Nerven zum Zerreißen gespannt.

Die Piratin trug eine hellbraune Lederweste von derselben Farbe wie ihre Haut. Ihre schwarzen Haare waren kurz geschoren, aber in die gestutzten Strähnen hatte sie lange Bänder und Tücher gebunden, die wie ein Regenbogen hinter ihr herflatterten. An der Taille trug sie einen gebogenen Säbel, und an einem ihrer fast hüfthohen Schnürstiefel war ein Dolch festgeschnallt. Ihr Hals und ihre Handgelenke waren mit Juwelen behangen. Betty wusste, man musste schon mutig, dumm oder unbesiegbar sein, um solche Reichtümer offen zur Schau zu tragen.

Eines war sicher: Dumm sah sie nicht aus. Mit dieser Frau war nicht zu scherzen. Sie war ganz eindeutig daran gewöhnt, dass sie die Befehle erteilte ... und die anderen ihr gehorchten. Das Seltsamste war die Katze, die ganz ruhig auf ihrer Schulter stand. Sie war weiß, abgesehen von ihren zwei Vorderpfoten, die schwarz wie Tinte waren, und einem schwarzen Streifen um die Augen, der aussah wie eine Räubermaske. Reglos starrte die Katze geradeaus, als das Ruderboot durchs Wasser glitt und sich dem Wrack näherte. Für einen beklemmenden Moment schien sie Betty direkt zu fixieren, doch dann blinzelte sie träge und blickte ins Wasser, als suchte sie nach Fischen.

Noch bevor Spit den Mund öffnete, wusste Betty, wie er diese Frau anreden würde. Er richtete sich kerzengerade auf und salutierte gehorsam.

»Käpt'n.«

»Spit.« Obwohl sie leise sprach, wurde ihre tiefe, samtige Stimme mühelos über das Wasser getragen. Wenn diese Frau das Wort ergriff, hörte man ihr zu. Sie deutete mit einem Kopfnicken auf das Boot der Widdershins, und ihre vollen Lippen verzogen sich zu einem Lächeln. »Was haben wir denn hier?«

Spit stand weiterhin stramm. Er spuckte über die Reling und antwortete: »Ein erstklassiges Beutestück. Die Besitzer sind zum Wrack runtergetaucht und wohl in Schwierigkeiten geraten – sind noch nicht wieder hochgekommen.« Er klopfte mit der Hand auf die Bordwand des smaragdgrünen Bootes. Das Boot, das Bettys Vater letztes Jahr heimlich gestrichen hatte, um sie alle zu überraschen.

Sie spürte, wie sie innerlich vor Empörung kochte, doch vor allem hoffte sie mit aller Kraft, dass Spit sich an die Version der Geschichte halten würde, auf die sie sich geeinigt hatten. Wenn er sie an diese Frau verraten würde, wären sie so gut wie tot.

»Mm.« Die Anführerin ließ einen abschätzigen Blick über das kleine Boot schweifen, als wäre es nicht mehr als ein Papierschiffchen. »Mag vielleicht noch als Köder taugen. Sieht recht stabil aus, ist aber nicht viel wert.« Sie hob die Hand, um ihre Katze am Kinn zu kraulen.

Voller Unruhe beobachtete Betty, wie die Piratin geschickt das Deck der *Reisetasche* betrat, so trittsicher wie die Katze auf ihrer Schulter. Betty hielt den Atem an, als die Seeräuberin an Fliss vorbeiging, die unter einer der Bänke kauerte, und neben Willows Versteck stehen blieb, um ins Wasser hinunterzustarren. Der Dolch an ihrem Stiefel war auf derselben Höhe wie Willows Nase.

»Wo sind sie denn runtergetaucht?« Ihre Stimme war immer noch ruhig, ja emotionslos. Sie klang nüchtern wie eine Geschäftsfrau.

»An der tiefen Stelle, Käpt'n«, antwortete Spit pflichtbewusst. »Rustys Reich.«

»Sind die Leichen irgendwo zu sehen?«

Spit schüttelte den Kopf. Betty war ganz schwach vor Erleichterung, dass er sie nicht verraten hatte. Die Anführerin schien ihm zu glauben – fürs Erste zumindest.

»Alles andere unversehrt?«, fragte sie und tippte an ihr Fernrohr. Spit nickte.

»Da sieht man es mal wieder«, sagte sie. »Das passiert, wenn Leute sich von ihrer Habgier verführen lassen.« Sie warf Spit einen vernichtenden Blick zu. »Was hast du von dort oben beobachtet?«

Spit trat unruhig von einem Bein aufs andere. »Nicht viel«, antwortete er. »Es waren drei Leute. Große, bullige Wrackräuber.«

»Ich hoffe nur, du lügst mich nicht an.« Die klaren grünen Augen der Piratin wirkten so steinhart wie ihre Stimme.

»Nein«, stammelte Spit. »Natürlich nicht, Käpt'n.«

Sie sah ihn durchdringend an.

»Ronia.«

Betty wandte ihren Blick von dem kleinen Boot ab und sah auf. Die Stimme war vom Piratenschiff gekommen. Flankiert von Piraten zu beiden Seiten saß ein beleibter

Mann in einem Stuhl auf Rollen. Schockiert erkannte Betty, dass er keine Beine hatte. Er hatte auch nur noch ein Auge, und selbst aus einiger Entfernung konnte Betty eine wulstige Narbe ausmachen, die von seinem Haaransatz bis zu seinem Kinn verlief.

Seine Arme waren kräftig wie Schweinekeulen, aber ohne eine Spur von Fett. In einer Hand hatte er ein kleines Messer, mit dem er sich den Dreck unter den Nägeln herauskratzte. Die Klinge blitzte bedrohlich in der Sonne.

Die Piratin – Ronia – sah jetzt auch auf. »Vater?«

»Durchsucht den Rest des Bootes – und das Wrack. Wenn es Leichen gibt, will ich, dass ihr sie findet. Tot oder lebendig.« Er grinste breit und zeigte einen Mund voll blendend weißer Zähne. Dann hob er seinen muskulösen Arm und deutete mit dem Messer auf den dünnen Holzmast, der wie eine Nadel aus dem Bug des Piratenschiffs in den Himmel stach. »Ich bin sicher, sie würden gut in unsere Sammlung passen.«

Gelächter ging durch den Rest der Mannschaft.

Betty blinzelte entsetzt … und wäre beinahe von ihrem Beobachtungsposten gefallen. Denn dort oben am Mast hingen verschiedenste Skelettteile. Ein Arm, zwei Beine und ein Schädel baumelten über den Piraten wie Weihnachtskugeln an einem makabren Christbaum.

»Schnalle! Bark!«, rief Ronia ihren Männern zu. »Ihr zwei durchsucht das Wrack unter Wasser«, kommandierte sie. »Überprüft, ob unsere Beute noch da ist.«

Zwei finster dreinblickende Piraten, einer mit riesigen goldenen Reifen in den Ohren und der andere mit einem Ring in der Nase, wechselten einen Blick, bevor sie widerstrebend ins Wasser sprangen. Betty hielt den Atem an. Sie kauerte sich auf den Boden und hoffte, dass die Männer nicht auf das Wrack selbst klettern würden, denn es gab wenige Stellen, wo sie sich hier verstecken konnte. Kurz darauf hörte sie, wie einer der Piraten prustend hinter dem zweiten Bullauge auftauchte, um Luft zu holen.

»Die Luft ist rein!«, rief er, dann verschwand er wieder im Innern des Wracks. Betty wartete darauf, dass der andere Pirat auftauchte. Fast rechnete sie schon damit, dass er jeden Moment auf das schräge Deck des gekenterten Schiffs springen und über sie stolpern könnte ... doch er kam schließlich an derselben Stelle wieder hoch, an der er ins Wasser getaucht war.

»Kein Zeichen von Plünderungen in Rustys Reich«, bestätigte Nasenring und kletterte an einer Strickleiter die Bordwand des Piratenschiffs hinauf. Oben angekommen, griff er mit einem besorgten Gesichtsausdruck nach einem Band um seinen Hals. Es musste wohl ein Talisman sein, vermutete Betty, der ihn beschützen sollte.

»Das hier hab ich gefunden.« Jetzt war auch der andere Pirat wieder aufgetaucht. In der Hand hielt er einen tropfnassen Stofffetzen, den Betty sofort als ein Stück von ihrem Unterhemd erkannte. »Das hing in den Klauen des alten Squid. Seine Seemannsseele ruhe in Frieden.«

»Er hatte schon immer lange Finger, der alte Räuber«, bemerkte Ronia.

Squid?, dachte Betty. Diese knochigen Finger hatten einem von den Rusty Scuttlers gehört?

Die restlichen Piraten neigten die Köpfe, und diejenigen, die Hüte trugen, nahmen sie ab und murmelten: »Seine Seemannsseele ruhe in Frieden.«

Der Pirat kletterte die Strickleiter hinauf und warf den nassen Stoffstreifen von Bettys Unterhemd seiner Anführerin zu. Ronia hielt den Fetzen hoch.

»Sieht aus, als wäre einer von ihnen da unten in Schwierigkeiten geraten«, sagte sie hämisch.

Betty erstarrte. Welche Sorgen sich ihre Schwester jetzt machen würde! Hatte Fliss ihr zerrissenes Hemd schon nach ihrem ersten Tauchgang bemerkt? Wahrscheinlich nicht. Alles war so schnell gegangen, aber jetzt war Fliss sicher in Panik und fragte sich, ob Betty es dieses Mal wirklich wieder aus dem Wasser geschafft hatte.

Bettys Gedanken wurden unterbrochen, als Ronia den beiden Piraten aus dem Ruderboot einen Befehl erteilte: »Bringt mich auf die andere Seite.«

Betty stockte der Atem. Ronia kam herüber!

»Da drüben ist nichts, Käpt'n«, sagte Spit etwas zu eilfertig. »Hab das obere Deck selbst abgesucht.«

Ronia brachte ihn mit einem stählernen Blick zum Schweigen. »Ich gehe gerne auf Nummer sicher«, sagte sie und sprang behände ins Ruderboot.

Betty wurde ganz übel vor Angst, als die Ruder ins Wasser tauchten. Das kleine Boot drehte und verschwand aus ihrem Blickfeld. Sie presste sich nah an das warme schwarze Holz und überlegte fieberhaft, was sie jetzt tun sollte. *Nur die Ruhe bewahren*, redete sie sich zu. *Tief durchatmen. Sie kann dich ja nicht sehen*. Betty rührte sich nicht und lauschte auf das *Wusch-Wusch-Wusch* der Ruderblätter, als das Boot näher kam.

Und dann verstummte das Geräusch.

Betty wagte kaum zu atmen. Sie drehte sich um und blickte aufs Wasser hinunter, wo sie Ronias Kopf sehen konnte. Ein scharlachrotes Haarband flatterte im Wind.

Warum fuhr sie nicht weiter?

»Da oben ist etwas.« Die Stimme der Piratenanführerin durchschnitt die Stille. »Etwas ist aus dem Wasser gekommen.«

Betty sah zitternd an sich hinunter. Sie hatte ihre Kleidung und ihre Haare so gut wie möglich ausgewrungen, aber sie waren noch immer durchnässt. Während sie an Deck des Wracks gekauert und Ausschau gehalten hatte, war ihr entgangen, dass ihre Kleider die ganze Zeit getropft hatten. Das Wasser hatte sich zwischen den Holzplanken des Schiffs gesammelt und lief jetzt an den schrägen Bordwänden hinunter.

Ihr Blick folgte der nassen Spur. Ob sie nun unsichtbar war oder nicht – dieses Rinnsal reichte aus, um die Piraten geradewegs zu ihr zu führen.

Angst überkam sie. Was für eine idiotische Art, sich erwischen zu lassen!

Nein!, dachte sie. Noch war es nicht vorbei, noch hatten die Piraten sie nicht entdeckt. Sie mochten ihr zahlenmäßig weit überlegen sein, doch sie, Betty, war *unsichtbar*. An den Masten der Rusty Scuttlers baumelten Skelette, und die Piraten hatten wahrscheinlich mehr Dolche, als Fliss je Küsse verteilt hatte, aber sie hatten keine Prise Magie, wie die Widdershins sie hatten. Und sie hatten keinen Leitspruch, was Betty ein klein wenig Mut machte.

Wer probiert, triumphiert, dachte Betty, gerade als Ronia zum ersten Mal die Stimme erhob.

»Rusty Scuttlers: Entern und Kentern!«, brüllte sie.

Oh. Dann haben sie also doch einen Leitspruch.

Panisch sah Betty sich nach einem Versteck um. Könnte sie es aufs Krähennest schaffen, ohne bemerkt zu werden? Ihr Herz raste, und sie konnte kaum klar denken. Sie wünschte jetzt, sie hätte die Chance genutzt, zurück ins Wasser zu springen und vom Wrack wegzuschwimmen, als Ronia beschlossen hatte, auf die andere Seite zu rudern. Dann hätte sie irgendwo auf der Stelle schwimmen und alles aus sicherer Entfernung beobachten können, bis die Piraten wieder weg wären. Doch dafür war es nun zu spät. Wenn Betty jetzt ins Wasser tauchte, würden sie die Wellen sehen. Und dann würden sie wissen, dass da etwas war.

Es sei denn …

Fliss' Worte kamen ihr wieder ins Gedächtnis. *Piraten sind ein abergläubisches Volk …*

Vielleicht reichte es schon, sie in Angst und Schrecken zu versetzen, wenn sie etwas sehen würden – etwas, das sie sich nicht erklären könnten. Selbst am helllichten Tage hatte der *Magische Kompass* etwas zutiefst Gruseliges. Ein kleiner Spuk wäre hier vollkommen glaubwürdig … und nicht nur das. Es wäre eine Möglichkeit, Fliss ein Zeichen zu geben, dass sie noch lebte.

Ein lautes, dumpfes Geräusch ließ Betty zusammenzucken. Sie verlor den Halt und rutschte ein Stück auf dem nassen Deck. Die Holzplanken unter ihr knarrten, und Betty wusste sofort, dass Ronia auf der geneigten Seite des Schiffs an Bord gesprungen war. Da fiel Bettys Blick auf Spits Hemd, das nun fast ganz trocken war. Plötzlich kam ihr eine Idee. In den wenigen Sekunden, die ihr blieben, hob sie das Hemd auf, zog es über und stand lautlos auf. Es war nicht einfach, auf dem unebenen Deck das Gleichgewicht zu halten.

Wasser triefte aus ihrem Haar und lief an ihrem Körper hinunter. Von ihrem momentanen Platz aus konnte sie nirgendwo ihr Spiegelbild sehen. Würde Spits Hemd mit Betty und den restlichen Kleidern, die sie trug, verschwinden? Oder würde es sichtbar bleiben, weil es jemand anderem gehörte? Sie würde es gleich herausfinden.

Aber es war nicht Ronia, die sie zuerst entdeckte. Stattdessen tauchte die weiße Katze, die auf der Schulter der

Piratenkapitänin gesessen hatte, auf dem schrägen Deck des Wracks auf. Langsam und sicher setzte sie eine Pfote vor die andere und pirschte auf Betty zu. Dann blieb die Katze plötzlich stehen, blickte sie direkt an und fauchte.

»Bandit?« Ronia kam in Sicht und balancierte mit derselben Leichtigkeit über das Deck wie ihre Katze, die also ein Kater war. »Uah!«, schrie Ronia plötzlich. Sie wich zurück, verlor beinahe das Gleichgewicht und starrte in Bettys Richtung.

Es hatte funktioniert. Spits Hemd musste sichtbar sein, denn Ronias Augen waren vor Schreck weit aufgerissen. Schneller, als Betty es erwartet hatte, zückte die Piratin ihr Entermesser und trat damit auf sie zu. Betty stand wie angewurzelt da und wusste nicht, was sie tun sollte. Sie war nicht so trittsicher wie Ronia, und wenn sie jetzt stolperte, würde das jede Gespenster-Illusion zerstören. Also wartete sie, während das Wasser langsam Spits Hemd durchweichte und zu Boden tropfte.

Die Piratin fand ihre Fassung wieder. Sie machte ein Zeichen vor ihrer Brust, als wollte sie sich vor bösen Mächten schützen, und trat zu Bettys Erleichterung ein paar Schritte zurück.

»Hier oben ist etwas!«, brüllte sie. »Jemand hat Rustys Ruhe gestört!«

Sie will verschwinden, dachte Betty verblüfft.

Doch Bandit ließ sich nicht so leicht abschrecken. Der weiße Kater fauchte weiter in Bettys Richtung und begann, näher heranzuschleichen. Aus dem Fauchen wurde ein dunkles, grollendes Knurren.

Der Kater weiß es, dachte Betty. *Genauso wie Pfui Hopsi wittert … Er kann mich nicht sehen, aber er kann mich spüren und riechen.*

Ronia drehte sich um und rief den Piraten im Ruderboot etwas zu. Als sie außer Sichtweite war, setzte der Kater zum Sprung an. Mit angelegten Ohren und gebleckten Zähnen sprang er direkt auf Betty zu. Er landete auf ihrer Schulter und grub die Krallen tief in ihre Haut. Betty konnte nicht anders – sie schrie, ein markerschütternder Laut, der über das Wasser hallte. Und je lauter sie schrie, desto hartnäckiger krallte der Kater sich an ihr fest.

Sie hörte Rufe vom Ruderboot und dann erneut Schritte auf dem Deck – Ronia kam zurück. Betty schlug wild um sich und versuchte, das Tier abzuschütteln. Jeden Moment würde Ronia sehen, wie ihr Kater sich an etwas klammerte – etwas Unsichtbares –, und dann wäre das Spiel aus.

Da kam Betty ein Gedanke. *Katzen mögen kein Wasser …*

Sie griff nach ihrem nassen Haar und drückte es aus. Das Rinnsal von Salzwasser traf den Kater, der mit einem lauten Jaulen von ihr abließ. Ermutigt schüttelte Betty sich wie ein Hund und spritzte den Kater von oben bis unten nass. Mit gesträubtem Fell schlich er davon, gerade als Ronia zurückkam.

Die Piratin nahm ihren Kater auf den Arm. »Ist ja gut, ist ja gut«, säuselte sie. »Mami ist ja da …«

Dann ging ihr Blick in Bettys Richtung, und sie erstarrte aufs Neue. Betty sah an sich hinunter und unterdrückte einen entsetzten Aufschrei. Spits weißes Hemd war blutbefleckt.

»Rückzug!«, rief Ronia heiser. Sie warf etwas in Bettys Richtung und murmelte: »Ruhe in Frieden, Seemannsseele!« Dann drehte sie sich um und sprang vom Deck in das wartende Ruderboot.

Der Gegenstand traf Betty an der Brust und landete dann zwischen den Holzplanken zu ihren Füßen. Nachdem Ronia weg war, bückte Betty sich und hob ihn auf.

Es war eine silberne Münze, die in der Sonne funkelte. Auf der einen Seite war ein Hufeisen abgebildet, auf der anderen ein Kleeblatt. Trotz ihres Glanzes ließen das Gewicht und die Schönheit der Münze vermuten, dass sie alt und wertvoll war.

Vater hatte ihr einmal etwas über Münzen erzählt, mit denen die Toten sich eine sichere Überfahrt ins Jenseits erkauften. Also hatte Ronia sich tatsächlich täuschen lassen – und wenn *sie* sich gegruselt hatte, war Betty sicher, den Rest ihrer Mannschaft ebenfalls in Angst versetzen zu können. Sie steckte die Münze in ihre Tasche und ging zu der Seite des Wracks, von der aus sie die *Reisetasche* und das Schiff der Rusty Scuttlers sehen konnte. Ronia fuhr längsseits an das Piratenschiff heran und warf immer wieder einen angstvollen Blick zum Wrack zurück.

Ein Schrei erklang. Einer nach dem anderen drehten sich die Piraten um und starrten Betty oder vielmehr Spits tropfendes Hemd an, das über dem *Magischen Kompass* schwebte. Einige wichen zurück, bekreuzigten sich und murmelten erschrocken vor sich hin. Unterdessen stürmten immer mehr Piraten das kleine Boot der Widdershins und machten sich daran, es zu durchsuchen. Lautes Rasseln war zu hören, als der Anker gelichtet wurde, und das Deck knarrte unter dem Gewicht von Muskeln und Gold. Spit starrte hinauf auf sein blutbespritztes Hemd, das Gesicht maskenhaft vor Schock. Aber es war Fliss, nach der Betty Ausschau hielt. Das weiße, bedrückte Gesicht ihrer Schwester spähte aus ihrem Versteck hervor, und ihre Züge entspannten sich vor Erleichterung. Jetzt wusste sie, dass Betty noch lebte.

Betty hätte ihr am liebsten etwas zugerufen – eine letzte Durchhaltebotschaft oder wenigstens einen Abschiedsgruß –, aber natürlich konnte sie das nicht. Sie konnte nur ihre Arme ausstrecken, als wollte sie ihre Schwester umarmen. Fliss' Augen füllten sich mit Tränen.

Für die Piraten hingegen musste der Anblick wie eine Drohung gewirkt haben, denn sie liefen durcheinander, um zu fliehen. Betty sah hilflos zu, wie der Anker hochgezogen wurde und Ronias Schiff in See stach, die *Reisetasche* im Schlepptau.

Auch wenn sie gewusst hatte, dass Fliss mit dem Boot entführt werden würde, konnte Betty den Schmerz in ihrem Hals und das Brennen in ihren Augen nicht verhindern. Was machte es denn jetzt noch, wenn sie weinte? Es war ja keiner da, der es sehen konnte. Sie ließ ihre ausgestreckten Arme sinken, und die Tränen liefen ihr über die Wangen.

Warum nur musste alles immer so schieflaufen für die Widdershins? Sie hatte doch nur jemandem helfen wollen, der in Schwierigkeiten war. Stattdessen hatte sie alles nur zehnmal schlimmer gemacht. Sie hatte Willow nicht helfen können, deren Vater nicht mehr lange zu leben hatte, und nun hatte sie auch noch beide Schwestern verloren. Ihr Plan war fadenscheinig und wies bedenklich viele Lücken auf. Das hier war keine Gutenachtgeschichte, wie Vater sie immer erzählt hatte. Fliss und Willow waren in der Gewalt echter, mordlustiger Piraten. Die Art von Piraten, die menschliche Gebeine als Trophäen zur Schau stellten.

Bettys Hand tastete nach der Matroschka in ihrer Tasche. Die Holzpuppen waren alles, was sie jetzt noch hatte, ein Hauch von Zauberei und ihre letzte Hoffnung. Sogar die magische Karte hatte sie verloren, stellte sie niedergeschlagen fest. Sie war im Ruderhaus … zusammen mit dem Irrwisch. Was würde passieren, wenn Ronia die Karte und das Irrlicht entdeckte?

Ein lautes Platschen riss sie aus ihren düsteren Gedanken. Jemand war vom Boot der Widdershins ins Wasser gesprungen. Betty lehnte sich über die Reling und suchte voller Angst die sich kräuselnde Wasseroberfläche ab. Ein wütender Spit tauchte auf.

»Was sollte das denn?«, schrie er einen Piraten mit spitzem Wieselgesicht an, der heimtückisch grinsend am Heck der *Reisetasche* stand. »Du hast mich von Bord geschubst!«

Der Pirat feixte. »Einer muss ja bei der Beute bleiben.«

Spit schüttelte seine Faust. »Ich war doch schon die ganze Nacht hier!«

Der Pirat lachte und warf ein kleines Päckchen ins Wasser. Es landete ein Stück von Spit entfernt und begann sofort zu sinken. Mürrisch tauchte Spit hinterher, und als er mit dem Päckchen in der Hand wieder hochkam, war das Boot schon ein ganzes Stück entfernt. Jetzt konnte er nur noch laut schimpfend zusehen, wie seine Kameraden ohne ihn davonsegelten.

Er schwamm zurück zum Wrack. Spuckend und fluchend zog er sich aus dem Wasser und kletterte das Deck hinauf, wo Betty in der Nähe des Krähennests zitternd auf dem Boden kauerte. Er warf einen finsteren Blick in ihre Richtung und spuckte über die Reling.

»Jetzt sieh dir mein Hemd an!«, rief er. »Nicht mehr zu gebrauchen! Du bringst wirklich nur Unglück!«

Er schnaubte verärgert. »Ich sollte jetzt eigentlich abgelöst werden. Aufs Schiff zurückgeholt werden, während ein anderer Bursche den Posten hier übernimmt. Aber weil alle sich in die Hosen gemacht haben, als sie dich gesehen haben, sind sie jetzt abgehauen.« Er zog die Nase hoch und starrte voller Zorn zum Krähennest hinauf. »Ich hasse es, da oben zu sitzen. Ich hasse es! Kein Wunder, dass sie es als Strafe verwenden. Man wird furchtbar seekrank da oben!«

Betty war auf einmal froh, nicht allein zu sein, auch wenn sie das Spit gegenüber nie zugeben würde.

»Jetzt bist du aber nun mal hier, und ich auch.« Ihre Stimme war ganz ruhig und verriet die Tränen auf ihren Wangen nicht. »Sieht so aus, als säßen wir zusammen hier fest.«

Er verschränkte die Arme, und seine Kiefermuskeln zuckten. »Da hast du wohl recht«, sagte er ausdruckslos. »Aber denk bloß nicht, dass ich ein Freund bin. Der einzige Grund, warum ich dich nicht an Ronia verpfiffen hab, war, dass du mir gedroht hast. Das werde ich nicht vergessen. Und ich will, dass du bis Sonnenaufgang verschwindest, ob deine Schwester es dann hierher zurückgeschafft hat oder nicht.«

Betty schluckte laut und hoffte, dass er es nicht gehört hatte. Wieder brannten ihr Tränen unter den Augenlidern, und sie erlaubte sich, lautlos zu weinen, während Spit wütend sein nasses Haar schüttelte. Da draußen auf dem Meer saßen Fliss und Willow unsichtbar an Bord der *Reisetasche* und segelten mit jedem Herzschlag weiter davon. Und währenddessen hörte Betty in ihrem Kopf die Stimme ihrer Großmutter, als säße sie neben ihr: *Betty Widdershins! Was hast du dir da nur wieder eingebrockt?*

Kapitel 17

Durch das Fernrohr

Betty wusste nicht, wie lange sie schon aufs Meer hinausgesehen hatte. Sie wartete, bis das kleine grüne Boot nur noch die Größe ihres Daumennagels hatte und schließlich mit Ronias Segler hinter den Felsen verschwand, wo das Piratenschiff zuerst aufgetaucht war. Würde es dort ankern? Oder würden Fliss und Willow die Piraten auf ihren Raubzügen begleiten müssen?

Betty sank auf den Holzplanken zusammen und zog die Knie an die Brust. Alles tat ihr weh: ihre Beine vom langen Stehen, ihre Arme vom Schwimmen, ihr leerer Magen und ihr dröhnender Kopf. Ihr Herz.

Außerdem war ihr Oberkörper überzogen von schlimmen Kratzwunden. Sie zuckte vor Schmerz zusammen, als sie das blutbefleckte Hemd von der Haut löste und auszog.

Spit hob es auf. Seine Miene verfinsterte sich noch mehr. »Und was soll ich jetzt damit machen?« Angewidert verzog er den Mund, als er den Stoff auswrang.

»Du kannst es genauso gut tragen«, sagte Betty matt. »Außer mir ist ja niemand da, der dich sehen könnte. Es wird dich wenigstens warm halten ...« Ihre Stimme wurde immer schwächer. »Wenn es trocken ist.«

»Alles klar.« Seine Augen verengten sich zu Schlitzen. »Ich glaub, ich weiß schon gar nicht mehr, wie sich das anfühlt – trocken.« Er breitete das Hemd noch einmal in der Sonne aus und betrachtete es nachdenklich. »Vielleicht sollte ich es neben unserem Schild aufhängen. Ein bisschen Blut kann Wunder bewirken, um Leute fernzuhalten.«

»Mmm«, stimmte Betty ihm zu und dachte an Ronias Reaktion auf das blutige Hemd. Vorsichtig befühlte sie ihre Kratzer. »Ich hab ja unsere Katze zu Hause immer für ein Biest gehalten, aber da kannte ich Bandit noch nicht.«

Spit ignorierte die Bemerkung. Er war ganz eindeutig nicht zum Plaudern aufgelegt. Er setzte sich ein Stück entfernt an den Rand des Decks und ließ seine Füße über das Wasser baumeln. Dann nahm er das Päckchen hervor, das ihm seine Kameraden zugeworfen hatten, und begann, es auszupacken. In einer Lage Wachspapier waren ein kleiner goldbrauner Brotlaib, zwei Äpfel und ein Stück Käse eingewickelt. Bettys Magen knurrte laut, aber sie wandte den Blick ab. Sie erwartete kein Almosen von Spit, und sie würde ihn auch nicht darum bitten. Trotzdem grenzte es an Folter, als er in einen der knackigen Äpfel biss.

»Hör mal«, begann er, »es würde uns wahrscheinlich beiden helfen, wenn ich dich *sehen* könnte.«

Betty drehte sich zu ihm um. Zu ihrem Erstaunen bot er ihr den zweiten Apfel an, wenn seine ausgestreckte Hand auch nicht ganz in ihre Richtung zeigte.

»Oh«, murmelte sie und wünschte, die Matroschka würde anders funktionieren. Wenn sie jetzt an der äußeren Holzpuppe, in der sich die kleineren befanden, herumdrehen würde, dann würde nicht nur sie selbst wieder sichtbar werden, sondern auch Willow und Fliss. »Ich kann mich nicht wieder sichtbar machen. Ich meine, nicht, ohne die anderen auch auffliegen zu lassen.« Außerdem konnte sie ja nicht wissen, ob Spit sie hereinlegen wollte. Würde er sich an ihr rächen, weil er ihretwegen hatte hierbleiben müssen, sie womöglich über Bord schubsen? Der Apfel glänzte rosig in der Sonne. Betty streckte die Hand aus und nahm ihn vorsichtig entgegen, dann biss sie herzhaft hinein.

»Das ist wirklich gruselig«, murmelte Spit schaudernd. »Das gefällt mir nicht. Das gefällt mir überhaupt nicht.«

»Es muss dir auch nicht gefallen«, sagte Betty zwischen zwei Bissen. Sie wischte sich den Saft vom Kinn und fragte: »Warum hast du mir den Apfel überhaupt gegeben? Du hast doch eben erst gesagt, dass wir keine Freunde sind.«

»Das sind wir auch nicht.« Er runzelte die Stirn und zog ein Messer aus seiner hinteren Hosentasche.

Der Anblick der Klinge ließ Betty erstarren. Für einen Moment vergaß sie zu kauen, doch dann schnitt Spit ein Stück Käse ab und hielt es ungefähr in ihre Richtung. Sie nahm den Käse und schlang gleich einen Bissen hinunter.

»Ich will, dass du verschwindest«, fuhr er fort. »Mir nicht mehr in die Quere kommst. Wenn du mir hier aus den Latschen kippst oder womöglich stirbst, bist du noch eine größere Last für mich als jetzt schon.« Dann senkte er die Stimme und murmelte: »Außerdem ... wenn Fliss zurückkommt, will ich nicht, dass sie denkt, ich hätte dich hungern lassen. Meine Gründe, mich um dich zu kümmern, sind also ganz und gar eigennützig.«

»Das hätte ich mir ja denken können.« Betty verdrehte die Augen und aß den Rest des Apfels, bevor sie sich über das letzte Stück Käse hermachte. Ein winziges Häppchen hob sie für Hopsi auf, in der Hoffnung, Charlies Ratte wiederzusehen. Dann riss Spit ihr noch etwas Brot ab, und sie verschlang auch das in Windeseile.

»Trinken?«, sagte er barsch.

»Hast du denn was?«, fragte Betty sehnsüchtig. Die bloße Erwähnung von etwas Trinkbarem, das kein Salzwasser war, ließ ihre ausgedörrte Kehle noch trockener erscheinen.

Spit lehnte sich zurück und drückte mit dem Ellenbogen in eine der Holzplanken an der Seite des Schiffs. Das Brett schnellte hoch wie eine Wippe und gab den Blick auf ein Versteck darunter frei. Spit griff hinein und holte eine mit Juwelen verzierte Trinkflasche hervor. »Hier.«

Betty nahm sie ehrfürchtig entgegen, fasziniert von den funkelnden roten Edelsteinen. Das Gefäß sah sehr alt aus und war wahrscheinlich mehr wert als der ganze *Wildschütz*. »Sind das *echte* Feueropale?« Das Bild des Gold- und Silberschatzes unter ihnen im Wrack tauchte noch einmal vor ihrem inneren Auge auf. Wenn Spit mit etwas so Wertvollem so lässig umging, wie viele Reichtümer hatten die Rusty Scuttlers dann noch gehortet?

Spit nickte. »Ja. Also lass das Ding besser nicht fallen.«

Betty entkorkte die Flasche und schnupperte argwöhnisch, bevor sie einen Schluck nahm. In der Flasche war kühles, frisches Quellwasser. Sie reichte das Gefäß zurück und wischte sich den Mund ab.

»Also, wann gedenkst du hier zu verschwinden?«, fragte Spit, während er sich mit dem Messer Käsestücke aus den Zähnen pickte.

Betty blieb ein Stück Apfel im Hals stecken. »Bald. Meine andere Schwester ... ist noch auf dem Weg hierher«, brachte sie hervor und schluckte hart. Aber stimmte das wirklich? Betty kämpfte gegen eine Welle von Panik an. Hätte Charlie nicht längst hier sein müssen? Was, wenn Granny sich verhört hatte oder Charlie etwas Furchtbares zugestoßen war? Was, wenn ... was, wenn die Irrlichter, denen Betty, Fliss und Willow begegnet waren, Charlie ins Verderben gelockt hatten ...?

Stopp!, dachte sie wütend. So zu denken, half jetzt überhaupt nicht weiter. Doch mit jeder Stunde, die verging, fiel es ihr schwerer zu glauben, dass Charlie noch auf dem Weg zum *Magischen Kompass* war. Ein Teil von ihr wollte Willow für alles verantwortlich machen, was schiefgelaufen war, aber gleichzeitig schämte sich Betty für diesen Gedanken. Willow traf keine Schuld, das wusste sie. Es war vielleicht Pech gewesen, dass sie zum *Wildschütz* gekommen war, aber Betty war schließlich diejenige gewesen, die das Mädchen hereingelassen hatte.

Ein furchtbares Gefühl der Scham überkam sie. Das war doch nicht fair! Diesmal hatte sie nicht einmal bewusst etwas ausgefressen. Sie hatte lediglich versucht, das Richtige zu tun, und dann hatte sie sich so verschätzt und alles vermasselt.

Spit seufzte und klang schon nicht mehr ganz so wütend. »Selbst *wenn* sie auftaucht, wie willst du denn hier wegkommen? Es tut mir leid, dir das sagen zu müssen, aber euer Boot wird streng bewacht werden. Selbst wenn es Fliss gelingt, damit zu fliehen, wird Ronia es sich zurückholen. Sie ist niemand, der schnell aufgibt.«

»Ich auch nicht«, sagte Betty und ärgerte sich, dass ihre Stimme nicht so unerschrocken klang, wie sie wollte.

Er zögerte. »Du verstehst nicht, was ich meine. Ronia wurde nicht als Piratin geboren, genauso wenig wie ihr Vater. Er war früher ein Weinhändler, der mit Ronia und ihrer Mutter um die Welt segelte. Eines Nachts wurde ihr

Schiff von Piraten überfallen. Ronias Mutter wurde auf der Stelle umgebracht. Ihr Vater versuchte sich zu wehren, aber die Piraten waren in der Überzahl. Er wurde überwältigt und, nun ja … du hast ja gesehen, was mit ihm passiert ist.«

Betty hörte entsetzt zu und sah den Piraten mit seinen Beinstümpfen vor sich. Sie hätte nicht gedacht, dass sie die Folgen eines so grausamen Ereignisses waren. Ein Schiffsunglück vielleicht – oder womöglich sogar eine unliebsame Begegnung mit Haien –, aber nicht so etwas.

»Ronia war noch ein Kind, als das passierte«, fuhr Spit fort. »Sie war so jung, dass die Piraten sie nie als Bedrohung ansahen. Sie beschlossen, sie als Küchenmädchen zu behalten. Doch mit der Zeit überzeugte Ronia sie, dass sie Fähigkeiten besaß – Fähigkeiten, die sie gebrauchen konnten. Und so begannen sie, ihr zu vertrauen. Doch in Wahrheit schmiedete sie Rachepläne und wartete auf den richtigen Augenblick. Mit den Jahren wuchs nicht nur Ronia, sondern auch die Mannschaft. Sie gewann Verbündete unter den neuen Männern, von denen einige wie Ronia gegen ihren Willen an Bord geholt worden waren. Nach und nach brachte sie die Männer auf ihre Seite. Und als sie genügend Unterstützung hatte, übernahm sie das Schiff.«

»Wie das?«, flüsterte Betty, die es nicht erwarten konnte, die ganze schauerliche Geschichte zu erfahren.

»Mit Gift«, antwortete Spit. »Und allen, die das überlebten, setzte sie ihr Entermesser auf die Brust.« Spits Augen nahmen einen besorgten Ausdruck an. »Jetzt weißt du, mit wem du es zu tun hast. Sie ist schlau und gerissen, und was das Gefährlichste ist: Sie ist *geduldig.*« Er schüttelte den Kopf. »Ihr habt einen großen Fehler gemacht, als ihr hierhergekommen seid, um herumzuschnüffeln. Wir können nicht zulassen, dass Leute hier eindringen oder etwas aus dem Wrack stehlen. Sobald so etwas passiert, muss Ronia hart durchgreifen, um ein abschreckendes Beispiel zu geben. Zumindest, wenn Rusty das nicht schon vorher für sie erledigt hat.«

»Was meinst du damit?«, fragte Betty. War an Vaters Geschichten von grausigen Flüchen womöglich etwas Wahres dran?

»Siehst du den Teil da?« Spit deutete auf das andere Ende des Schiffs, das unter Wasser lag. »Das ist gefährliches Territorium. Der Teil des Wracks gehört Rusty Swindles, und den rühren wir aus Respekt vor ihm nicht an. Was auch immer dort ist, gehört ihm. Selbst die Rusty Scuttlers stören seine Ruhe nicht. Jeder, der das tut …« Er hob einen Finger und machte eine Geste, als würde er sich den Hals durchschneiden.

»Wir haben aber nichts gestohlen«, brachte Betty zwischen zusammengepressten Zähnen hervor. »Wir interessieren uns gar nicht für Rusty Swindles' Schatz – oder euren. Wir sind nur wegen meiner Schwester hier!«

»Du hast erzählt, dass sie entführt wurde«, sagte Spit. »Was ist passiert?«

Betty schürzte die Lippen. »Was interessiert dich das? Wie du schon sagtest, wir sind nicht als Freunde auf diesem Wrack.«

»Stimmt«, bestätigte Spit und streckte seine schlaksigen Beine neben Bettys aus. »Aber es kann hier ziemlich langweilig werden, wenn einem nur die Möwen Gesellschaft leisten. Eine kleine Unterhaltung hilft, die Zeit rumzubringen.«

»Also gut«, murmelte Betty. Sie strich ihre nassen Kleider glatt, lehnte sich zurück und stützte sich auf ihre Ellenbogen. Ihre Gedanken liefen auf Hochtouren, um eine Geschichte zu spinnen, die nah genug an der Wahrheit war, aber Willows Fähigkeit nicht preisgeben würde. Willows Vater hatte sie gewarnt, dass sie in Gefahr geraten würde, wenn die falschen Leute davon erfuhren – und Betty konnte wohl mit Sicherheit davon ausgehen, dass Piraten zu den falschen Leuten zählten.

»Die Männer, die Charlie entführt haben, sind gar keine Wärter. Wir wissen nicht, wer sie sind – wir wissen nur, dass es sich um eine Verwechslung handelt. Es ist Willow, hinter der sie her sind. Sie wollen etwas aus diesem Wrack, und sie denken, dass Willow ihnen dabei helfen kann, es zu bekommen.«

»Wonach suchen sie denn?«, wollte Spit wissen, und Betty konnte hören, dass in seinen Worten noch eine andere Frage mitschwang. Wieso sollte ausgerechnet ein Kind ihnen dabei helfen können?

Betty wand sich. Sie war froh, dass Spit sie nicht sehen konnte. Für einen Piraten hatte er erstaunlich ehrliche Augen, die man schlecht anlügen konnte, und sie war sicher, er wusste, dass sie ihm etwas verschwieg. »Sie haben von Rusty Swindles gesprochen«, sagte sie schließlich. »Also müssen sie auf der Suche nach seinem Schatz sein – oder vielleicht sogar nach dem wahren magischen Kompass. Wir dachten, wenn wir ihn zuerst finden, könnten wir Charlie damit freikaufen.«

»Statt ihnen einfach Willow zu übergeben?«

»Ganz genau«, sagte Betty grimmig.

Spit nickte langsam. »Und wie kommt es, dass sie anstelle von Willow deine Schwester entführt haben?«

»Es war eine Verwechslung«, erklärte Betty. »Und eigentlich ist es alles meine Schuld.« Sie kniff fest die Augen zusammen und ging in Gedanken noch einmal die Ereignisse der letzten Nacht durch. Ehe sie sich's versah, sprudelte die Geschichte aus ihr heraus. Sie erzählte vom Läuten der Gefängnisglocke, die vor den Entflohenen von der Verbannteninsel warnte; von Charlies Begegnung mit Willow im Hinterhof und Bettys Entscheidung, sie zu verstecken; und von Charlies Entführung durch die angeblichen Wärter. Die einzigen Dinge, die sie verschwieg, waren das Irrlicht und Willows geheimnisvolle Karte. Die Karte war jetzt wahrscheinlich im Besitz der Piraten, und bei dem Gedanken wurde Betty ganz schlecht.

»Woow!«, sagte Spit, als Betty ihre Erzählung beendet hatte. Er fuhr sich mit der Hand durch seine blonden Haare und stieß einen langen Atemzug aus. »Da habt ihr Mädels aber wirklich eine Pechsträhne«, sagte er schließlich.

»Ja«, stimmte Betty ihm zu. »Pech scheint bei uns in der Familie zu liegen.«

Spit starrte in die Ferne. Der Wind hatte aufgefrischt, und auf den Wellen waren weiße Schaumkronen zu sehen. »Pech hat jeder mal.« Über Spits Gesicht legte sich ein Schatten, als er das sagte. »Es kommt darauf an, wie man damit umgeht«, fügte er hinzu. Dann schwieg er nachdenklich.

»Das klingt ja, als hättest du auch deine Erfahrungen damit gemacht«, sagte Betty. Sie kam sich plötzlich ganz töricht vor, einem Fremden so unbedacht ihre Geschichte erzählt zu haben – noch dazu einem Piraten. Es hatte sich seltsam gut angefühlt, jemandem ihr Herz auszuschütten, aber jetzt wollte sie das Thema wechseln und die Aufmerksamkeit auf etwas anderes lenken als auf sich selbst und ihre Familie. »Wie bist du denn in Ronias Mannschaft gekommen?«

Spits Gesichtsausdruck verschloss sich sofort. Er runzelte die Stirn und spuckte über Bord. »Das tut doch nichts zur Sache.«

Betty musterte ihn. Ihre Neugier war geweckt. Sie hatte lang genug in einer Kneipe gelebt, um eine gute Geschichte wittern zu können. »Du kannst mir aber auch genauso gut erzählen, was passiert ist. Wie du schon sagtest: Wir sitzen hier bis auf Weiteres zusammen fest.«

»Na gut«, sagte er mürrisch. »Sie haben mich gefunden, da hast du es.«

»*Gefunden?* Wo?«

»Auf dem Wasser«, sagte er. Seine hellbraunen Augen verdunkelten sich vor Schmerz. Er klappte die Klinge seines Messers auf und zu. »Ein Boot war im Sturm gekentert. Ronia und ihr Vater fanden es und durchsuchten die verstreuten Wrackteile, die auf dem Wasser trieben. Es war nicht viel Wertvolles darunter: in erster Linie Kleider, ein paar Möbelstücke. Sie dachten, es musste ein Migrantenschiff gewesen sein. Menschen, die ein besseres Leben suchten. Viele persönliche Sachen, aber keine Überlebenden.« Er schniefte und sah auf seine Hände. »Bis sie mich fanden.

Ich hockte in einem davontreibenden Fass, halb ertrunken. Eigentlich ein Wunder, dass ich überlebt habe. Angeblich hatte ich so viel Meerwasser geschluckt, dass ich gar nicht mehr aufhören konnte zu spucken, um den Geschmack in meinem Mund loszuwerden.« Er spuckte noch einmal, angeregt durch die Erinnerung. »Und daraus ist dann irgendwie eine Angewohnheit geworden.«

»Oh«, sagte Betty betroffen. Die ganze Zeit hatte sie gedacht, dieser seltsame Piratenjunge hätte sich einfach ungehobelt benommen, doch die tragische Geschichte hinter seiner Angewohnheit stimmte sie milder. »Und … deine Eltern?«

»Wurden nie gefunden«, sagte er und senkte den Blick. »Wenn sie überhaupt diejenigen waren, mit denen ich unterwegs war. Schätze, ich werde nie erfahren, wer sie waren oder wer ich wirklich bin.« Er hob die Schultern. »Ich bin einfach Spit, ein Rusty Scuttler. Sie haben mich aufgenommen, also bin ich einer von ihnen.«

»Wann … wann ist das denn passiert?«, fragte Betty schockiert.

»Vor zwölf Jahren«, antwortete Spit. »Sie glauben, ich war ungefähr drei, aber es gibt keine Möglichkeit herauszufinden, wie alt ich tatsächlich bin.« Er rieb sich die Nase und nahm einen Schluck Wasser aus der Flasche. »Ich weiß nicht einmal, wann mein Geburtstag ist. Wann immer das Gespräch darauf kommt, sagt Ronia, es ist der Tag, an dem sie mich gefunden haben. Der Tag, an dem ich Spit geworden bin.« Sein Gesicht verfinsterte sich. »So ist das gewesen, zumindest laut Ronia.«

Die Art, wie er das sagte, schickte ein Prickeln über Bettys Kopfhaut. »Gibt es denn jemanden, der etwas anderes erzählt hat?«, fragte sie.

Er zögerte. »Es gab eine andere Version. Dass nämlich die Rusty Scuttlers nicht zufällig auf das Schiff gestoßen sind, auf dem ich war«, sagte er leise. »Sie hatten es angegriffen. Haben jeden an Bord umgebracht, abgesehen von mir, weil …«

»Weil du zu jung warst, um eine Bedrohung zu sein«, beendete Betty den Satz. Spits Erzählung erfüllte sie mit Grauen, nicht zuletzt wegen ihrer Parallele zu Ronias Geschichte. »Aber wenn Ronia doch dasselbe passiert ist, warum sollte sie das einem anderen Kind antun?«

»Ganz genau«, sagte Spit und rang sich ein hohles Lachen ab. »Ich hab diese Geschichte auch nur ein Mal gehört. Sie kam während eines Streits raus, als sich alle mit Rum betrunken und gezockt hatten. Ronia sagte, es wären nichts als Lügen. Und sie sorgte dafür, dass die Geschichte nie wieder erwähnt wurde.«

Betty schlotterten die Knie. Sie schlug die Beine übereinander, damit sie nicht mehr zitterten.

»Aber ... aber was, wenn es keine Lüge war?«, fragte sie. »Was, wenn Ronia dich nicht wirklich gerettet hat? Würdest du ihr dann immer noch die Treue halten?«

Spit antwortete lange nicht. Sein Gesichtsausdruck war undurchdringlich. »Es war eine Lüge«, sagte er schließlich. »Ich muss glauben, dass sie mich gerettet hat, denn wenn ich es nicht tue, weiß ich nicht, wo ich sonst hin soll. Wenn ich kein Rusty Scuttler bin, wer bin ich dann?«

Sie saßen schweigend da und beobachteten die wogenden Wellen und die fischenden Möwen, die im Sturzflug ins Wasser schossen. Wie schnell sich das Meer wandeln konnte, dachte Betty, die Spits trauriger Geschichte nachhing. Manchmal war es so schön, manchmal so grausam.

Kurze Zeit später griff Spit erneut in das Versteck unter den Holzplanken und sah auf einer Taschenuhr nach, wie spät es war. Dann stieg er den Mast hinauf, um das zerfetzte Segel aus dem Wasser zu ziehen und den Rusty Scuttlers zu signalisieren, dass scheinbar alles in Ordnung war.

Als er zurückkam und auf dem Deck fast über Betty stolperte, hatte seine Stimmung gewechselt wie die Gezeiten. Die Schwermut war verflogen und einer trotzigen Haltung gewichen. Es war, dachte Betty, als hätte er gleichzeitig mit dem Segel wieder eine Schutzwand vor sich hochgezogen.

»Den magischen Kompass werden sie aber nicht kriegen«, murmelte er, als er sich wieder neben sie gesetzt hatte. »Diese Leute, die deine Schwester entführt haben. Niemand hat den Kompass je in die Finger gekriegt – genauso wenig wie den Rest von Rustys Beute. Wenn irgendjemand es wagt, in diesen Teil des Wracks vorzudringen, passieren seltsame Dinge. *Schlimme* Dinge. Es gab schon Leute, die da drinnen den Verstand verloren haben oder mit schlagartig ergrauten Haaren rausgekommen sind. Wenn sie überhaupt wieder rausgekommen sind. Selbst die Rusty Scuttlers hüten sich, es zu versuchen.«

»Dann gibt es ihn also wirklich?«, fragte Betty. »Den magischen Kompass?« Trotz allem, was passiert war, hoffte die abenteuerlustige Seite ihres Ichs, dass es stimmte.

»Das muss es wohl«, sagte Spit. »Warum sonst wäre Rusty noch hier, um ihn die ganze Zeit zu bewachen?

Aber wer kann das schon mit Sicherheit sagen? Niemand hat diesen Kompass je gesehen. Vielleicht ist es nur eine weitere Geschichte, die über Generationen weitererzählt wurde. Eine Warnung, um zu zeigen, was mit Leuten passiert, die sich etwas nehmen, was ihnen nicht zusteht.«

»Nur eine weitere Geschichte«, wiederholte Betty und verstummte, weil sie noch einmal an die Legende von der geheimnisvollen Insel und den drei Brüdern erinnert wurde. Wie passte sie zu dem, was mit Willows Vater geschehen war – und mit Saul?

»Spit?«, wagte Betty zu fragen. »Kennst du die Legende von der einäugigen Hexe und der verborgenen Schatzinsel?«

»Natürlich«, schnaubte Spit. »Sonst wäre ich doch kein waschechter Pirat, oder?«

»Ja, das stimmt wohl«, sagte Betty. »Denkst du, die Geschichte ist wahr?« Sie warf ihm einen Blick zu und rechnete fast damit, dass er den Gedanken sofort abtun würde.

»Tja, das ist die Frage«, murmelte er, zog seine dichten Augenbrauen zusammen und blickte starr in die Ferne. »Wenn ich das jetzt beantworten sollte, während da drüben die Möwen picken und die Sonne auf den Wellen glitzert, würde ich Rustys ganzen Schatz verwetten, dass an der Geschichte nichts Wahres dran ist. Aber wenn du mich nachts fragen würdest, wenn ich hier draußen allein bin und das Wrack knarrt und der Mond seltsame Schatten wirft … und Irrlichter über das Wasser schweben …«, er machte ein nachdenkliches Gesicht, »*dann* würde ich wahrscheinlich sagen, dass alles möglich ist.«

DIE KRÄHENSTEIN-CHRONIKEN

Die Hexe, der Rabe und das Labyrinth: Teil II

Prosperos Vater und seine beiden jüngeren Brüder fragten allerorten nach ihm, doch sie erhielten keine Neuigkeiten. Viele glaubten, er hätte die Schatzkammer des Labyrinths geplündert und alle Reichtümer für sich behalten. Andere sagten, er sei Piraten oder Betrügern zum Opfer gefallen oder hätte alles verspielt. Seine Brüder, Fortino und Espero, schworen sich ihn zu suchen, doch ihr Vater untersagte es.

Untröstlich fand sich die Familie damit ab, ihn nie wiederzusehen. Bis auf den Tag genau ein Jahr nach seinem Aufbruch sein kleines Boot zurückkam. Leer – abgesehen von einer großen schwarzen Feder. Noch einmal flehten Fortino und Espero ihren Vater um die Erlaubnis an, nach ihrem verlorenen Bruder suchen zu dürfen, doch der alte Mann weigerte sich noch immer, sie ziehen zu lassen.

Fortino jedoch ließ sich nicht davon abhalten, die Suche nach dem verschollenen Prospero aufzunehmen.

Eines Nachts stahl er sich davon und fuhr mit dem kleinen Boot über die Marsch, um die Hexe ausfindig zu machen. Als er den schroffen Felsen im Wasser erreichte, entdeckte er den Raben, der auf der Schulter der Hexe hockte, und geriet in großen Zorn.

»Wo ist mein Bruder?«, verlangte er zu wissen und warf die schwarze Feder zu Boden. »Was hast du ihm angetan?«

Doch die einzige Antwort, die er erhielt, war die knorrige Hand der alten Hexe, die ihm einen Hühnergott hinhielt.

»Sieh hindurch, sieh hindurch«, krächzte der Rabe.

Fortino riss der Hexe den Stein aus der Hand, spähte durch das Loch und entdeckte sofort die Insel. Er sog scharf die Luft ein, dann musterte er mit gierigem Blick den Hexenkessel.

Der Rabe sprach noch einmal: »Nimm eines, wähle eines.«

Die Hexe beobachtete, wie der törichte Jüngling den Kessel durchsuchte. Wie vor ihm sein Bruder verwarf er den Dolch und den Umhang in dem Glauben, dass auf der Insel größere Reichtümer auf ihn warteten. Er verschmähte die Hasenpfote und verkündete: »Ich brauche kein Glück, denn ich *bin* das Glück, wie mein Name schon sagt!« Das Ei nahm er in die Hand, denn er war fasziniert von seinem goldenen Glanz, doch dann entschied er, dass es zu mühsam wäre, es zu tragen. An die Rolle Zwirn verschwendete er kaum einen Gedanken, denn jetzt hatte er die Schuhe entdeckt.

Was für ein feines Paar! Und genau seine Größe. Fortino blickte hinunter auf seine eigenen Schuhe, die zuvor Prospero getragen hatte – wie alles, was er besaß. Ausgefranste Schnürsenkel, abgestoßene Spitzen. Wie sehr er sich all die Jahre ein eigenes Paar Schuhe gewünscht hatte! »Außerdem«, überlegte er, »habe ich einen langen Weg vor mir, und meine alten Schuhe halten das nicht mehr durch.« Also nahm er die Schuhe, warf die alten ins Meer und ruderte los, ohne sich auch nur mit einem Wort bei der Hexe zu bedanken.

Erbost starrte die Alte in den Himmel und rief mit einem Wimpernschlag einen Blitz herbei, der Fortinos Boot traf und ein Leck hineinriss. Er begriff bald, dass er nichts hatte, um das Wasser aus dem Boot zu schöpfen, außer seinen wunderschönen neuen Schuhen. Er weinte fast, als er sie auszog und anfing, damit das Wasser zurück ins Meer zu schütten. Wie sehr wünschte er jetzt, dass er sein altes Schuhwerk behalten hätte! Doch dafür war es nun zu spät. Er hatte keine andere Wahl, als weiterzumachen, und schaffte es schließlich, das Leck mit einem abgerissenen Stoffstreifen aus seinem Gewand zu stopfen.

Fortino gelangte zur Insel und ging an demselben felsigen Ufer an Land, wo Prospero vor einem Jahr angelegt hatte. Dort verfluchte er sich noch einmal, denn er hatte vergessen, die Ausrüstung des Bootes zu überprüfen, und das Haltetau, das Prospero verloren hatte, war nicht ersetzt worden.

Betrübt blickte Fortino auf seine Schuhe. Ihr Glanz war dahin; stattdessen trugen sie verkrustete Spuren von Salzwasser. Er zog die Schnürsenkel heraus und benutzte sie, um das Boot festzubinden. Dann begann er zu klettern. Als er den Felsvorsprung erreichte, wo sich der Höhleneingang befand, waren seine Schuhe staubig und abgewetzt, nicht besser als seine alten. Spätestens als er vor dem Brunnen stand, wusste er, dass er die falsche Wahl getroffen hatte.

Fortino spähte in den Brunnen, genau wie Prospero es getan hatte, und entdeckte den Eimer unten im Wasser. Er fand einen Kupferraben in seiner Tasche und warf die Münze in den Brunnen, um sich etwas zu wünschen. Mittlerweile hatte er nämlich zu zweifeln begonnen, ob er wirklich so vom Glück gesegnet war, wie er immer geglaubt hatte. Doch zu seinem Erstaunen war kein Platschen zu hören, sondern ein großer silberner Fisch hob den Kopf aus dem Wasser.

»Wer wirft mir da Münzen auf den Kopf?«

Sofort erkannte Fortino die Stimme seines verschollenen Bruders, und die beiden weinten vor Freude. Und dann weinten sie noch mehr, weil ihnen bewusst wurde, dass Fortino keine Möglichkeit hatte, seinen Bruder zu befreien.

»Geh zurück nach Hause«, sagte Prospero, »und hole Hilfe.«

Doch Fortino war noch nicht bereit aufzugeben. Immer hatte er in Prosperos Schatten gestanden, war immer Zweitbester gewesen, und dies war seine Chance, sich zu beweisen. Eine Chance, zu Ruhm zu gelangen! Nicht nur würde er seinen Bruder retten, sondern Fortino war auch entschlossen, dass *er* es sein würde, der zu den Reichtümern im Herzen der Insel vordringen würde.

»Ich werde die Insel absuchen«, versprach er. »Wenn ich kein Tau finde, dann gibt es bestimmt ein paar starke Ranken, aus denen ich ein Netz flechten kann, um dich herauszufischen.«

Prospero war überhaupt nicht glücklich über diesen Vorschlag, aber Fortino wartete nicht, um sich seinen Protest anzuhören. Er ging auf die dunkle Felsöffnung zu, in dem festen Glauben, dass dies der Anfang des Labyrinths war und er es bis in die Mitte schaffen musste. Am Höhleneingang stand eine erloschene Laterne, doch Fortino bemerkte ganz in der Nähe eine Ansammlung von Leuchtkäfern, die hell schimmerten. Entschieden scheuchte er sie in die Laterne und freute sich, etwas zu haben, das ihm den Weg leuchten würde.

»Was für ein Glücksfall!«, rief er.

»Nicht für uns«, zirpten die Leuchtkäfer traurig. »Bitte lass uns frei!«

Fortino aber hörte die winzigen Stimmchen nicht.

Ermutigt durch das Glimmen der Leuchtkäfer trat er in die Höhle und begann seinen Weg durch die verzweigten Gänge, ohne auf seine drückenden Schuhe zu achten. Er war sicher, er würde bald auf der anderen Seite herausfinden. Doch es dauerte nicht lange, und das Glimmen der Käfer wurde blasser, denn sie fürchteten sich – und nichts kann leuchten, wenn es voller Angst ist. Fortino wurde wütend, schüttelte die Laterne und rief: »Leuchtet, Käfer, leuchtet!«

Stattdessen verloschen sie, einer nach dem anderen, und Fortino musste im Dunkeln weiterirren. Seine Tapferkeit war gebrochen, und seine Füße hatten zahllose Blasen, denn die nassen Schuhe waren so eng geworden, dass er sie nicht mehr ausziehen konnte. Er irrte hier entlang und dort entlang, getäuscht durch einen gelegentlichen Luftzug oder winzige Ritzen, durch die Sonnenlicht zu dringen schien, das aber nie wirklich zu einem Ausgang führte. Obschon er immer wieder um Hilfe rief, kam niemand, um ihn zu retten. Und trotzdem hörte er nicht auf zu rufen, denn die Einsamkeit war lähmend, und selbst das Echo seiner eigenen Stimme war tröstlicher als die totale Stille.

Kapitel 18

Hokuspokus

»Wach auf!«

Eine gedämpfte, drängende Stimme zischte an Bettys Ohr. Sie fuhr erschrocken hoch.

Wo bin ich?

Für einen Moment wusste sie nicht, wo sie sich befand. Langsam begann sie, die Dinge um sich herum einzuordnen: das Schiffswrack, das weite Meer und den braunäugigen Jungen, der sich über sie beugte. Es dämmerte bereits, und eine kühle Brise zerzauste ihr das Haar.

Dann fiel ihr alles wieder ein: *Willow. Charlie und Fliss, jetzt beide entführt. Spit mit seiner traurigen und verstörenden Vergangenheit.*

Betty wischte sich einen Speichelfaden aus dem Mundwinkel, der bis in ihr Ohr gelaufen war.

»Was ist denn?«, murrte sie schlaftrunken.

Spit reichte ihr ein Fernrohr hinunter und deutete aufs Meer hinaus. »Dort hinten.«

Betty spähte durch das Fernrohr. Zuerst sah sie meilenweit nur Wasser, das sich glatt und golden im Abendlicht erstreckte. Dann blinzelte sie den letzten Schlaf aus den Augen und entdeckte es. Ihre Finger umklammerten das Fernrohr. »Ein Boot«, sagte sie, jetzt hellwach. »Und es kommt direkt auf uns zu.«

Das Boot war klein und unbeleuchtet. Im Licht der untergehenden Sonne zeichneten sich die Umrisse zweier Gestalten ab. Die eine ruderte, die andere saß. Aus dieser Entfernung war es unmöglich zu sagen, wer die beiden waren, oder irgendwelche besonderen Merkmale zu erkennen, aber Betty wurde schon schwer ums Herz.

Zwei Personen. Keine Spur von einer dritten.

Das können sie nicht sein, dachte Betty. *Die Entführer von Charlie. Es sei denn …*

Es sei denn, es war etwas passiert. Vielleicht war Charlie geflohen … oder Schlimmeres. Bettys Gedanken überschlugen sich. Die Vorstellung, dass Charlie etwas zugestoßen sein könnte, war unerträglich.

Was, wenn sie über Bord gefallen und im Nebel verschollen war?

Was, wenn die Männer am Ende doch begriffen hatten, dass sie nicht Willow war, und sie beseitigt hatten?

»Meinst du, das sind die Männer, die deine Schwester entführt haben?«, fragte Spit.

»Auf jeden Fall ist Charlie nicht dabei.« Bettys Hand zitterte, als sie das Fernrohr zurückreichte.

Ihre Stimme stockte und gehorchte ihr nicht mehr. Sie hatte jetzt große Angst, dass mit Charlie etwas passiert sein könnte. Doch neben der Angst und den Gewissensbissen, weil sie die Situation mit verursacht hatte, begann die Wut in ihr zu brodeln wie in einem Hexenkessel. Alles, was seit gestern geschehen war, hatten diese zwei Betrüger mit ihrer Habgier ausgelöst … *Aber dafür werden sie bezahlen*, dachte Betty. Und irgendwie würde sie herausfinden, wo ihre Schwester war.

Spit runzelte die Stirn und lugte durch das Fernrohr. »Bist du da sicher?«

Betty ließ sich das Fernrohr von ihm aus der Hand reißen. Sie sog scharf die Luft ein. Das Boot war näher gekommen. Zwar waren die Gestalten weiterhin nur verschwommen zu erkennen, doch es waren jetzt ganz eindeutig drei Personen – und eine von ihnen war ein Kind.

Betty wäre vor Schreck beinahe über Bord geschlittert, und das Fernrohr rutschte ihr aus der Hand.

»He!«, knurrte Spit und hechtete nach dem Fernrohr, bevor es ins Wasser fiel. »Vorsichtig damit!«

Verwirrt rappelte Betty sich auf und fürchtete schon, dass sie sich geirrt haben könnte. »Was, wenn sie es doch nicht ist?«, stammelte sie. »Ich muss wissen, ob es wirklich Charlie ist. Lass mich noch mal sehen!« Sie ignorierte Spits Protest und nahm ihm das Fernrohr noch einmal aus der Hand.

Es war definitiv ein Kind. Und als das Boot noch näher kam, erkannte Betty zwei wohlbekannte unordentliche Zöpfe. Eine Woge von Liebe und Erleichterung drohte sie zu überwältigen und machte sie ganz schwindelig. Sie musste ihre ganze Willenskraft aufbringen, um ihre Gefühle zu unterdrücken und sich auf das zu konzentrieren, was jetzt zu tun war.

»Charlie«, flüsterte sie und ballte die Fäuste. »Keine Sorge, Charlie. Ich komme, um dich zu retten.« Sie drückte Spit das Fernrohr in die Hand. »Wie viel können sie wohl vom Boot aus sehen?«, fragte Betty. »Kann es sein, dass sie uns schon entdeckt haben?«

»Das glaub ich kaum. Die Sonne steht hinter ihnen, aber hier ist es dunkler.« Spit klappte die lose Holzplanke hoch, verstaute das Fernrohr in dem Hohlraum darunter und warf dabei noch einmal einen Blick auf die Taschenuhr. Eine plötzliche Erkenntnis traf Betty wie ein Schlag.

»Heiliger Krähenfuß! Wie lange haben wir noch Zeit?«

Spit sah sie verständnislos an.

»Ich meine, bis du das Segel hissen musst, um den Rusty Scuttlers zu signalisieren, dass alles in Ordnung ist«, half Betty ihm auf die Sprünge. Panik überkam sie, denn sie ahnte schon, dass Spit das Signal nicht geben würde. Schließlich war es seine Aufgabe, das Wrack zu bewachen. Aber wenn er kein Signal gab … wären die Rusty Scuttlers im Nu wieder zur Stelle. »Wenn die Männer im Boot hier

Piraten anrücken sehen, werden sie verschwinden – und Charlie mit ihnen!«

»Selbst wenn ich das Zeichen gebe, um die Piraten fernzuhalten, werden sie das Segel entdecken«, wandte Spit ein. »Dann wissen sie auch, dass jemand hier ist – und nehmen vielleicht trotzdem Reißaus! Wenn die Rusty Scuttlers rausfinden, dass ich nicht wie verabredet Signal gegeben hab, geht es mir selbst an den Kragen!«

Betty sah ein, dass er recht hatte. In jedem Fall würden die falschen Wärter bald merken, dass sie nicht allein auf dem Schiffswrack waren. Ein unterdrücktes Schluchzen entfuhr ihren Lippen. Hier stand Charlies *Leben* auf dem Spiel – und Bettys einzige Chance, sie zurückzuholen.

»Hör zu«, sagte Spit. »Ich glaube, du kannst deine Schwester noch retten. Es ist jetzt fast dunkel, und die Entführer werden nur Augen für das Wrack haben. Wenn sie dumm genug sind, in Rustys Reich herumzuschnüffeln, werden sie von den Scuttlers nichts mitbekommen, bevor es zu spät ist. Dann kommst du mit deinem Hokuspokus und lässt Charlie mit dir verschwinden. Wer weiß, vielleicht ist eine Bande Piraten dann sogar eine willkommene Ablenkung.«

Hokuspokus ... sie verschwinden lassen.

Das ist es, dachte Betty und schöpfte neuen Mut. Solange sie die äußere Puppe nicht ganz herumdrehte, würden sie selbst, Willow und Fliss unsichtbar bleiben, und sie konnte die inneren Puppen trotzdem öffnen und einen

Gegenstand von Charlie in die dritte dazulegen. Zuerst aber musste sie zu Charlie kommen. Atemlos sah Betty aufs Meer hinaus. Mit einem mulmigen Gefühl im Magen beobachtete sie, wie sich das Boot jetzt immer zügiger näherte. Sie konnte nur vermuten, dass der Anblick des *Magischen Kompasses* die Wärter angespornt hatte.

Das Tageslicht verblasste zusehends, und mit der Dämmerung senkte sich eine gespenstische Stille über das Wrack. Es war leicht, sich auszumalen, was hier alles in der Tiefe lauerte.

»Ich brauche deine Hilfe«, sagte sie zu Spit. »Mein Plan kann nur funktionieren, wenn ich Charlie allein zu fassen bekomme, aber die Männer werden sie bewachen wie die Schießhunde. Du musst dich im Krähennest verstecken und ihre Aufmerksamkeit auf dich lenken, nur für ein paar Sekunden.«

Spit machte ein genervtes Gesicht. »Meinst du nicht, dass ich dir schon genug geholfen hab?«

»Nein«, gab Betty scharf zurück. »Nicht, wenn du möchtest, dass ich hier verschwinde.«

»Also gut«, murmelte er. »Aber woher soll ich wissen, wann? Ich kann dich ja nicht mal sehen!«

»Ich klopfe einfach dreimal aufs Deck«, sagte Betty. »Dann weißt du, dass ich bereit bin. Und jetzt schnell, bevor sie dich sehen.«

Sie kauerte sich am Fuße des Mastes auf den Boden, während Spit zum Krähennest hinaufkletterte. *Es ist so weit*. Sie konnte jetzt die Ruder hören, die durchs Wasser strichen, und vernahm leise Stimmen. Dann machte sie sich mit klopfendem Herzen bereit ... und wartete.

Das leise Platschen der Ruder kam näher.

Betty musste ihre Augen anstrengen, um in der Dämmerung überhaupt etwas sehen zu können. Sie wünschte, sie hätte das Fernrohr bei sich, aber sie konnte nicht riskieren, dass die Männer irgendwelche Gegenstände scheinbar in der Luft schweben sahen. Sie lächelte grimmig. Zumindest *noch* nicht.

Immerhin waren sie jetzt so nah, dass Betty eindeutig die beiden Betrüger erkennen konnte, die am Abend zuvor im *Wildschütz* aufgetaucht waren. Ihre Hände ballten sich zu Fäusten. Ein Teil von ihr hatte die verlogenen Gesichter der beiden nie wiedersehen wollen. Der andere Teil von ihr spürte einen Schwall von purer Erleichterung. Eine unachtsame Bemerkung von ihnen war genug gewesen, um ihre Spur zu verfolgen.

Sie kamen noch näher und fuhren seitlich am Wrack entlang, wo das Warnschild der Rusty Scuttlers angebracht war. Wenn Betty jetzt hinunterspringen würde, könnte sie im Boot landen.

»Halt.« Der Mann, der sich Wild genannt hatte, hob eine Hand und zog sein Ruder aus dem Wasser, um das Wrack in Augenschein zu nehmen. In seinen kalten Augen lag keine Spur von Angst, nur Erwartung – und Gier. Er rutschte ein Stück zur Seite, um besser sehen zu können. Da erhaschte Betty hinter ihm einen Blick auf die kleine Gestalt, die unter den wachsamen Augen von Gans auf dem Boden des Bootes saß. Ihr Herz zog sich zusammen.

Charlie. Zerzaust und blass, mit einer finsteren Miene, die Milch sauer werden lassen konnte. Betty musste an sich halten, um nicht sofort ins Wasser zu springen und zu ihr zu schwimmen.

»Da ist es«, kommentierte Wild und ließ einen prüfenden Blick über das Wrack schweifen. »Zeit, dich von deiner Beute zu verabschieden, Rusty.« Er hob die Stimme, und sie schallte über das Wrack. »Hörst du mich, du alter Seebär?«

Betty sah, wie Spit sich langsam aus dem Krähennest lehnte und mit zusammengekniffenen Augen hinunterspähte. Seine Worte hallten in Bettys Gedanken wider und erfüllten sie mit Angst: *Seltsame Dinge ... schlimme Dinge ... manche Leute verlieren da drinnen den Verstand. Wenn sie überhaupt wieder rauskommen ...*

»Ich hasse diesen Ort«, sagte Gans, der sein Ruder umklammerte wie einen Speer. Sein Gesicht war schweißnass und knallrot.

»Das wirst du nicht mehr sagen, wenn wir diesen Kompass in unseren Händen halten«, gab Wild zurück. »Und alles andere, was da unten noch sein mag.« Ohne das Wrack aus den Augen zu lassen, warf er Gans sein Ruder vor die Füße. »Wenn dieser alte Teufel Rusty wirklich dort unten ist, müssen wir seinen Geist einfangen, damit er uns nicht in die Quere kommt.«

Seine Worte ließen Betty einen Schauer über den Rücken laufen. Sie hatte mit eigenen Augen gesehen, was Irrlichter anrichten konnten. Wenn jetzt jemand Rusty Swindles' Seele herbeirufen würde, wie wollten sie dann seinen Geist im Zaum halten, wo Charlie doch nicht einmal die war, für die sie gehalten wurde? Jetzt, wo Willow nicht mehr da war, gab es niemanden, der Rusty beschwichtigen könnte. Sie waren alle in Gefahr, den Irrlichtern zum Opfer zu fallen, die diese zwei Narren heraufbeschwören wollten.

»Du kannst aufhören, mich so anzustarren«, sagte Wild mit messerscharfer Stimme zu Charlie. »Tu, was man dir sagt, und wir lassen dich gehen.«

Charlie funkelte ihn weiter wütend an und zog die Augenbrauen so weit zusammen, dass sie sich fast berührten. »Ich hab es euch doch schon gesagt«, knurrte sie. »Ich bin keine Irrlichtfängerin. Und wenn meine Schwestern kommen, um mich zu holen, werdet ihr *so was* von Ärger kriegen.«

Wild beugte sich vor, bis seine Nase fast ihre berührte. »Deine Schwestern kommen nicht. Und deine *Granny*«, äffte er sie gehässig nach, »kommt auch nicht. Niemand weiß, dass du hier bist.«

»Meine *Sch-Schwestern* werden kommen.« Charlie schob trotzig ihre Unterlippe vor, doch selbst aus der

Ferne konnte Betty sehen, dass die Lippe zitterte. »Ihr kennt meine Schwestern nicht. Ihr kennt die Widdershins nicht.«

Ich bin hier, Charlie!, wollte Betty ihr zurufen. Die entschlossene, unbeirrbare Loyalität ihrer Schwester war herzerwärmender als eine Umarmung.

»Wir wissen genug«, sagte Wild abfällig. »Jetzt hör auf zu labern und sing.«

Charlie starrte schweigend aufs Wasser und ließ entmutigt die Schultern sinken.

»Sing!«, knurrte er. Seine Stimmung wurde immer gereizter – genauso wie Bettys. Wie konnte er es *wagen*, Charlie so zu behandeln?

»Vielleicht, äh, bringt es nichts, laut zu werden«, gab Gans schüchtern zu bedenken. »Sie ist doch noch ein Kind.«

Wilds Augen loderten. Zornig fuhr er seinen Begleiter an: »Eine Nervensäge, das ist sie! Eigentlich hätte letzte Nacht schon alles gelaufen sein sollen, doch dann kam ein Rückschlag nach dem anderen.« Geifernd vor Wut baute er sich vor Charlie auf. »Zuerst fängst du an, eine Spur zu hinterlassen, und wir müssen kehrtmachen und einen anderen Kurs einschlagen. Als Nächstes springst du über Bord, kurz nachdem du uns erzählt hast, dass du nicht schwimmen kannst. Und das mitten in der dicksten Nebelsuppe, die wir seit Wochen gehabt haben.« Seine Stimme triefte vor Verachtung. »Ich bin fast ertrunken, als ich dich zurück an Bord holen musste, du kleines Miststück.«

»Schade«, murmelte Charlie.

»Und drittens«, Wilds Augen traten jetzt vor Zorn hervor, »hörst du einfach nicht auf zu *essen*!«

»Ich musste die ganze Nacht auf einem Boot verbringen und bin halb erfroren«, sagte Charlie. »Außerdem bin ich müde, und wenn ich müde bin, bekomme ich Hunger!« Sie funkelte ihn noch einmal erbost an und begann, an einem ihrer Zöpfe herumzukauen.

»*Sing*«, knurrte Wild noch einmal.

»Also gut.« Charlie räusperte sich und setzte sich gerade hin. »Sie wollten es nicht anders, Mister.«

Wild nickte Gans zu. »Halte du das Glas bereit.«

Charlie begann zu singen.

»Ooohhhh ... ein alter Mann hauste im Hageren Hain,
der hatte die haarigsten Knie in ganz Krähenstein.
Die Haare wuchsen immer wieder, lang und fein,
er musste sie flechten, was anderes fiel ihm nicht ein,
doch die Flöhe, ooohhhh, die waren eine Pein!«

Für einen Moment herrschte verblüffte Stille. Dann zischte Wild durch die Zähne: »Soll das ein Witz sein?«

Charlie ließ den Kopf hängen. »Wenn ihr denkt, dass das schlecht war, solltet ihr mal meine Schwester singen hören.«

»Ich rede von dem *Lied*!«, rief Wild wutentbrannt. »Du kannst meinetwegen klingen wie eine erdrosselte Katze – es kommt doch auf die Worte an! Das ist es, was sie einlullt!«

»Es sind aber gar keine Irrlichter da, denen sie etwas vorsingen kann«, wandte Gans ein. Er hatte die Wasseroberfläche die ganze Zeit beobachtet, und seine Augen gingen unruhig hin und her.

»Das sehe ich auch«, schnauzte Wild ihn an. »Ich hatte gedacht, vielleicht könnte man sie einlullen, *bevor* ich runtertauche und sie störe, aber diese Göre macht ja nicht mit.«

Dann holte er einen kupfernen Taucherhelm aus dem Bauch des Bootes. »Na ja, das wirst du noch bereuen. Und dann wirst du schon singen, glaub mir.«

»Ich will nach *H-Hause*«, jammerte Charlie jetzt ohne Spur von Schabernack in der Stimme. Sie fing an zu weinen. »Das Lied, das ihr meint, *kenne* ich nicht!«

Betty lehnte sich weiter vor. Die Tränen ihrer Schwester zerrissen ihr das Herz. Sie musste zu Charlie – aber wie?

»Vielleicht …«, stammelte Gans und wischte sich den Schweiß von der Oberlippe, »vielleicht sagt sie ja auch die Wahrheit?«

»Genau«, schluchzte Charlie. »Ich bin doch nur Charlie Widdershins!«

»Wenn das stimmt«, sagte Wild gleichmütig, »dann können wir mit dir nichts anfangen.«

Charlie blickte auf und sah ihn durch einen Tränenschleier an. »Dann … dann kann ich nach Hause gehen?«

»Leider nein.« Wild nickte Gans kurz zu und befahl: »Sieh zu, dass wir sie loswerden. Und sorge dafür, dass es wie ein Unfall aussieht.«

Kapitel 19

Verstreute Perlen

Loswerden? Ein Unfall? Die Worte hallten in Bettys Kopf wider, und ihre Tragweite ließ ihr das Blut in den Adern gefrieren. Sicher versuchte Wild nur, Charlie einzuschüchtern, damit sie das tat, was er von ihr verlangte, oder etwa nicht?

»Warte mal«, sagte Gans mit zittriger Stimme, »du hast doch gesagt, dass niemand zu Schaden kommen wird.«

Wild baute sich vor ihm auf und funkelte ihn boshaft an. »Du willst sie zurückbringen? Mach das! Ich bin sicher, Krähensteins Polizei wird dich herzlich willkommen heißen.«

Gans zögerte und fuhr sich mit der Zunge über die Lippen. »Was, wenn wir sie einfach hierlassen? Dann wird sie irgendwann von einem Boot aufgelesen und …«

»Also gut!«, rief Charlie. »Ich … ich mache es. Aber es geht nur, wenn die Irrlichter da sind.« Ihr Blick schoss hektisch von einer Seite des Wracks zur anderen. Sie schlang die Arme um ihren Körper und zitterte unkontrollierbar.

Sie versucht, Zeit zu gewinnen, dachte Betty. Es war das Einzige, was ihr noch übrig blieb, wer konnte es ihr also verübeln? Charlie wusste so gut wie Betty, dass Wild nicht die Absicht hatte, sie nach Hause gehen zu lassen, ob sie ihnen nun half oder nicht.

Genau das wäre Willow auch passiert, das begriff Betty jetzt. Vielleicht hätten die Entführer sie noch etwas länger am Leben gelassen, um sie weiter auszunutzen, aber sobald sie ihnen nicht mehr nützlich gewesen wäre, hätte man auch sie loswerden wollen. Der Unterschied war, dass Willow niemanden hatte, der sich um sie sorgte. Charlie allerdings schon.

Wild lächelte. »Gut. Ich hab doch gewusst, dass wir uns noch einigen werden.«

»W-wie können wir denn die Irrlichter dazu bringen, zu uns zu kommen?«, stotterte Gans. »Sagtest du nicht, wir sollten sie außer Gefecht setzen, bevor wir das Wrack plündern?«

»Das werden wir auch«, antwortete Wild. »Aber anscheinend muss man sie erst mal etwas anstacheln. Wir müssen die Irrwische aus der Tiefe locken – und Rusty ist der Gefährlichste von allen.«

»Aber was, wenn sie angreifen, während du da unten bist?«, fragte Gans.

»Ich bin in Sekundenschnelle wieder oben.« Wilds Mund verzog sich zu einem arroganten Lächeln. »Ich habe monatelang die Baupläne dieses Schiffs studiert – ich würde mich in jeder Ecke des Wracks mit verbundenen Augen zurechtfinden. Und wenn ich die Irrwische aufgescheucht habe, kann sie sich um sie kümmern, während wir das Wrack plündern.«

Betty beobachtete atemlos, wie Wild den Taucherhelm aufsetzte und aus dem Ruderboot stieg. *Er macht es wirklich*, dachte sie. *Er will tatsächlich den verfluchten Teil des Wracks betreten, in den sich nicht einmal die Rusty Scuttlers wagen*. Glaubte er wirklich, dass ein kleines Mädchen, das Irrlichter fangen konnte, ihm genug Schutz bieten würde? Dass *er* derjenige sein würde, der über Rusty Swindles und sein verwünschtes Wrack triumphieren würde, was niemandem sonst gelungen war?

Betty hörte das Kratzen von Fingernägeln auf Holz, gefolgt von einem lauten Ächzen. Die Holzplanken unter ihr knarrten, genau wie zuvor, als Ronia auf das Wrack geklettert war. Jetzt tat Wild es ihr gleich. Langsam wich Betty zurück, so weit an den Rand des Bugs, wie sie nur konnte.

Sein Arm schwang über das Deck und verfehlte ihre Knöchel nur knapp. Betty unterdrückte einen Aufschrei, als er sich hochzog. Sie hörte sein geräuschvolles Atmen unter dem Taucherhelm und beobachtete, wie er das Bullauge fand, das über dem Wasser lag, und hindurchschlüpfte. Ein kurzes Scheppern des Taucherhelms auf

Holz, dann hörte sie, wie er mit einem leisen Platschen in das dunkle Wasser im Inneren des Schiffs glitt.

Gans begann, unruhig und schwer atmend auf dem kleinen Boot auf und ab zu gehen. »Sieh bloß zu, dass du dein Wort hältst, Mädchen«, murmelte er und wischte sich mit einer Hand übers Gesicht. »Wenn diese Irrwische erst mal oben sind, dann gibt es kein Entrinnen.«

Charlie saß zitternd da und schwieg.

Betty wagte sich ein Stück vor, um durch das Bullauge zu spähen. Sie konnte das glitzernde Wasser ein Stück darunter erkennen, doch sonst nichts. Die kreisrunde Öffnung wirkte wie ein aufgerissener Schlund und erweckte den gruseligen Eindruck, als wäre Wild bei lebendigem Leibe verschluckt worden.

Sie musste jetzt handeln. Wild war aus dem Weg, und eine bessere Chance würde sie nicht bekommen. Wenn die Irrlichter erst aufgescheucht wären, würde die Gefahr steigen – und zwar schnell. Zusammen könnten Betty und Spit vielleicht Gans überwältigen – zumindest lange genug, um Charlie zu befreien. Betty starrte zum Krähennest hinauf und suchte Spits Blick. Er spähte zu Charlie und Gans hinunter, doch als Betty hinaufsah, schaute er fragend in ihre Richtung. Es war klar, dass er auf ihr Signal wartete.

Betty klopfte dreimal auf das Holzdeck, und das Geräusch hallte über das Wasser. Sie registrierte, wie Charlie erstarrte und Gans sofort aufhörte, hin und her zu laufen.

Ein Laut klang durch die Dunkelheit. Ein lang gezogenes Heulen, wie ein Wehklagen. Betty fuhr herum und sah, wie Spit seine hohle Hand an den Mund hielt, während er weiter das unheimliche Geheule ausstieß. Es war ein verzweifelter, schauriger Laut, der jedem das Blut in den Adern gefrieren ließ, und sie sah, wie sich Gans zitternd umblickte, um herauszufinden, woher das Geräusch kam.

»Das reicht!«, rief er zermürbt und griff nach einem der Ruder. »Ich will weg von diesem verfluchten Ort!«

Betty machte sich zum Sprung bereit, doch Charlie war schneller. Sie sprang auf die Füße, schnappte sich das andere Ruder, schwang es durch die Luft und traf Gans an der Wange. Er taumelte erschrocken zur Seite und versuchte, das Gleichgewicht wiederzuerlangen, doch Charlie reagierte augenblicklich und stieß Gans mit voller Wucht das Ruder gegen die Brust. Damit hatte er nicht gerechnet. Er stolperte und stürzte mit einem verdutzten Glucksen ins Wasser.

Charlie nahm das andere Ruder und setzte sich schnell wieder auf die Bank. Mit einem entschlossenen Gesichtsausdruck versuchte sie, die Ruder durchs Wasser zu ziehen – aber sie waren eindeutig zu schwer für sie, und Gans hatte sich schon von seinem Schreck erholt und machte einen Satz auf das Boot zu.

»Charlie!«, rief Betty und sprang von Deck. Noch im Fallen sah sie, wie ihre kleine Schwester und Gans herumwirbelten, als sie ihre Stimme hörten. Es ging jetzt nicht mehr darum, leise zu sein – alles, was jetzt zählte, war, dass sie Charlie befreite, bevor Wild den Geist von Rusty Swindles weckte. Geschockt von der eisigen Dunkelheit, tauchte sie ins Wasser ... doch als sie unter der Oberfläche war, erkannte sie, dass die Finsternis sich erhellte. Eine Reihe von Bullaugen, die sich in Richtung Meeresboden erstreckte, hatte zu leuchten begonnen. Panik ergriff sie: Die Irrlichter kamen.

Betty hörte, wie Spit neben ihr ins Wasser sprang, und sie tauchten im selben Moment wieder auf. Gans wich zurück, den Blick auf Spit gerichtet. Verdutzt begriff er, dass er eine lebendige Person aus Fleisch und Blut vor sich hatte und nicht ein verwünschtes Wesen aus dem Wrack.

»W-wer bist du?«, stammelte er.

Spit gab keine Antwort. Er sah in Bettys Richtung, wo das Wasser durch ihre Bewegungen kleine Wellen schlug. Charlie war das noch gar nicht aufgefallen, denn auch sie starrte Spit an – und fragte sich vielleicht, ob er derjenige gewesen war, der ihren Namen gerufen hatte. Mit einem Satz war sie auf den Füßen und schwang eines der Ruder durch die Luft.

»Wer bist du?«, brüllte sie. »Rühr mich nicht an!«

»Charlie!« Betty schwamm auf das kleine Boot zu. »Ich bin es – lass mich an Bord!«

Charlie drehte sich um. In ihrem Gesicht spiegelte sich

maßloses Erstaunen. *»Betty?«,* flüsterte sie ungläubig. »Bist du das wirklich?«

Betty griff nach der Bootswand und hievte sich an Bord. Unsanft und mit triefenden Kleidern landete sie auf den Planken und hörte ein dumpfes *Klonk*, als die Matroschka in ihrer Tasche am Boden aufschlug. Charlie, die sie nicht sehen konnte, starrte auf die Wasserlache, die sich auf den Planken des Ruderboots sammelte, während Betty sich aufrappelte. Ungestüm nahm sie Charlie in die Arme und drückte sie fest. Charlie erwiderte die Umarmung, und auch wenn Betty bis auf die Knochen nass war, hätte sie sich keine wärmere Umarmung vorstellen können. Sie hatte ihre kleine Schwester wieder!

»Du bist es wirklich!«, schluchzte Charlie. »Aber wie bist du …«

Ein plötzlicher Schrei lenkte Bettys Aufmerksamkeit aufs Wasser. Gans umklammerte Spit und zog ihn vom Boot weg.

Betty ließ ihre Schwester los und lehnte sich über die Bordwand. »He!«, schrie sie und tauchte ihre Hand ins Wasser, um Gans eine Ladung ins Gesicht zu spritzen. Die zwei Kämpfenden ließen voneinander ab, und Gans rang prustend nach Luft. Zum ersten Mal sahen nun auch er und Spit das Leuchten unter den Wellen, das aus der Tiefe aufstieg und sich ausbreitete.

Spits Augen weiteten sich. »Wir müssen aus dem Wasser!«, japste er.

Rasch beugte Betty sich vor und griff nach seinem Arm. »*Komm schnell!*« Sie zog ihn ins Boot und reichte ihm ein Ruder.

»Wer ist das?«, brüllte Gans. Mit hektischem Blick suchte er das Boot nach dem unsichtbaren Angreifer ab. Dann erfüllte ihn der Anblick des leuchtenden Wassers mit Panik, und er griff verzweifelt nach dem Bootsrand.

Spit schlug seine Hand weg und schüttelte sich das Wasser aus den Haaren. »Ruder los«, befahl er Betty barsch. »Wir müssen weg.«

»Aber wohin?«, fragte Betty und starrte entsetzt auf das leuchtende Wasser.

»Weg vom Wrack«, sagte Spit atemlos und zog mit aller Kraft sein Ruder durch die Wellen. »Hier sind wir nicht mehr sicher. Sie kommen.«

»Betty, was kommt? Und wer *ist* das?«, wollte Charlie wissen, während Betty und Spit zu rudern begannen.

»Keine Zeit für Erklärungen«, keuchte Betty. Ihr Fuß stieß gegen etwas auf dem Boden des Bootes, das über die Planken rollte. »Alles, was du wissen musst, ist, dass er auf unserer Seite ist.«

Ein flackernder Lichtschein erhellte die Dunkelheit. Ein blasses silbernes Leuchten drang aus dem Wrack ... und dem Bullauge, durch das Wild verschwunden war. Betty umklammerte ihr Ruder und beobachtete mit klopfendem Herzen die Wasseroberfläche. Wie lange war Wild jetzt schon dort unten? War er noch am Leben?

Oder hatten die Irrlichter ihn bereits in den Tod gerissen?

In diesem Moment brach eine Gestalt durch die Wasseroberfläche und kletterte über die Bordwand des Wracks. Dann riss Wild sich den Taucherhelm vom Kopf. Verwirrung und Furcht zeigten sich in seinem Gesicht, als sein Blick über das entführte Boot wanderte und auf den im Wasser strampelnden Gans fiel.

Wie angewurzelt stand er an Deck des Wracks und starrte zu Charlie hinüber. »SING!«, donnerte er.

Doch Charlie schien ihn nicht einmal gehört zu haben. *»Betty!«* Ihre kleine Stimme wurde immer schriller, während sie blind nach ihrer Schwester tastete. *»Schau doch nur!«*

Ohne das kleinste Plätschern war ein Schwarm von Irrwischen aus dem leuchtenden Wasser aufgetaucht. Groß und unbeirrbar schwebten die Lichterscheinungen vor ihnen in der Luft. Betty spürte, diese Irrlichter waren etwas anderes als der verspielte Begleiter Willows. Sie verströmten eine unverkennbare Boshaftigkeit und kamen immer näher, als wollten sie die Menschen auf dem Boot genauer in Augenschein nehmen.

Betty schluckte und rührte sich so wenig wie möglich. Sowohl sie als auch Spit hatten aufgehört zu rudern und waren wie erstarrt vor Angst. Schon konnte Betty das leise Wispern in ihrem Kopf hören, genauso wie in der Nacht zuvor, als sie mit Fliss und Willow umzingelt worden waren. Nur dass die singenden Stimmen jetzt bedrohlicher klangen, weniger verzweifelt. Und dieses Mal war keine Willow in der Nähe, um sie abzuwehren. Bettys Lippen öffneten sich und versuchten, den alten Gesang wieder herbeizurufen, aber ihr Kopf war wie leer gefegt. Diesmal gab es kein Entrinnen. Das Wispern wurde immer lauter.

»Nicht euers ... nicht euers ... nicht euers ...«

Die Irrwische schwebten noch eine Weile über dem Ruderboot, dann drifteten sie wieder zurück über das Wasser und scharten sich bedrohlich um Gans.

»Schwimm!«, rief Wild ihm zu. Das Leuchten hinter ihm war angeschwollen und warf geisterhafte Schatten auf sein Gesicht. »Das Boot, schwimm zum Boot!«

Betty starrte ins Wasser hinunter. Das Innere des *Magischen Kompasses* leuchtete jetzt noch heller. Das Licht breitete sich im ganzen Wrack aus, gleißend und schimmernd. Immer mehr Irrlichter stiegen aus dem Wasser auf und umzingelten Gans. Für ihn gab es keine Chance mehr zu fliehen.

Mehrere Irrlichter schwebten an der Seite des Wracks hinauf zu Wild, der sich an der Schiffswand festklammerte. Aus seiner Faust baumelte etwas: eine Kette mit Perlen, die strahlten wie weiße Zähne.

»Nicht euers ... nicht euers ...«, erklang das Wispern erneut.

»Wollt ihr die?«, stammelte Wild und streckte dem Schwarm von Irrlichtern hastig die Perlen entgegen.

»Könnt ihr haben! Behaltet alles …« Die Kette zerriss in seinen Fingern. Entsetzt wich er zurück, als die Perlen eine nach der anderen glimmend zu leuchten begannen, aufstiegen und sich in Irrlichter verwandelten, die um Wild herumschwirrten wie Fliegen um einen Kadaver. Und dann schwebte ein anderer, einsamer Irrwisch zornig glühend auf ihn zu. Betty konnte die Wut, die er versprühte, fast spüren, so blendend und Furcht einflößend loderte er – wie ein weiß glühendes Schüreisen. Sie war sich sofort absolut sicher, dass *dies* Rusty Swindles sein musste. Wild duckte sich und hob die Hand, um seine Augen abzuschirmen. Sein Gesicht war eine Maske der Angst.

Fasziniert und entsetzt beobachtete Betty die hellen Leuchtkugeln. Immer wieder wurde ein Wispern über das Wasser zu ihr herübergetragen. Und eine dunklere Stimme, die das übrige Flüstern übertönte: *»Dafür werdet ihr büßen … büßen …«*

Der Lärm schwoll an wie eine Flut, das Glühen der Irrlichter glich einem eisigen Sonnenaufgang.

»Halte dir die Ohren zu, Charlie«, warnte Betty, doch Spit schüttelte langsam den Kopf und blinzelte in das blendende Licht.

»Sie haben es nicht auf uns abgesehen.«

»Was passiert jetzt mit den beiden?«, fragte Charlie. Sie starrte zu ihren Entführern hinüber und knetete unruhig ihre Hände. Die falschen Wärter waren inmitten der leuchtenden Irrwische nur noch als verschwommene Schatten zu erkennen.

»Nichts Gutes«, antwortete Spit düster. »Lasst uns sehen, dass wir hier wegkommen.«

Bettys Finger umklammerten das Ruder. Sie nahm alle Kraft zusammen, um so schnell wie möglich zu fliehen. Die flackernden Irrlichter mischten sich und drängten sich in einem großen Schwarm um die zwei dunklen Gestalten. Das Glimmen schien immer stärker zu werden und erleuchtete das ganze Wrack unter dem schwarzen Himmel. Und dann war ein Blitz zu sehen, so blendend hell, dass Betty wegschauen musste.

Plötzlich war das Geflüster verstummt, als wäre eine Tür geschlossen worden. Als Betty einen Blick zurückwarf, war das Leuchten verschwunden. Alles, was sie sehen konnte, waren ein paar blasse Lichtflecken, die wie verstreute Perlen am Nachthimmel schimmerten. Der *Magische Kompass* war nicht mehr zu sehen, doch Betty wusste, er war irgendwo dort hinten.

Ein lauernder Koloss in der Dunkelheit.

Kapitel 20

Eine Abmachung

Charlie drängte sich an ihre Schwester und schlang die Arme um ihre Taille, bis Betty kaum noch Luft bekam.

»Uff!«, japste Betty. Sie ließ ihr Ruder sinken und strich Charlie über den Rücken, während ihre kleine Schwester sich schluchzend in ihrem Schoß vergrub. »Jetzt ist alles gut«, sagte sie beruhigend. »Ich bin ja da.«

»Als er gesagt hat, ›wir müssen sie loswerden‹ ... da hab ich gedacht ... hab ich gedacht ...«, murmelte Charlie schniefend. »Wenn du nicht gekommen wärst, dann hätten sie ...«

»Bin ich aber«, sagte Betty, ganz benommen vor Erleichterung. »Und du hast es ihnen auch nicht leicht gemacht. Du hast Gans ordentlich eins übergebraten.«

»Ja, dem hab ich's gezeigt, was?«, sagte Charlie etwas fröhlicher und setzte sich auf. Da bemerkte Betty einen Gegenstand, der in Charlies Schoß lag. Als sie zwischen den Stofffalten gewölbtes Holz erspähte, erinnerte sie sich daran, dass vorhin etwas über die Planken gerollt war. *Die Matroschka.* Sie musste ihr aus der Tasche gefallen sein, als sie ins Ruderboot kletterte. Charlie hatte sie aufgehoben.

Charlie musterte Spit argwöhnisch. »Wer ist das? Wo ist Fliss? Wie hast du mich gefunden? Wohin fahren wir …?«

»Holla, Charlie«, sagte Betty sanft. »Eins nach dem anderen!«

»Ich bin Spit«, sagte er und drehte sich zur Seite, um über die Reling zu spucken, konnte sich aber gerade noch davon abhalten.

»Er … ist eine Art Pirat«, fügte Betty hinzu. »Dieses Schiffswrack, den *Magischen Kompass,* nutzt seine Mannschaft als Hort für ihre Beute.«

»Hörst du wohl auf, unsere Geheimnisse auszuplaudern?«, rief Spit. »Das Wrack ist unser bestes Versteck!«

»Heiliger Krähenfuß«, flüsterte Charlie. »Ein echter Pirat!« Sie lehnte sich hinüber und befühlte Spits Beine. »Ist eins davon aus Holz?«

»Nee«, sagte Spit. »Tut mir leid.«

»Keine Augenklappe?«, fragte sie enttäuscht. »Papagei?«

Spit schüttelte amüsiert den Kopf.

Charlie schien nicht gerade beeindruckt zu sein. *»Wo ist Fliss?«*

Betty warf einen Blick zu Spit und zögerte. »Sie …

nun ja. Sie ist ein bisschen gekidnappt worden, von Spits Mannschaft. Und Willow auch.«

»*Gekidnappt?*« Charlie sah Spit verwirrt an. »Hast du nicht gesagt, dass er auf unserer Seite ist?«

»Das ist er auch«, sagte Betty. »Aber es ist … etwas kompliziert.« Sie musterte den Piratenjungen aufmerksam. Spit hatte Bettys Plan nur zugestimmt, weil sie gedroht hatte, ihn verschwinden zu lassen. Sie waren keine Freunde – das hatte er selbst gesagt. Und doch hatte er mehr getan, als Charlies Entführer abzulenken. Er hatte ihnen auch geholfen wegzukommen.

Spit schürzte die Lippen und sagte nichts.

»Arme Willow und Fliss!«, sagte Charlie leise. »Seid ihr drei extra hier rausgekommen, um mich zu suchen?«

»*Natürlich* sind wir das«, sagte Betty.

»Was wollen die Piraten denn von ihnen?«, fragte Charlie.

»Nun, die Piraten haben unser Boot gekapert«, erklärte Betty. »Sie haben nur nicht gemerkt, dass Fliss und Willow an Bord sind, unsichtbar. Ich hatte uns alle verschwinden lassen …«

Sie brach ab. Eine furchtbare Ahnung beschlich sie, als sie sah, wie Charlies Gesicht einen gequälten Ausdruck annahm. Bettys Blick ging zu der Matroschka in ihrem Schoß, dann zu Spit, dann zurück zu Charlie. Eine Welle von Panik überkam sie. Beide starrten ihr direkt in die Augen. Sie war überhaupt nicht unsichtbar.

»Oh nein«, brachte sie krächzend hervor und nahm die Matroschka aus Charlies Schoß. In der Dunkelheit hatte sie gar nicht gesehen oder daran gedacht zu überprüfen, ob … »Nein, nein, *nein* …!«

»Betty?«, wisperte Charlie. »Ich … es tut mir leid. Ich wusste nicht …«

Betty sog scharf die Luft ein und hob die Matroschka ins Licht. Dass Spit die Holzpuppe sah, spielte jetzt keine Rolle mehr. Es war ohnehin schon alles falsch gelaufen. *Noch* falscher als zuvor, korrigierte sie sich.

Die zwei Hälften des aufgemalten Schlüssels auf der äußeren Puppe lagen nicht mehr übereinander.

»Du hast daran gedreht, nicht wahr?«, fragte Betty. Plötzlich sah sie Charlie wieder vor sich, wie sie ihre Hände im Schoß geknetet hatte – nur, dass es gar nicht ihre Hände gewesen waren.

Eine Drehung gegen den Uhrzeigersinn …

»Ich w-wusste ja nicht, dass Fliss und Willow von Piraten ver-verschleppt wurden«, stotterte Charlie, die Augen vor Panik weit aufgerissen. »Ich hatte einfach Angst und wollte dich so gerne sehen, ich …«

Bettys Stimme bebte. »Wie lange ist das her? Eine Minute? Ein paar?« Ihr Kopf war wie ein Bienenstock, in dem die Gedanken wild umherschwirrten. Sie umklammerte die Matroschka und wollte schon die zwei äußeren Hälften wieder zusammenfügen, doch etwas hielt sie davon ab. »Es kann nicht lange her sein«, sagte sie leise, mehr zu sich selbst. »Aber was … was, wenn es genug Zeit war, um Willow und Fliss auffliegen zu lassen?«

»Es ist bestimmt jemand aus der Mannschaft an Bord gewesen, um euer Boot zu bewachen«, sagte Spit ernst. »Das Boot ist klein. Es kann durchaus sein, dass sie schon entdeckt wurden.«

»Es tut mir so leid«, jammerte Charlie und begann wieder zu weinen. »Es ist meine Schuld, wenn man sie gefangen hat!«

»Nein«, versicherte Betty und drückte die Hand ihrer Schwester, auch wenn das beide nicht wirklich beruhigen konnte oder Fliss und Willow helfen würde. Nach allem, was Charlie durchgemacht hatte, war es ja nur verständlich gewesen, wenn sie sich vergewissern wollte, dass Betty wirklich da war. »Das konntest du doch nicht wissen.«

Die hölzerne Matroschka klapperte in ihrer Hand, die vor Schock und Angst zitterte. *Warum* nur hatte sie überhaupt zugelassen, dass Fliss und Willow den *Magischen Kompass* verließen? Sie wären vielleicht ohne ein Boot dort gestrandet, aber selbst das wäre besser gewesen, als getrennt zu werden – und zwei von ihnen in der Gewalt von Piraten zu wissen. Was würde passieren, wenn sie Willow und Fliss jetzt wieder unsichtbar machen würde?

Piraten sind ein abergläubisches Volk …

Könnte es den beiden helfen?, fragte sich Betty verzweifelt. Könnten Fliss und Willow auf diese Weise einen kleinen Spuk inszenieren? Oder hatte man sie längst eingesperrt? Wenn das so war, würden sie nicht in der Lage sein, sich davonzustehlen, unsichtbar oder nicht. Es gab einfach keine Möglichkeit, es zu erfahren.

»Wir müssen zu ihnen«, sagte Betty. »Jetzt gleich.« Sie packte Spits Arm und schüttelte ihn. »Du musst mir helfen.«

Er erwiderte ihren Blick, fast mitleidig. »Und wie soll das ablaufen? Meinst du, wir tauchen da auf, und Ronia wird uns die beiden einfach ... übergeben?« Er machte eine Handbewegung in Richtung Schiffswrack. »Da ist es ja wahrscheinlicher, dass Rusty dir seinen Schatz übergibt!«

»Aber es muss doch etwas geben, das wir tun können«, beharrte Betty. »Du *kennst* sie – du weißt, wie sie tickt! Es muss eine Möglichkeit geben, sie zu überlisten ...«

»Stopp!« Spit befreite sich aus ihrem Griff und fuhr sie mit hochrotem Kopf an: »Weißt du eigentlich, was du da sagst? Niemand versucht, Ronia zu überlisten und kommt ungeschoren davon, hörst du? Niemand! Am wenigsten jemand aus ihrer eigenen Mannschaft. Wenn Ronia herausfindet, dass ich dir geholfen hab, werden meine Knochen die nächsten sein, die da oben am Mast baumeln.«

Betty unterdrückte ein Schluchzen. Ohne Spit war jeder Plan, es mit Ronia und ihrer Mannschaft aufzunehmen, zum Scheitern verurteilt. Wenn sie ihn doch nur überzeugen könnte. Nicht zum ersten Mal wünschte sie sich, sie hätte wenigstens ein Fitzelchen von Fliss' Charme. Ihre Schwester verstand es, ihren Kopf genau im richtigen Winkel zur Seite zu neigen und mit den Wimpern zu klimpern. Betty versuchte, sie nachzuahmen.

»Bitte«, säuselte sie.

Spit sah sie befremdet an. »Sag mal, hast du dir den Nacken verrenkt?«

»Ach, vergiss es«, blaffte sie. »Wir müssen dahin, ob du nun mitkommst oder nicht. Wir können hier nicht einfach untätig rumsitzen – dazu haben wir keine Zeit! Willows Vater hat keine Zeit!«

»Wohin müssen wir?«, fragte Charlie und rieb sich die Augen. »Zum Piratenschiff?«

»Ja, wohin eigentlich?«, wiederholte Spit. »Selbst wenn du die ganze Nacht durchruderst – das Piratenschiff wirst du nicht einholen.«

Seine Worte setzten in Bettys Kopf eine Spirale panischer Gedanken in Gang. »Was meinst du damit?«

»In der Dämmerung werden sie auf Beutezug gehen«, erklärte er. »Und wenn sie Willow und Fliss entdeckt haben, werden die beiden mitmüssen.«

»Nein!«, rief Betty entsetzt. Sie hatte zwar schon vermutet, dass die Mädchen in die dunklen Machenschaften der Piraten verwickelt werden könnten, aber dass es so schnell passieren würde, damit hatte sie nicht gerechnet. Wenn die Rusty Scuttlers jetzt mit Fliss und Willow in unbekannte Gewässer aufbrachen, konnte niemand wissen, welches Schicksal sie ereilen würde. Oder wie Betty sie je einholen sollte. »Wir *müssen* zu ihnen. Ich werde nicht zulassen, dass ich noch einmal eine Schwester verliere.«

Sie deutete mit dem Finger auf die Felsen. »Wir brechen jetzt auf. Wenn du uns nicht helfen willst, solltest du also besser zusehen, dass du von Bord kommst, und zu deinem Krähennest zurückschwimmen.«

»Ich kann noch nicht dorthin zurück!«, protestierte Spit aufgebracht. »Diese Irrlichter mögen ja nicht mehr zu sehen sein, aber sie lauern bestimmt noch in der Tiefe. Ich hab sie noch nie so wütend gesehen.« Er warf einen angsterfüllten Blick zum *Magischen Kompass*. »Niemand ist so rachsüchtig wie Rusty, musst du wissen. Außer vielleicht Ronia.«

»Hast du etwa *Angst*?«, fragte Charlie enttäuscht. »Ich hab immer gedacht, Piraten kennen keine Angst. Was für eine Sorte Pirat *bist* du denn?«

Spit funkelte sie wütend an. »Die Sorte, die nicht jung sterben will.«

»Und wer ist Ronia?«, wollte Charlie wissen.

»Die Anführerin«, sagte Betty. »Und eine ganz schön Furcht einflößende noch dazu.«

»Hat *sie* wenigstens einen Papagei?«

»Nein«, antwortete Betty. »Wenn sie einen hätte, würde er wahrscheinlich von ihrer furchtbaren Katze gefressen werden.«

»*Oh*«, sagte Charlie eine Spur heiterer. »Eine Katze!« Dann runzelte sie plötzlich die Stirn. »Betty – wo ist Hopsi?«

Betty schluckte. »Tut mir leid, Charlie. Er ist bei Fliss. Ich bin sicher, sie passt auf, dass er in Sicherheit ist.« *Vorausgesetzt, sie selbst ist in Sicherheit*, dachte Betty besorgt.

Dann nahm sie das Ruder in die Hand. »Entscheide dich, Spit«, versuchte sie es ein letztes Mal. »Es ist eine ganz schöne Entfernung bis zu den Felsen, und ich könnte deine Hilfe wirklich gebrauchen. Kommst du mit oder nicht? Ich kann dich vor Ronia verstecken. Sie wird gar nicht merken …«

Spit schnaubte. »So wie du Fliss und Willow versteckt hast? Nein danke. Zunächst einmal werden sie das Boot kommen sehen, oder etwa nicht?«

»Dann geh jetzt einfach«, fuhr Betty ihn an, ganz gereizt vor Erschöpfung. »Sieh zu, wie du mit Rusty und dem Rest der Irrwische zurechtkommst!«

Spit starrte sie an. Seine Nasenflügel bebten vor Zorn.

»Wo ist denn das Piratenschiff?«, fragte Charlie.

»Hinter den Felsen dort«, sagte Betty und erwiderte Spits finsteren Blick.

»Meinst du *die* Felsen da hinten?«, fragte Charlie und deutete aufs Wasser hinaus. »Wo das Boot herkommt?«

»Boot?« Sofort ließ Betty ihr Ruder sinken, stand auf und spähte in die Dunkelheit. Tatsächlich: Hinter den

Felsen kam ein schattenhaftes Gebilde hervor und bewegte sich auf sie zu, das flackernde Licht einer Laterne vorweg. Es war ganz eindeutig ein Boot ... aber nicht das der Piraten.

»Ist das ... *unser Boot*?«, fragte Charlie und lehnte sich erwartungsvoll hinaus. »Betty, ich glaube, es *ist* unser Boot! Es ist die *Reisetasche*!«

Betty umklammerte den Arm ihrer Schwester und wagte es kaum zu glauben. Doch je länger sie aufs Meer hinausstarrte, desto näher kam das Boot, und es gab keinen Zweifel, dass es ihr eigenes kleines Fischerboot war. »Ich fasse es nicht«, murmelte sie. Ihr Herz begann zu jubeln. »Sieht ganz so aus, als hätten Fliss und Willow es wirklich geschafft, das Boot an sich zu bringen!«

Zu ihrem Erstaunen ergriff Spit beide Ruder und steuerte in Richtung des herannahenden Bootes.

»Was?«, blaffte er genervt. »Wenn das tatsächlich deine Schwester ist, dann ist das eure Chance wegzukommen. Und je schneller euch das gelingt, desto schneller kann ich so tun, als hätte ich von all dem nichts mitbekommen.« Er spuckte ins Wasser. »Irrlichtfänger. Entführungen. Puppen, die einen unsichtbar machen ... nichts als Pech bringt ihr, allesamt!«

Vielleicht bedeutete das herannahende Boot ja, dass ihre Pechsträhne endlich vorüber war, dachte Betty. Doch dann begann ein kleiner Zweifel an ihr zu nagen. *Was, wenn ...?*

»Du hast das Segel nicht hochgezogen«, sagte sie. »Was, wenn Ronia Piraten in unserem Boot zurückgeschickt hat, um herauszufinden, warum?«

»Ich bezweifle, dass sie dafür euer Boot nehmen würde«, entgegnete Spit. »Andererseits«, fügte er finster hinzu, »bei Ronia weiß man nie.«

Als das Boot näher kam, blitzte das Licht am Bug kurz auf und erlosch wieder.

»Sie haben uns gesehen«, sagte Spit und erwiderte mit der Laterne des kleinen Ruderbootes die Leuchtzeichen. »Das Boot kommt direkt auf uns zu.«

Wortlos ruderte er weiter. Nur das *Wusch-wusch* der Ruder im Wasser und das gelegentliche Klappern von Charlies Zähnen waren zu hören. Betty legte den Arm um ihre Schwester und zog sie fest an sich. Wenn es Ronia war, die dort auf sie zukam, waren sie jetzt entdeckt worden und konnten sich nirgends mehr verstecken.

»Da ist jemand an Deck«, sagte Spit und reckte den Hals, um über seine Schulter zu schauen.

Betty riss Spit eines der Ruder aus der Hand und zog es mit aller Kraft durchs Wasser. Jetzt konnte sie die Gestalt auch erkennen. Koboldhaft kurze Haare, lange, grazile Beine ... das konnte nur Fliss sein!

»Sie ist es!«, rief Betty aufgeregt. »Sie haben es irgendwie geschafft.« Sie stellte sich vor, wie Ronia auf ihren Raubzügen unterwegs war und Fliss über das Deck schlich, um einen ahnungslosen Piraten über Bord zu werfen. Wie auch immer es genau abgelaufen war – Betty konnte es kaum erwarten, diese Geschichte zu hören!

Und gleich hinter Fliss stand eine kleinere, zerzaust aussehende Gestalt, kaum zu erkennen im dämmerigen Licht. *Willow*.

Für einen Moment war Betty so überwältigt von ihrer Freude, dass sie am liebsten alle umarmt hätte – sogar Spit. Das Gesicht ihrer älteren Schwester konnte Betty noch nicht sehen, aber sie war sicher, dass sie in diesem Augenblick genauso breit lächelte wie sie selbst. Endlich hatte sie ihre Schwestern wieder! Und Willow hatte noch Zeit, ihren Vater zu retten. Ja, vielleicht könnte Fliss Spit sogar so weit bezirzen, dass er Willow zur *Zwinkernden Hexe* brachte! Eines wusste Betty auf jeden Fall: Sie würde ihre Schwestern zurück zu Granny und Vater bringen. Alles würde gut werden.

Und dann …

Und dann kamen sie näher, und ein Mondstrahl erhellte Fliss' Gesicht. Sie lächelte nicht.

»Betty?«, flüsterte Charlie. »Was ist denn mit Fliss?«

»Sie sind nicht allein«, sagte Betty. Ihre Stimme begann zu zittern, als ihr plötzlich klar wurde, was sie da sah.

»Was meinst du?«, fragte Charlie und spähte in die Ferne. »Ich sehe niemand anders, nur Fliss und Willow an Deck.«

»Eben«, sagte Betty. Eiskalte Angst durchfuhr sie und brachte die kleine Seifenblase der Hoffnung, die sie gerade noch gespürt hatte, zum Zerplatzen. »Wenn sie an Deck sind, wer steuert dann das Boot?«

Ein weißer Umriss bewegte sich zu Fliss' Füßen, doch diesmal war es nicht das Mondlicht. Es war etwas Schleichendes, etwas Lebendiges, etwas Katzenartiges. Und das konnte nur bedeuten, die Person am Steuerrad war niemand anders als …

»Ronia?«, wisperte Betty. »Was geht hier eigentlich vor?« Sie wandte sich an Spit. Aus seinem Gesicht, das gerade noch feuerrot vor Zorn gewesen war, wich jetzt jede Farbe. »Will Ronia die beiden freilassen? Oder sind sie ihre Gefangenen? Ich kapiere das nicht!«

»Denkst du etwa, ich?«, gab Spit zurück.

»Sie ist doch deine Anführerin!«, sagte Betty verzweifelt.

»Eine Anführerin, die ich belogen hab«, entgegnete Spit gereizt und fuhr sich mit der Hand durchs Haar. Seine angsterfüllten Augen flackerten wild. »Jetzt halt mal einen Augenblick die Klappe – ich muss erst mal überlegen, wie wir aus dieser Sache wieder rauskommen. Wenn das überhaupt möglich ist.«

Die *Reisetasche* kam immer näher, bis die beiden Boote nur noch einen Sprung voneinander entfernt waren. Fliss war inzwischen an die Reling geeilt und beugte sich über das Wasser, diesmal jedoch nicht, um sich zu übergeben. Stattdessen heftete sie ihren Blick auf Charlie, und die Erleichterung stand ihr ins Gesicht geschrieben.

»Charlie! Ich glaub es nicht – du bist es wirklich!«

»Na klar bin ich es!«, rief Charlie zurück und zeigte ihr breites, zahnlückiges Grinsen. »Betty hat mich gerettet!«

»Überlass *mir* das Reden«, zischte Spit. »Sei still, bis wir wissen, was los ist.«

»Du bist ja nicht mal ein richtiger Pirat!« Charlie verschränkte trotzig die Arme, aber sie schwieg nun.

Angespannt beobachtete Spit, wie Ronia aus dem Ruderhaus trat. Sie schritt zielstrebig über das Deck, blieb an der Bordwand stehen und stieß einen leisen Pfiff aus. Bandit schoss über die Planken, kletterte ihr Bein hoch und setzte sich schnurrend auf ihre Schulter.

»Seht, seht«, sagte die Piratenkapitänin gedehnt und musterte sie kaltblütig. Ihre Augen blitzten so besessen wie die des Katers auf ihrer Schulter, und Betty kam sich plötzlich vor wie eine Maus, mit der gespielt wird. Ronias Blick richtete sich auf Betty. »Von wegen tot.«

»Ich hab sie für dich gefangen«, sagte Spit, deutete auf Betty und reckte stolz die Brust vor. »Hat mich ganz schön an der Nase herumgeführt, aber am Ende hab ich sie ausgetrickst.«

Ronia warf ihm einen durchdringenden Blick zu, gerade lang genug, um ihm noch mehr Angst einzuflößen. »Große, bullige Wrackräuber?«, sagte sie kühl. »Ich glaube, du und ich, wir müssen uns beide mal ein paar Gedanken machen, Spit.«

»G-Gedanken?«

»Darüber, wo unsere Loyalitäten liegen.« Ihre Stimme klang jetzt noch eisiger. »Glücklicherweise werden wir dafür gleich jede Menge Zeit haben.«

»Warum das?«, fragte Spit, nun völlig verunsichert.

»Weil wir auf eine kleine Reise gehen werden«, antwortete Ronia. »Zu einem Ort, der für die Rusty Scuttlers sehr, sehr nützlich sein könnte.« Sie warf einen Seitenblick auf Fliss. »Wenn er denn wirklich existiert.«

Bettys Unterkiefer klappte herunter. Fliss hatte Ronia doch nicht etwa von der verborgenen Insel erzählt? Oder hatte Ronia die geheimnisvolle Karte gefunden und war selbst darauf gekommen? Als sie sah, wie Fliss den Kopf hängen ließ, war Betty ziemlich sicher, dass ihre Schwester etwas damit zu tun hatte. So oder so wusste Ronia Bescheid … und es war offensichtlich, dass die Vorstellung von der Insel sie begeisterte. Doch mit Ronia auf »eine kleine Reise« zu gehen, war das Letzte, was Betty wollte, und wenn sie sich den ruhelosen, gequälten Ausdruck auf dem Gesicht des kleinen Mädchens ansah, ging es Willow ganz genauso.

»Alle Mann an Bord«, sagte Ronia mit einem dünnen Lächeln. Sie streckte den Arm aus und nahm Charlies Hand, um sie an Deck der *Reisetasche* zu ziehen.

Charlie starrte sie ehrfürchtig an. »Verflixte Krähe! Also, *das* nenne ich eine Piratin!«

Bandit fauchte sie von Ronias Schulter aus an und

zuckte mit dem Schwanz. Charlie warf dem Kater unbeirrt eine Kusshand zu und eilte in Fliss' Arme. Ronias mit Juwelen beringte Finger griffen nach Betty, doch statt ihre Hand zu nehmen, umschlossen sie fest wie ein Eisenreif ihr Handgelenk.

»Ich lass dich nicht aus den Augen«, sagte sie so leise, dass ihre Lippen sich kaum bewegten.

Betty versuchte, ihre Hand aus dem Griff der Piratin zu befreien, doch Ronias Finger waren wie eine Handschelle. Sie zog Betty an Bord der *Reisetasche*, um sie dann blitzartig loszulassen wie einen ekligen Fang aus einem Fischernetz. Betty rieb sich das schmerzende Handgelenk und fragte sich, was Ronia noch herausgefunden hatte. Hatte sie das Irrlicht entdeckt?

Betty eilte zu Fliss, fasste sie am Ärmel und war sich nicht sicher, ob sie ihre Schwester schütteln oder umarmen sollte. »Fliss«, flüsterte sie mit krächzender Stimme. »Was ist passiert? Hast *du* ihr von der Insel erzählt? Wenn sie echt ist, wenn es diese Insel wirklich gibt – dann könnte jemand wie Ronia Willows ganze Hoffnung zunichtemachen!«

Fliss umarmte sie fest, und Betty spürte den warmen Atem ihrer Schwester am Ohr. »Ich hab getan, was ich tun *musste*. Ich hab eine Abmachung mit ihr.«

Kapitel 21

Die Zwinkernde Hexe

Ich kann nicht glauben, dass du dich auf einen Handel mit ihr eingelassen hast«, zischte Betty. »Sie ist eine Piratin, und du hast dich von ihr einwickeln lassen.« Sie warf einen erbosten Blick in Richtung Ruderhaus. Ronia stand drinnen am Steuerrad, doch die Tür war offen – und das galt sicherlich auch für ihre Ohren.

Fliss rutschte unruhig hin und her und versuchte gleichzeitig, die schnarchende Charlie nicht zu stören, die sich mit Hopsi in ihrem Mantelkragen auf dem Boden zusammengekauert hatte. Die drei Schwestern und Willow waren gezwungen worden, unter der Aufsicht von Spit draußen an Deck zu sitzen, und versuchten, einander notdürftig zu wärmen. Auch wenn Betty vollkommen erschöpft war, hatte sie in den letzten Stunden kaum ein Auge zugetan, seit Ronia mit ihnen aufgebrochen war. Am Horizont schimmerte schon das erste Morgenlicht.

»Tut mir furchtbar leid, aber ich hab noch nicht viel Erfahrung mit Piraten«, sagte Fliss beleidigt. »Ich dachte, die haben so was wie einen Ehrenkodex, aber anscheinend nicht! Kannst du jetzt bitte mal aufhören, darauf rumzureiten? Es ist nun mal passiert.«

»Ehre!«, spottete Betty. »Davon musst du gerade reden!«

»Es war das Einzige, was ich ihr anbieten konnte«, sagte Fliss leise. »Ich hab Ronia sagen hören, dass sie Verstecke brauchen – für sich selbst und ihre Beute. Es schien mir ein kleiner Preis dafür zu entkommen!«

»Und jetzt hat Ronia vier Gefangene und nicht nur zwei«, gab Betty gereizt zurück. Denn sie *waren* ja gar nicht entkommen, dachte sie beunruhigt. Sie waren alle immer noch fest in Ronias Gewalt, auf einem Boot, das sie steuerte. Und niemand konnte wissen, ob die Piratenanführerin vorhatte, sie freizulassen, oder einen anderen teuflischen Plan für sie ausheckte.

Fliss gab ein wutentbranntes Schnauben von sich. »Ich hätte gar keinen Handel mit ihr schließen müssen, wenn du nicht mit der Matroschka herumgepfuscht hättest! Glücklicherweise waren die Piraten an Bord der *Reisetasche* zu sehr damit beschäftigt, nach Beute Ausschau zu halten, als wir wie aus dem Nichts auftauchten. Und dann warfen sie sich gegenseitig vor, das Boot nicht richtig durchsucht zu haben!«

»Ich hab dir die Sache mit der Matroschka doch schon

erklärt«, sagte Betty genervt. »Es war ein Versehen.« Sie verschränkte die Arme. »Und rede nicht so laut. Du hast schon genug ausgeplaudert – sie muss nicht auch noch von der Matroschka erfahren.«

Beide beruhigten sich, als Charlie sich in Fliss' Schoß bewegte und im Schlaf ein leises Grunzen von sich gab. Als Fliss wieder das Wort ergriff, klang ihre Stimme belegt und voller Emotionen. »Du warst nicht da, Betty. Ich hatte Angst, und Willow fing an, ganz seltsam auszusehen – als würde sie im nächsten Moment zusammenklappen.« In ihren Augen funkelten Tränen der Wut. »Ich hab das Einzige getan, was mir einfiel, um uns zur Flucht zu verhelfen.«

»Nur, dass wir gar nicht entkommen sind«, murmelte Betty, doch ihre Wut war inzwischen etwas verebbt. Bis zu diesem Moment war sie keineswegs vollkommen überzeugt gewesen, dass die verborgene Insel tatsächlich existierte – doch etwas an Ronias Entschlossenheit, danach zu suchen, hatte die Dinge geändert. Ganz abgesehen von allem anderen, was Betty seit ihrer Abreise aus Krähenstein begegnet war und sie zweifellos gelehrt hatte, an das Unmögliche zu glauben. Auch wenn es ihr ein schlechtes Gewissen bereitete, musste sie zugeben, dass Charlies Rettung das Einzige gewesen war, was sie wirklich interessiert hatte. Sie hatte nie wirklich daran geglaubt, dass sie eine reale Chance hätten, Willow zur verborgenen Insel zu bringen. Und jetzt befanden sie sich im Gefolge einer hinterhältigen, blutrünstigen Piratin auf der Suche danach, ob sie nun damit einverstanden waren oder nicht. Und Betty war definitiv nicht damit einverstanden. Sie wollte nur noch nach Hause, zu Granny, Vater, dem muffigen alten *Wildschütz* – und sogar zu Pfui.

Sie saßen schweigend an Deck, einer betrübter als der andere. Willow hockte ein Stück entfernt von den anderen und starrte auf ihren Schoß. Die Haare fielen ihr ins Gesicht, und sie wirkte benommen, als hätte sie Fieber. Betty begann sich zu sorgen, dass sie krank sein könnte. Schließlich brach sie ihr Schweigen und stieß Fliss an.

»Willow sieht irgendwie krank aus«, sagte sie. »Ihre Haut … ist so bleich.«

Charlie drehte sich in Fliss' Schoß und sah sie alle mürrisch an. Sie war immer furchtbar schlecht gelaunt, wenn sie aufwachte. »Ich finde, sie sieht nicht anders aus wie sonst«, sagte Charlie. Sie gähnte und streckte sich. Hopsi kam aus ihrem Kragen gekrochen und tat es ihr gleich.

»Sie sieht nicht anders aus *als* sonst«, korrigierte Betty sie. »Ich hab sie vor ein paar Minuten gefragt, ob es ihr gut geht, aber sie hat nur immer wieder von ihrem Vater gefaselt und dass sie zur Insel muss und so weiter.«

»Ich würde mich auch ziemlich elend fühlen, wenn unser Vater gehängt werden sollte«, murmelte Fliss. »Oder vielleicht ist Seekrankheit ja auch ansteckend. Entschuldigt mich.« Sie schob Charlie von ihrem Schoß, lehnte sich über die Bordwand und begann zu würgen. In Sekundenschnelle trat Spit auf den Plan, die Stirn sorgenvoll in Falten gelegt. Er bot Fliss eine Flasche Wasser an, doch sie machte eine abwehrende Handbewegung, und er zog sich wieder in den Eingang des Ruderhauses zurück.

Drinnen stand Ronia am Steuerrad, spähte durch das Loch im Stein und studierte interessiert Willows Karte. Auf dem Dach des Ruderhauses schlummerte Bandit und linste mit einem Auge in Charlies – oder vielmehr Hopsis – Richtung.

Betty kniff argwöhnisch die Augen zusammen und beobachtete die Piratenanführerin. Beim Anblick von Ronias Händen auf Willows kostbarer magischer Karte krampfte sich ihr Magen zusammen. Für Ronia, da war sie sicher, waren die Karte und die Insel nur ein Mittel, um sich zu bereichern. Für Willow aber war die Karte die einzige Hoffnung, einem geliebten Menschen das Leben zu retten. Würde sie diese Chance jetzt noch bekommen, oder würde Ronia ihr auch das stehlen?

»Du traust ihr nicht, oder?«, fragte Charlie. Sie hatte sich aufgesetzt, saugte nervös an einem ihrer Zöpfe und heftete den Blick auf Ronia.

»Nein«, gab Betty zu und dachte an die Dinge, die Spit ihr über seine Anführerin anvertraut hatte. Ronia hatte einiges zu verantworten: Gift … Plünderungen … womöglich Brandschatzungen von Schiffen mit anschließender Kindesentführung. Und dann waren da natürlich noch die Gebeine, die am Fockmast baumelten. Doch von all dem würde sie Charlie nichts erzählen. »Du etwa?«

Charlie zuckte die Schultern. »Als wir an Bord gekommen sind, hat sie gesagt, dass sie uns freilassen wird.«

»Ich weiß nicht, wie sehr wir uns auf das Wort einer Piratin verlassen können«, murmelte Betty und dachte an den Moment zurück, als sie alle aufs Boot geklettert waren und Ronia das Kommando übernommen hatte.

»Wenn diese Karte echt ist, werde ich euch freilassen«, hatte Ronia zu ihnen gesagt, während Spit den Kessel befeuerte. Ihre Augen hatten verwegen gefunkelt, als sie durch den Hühnergott spähte und Willows Karte betrachtete. »Und wenn ich so sehe, wie mir diese Hexe zuzwinkert, würde ich sagen, das Ganze ist äußerst vielversprechend. Lasst uns der Hexe mal einen kleinen Besuch abstatten.«

Um Charlie nicht zu beunruhigen, hatte Betty nicht gewagt zu fragen, was passieren würde, wenn die Karte *nicht* echt sein sollte.

»Na ja, wenigstens hat sie dafür gesorgt, dass wir alle was zu essen bekommen haben, sogar Hopsi«, fügte Charlie jetzt hinzu und lief zu Willow, um sich neben sie auf den Boden zu kauern. »Das muss man ihr immerhin lassen, oder?«

»Hm«, machte Betty und verdrehte die Augen. Wenn es um ihren Magen ging, ließ sich Charlie einiges vormachen. Betty machte sich im Stillen ganz andere Gedanken.

Warum zum Beispiel hatte Ronia beschlossen, die Reise zur Insel ohne ihre Mannschaft – abgesehen von Spit – anzutreten? Hatte sie womöglich vor, die Rusty Scuttlers zu hintergehen und die mögliche Beute selbst zu behalten?

»Charlie hat recht«, sagte Fliss. Erschöpft ließ sie sich wieder neben ihre Schwester auf den Boden sinken und wischte sich den Mund ab. »Ronia würde doch bestimmt keine wertvolle Nahrung an uns verschwenden, wenn sie uns nicht am Leben erhalten wollte, meint ihr nicht auch?«

»Na ja, tot sind wir ja auch nicht von Nutzen für sie, oder?«, flüsterte Betty wütend. »Und ich bin wirklich froh, dass ihr zwei so optimistisch seid. Ich meine, Charlie kann man das nicht übel nehmen, sie ist ja erst sechs, aber ich hätte gedacht, du müsstest es besser wissen.«

»Besser als *wer*?«, schnaubte Fliss.

»Denk doch mal nach! Sie wird uns zumindest so lange am Leben lassen, bis sie einen Beweis hat, dass die Insel wirklich existiert. Und sicher können wir das alle nicht wissen, bis wir dort sind«, sagte Betty. »Einschließlich Ronia. Bis dahin braucht sie uns für ihren Plan B, um uns als Geiseln gegen etwas einzutauschen oder zu verkaufen oder was auch immer sie dann mit uns vorhat. Und als Gefangene werden wir viel eher bereit sein, mit ihr zu kooperieren, wenn wir nicht hungrig sind.«

»Vielleicht sollten wir dann *nicht* mit ihr kooperieren«, sagte Fliss leise. Ihre dunklen Augen nahmen einen steinharten Blick an. »Wir sind zu viert, und sie ist allein.«

»Was willst du damit sagen?«, fragte Betty. »Dass wir versuchen sollten, sie zu überwältigen?«

Fliss holte zitternd Luft. »Könnten wir das?«

Betty warf einen Blick zu Ronia ins Ruderhaus. Ihr Herz klopfte schneller. Könnten sie? Die Vorstellung war verlockend ... und doch ...

»Das würde nicht funktionieren«, sagte sie leise. »Du hast dich noch kein einziges Mal in deinem Leben geprügelt, und Willow und Charlie sind doch noch Kinder.« Sie schüttelte den Kopf. »Charlie mag ja ein Raufbold sein, aber Willow kann in ihrem Zustand keine Fliege in die Flucht schlagen. Ganz abgesehen davon hat Ronia ein Entermesser, das so lang ist wie ihr Bein – und weiß auch, wie man es benutzt. Wir mögen in der Überzahl sein, aber Zahlen sind nicht alles.« Sie seufzte. »Und dann ist da noch er.«

Sie sahen beide zu Spit hinüber, der das Steuer übernommen hatte, während Ronia sich über die Karte beugte.

»Er hat uns einmal geholfen, aber das ist keine Garantie dafür, dass er es wieder tun wird«, sagte Betty. Sie spürte einen kleinen Stich in ihrem Inneren, als sie an Spits Geschichte zurückdachte. »Er ist loyal – und die Rusty Scuttlers sind nun mal alles, was er hat. Das dürfen wir nicht vergessen.«

»Du hast recht.« Fliss seufzte resigniert und schüttelte den Kopf. »Es war eine dumme Idee. Ich glaub, ich hab einfach eine Möglichkeit gesucht, alles wiedergutzumachen. Schließlich hab *ich* uns in diese ganze Sache reingeritten.«

»Vielleicht hast du diese Möglichkeit«, murmelte Betty. »Du könntest versuchen, Spit auf unsere Seite zu bringen. Sei einfach etwas netter zu ihm. Ich glaube, er ist verschossen in dich.«

Fliss schüttelte sich. »Aber ich bin bestimmt nicht verschossen in *ihn* oder seine abscheuliche Angewohnheit.«

»Ich weiß«, sagte Betty. Sie warf noch einmal einen grimmigen Blick auf Ronias Entermesser und den Dolch, der an ihrem Stiefel befestigt war. »Aber wenn wir es mit Ronia aufnehmen wollen, brauchen wir jede Hilfe, die wir bekommen können.«

Ihr Blick wanderte zu der gläsernen Laterne, die neben dem Steuerrad stand. Das Tuch, das Betty über die Lampe gelegt hatte, war zur Seite geworfen worden – wahrscheinlich, als die Piraten das Boot durchsucht hatten –, doch erstaunlicherweise verharrte das Irrlicht noch immer in der Laterne, kaum mehr als ein blasses Flimmern im heller werdenden Tageslicht. Ronia und Spit standen in nächster Nähe und schienen nicht zu ahnen, was es wirklich war. Betty fragte sich, wie Ronia oder auch Spit reagieren würden, wenn sie es erführen. Spit wusste auf jeden Fall über Irrlichter Bescheid – das hatte sie gesehen, als sie zusammen auf dem Wrack waren –, und er hatte deshalb nicht weniger Angst vor ihnen gehabt. Was Ronia anbelangte – gab es eine Chance, dass ihr Aberglaube sie womöglich sogar dazu bringen würde, das Boot der Widdershins aufzugeben?

Betty runzelte die Stirn, während ihr Blick von dem Irrlicht zu Willow ging. War es Zufall, dass Willow immer kraftloser wurde und das Irrlicht gleichzeitig immer schwächer? Beunruhigende Fragen krallten sich in ihren Gedanken fest. Wenn das Irrlicht tatsächlich Willows Mutter war, bedeutete das womöglich, dass sie allmählich dahinschwand? Oder vielleicht hatte der Angriff der Irrlichter in der Marsch etwas damit zu tun – danach waren sowohl Willow als auch der Irrwisch nicht mehr dieselben gewesen. Auf jeden Fall lagen Welten zwischen dem quirligen Irrlicht, das im *Wildschütz* aufgetaucht war, und dem blassen Etwas, das inzwischen eher an eine sterbende Motte erinnerte.

»Yo-ho!«, rief Spit vom Bug des Bootes. »Land in Sicht!«

Betty und Fliss standen auf und stellten sich zu ihm an die Reling. Fröstelnd rieben sie sich die steifen Glieder und starrten auf das Meer hinaus. Im ersten Morgenlicht sahen sie eine kleine zerklüftete Insel mit einem großen Felsen in der Mitte. Als sie näher kamen, erkannten sie mehrere Felstümpel, in denen Seegras wuchs und Krebse lebten. Dazwischen befand sich eine kleine Sandbucht, die gerade breit genug war, um dort an Land zu gehen.

»Das ist doch aber nicht die *Zwinkernde Hexe*, oder?«, fragte Betty skeptisch, als sie am Strand vom Boot kletterten.

»Doch«, sagte Spit. »Die Karte stimmt genau. Nicht wahr, Käpt'n?«

»Hm«, machte Ronia. Sie kniff die Augen zusammen und sah sich argwöhnisch um. Bandit, der auf ihrer Schulter gesessen hatte, als sie von Bord gingen, sprang jetzt hinunter und machte sich daran, die Umgebung zu erkunden.

»Und wo ist die Hexe?«, wollte Charlie wissen. »Ich sehe hier nur einen Haufen alter Felsen.«

»Ich glaube ... *das* muss es sein.« Fliss deutete unsicher auf den großen Felsen in der Mitte. »Ich meine *sie*.« Sie atmete tief ein. »Endlich wieder fester Boden unter den Füßen ... *Oh*!« Eine Welle war über den Sand geschwappt und hatte ihre Schuhe durchnässt. »Verflixt!«, murrte sie.

»Das sieht doch überhaupt nicht aus wie eine Hexe«, beschwerte sich Charlie und schob enttäuscht die Unterlippe vor.

»Vielleicht ist da noch was auf der anderen Seite«, sagte Betty, doch sie spürte, wie ihre Hoffnungen immer mehr dahinschwanden. Konnte dieser Haufen von Felsen wirklich etwas mit der Figur zu tun haben, die auf Willows Karte zu sehen war? Und wenn die *Zwinkernde Hexe* nicht existierte, was bedeutete das für ihre Suche? Wenn ihnen als einziger Anhaltspunkt eine Legende blieb? Betty versuchte, einen Blick auf die Karte zu erhaschen, doch Ronia presste sie fest an ihre Brust.

»Hier entlang«, kommandierte die Piratin und trieb sie wie eine Herde Schafe vor sich her.

Da sie keine andere Wahl hatten, als zu gehorchen, stapften sie durch den knirschenden Sand. Vor Fliss und Betty liefen Charlie und Willow Hand in Hand. Hinter ihnen ging Ronia so lautlos, dass ihre Gegenwart Betty noch nervöser machte und sie sich davon abhalten musste, ständig über ihre Schulter zu schauen. Sie kletterten über flache Felstümpel auf die andere Seite der winzigen Insel. Schon konnte Betty erkennen, dass der gewaltige Felsen eine neue Form anzunehmen schien, sobald sie ihn aus einem anderen Winkel betrachteten.

»Wow«, rief Spit, der ein Stück vorausging. »Kommt und seht euch das an.« Er streckte die Hand aus, um erst Charlie und dann Fliss über die unebenen Steine zu helfen. Nach einem kurzen Zögern und einem sanften Rippenstoß von Betty nahm Fliss seine Hand und ließ sich von ihm helfen. Spits Wangen färbten sich tiefrot, und Betty entging nicht, dass er Fliss' Hand ein wenig länger hielt, als nötig war.

»Da sind wir«, sagte Spit, als sie schließlich alle im Schatten des hoch aufragenden Felsens standen.

Betty spähte hinauf und sog verblüfft die Luft ein. Ein

Prickeln der Aufregung durchfuhr sie, als sie es erkannte. Während die Darstellung der *Zwinkernden Hexe* – als bucklige alte Frau mit einem langen schwarzen Umhang – auf Willows Karte ziemlich detailliert gewesen war, sah die Realität ganz anders aus. Von der anderen Seite der Bucht aus wirkte der Felsen vollkommen gewöhnlich und schien keine besonderen Merkmale aufzuweisen. Aber von hier aus ...

»Die Hexe«, flüsterte Charlie atemlos und wich zurück.

Es war eher ein Kopf mit Schultern als eine ganze Figur. Der verwitterte Stein hatte viele Ausbuchtungen und glich von der Seite eindeutig einem Gesicht im Profil. Eine Zinkennase wölbte sich über einen Spalt, aus dem ein kleines Felsstück herausragte wie ein einzelner Zahn in einem Mund. Darunter stand ein weiterer Felsabsatz vor wie ein Kinn. Ein Grasbüschel, das darauf wuchs, erweckte den widerlichen Eindruck einer haarigen Warze. Ganz oben lag ein brettartiges Felssegment, während ein anderer Stein spitz darauf zulief. Zusammen sahen sie aus wie ein breitkrempiger Hexenhut.

Doch es war das Auge, das Betty in den Bann zog. Über der Nase war der Stein von einem einzelnen Loch durchbohrt, durch das die Sonne schien.

»Und jetzt?«, fragte Ronia und rollte ungeduldig Willows Karte auseinander. »Hiernach müsste die Insel dort drüben im Nordwesten sein.« Sie spähte durch den Hühnergott hinaus aufs Meer. »Ich sehe nichts, und doch …« Sie warf noch einen Blick auf die Karte und presste grimmig die Zähne aufeinander. »Und doch zwinkert sie mir zu, die alte Hexe!«

Betty fürchtete, dass Ronias Geduldsfaden reißen würde, wenn sie nicht bald herausfänden, wie die *Zwinkernde Hexe* und die unsichtbare Insel zusammenhingen. »Willow?«, wandte sie sich mit sanfter Stimme an das blasse Mädchen. Sie hatte es sich nicht eingebildet: Willow sah wirklich kränklich aus. Ihre Haut war wächsern, und auf ihrer Stirn und ihrer Oberlippe schimmerte Schweiß. Doch sie schien etwas munterer zu sein, seit sie die *Zwinkernde Hexe* erreicht hatten. »Hast du noch Ideen? Haben dein Vater oder Saul irgendetwas gesagt, bevor sie damals zusammen mit dem Boot rausgefahren sind?«

»Ich … ich weiß nicht«, sagte Willow und schien wieder etwas zu schwanken. »Ich hab das Gefühl … ich kann mich nicht erinnern.«

»Sie muss sich hinsetzen«, sagte Fliss. »Die Arme ist ja ganz erschöpft.« Sie führte die beiden jüngeren Mädchen zu einem der Felstümpel und redete beruhigend auf Willow ein, während sie ihr über den Rücken strich. An einem Tümpel ganz in der Nähe kauerte Bandit und beobachtete ein paar kleine Fische, die im Wasser umherflitzten. Sein Schwanz zuckte unruhig hin und her, und von Zeit zu Zeit stieß er eine Pfote ins Wasser und jaulte frustriert auf, wenn er einen Fisch verfehlt hatte.

Plötzlich wurde Betty bewusst, dass Ronia direkt neben ihr stand, und ihr mulmiges Gefühl verstärkte sich. Sie sah die Anspannung der Piratin und konnte förmlich zuschauen, wie ihr Unmut wuchs, je weniger die Dinge sich nach ihren Vorstellungen entwickelten.

»Wir haben genug Zeit verschwendet«, sagte Ronia barsch. »Wie komme ich jetzt zur Insel?«

»Das versuche ich ja gerade herauszufinden«, gab Betty schnippisch zurück. Es fiel ihr schwer, sich ihre Abneigung nicht anmerken zu lassen. Die Angst ließ sie unvorsichtig werden. Wenn sie es nicht herausfinden würde – oder schlimmer, wenn alles umsonst gewesen war und es gar keine Insel *gab*, sondern nur eine Legende, die sie zu einem Haufen Felsen geführt hatte –, was bedeutete das dann für sie alle? Sie wusste auf jeden Fall, was es für Willows Vater bedeutete. Ronias Blick wurde immer finsterer.

»I-ich meine ... ich weiß es nicht«, stammelte Betty. »Der einzige Anhaltspunkt ist die Karte.«

»Jetzt, wo wir hier sind, ist die Sache auch nicht klarer.« Ronia sah durch den Hühnergott und spähte in alle Richtungen. »Da ist nichts.«

»Dieser Ort muss irgendwie mit der Insel zusammenhängen«, sagte Betty. Im Stillen begann sie schon zu glauben, dass Ronia recht hatte. Es war nur der Gedanke, ihre Freiheit wiederzuerlangen – und Willow doch noch zu helfen –, der sie davon abhielt aufzugeben. »Warum sonst sollte die Hexe auf der Karte zwinkern?« Betty ging an

Ronia vorbei und suchte sich einen Weg zwischen Felsen, Treibholz und Seegras, um die Hexe einmal zu umrunden. Nach ein paar Schritten veränderte sich das steinerne Gesicht, fast als würde die Hexe die Stirn runzeln. Noch ein Schritt weiter, und das Tageslicht, das durch das Auge der Hexe fiel, wurde durch einen überstehenden Felsen verdeckt.

»Ach, *so* kommt das Zwinkern zustande«, murmelte Betty und machte einen Schritt zurück und wieder nach vorn, um die gespenstische Illusion zu erzeugen. Aber eine Antwort hatten sie damit noch immer nicht, dachte sie resigniert. Konnte es sein, dass die seltsame Insel von Anfang an ein Schwindel gewesen war? Dass die Karte nichts als eine raffinierte Täuschung darstellte? Wenn nichts davon echt war, dann waren auch Willows Hoffnungen vergebens – und ihre Mutter hatte wahrscheinlich ganz umsonst ihr Leben verloren. Und was war mit den Widdershins? Spit hatte ihr ja erzählt, wozu Ronia fähig war, wenn ihr jemand in die Quere kam. Würden Betty und ihre Schwestern ihren Zorn bald selbst zu spüren bekommen?

Betty setzte sich auf den Rand des großen runden Felsens neben der Hexe und versuchte, ihre Gedanken zu beruhigen. Die Oberfläche des Steins war über die Jahre ausgehöhlt worden, sodass er jetzt wie eine Schüssel geformt war, in der sich eine Menge Schrott gesammelt hatte, angespült durch so manche Sturmflut oder herangeweht durch heftige Winde.

Spit kam durch den knirschenden Sand auf sie zu. »Sieht aus, als hätte da jemand einen Sinn für Humor gehabt.«

Betty drehte sich um. »Hä?«

Er deutete auf einen alten Besenstiel, der neben dem Kinn der Hexe am Felsen lehnte.

»Oh«, sagte Betty tonlos.

»Irgendwas Nützliches im Hexenkessel?« Spit blieb neben dem ausgehöhlten Stein stehen und durchsuchte das Gerümpel darin.

»Sieht nicht so aus«, antwortete Betty und weigerte sich, dem Inhalt der Steinmulde weitere Aufmerksamkeit zu schenken. Sie war jetzt nicht in der Stimmung, einen Haufen Strandgut zu durchsuchen oder einen Schwatz über Besenstiele zu halten. Sie hatte Angst, denn es stand so vieles auf dem Spiel. Zwar waren die Schwestern wieder vereint, aber es gab keine Garantie, dass sie nach Hause kommen würden – Ronia schien es nicht eilig zu haben, sie gehen zu lassen. Was hatte sie mit ihnen allen vor? Hinzu kam, dass Betty zwar keine Angst mehr um Charlie haben musste, sich aber um Willow Sorgen machte. Nicht nur sah das Mädchen krank aus, sondern auch die Chance, ihren Vater zu retten, schwand immer mehr dahin.

Dann ging ihr noch einmal Spits Frage durch den Kopf, und ein Wort blieb in ihren Gedanken hängen wie ein Angelhaken. »Warte ... *was* hast du eben gesagt?«

»Ich hab gesagt: Irgendetwas Nützliches …«

»… im Hexenkessel«, beendete Betty den Satz. Sie sprang auf den Boden und sah zu, wie Spit in der steinernen Mulde herumstocherte. Der *Hexenkessel*! Plötzlich spürte sie ein aufgeregtes Kribbeln im Magen – doch genauso schnell verschwand es wieder, als über ihnen ein seltsamer, schauriger Laut ertönte und sie alle in Angst und Schrecken versetzte.

DIE KRÄHENSTEIN-CHRONIKEN

Die Hexe, der Rabe und das Labyrinth: Teil III

Tage, Wochen und Monate waren ins Land gegangen, nachdem Fortino auf der Suche nach Prospero und dem Labyrinth verschwunden war. Ihr Vater verzehrte sich vor Sorge, doch Espero war ihm eine große Stütze. In der Zwischenzeit hatte er das Handwerk seines Vaters aufgenommen und erwies sich als würdiger Lehrling. Langsam bekamen sie wieder Aufträge, und auch wenn sie bei Weitem nicht reich waren, so waren sie doch auch nicht mehr arm.

Trotzdem konnte Espero seine Brüder nicht vergessen. Er war sicher, dass ihnen etwas zugestoßen sein musste, und wollte sie unbedingt nach Hause holen. Doch da Espero alles war, was dem Vater noch geblieben war, weigerte der sich, ihn ziehen zu lassen. Ein Jahr nachdem Fortino sich auf den Weg gemacht hatte, wurde das Boot im Hafen angespült, leer bis auf zwei schwarze Federn. Espero flehte seinen Vater an, ihn nach seinen verlorenen

Brüdern suchen zu lassen, und schließlich gab der alte Mann nach.

Espero nahm das Boot und die zwei Federn und ruderte in die Marsch hinaus, um die alte Hexe zu suchen. Als diese ihn kommen sah, verfinsterte sich ihre Stimmung wieder, denn sie erinnerte sich an seine Brüder und rechnete damit, dass Espero genauso unverschämt und rücksichtslos sein würde wie sie. Also stieß sie einen dunstigen Atemzug aus und blies einen furchtbaren Nebel über die Marsch, in dem Espero die Orientierung verlor. Sein Boot fuhr gegen einen Felsen und sank. Espero sprang ins Wasser und schwamm den Rest der Strecke. Als er die Felseninsel endlich erreichte, hatte er Unmengen von Marschwasser geschluckt. Trotzdem begrüßte er die Hexe höflich, denn er wusste, dass er ein ungebetener Gast war.

»Warum versuchst du es?«, fragte der Rabe an der Seite der Hexe. »Warum versuchst du es?«

»Weil ich Espero bin – Hoffnung«, erklärte er. »Und ich muss meine Brüder finden. Ich bin alles, was meinem Vater geblieben ist.«

Die Hexe nickte und reichte Espero einen Hühnergott, einen Stein mit Loch.

»Schau hindurch, schau hindurch«, befahl der Rabe ihm, und Espero hielt den Stein vor sein Auge und sah die Insel zum ersten Mal.

Die Hexe hielt ihm schweigend ihren Kessel hin.

»Nimm eines, wähle eines«, sagte der Rabe.

Espero bemerkte, wie die Arme der Hexe unter dem Gewicht des Kessels zitterten. »Lass mich das halten, während ich entscheide«, sagte er. »Denn du siehst erschöpft aus.«

Die Hexe reichte ihm dankbar den schweren Kessel.

»Schuhe brauche ich nicht«, sagte Espero, als er die Gegenstände durchsah. »Meine sind zwar alt, aber ich hänge an ihnen, weil mein Vater sie gemacht hat und meine Brüder sie vor mir getragen haben. Das Ei ist wunderschön, aber irgendein Geschöpf wird nun danach suchen. Der Dolch und der Umhang sind wertlos, wenn ich sie nicht mit meinen Brüdern teilen kann. Die Hasenpfote ist ein schöner Glücksbringer, aber wenn ich meine Brüder gefunden habe, ist mir das Glück genug. Aber«, er überprüfte seine Taschen und überlegte, »eine Rolle Zwirn ist immer nützlich!«

Die Hexe nickte, erfreut über Esperos Weisheit und Güte. Espero befestigte den Zwirn an seinem Gürtel und sagte: »Ich denke, es ist angebracht, dass ich dir im Gegenzug auch etwas gebe. Ich besitze nicht viel, aber ich trage dir gerne ein Lied vor, um deinen Tag zu erhellen.«

Die Hexe nickte erneut. Espero pfiff eine kleine Melodie, die er sich während seiner langen Arbeitsstunden in der Schusterei ausgedacht hatte, damit ihm die Arbeit leichter von der Hand ging. Gerührt von seiner Gutherzigkeit, bereute die Hexe, Esperos Boot zum Kentern gebracht zu haben.

Sie nahm eine große Muschel, die am Strand lag, und rieb sie mit ihren Händen, bis sie vor Esperos erstaunten Augen zur Größe eines kleinen Bootes anwuchs. Zu seiner Überraschung wuchsen gleichzeitig auch die zwei schwarzen Federn, die er bei sich getragen hatte. Sie wurden so groß und stark wie er selbst und waren schließlich stabil genug, um sie als Ruder zu benutzen. In einer riesigen Muschel als Boot, mit Federn als Ruder, machte sich Espero also auf, um das Labyrinth zu suchen. Die Hexe schickte eine hilfreiche Brise aufs Wasser hinaus, um seine Fahrt zu beschleunigen. Als er die Insel erreichte, entdeckte er einen unebenen Pfad am Klippenrand und suchte nach dem besten Zugang dorthin.

»Ich wusste ja, dieses Garn würde sich als nützlich erweisen«, sagte Espero zu sich selbst. Mithilfe der scharfen Muschelkante schnitt er ein langes Stück davon ab, band das eine Ende an einen Ast und das andere an eine Seepocke auf dem Muschelboot und hatte immer noch viel davon übrig. Er begann, die Klippen hinaufzuklettern, doch für jeden Schritt, den er machte, rutschte er zwei Schritte wieder hinunter. Er hatte vielleicht ein Viertel des Weges bewältigt, als er sich fragte, ob das Garn ihm nicht beim Aufstieg helfen könnte.

»Wie seltsam!«, rief er überrascht, denn als er den Faden abrollte, stellte er fest, dass sich am Ende eine Schlaufe befand. Als er sie hochwarf, legte sie sich um eine überhängende Wurzel, und er stellte fest, dass der Faden sein

Gewicht ohne Weiteres trug. So verwendete er das Garn wie ein Kletterseil, machte es an Steinen und Ästen fest und hatte im Nu das obere Ende der Klippe erreicht.

Dort stieß er auf den alten steinernen Brunnen, in dem tief unten der Eimer im Wasser schwamm.

Wie schade, dachte Espero. *Vielleicht könnte ich den Eimer ja herausholen und das Garn an seinem Henkel befestigen, damit niemand mehr diesen Ort durstig verlassen muss.* Zu seiner Überraschung entdeckte er einen alten Angelhaken an der Seite des Brunnens. Diesen band er an das eine Ende des Garns und das andere Ende an die Brunnenwinde. Dann ließ er den Haken hinab. Auf einmal rief eine Stimme aus der Tiefe:

»Oh, bitte fang mich nicht mit deinem Haken! Ich bin gar kein Fisch, sondern ein Mensch.«

»Prospero!«, rief Espero, denn die Stimme seines Bruders hätte er immer wiedererkannt. »Schwimm in den Eimer, und ich ziehe dich heraus.«

Also schwamm Prospero in den Eimer, und Espero warf den Haken nach dem Henkel und drehte die Brunnenwinde. So zog er den Eimer aus dem Brunnen und mit ihm Prospero, jetzt ein großer Fisch mit silbrig glänzenden Schuppen. Die beiden Brüder lachten und weinten und erzählten sich von ihrer Begegnung mit der seltsamen alten Hexe und ihrem Raben. Dann berichtete Prospero, dass Fortino auf Nimmerwiedersehen in der Höhle verschwunden war.

»Wir werden Fortino finden und dann eine Möglichkeit, diesen Fluch zu brechen und dich in einen Menschen zurückzuverwandeln«, versprach Espero und nahm den Eimer mit seinem Fischbruder vom Haken, um sich auf den Weg zur Höhle zu machen.

Als er vor dem Höhleneingang ausruhte, stellte er fest, dass die Schnur an seinem Gürtel noch längst nicht verbraucht war und offenbar auch nicht weniger wurde. Da begriff er, dass dies kein gewöhnliches Garn war, denn es schien auf sein Geheiß hin immer wieder nachzuwachsen und war obendrein außerordentlich reißfest.

Da Espero ahnte, dass das Höhlensystem weit verzweigt und tückisch sein würde, beschloss er, eine Spur zu legen. Er band ein Ende des Garns an den Hühnergott und legte ihn vor den Höhleneingang; den Rest wickelte er ab, während er die Gänge erkundete. Auf diese Weise konnte er jederzeit den Weg zurückfinden, wenn er sich verirren sollte. Er wollte gerade den ersten Höhlengang betreten, als eine leise Stimme nach ihm rief.

»Bitte, nimm mich mit.«

Espero drehte sich nach dem winzigen Stimmchen um, doch er sah nichts als einen Leuchtkäfer, der sich an die Felswand klammerte.

»Meine Brüder und Schwestern sind in der Höhle verschwunden, aber ich bin zurückgeblieben«, sagte das Tier. »Meine Beine sind kurz, und ich würde ein ganzes Leben brauchen, um sie einzuholen.«

Prospero drängte Espero, den Käfer zurückzulassen. »Du hast doch schon mich zu tragen, Bruder. Warum dir noch eine Last aufladen?«

»Weil wir wissen, wie es ist, einen Bruder zu verlieren«, antwortete Espero, während er den Leuchtkäfer auf seine Schulter setzte und in die Höhle trat. Um sich für Esperos Güte zu bedanken, glimmte der kleine Käfer in der Dunkelheit so hell, dass die Höhlengänge erleuchtet wurden und Espero den Weg vor sich gut erkennen konnte.

Bedächtig ging er durch die düsteren, feuchten Gänge. Er sang vor sich hin, um sich aufzumuntern, aber die Stimme, die zurückhallte, war nicht seine eigene.

»Das ist ja Fortinos Stimme!«, rief Prospero aus. Doch sosehr sie auch nach ihm riefen und ihn überall suchten, Fortino war nicht zu finden. Schließlich begriff Espero, dass Fortino zu einem Echo in der Höhle geworden war, so wie Prospero im Brunnen als Fisch überlebt hatte. Espero sang weiter, sodass die Stimme seines Bruders ihm folgen konnte, und auch wenn er mehrfach eine falsche Abzweigung nahm, sorgte das lange, feste Garn dafür, dass er sich nie vollkommen verirrte.

Am dritten Tag, als die zwei Brüder heiser vom Singen und durch den langen Weg in der feuchtkalten Höhle ganz durchgefroren waren, sahen sie vor sich eine hell erleuchtete Kaverne. In ihrer Mitte lagen eine alte Laterne mit Leuchtkäfern und ein einzelner Schuh, abgewetzt und mit Meersalz verkrustet. Espero wusste sogleich, dass es der Schuh seines törichten Bruders war. Er brachte den Leuchtkäfer zu seinen Geschwistern, und zusammen glühten sie noch heller als zuvor.

»Du kannst nicht zurück durch die Höhle«, sagten sie zu ihm. »Der einzige Weg ist vorwärts, um das Herz der Insel zu erreichen. Wir leuchten dir den Weg nach draußen.« Und so nahm Espero die Laterne und den Schuh und ging weiter, bis das Glühen der Leuchtkäfer im grellen Sonnenlicht verblasste, als er endlich den Weg nach draußen zur Mitte der Insel gefunden hatte. Dort befreite er die Leuchtkäfer, die voller Dankbarkeit waren.

Auch Espero bedankte sich bei ihnen. Dann stellte er fest, dass sich das verzauberte Garn nicht länger durch die Höhlengänge schlängelte, sondern feinsäuberlich aufgewickelt an seinem Gürtel befestigt war. Der Hühnergott, den die Hexe ihm gegeben hatte, rollte auf ihn zu und blieb zu seinen Füßen liegen. Espero steckte den Stein in seine Tasche und wollte seinen Weg fortsetzen, als er feststellte, dass ihm das Echo von Fortinos Stimme draußen nicht mehr folgen konnte.

Geschwind dachte er nach und rief noch einmal den Namen seines Bruders in die Höhle, um das Echo von Fortinos Stimme in seinem leeren Schuh zu fangen. So zogen sie weiter, und die Insel wurde immer wundersamer. Sie kamen an Bäumen vorbei, von denen glitzernde Münzen fielen, und an Wasserfällen, die Juwelen regneten, und jedes Mal drängten Prospero und Fortino ihren Bruder

Espero, die Kostbarkeiten aufzusammeln. Doch Espero war weiser als seine Brüder und rührte nichts an, das nicht ihm gehörte.

Als er die Mitte der Insel erreichte, fand Espero dort einen Raben vor, der in einem riesigen Nest von Schätzen hockte.

»Du kannst mitnehmen, was immer du tragen kannst«, sagte der Vogel zu ihm. »Doch sobald du das tust, wird die Insel verschwinden und du kannst niemals zurückkehren.«

»Meine Hände sind voll«, antwortete Espero. »Ich habe alle Reichtümer, die ich hier suchte. Meine einzige Bitte ist, dass meine Brüder ihre ursprüngliche Gestalt zurückerlangen.«

Mit einem Flügelschlag gewährte der Rabe ihm seinen Wunsch.

Und dies war die Geschichte der drei Brüder, die auszogen, um ihre Familie vor dem Ruin zu retten – von denen nur einer mit Erfolg, Glück und unermesslichem Reichtum zurückkehrte.

Kapitel 22

Der Rabe

Da war er wieder, dieser markerschütternde, krächzende Laut, der Betty einen Schauer über den Rücken jagte. Ronia zog sofort ihr Entermesser.

Betty gefror das Blut in den Adern. Der furchtbare Laut klang wirklich gespenstisch, aber plötzlich hatte sie eine Ahnung, was es sein könnte. Sie schirmte ihre Augen gegen die Sonne ab und sah hinauf zu dem Felsvorsprung, der die Krempe des Hexenhuts bildete. Dort oben bewegte sich etwas, und kurz darauf wurde ein Büschel Seegras über die Kante gestoßen. Es landete auf Ronias Klinge, die es geradewegs in zwei Hälften teilte. Dann tauchte ein großer schwarzer Vogel über dem Felsrand auf und spähte neugierig zu ihnen hinunter.

»Ein Rabe!«, rief Charlie, die jetzt neben Betty auftauchte. »Mensch, was für ein Prachtkerl!«

»Aber seltsam, dass er allein hier draußen ist«, überlegte Betty. »Raben sieht man normalerweise zu zweit.«

»Ob nun allein oder zu zweit, sie bringen Unglück«, sagte Fliss, die ein Stück entfernt neben Willow auf einem Felsen saß und den Vogel argwöhnisch beobachtete. »Das sagt Granny jedenfalls immer.«

»Ich dachte, das waren Elstern, die Unglück bringen«, entgegnete Spit.

Fliss zuckte die Achseln. »In Grannys Augen gilt das für all diese Vögel: Krähen, Raben und Elstern. Sie sagt auch immer diesen kleinen Reim über sie auf.«

»Einer bringt Marschnebel, zwei bringen Sorgen«, erinnerte sich Betty an den alten Aberglauben, den Granny so oft zitiert hatte. Der Vogel legte den Kopf schief, beäugte sie und lauschte. *»Drei eine lange Reise am Morgen.«* Mit einem seltsamen Gefühl im Magen erinnerte sie sich an die drei Raben, die am Abend, bevor Willow aufgetaucht war, auf dem Schild an der Hauswand des *Wildschütz* gehockt hatten. Marschnebel, Sorgen und eine Reise. Das alles war eingetreten.

»Hat Granny sich nicht auch mal eine andere Version ausgedacht, als sie betrunken war?«, warf Fliss ein, die jetzt zu Betty herüberkam. »Wie ging das noch mal ...? Ach ja! *Einer für Whisky, zwei für Rum, drei für einen auf ex – sei's drum ...«*

»Halt die Klappe!«, rief Ronia und brachte Fliss mit einem vernichtenden Blick zum Schweigen. »Apropos ex, du redest viel zu viel ...«

Ein krächzender Schrei unterbrach sie. Er war so laut,

dass Ronia erschrocken mit einzigen schnellen Bewegung ihr Entermesser durch die Luft schnellen ließ und dabei Spits Nase nur knapp verfehlte. Und dann ertönte eine Stimme. Eine uralte, knarzende Stimme, die nicht zu einem Menschen gehören konnte.

»Ihr … ihr sucht also nach der Insel?«

»Wooah!«, rief Spit und sprang mit einem Satz hinter den steinernen Hexenkessel. »Hat dieser Vogel da gerade *gesprochen*?«

»Ja«, brachte Betty hervor. Ihr Mund fühlte sich auf einmal ganz trocken an, doch der Nebel ihrer Gedanken lichtete sich wie der morgendliche Dunst über der Marsch. Ein Teil von ihr hatte es schon gewusst, hatte es *erwartet*, sobald der Vogel aufgetaucht war.

»Komm zurück«, drängte Spit, der hinter dem großen Stein kauerte. »Sprechende Krähen … da stimmt doch was nicht! Auf diesem Ort liegt ein Fluch … es muss ein Meergeist sein.«

»Hier gibt's keinen Fluch!« Charlie warf ihm einen verächtlichen Blick zu. »Außerdem ist es ein Rabe, wie ich gesagt hab. Die *können* sprechen – sie ahmen Menschen nach.« Sie musterte den Vogel bewundernd. »Es gab mal einen, der ist immer in den Hinterhof des *Wildschütz* gekommen. Granny hat ständig Töpfe aneinandergeschlagen und ihm Schimpfworte hinterhergerufen, bis er wegflog. Eines Tages dann hat er zurückgeschimpft – da hat sie vielleicht einen Schreck bekommen!« Charlie kicherte.

»Sie hat recht«, sagte Ronia gereizt und steckte ihre Waffe zurück. »Ich hab auch schon mal einen sprechenden Raben gesehen. Er hat irgendeinem alten Seebären gehört, dessen Schiff wir gekapert haben.« Sie schnaubte empört und trat wütend nach einem Kieselstein zu ihren Füßen. »Da muss sich jemand einen Scherz erlaubt haben, dem Vogel dieses Gerede über die Insel beizubringen.«

»Vielleicht ist es gar kein Scherz«, sagte Betty. Sie hatte nicht das leiseste Bedürfnis, Ronia zu helfen, doch gleichzeitig beschlich sie das beunruhigende Gefühl, dass es gefährlicher wäre, wenn sie sich nicht als nützlich erwiesen. Und der Anblick von Willow, die auf dem Felsen in sich zusammengesunken war, erinnerte sie daran, dass es nicht nur um Ronia ging. Für das kleine Mädchen und ihren Vater war es überlebenswichtig, die Insel zu erreichen.

»Die *Zwinkernde Hexe* ist aus einem guten Grund auf der Karte verzeichnet«, fuhr Betty fort. »Und ich glaube ... ich glaube, dass der Rabe hier ist, hat auch seinen Grund.« Sie ging einen Schritt auf den Hexenfelsen zu und sah zu dem Vogel hinauf. »Ja«, sagte sie zu ihm. »Wir sind auf der Suche nach der Insel.«

Für einen langen Moment erwiderte der Rabe ihren Blick und blinzelte lautlos. Betty wand sich. Sie kam sich allmählich ganz albern vor. War ihre Theorie doch falsch? Sie war so sicher gewesen ...

»Das ist jetzt wirklich Zeitverschwendung«, begann

Ronia, doch plötzlich flatterte der Rabe hoch in die Luft und stieß dabei einen schrillen Laut aus, der auf gruselige Weise an menschliches Gelächter erinnerte.

Der Vogel schoss hinunter und landete, immer noch keckernd, auf dem Rand des steinernen Kessels.

Charlie runzelte die Stirn. »Solche Geräusche machen Raben sonst aber nicht.«

»Vielleicht ist es doch eine Krähe«, sagte Spit.

»Nein … es ist ein Rabe«, beharrte Charlie. »Sein Schnabel ist länger und gebogener. Und seine Nackenfedern sehen zerrupft aus …«

»Zerrupft?«, meldete sich die krächzende Stimme wieder. *»Zerrupft?«*

»Heiliger Krähenfuß!«, rief Charlie. »Ich hab nicht gewusst, dass sie einen *so* schnell nachahmen können.«

Der Vogel keckerte noch einmal, und der Laut hatte etwas so Spöttisches, dass es Bettys letzte Zweifel zerstreute.

»Er ahmt dich nicht nach«, sagte sie leise. »Er antwortet dir.«

Für einen Moment herrschte Schweigen, während jeder von ihnen darüber nachdachte, was das bedeutete.

»Ich habe recht, stimmt's?«, fragte Betty und machte einen Schritt auf den Vogel zu. »Du bist kein gewöhnlicher Rabe, nicht wahr? Du bist schon lange Zeit hier.«

Der Rabe starrte sie an. »Lange, lange Zeit«, krächzte er.

»Das ist doch Unsinn!«, fuhr Ronias Stimme wutentbrannt dazwischen. »*Natürlich* macht er dich nach! Er hat keine Antwort …«

»Ruhe!«, schrie der Rabe und fixierte sie mit seinen durchdringenden gelben Augen.

Ronias Mund öffnete und schloss sich lautlos. Sie hätte nicht schockierter aussehen können, wenn sie jemand geohrfeigt hätte.

Der Rabe hüpfte auf dem Rand des steinernen Kessels herum. »Und du«, herrschte der Vogel Charlie wütend an, während er sich die Nackenfedern putzte. »Zerrupft, von wegen! ›Plusterig‹ vielleicht.«

»Äh, j-ja«, stammelte Charlie. »Entschuldige.« Sie zögerte, dann fing sie sich wieder. »Einen Moment mal. Ich hab auch gesagt, dass du ein Prachtkerl bist, weißt du.« Hopsi steckte vorsichtig die Nase aus Charlies Tasche, warf einen Blick auf den Vogel, quiekte erschrocken und verschwand wieder.

»Das stimmt«, antwortete der Rabe, jetzt etwas weniger frostig. »Also, wo waren wir?«

»Die Insel«, sagte Betty. »Wir sind auf der Suche danach.« Die Aufregung begann in ihr zu knistern wie Brausepulver. So oft hatte Vater ihnen die Legende der drei Brüder erzählt, und doch hätte sich keine der Schwestern träumen lassen, dass in dieser Geschichte ein wahrer Kern stecken könnte. Wenn der Rabe sprechen konnte, vielleicht könnte er ihnen den Weg zeigen. Vielleicht könnte Willows Vater wirklich gerettet werden.

»Natürlich seid ihr auf der Suche danach«, sagte der Rabe. »So wie alle, die hierherkommen. Aber nicht alle, die hierherkommen, können zuhören.« Damit flatterte der Rabe wieder in die Luft und kreischte Ronia ein ohrenbetäubendes *»Kraaaaaaaaah!«* ins Gesicht, bevor er sich noch einmal auf der Kante des Steinkessels niederließ.

»Ich höre zu«, sagte Betty.

»Ich auch«, fügte Charlie sofort hinzu.

»Gut.« Der Rabe beugte sich über die Mulde im Stein und pickte mit seinem Schnabel durch die Gegenstände darin. »Ihr wisst ja, was ihr tun müsst.«

Betty spähte in den Steinkessel und betrachtete das Durcheinander darin. »Nimm eines, wähle eines«, murmelte sie.

»Nimm eines, wähle eines?«, fragte Fliss stirnrunzelnd. »Warum kommen mir diese Worte so bekannt vor?«

»Sie sind aus der Geschichte«, flüsterte Betty. »Die *Krähenstein-Chroniken*, wisst ihr noch? Die einäugige Hexe, der Rabe und die drei Brüder. Wir haben gerade erst darüber gesprochen, als wir aufgebrochen sind, um Charlie zu suchen. Die *Zwinkernde Hexe* hat mich an diese Geschichte erinnert!«

Sie zögerte. Die Legende enthielt sicher Hinweise – Warnungen, welche Fehler den Brüdern unterlaufen waren, bevor der jüngste von ihnen Erfolg gehabt hatte –, und diese Dinge könnten ihnen jetzt vielleicht helfen.

Wie sicher war es, so viel vor Ronia preiszugeben? Andererseits, überlegte Betty, wenn Spit die Geschichte kannte, war es gut möglich, dass Ronia auch davon gehört hatte.

»Willst du damit sagen … die einäugige Hexe aus der Geschichte und die *Zwinkernde Hexe* hier sind ein und dieselbe? Aber … das ist doch nur eine Legende!«, rief Fliss aus und schüttelte ungläubig den Kopf. »All diese Geschichten, die Vater uns erzählt hat – das sind doch Märchen! Erfunden und über Generationen weitererzählt, um gelangweilte Kinder zu unterhalten.«

»Stimmt das wirklich?«, fragte Betty. »Mit dieser Vorstellung sind wir aufgewachsen. Und vielleicht *waren* einige der Geschichten ja auch erfunden … aber überleg doch mal! Was, wenn man sich diese Geschichte erzählt, weil das alles wirklich passiert ist? Vielleicht nicht haargenau so, wie es in der Erzählung beschrieben wird, aber mit einigen wahren Elementen und anderen Teilen, die sich die Leute ausgedacht haben.«

»Oder vielleicht ist es sogar fast genauso passiert wie in der Geschichte«, warf Willow ein, die zum ersten Mal etwas sagte, seit sie auf der *Zwinkernden Hexe* an Land gegangen waren. Willow sah immer noch krank aus, und ihre Augen glänzten fiebrig. Vielleicht waren es die seltsame Hexeninsel und der sprechende Rabe, aber Betty musste sich beunruhigt eingestehen, dass es mit jeder Stunde einfacher wurde, Willows Anwesenheit zu vergessen.

»Das bedeutet also, dass hier wirklich einmal eine einäugige Hexe lebte«, sagte Betty. »Eine, die den Weg zu der geheimen Insel kannte und habgierige Besucher mit ihrer Magie hereinlegte. Und weil die Geschichte weitergelebt hat, ist auch sie nie gestorben …«

»Sie hat nur eine andere Form angenommen«, sagte Fliss langsam und betrachtete den Hexenfelsen.

»Mein Vater hat mal gesagt, Magie geht dahin, wo Magie ist«, sagte Willow leise. »Sie verändert sich vielleicht oder wechselt ihre Gestalt, aber sie bleibt für immer. Selbst wenn es nur ein Hauch ist. Wir müssen es nicht verstehen. Wir müssen nur daran glauben.«

»Und jetzt müssen … müssen wir uns eines von den Dingen im Hexenkessel aussuchen?«, fragte Charlie und spähte in das Steinbecken. Sie war noch ein Baby gewesen, als Betty und Fliss die Geschichte zum ersten Mal gehört hatten, und kannte die Legende nicht so gut wie sie.

»Richtig«, sagte Betty und warf einen Blick auf den Raben. »Genau wie die drei Brüder das getan haben.«

»Wähle eines«, stimmte der Rabe zu und bewegte ruckartig den Kopf. »Wähle eines.«

»Und dann zeigst du uns den Weg zur Insel?«, fragte Willow.

Der Rabe keckerte. »Die Insel ist gleich da drüben. Macht doch die Augen auf!«

»Das machen wir ja«, gab Ronia zurück. Sie musterte den Raben argwöhnisch, eine Hand schon auf der

Klinge an ihrem Gürtel. »Ich sehe weit und breit keine Insel.«

»Das liegt daran«, krächzte der Rabe, »dass sie jetzt nur noch durch das Auge der Hexe zu sehen ist.«

»Das Auge der ...?« Betty drehte sich blitzschnell um und sah wieder zum Felsen hinauf. »Natürlich! Das Auge der Hexe ist ein Hühnergott! Aber ein viel, viel größerer.«

Betty kletterte den Felsen hinauf, bis sie auf Höhe des großen Lochs war, dem Auge der Hexe. Sie holte tief Luft und lehnte sich vor, um hindurchzusehen, auch wenn sie nicht wusste, ob sie in die richtige Himmelsrichtung schaute.

»Ach, du diebische Elster!«, rief sie und verlor vor Schreck beinahe den Halt. Schnell griff sie nach einem Grasbüschel, zog sich wieder hoch und warf einen zweiten Blick durch das Loch.

»Was?«, kreischte Charlie und hüpfte auf und ab. »Ist sie da? *Ist sie?* Lass mich sehen! Ich komme hoch!«

Betty starrte auf das glitzernde Wasser, das sich vor ihr erstreckte. Erst als ihre Augen zu brennen begannen, merkte sie, dass sie vergessen hatte zu blinzeln. »Ja«, flüsterte sie und wusste selbst nicht, ob sie es glauben sollte.

Denn nicht weit vor ihnen, von schäumenden Wellen umspült, lag die Insel.

Kapitel 23

Der Hexenkessel

»Verflixte Krähe«, flüsterte Charlie in Bettys Ohr. Sie war ihrer Schwester auf den Rücken geklettert und versuchte, durch das Hexenauge zu sehen. »Da ist sie. Da ist sie wirklich!«

»Und du erwürgst mich gleich!«, stieß Betty hervor. Mit einer Hand lockerte sie Charlies Griff um ihren Hals, während sie sich mit der anderen an einem Grasbüschel festhielt, das auf einmal verdächtig nach einer Augenbraue aussah. »Entschuldigung«, murmelte sie und ließ hastig los. Dann kletterten Betty und Charlie wieder den Felsen herunter, damit auch die anderen nacheinander einen Blick durch das durch das steinerne Auge werfen konnten.

»Es ist also *wahr*«, flüsterte Willow. Die Entdeckung hatte sie aufspringen lassen und erfüllte sie mit neuer Energie. Als sie durch den riesigen Hühnergott spähte, lag in ihrem Blick die alte Entschlossenheit, die so unbeirrbar war wie die Ronias. »Ich muss da hin«, murmelte sie vor sich hin. »*Muss* da hin …«

»Ich verstehe das nicht«, sagte Fliss. »Warum konnte man die Insel nicht durch den anderen Hühnergott sehen?«

»Wie der Rabe gesagt hat«, antwortete Betty und warf einen sehnsüchtigen Blick auf den Stein, den Ronia für sich reklamiert hatte, »wir haben nicht durch das Auge der Hexe geguckt.« Sie starrte in die Richtung der Insel und rechnete damit, nichts zu sehen. Dieses Mal jedoch war sie da. Verwirrt wandte sie sich an den Raben. »Oh! Jetzt kann ich die Insel sehen, ohne durch den Stein zu gucken!«

Der Rabe keckerte. »Ein Blick durch das Auge der Hexe ändert so einiges.«

Betty nickte – und erstarrte.

Der Rabe erwiderte ihren Blick. Oder zumindest *dachte* Betty das. Denn jetzt war es schwer zu sagen, worauf genau der Vogel seinen Blick richtete. Zunächst einmal hatte er keine Augen mehr. Stattdessen waren da nur ausdruckslose, leere Höhlen in einem bleichen weißen Schädel. Das schwarze Gefieder war verschwunden, und der Vogel bestand nur noch aus Knochen. Was Betty da anstarrte, war ein Skelett.

Trotz allem, was passiert war – die Wärter, das Schiffswrack, Rusty Swindles und die Piraten –, war der Anblick des blinden Vogelschädels, der sich bewegte und sprach, in gewisser Weise eines der verstörendsten Dinge, die Betty je gesehen hatte. Sie erinnerte sich an den Schwarm der Irrlichter und begriff, dass sie zum zweiten Mal in wenigen Stunden dem Tod ins Auge geblickt hatte. Der Gedanke daran ließ ihr einen Schauer über den Rücken laufen, gruselte sie wie eine flüsternde Stimme in einem leeren Raum. Wenn Granny bei ihnen wäre, würde sie sagen, es wäre ein böses Omen. Eine Vorausdeutung auf etwas Schlimmeres …

»Betty!«

Fliss' Stimme riss sie aus ihren düsteren Gedanken. Ihre Schwester eilte zu ihr und musterte sie aufmerksam. »Was ist denn los? Du siehst ja aus, als hätte man dir den Käse vom Brot geklaut.«

Betty blinzelte, um den Bann zu brechen. Als sie den Raben wieder anschaute, putzte er sein Gefieder. Keine Spur von Knochen oder Totenschädel. »Ich …«, stammelte sie. Was war da nur gerade passiert? Offensichtlich hatte niemand anders es gesehen – sie waren zu sehr damit beschäftigt gewesen, zur Insel hinüberzustarren. Hatte sie sich die grauenhafte Erscheinung eingebildet? Oder hatte der Blick durch das Auge der Hexe ihr einen Blick auf etwas eröffnet, das normalerweise verborgen war?

»N-nichts«, log sie.

Sie folgte Fliss zu dem steinernen Hexenkessel und war froh, sich von dem Raben abzuwenden, auch wenn sie spürte, wie sein Blick ihren Rücken durchbohrte. Sie wagte es, sich umzusehen. Die schwarzen Federn des Vogels wurden vom Wind zerzaust, aber abgesehen davon saß er jetzt still wie ein Grabstein.

Fliss griff in das Steinbecken und begann die Gegenstände zu durchsuchen. »Es ist nur ein Haufen alter Schrott«, sagte sie. Zweifel verdüsterte noch einmal ihre Miene. »Ich meine, schau doch!« Sie hielt eine angeschlagene Tasse hoch und dann eine zerbrochene Eierschale. »Wie soll uns irgendwas von diesem Zeug helfen, Betty? In der Geschichte wurden die Gegenstände in den Hexenkessel gelegt, um die Brüder in Versuchung zu führen, aber die Hälfte dieser Dinge sieht einfach aus, als wäre sie von der Sturmflut angespült worden.«

Betty griff nach der Eierschale. »Das goldene Ei?«, murmelte sie, aber sie konnte schon sehen, dass es nicht golden war, sondern grau-grün gesprenkelt. Die blasse Schale zerkrümelte zwischen ihren Fingern. Sie warf eine durchlöcherte, von Seetang überzogene Socke zur Seite, dann einen durchnässten, ausgefransten Schal. Fliss hatte recht: Wo war hier die Versuchung? Das große goldene Ei oder die feinen Lederschuhe, denen Prospero und Fortino nicht hatten widerstehen können?

»Es sei denn …« Sie zögerte, als sie Ronia hinter sich spürte. Wachsam und lauschend. Wie gut kannte die Piratenanführerin die alte Legende? Wartete sie darauf, dass die Schwestern eine Wahl für sie trafen? »Da *muss* doch etwas sein; warum sonst wäre der Rabe hier?« Bettys

Blick ging den Felsen hinauf. Kam es ihr nur so vor, oder war das Auge der Hexe etwas schmaler geworden?

Fliss stocherte vorsichtig zwischen den Schrottteilen herum und kräuselte die Lippen. »Ein Gegenstand nutzloser als der andere. Und es sind viel zu viele Dinge hier drin – das meiste davon ist einfach Treibgut.«

»Aber eines dieser Dinge wird uns helfen«, sagte Betty. »Oder vielmehr Willow helfen.« Sie sah zu dem Mädchen hinüber, das neben dem Hexenfelsen stand und ununterbrochen aufs Wasser starrte, als fürchtete sie, dass die Insel plötzlich verschwinden könnte, sobald sie den Blick abwandte. Noch einmal verspürte Betty das vertraute Bedürfnis, sie zu beschützen. Betty hatte ihre Schwestern bei sich, aber Willow hatte niemanden. Wenn die Widdershins schon keine andere Wahl hatten, als zur Insel mitzukommen, dann wollte Betty wenigstens dafür sorgen, dass Willow davon profitierte und nicht Ronia. Und je länger sie darüber nachdachte, desto mehr fühlte sie sich wie eine Fliege, die in einem Spinnennetz gefangen war. Warum hatte Ronia sie überhaupt gezwungen, sie hierhin zu begleiten, wenn sie doch niemanden aus ihrer Mannschaft mitgenommen hatte? Das hatte mit Sicherheit nichts Gutes zu bedeuten.

»Was waren noch mal die ursprünglichen Gegenstände in der Geschichte von den drei Brüdern?«, fragte Fliss. »Ich erinnere mich an die Schuhe und das goldene Ei … was waren die anderen?«

»Es gab verschiedene Versionen der Geschichte«, sagte Betty. »Weißt du nicht mehr? Die Gegenstände waren nie haargenau dieselben – je nachdem, wer die Geschichte erzählte. In Vaters Version war es ein Ei, aber bei Granny war es eine Feder. Und Granny hat immer erzählt, dass eine Glück bringende Hasenpfote dabei war, aber Vater meinte, es war ein Hufeisen.«

Fliss durchwühlte die Gegenstände in der Steinmulde. »Hier drinnen ist nichts dergleichen. Das ergibt doch alles keinen Sinn ... warte. Was ist das?« Sie pickte etwas Kleines heraus, das teilweise von Seetang umwickelt war. Sie wischte den Gegenstand ab und hielt ihn zwischen Daumen und Zeigefinger. »Ein Gabelbein. Granny sagt immer, die bringen Glück! Glaubst du etwa ...?«

Betty starrte mit klopfendem Herzen auf den Vogelknochen. »Ja, genau das denke ich. Es ist ein Glücksbringer, genau wie ein Hufeisen oder eine Hasenpfote. Was, wenn ... was, wenn die Gegenstände andere sind als in der ursprünglichen Geschichte, aber irgendwie zusammenhängen?«

»Vielleicht verändern sie sich, je nachdem, wer sie findet«, flüsterte Fliss aufgeregt.

»Genau«, sagte Betty. »Vor allem, wenn man die Geschichte *kennt*. Wir wissen, dass die Hexe die Brüder ausgetrickst hat und dass es am Ende der bescheidenste Gegenstand war, der ihnen half: die Garnrolle.« Betty sah zum Hexenfelsen hinauf. In diesem Moment strich der Wind durch das Grasbüschel über dem steinernen Auge, das sie vorhin bemerkt hatte, und es sah so aus, als würde die Hexe die Brauen zusammenziehen. »Es war ja klar, dass sie es uns nicht leicht machen würde.«

Sie beugte sich wieder über den steinernen Hexenkessel und durchsuchte noch einmal die Gegenstände. Weitere Objekte kamen zum Vorschein, die aus dem schlammigen Wasser aufgetaucht waren, das sich unten in der Steinmulde gesammelt hatte. Betty hatte das seltsame Gefühl, jedes Mal, wenn sie hinsah, änderten sich die Gegenstände und neue kamen hinzu. Ihre Fingerspitzen wurden ganz taub vor Kälte, so taub, dass es einen Augenblick dauerte, bis sie den scharfen Stich in ihrem Zeigefinger spürte.

»Oh!« Erschrocken zog sie ihre Hand zurück. Ein leuchtend roter Blutstropfen glänzte auf ihrer Fingerspitze. »Was war das denn?«

Fliss schob die alte Socke zur Seite.

»Pass auf«, warnte Betty und saugte das Blut von ihrem Finger. »Es könnte Glas sein oder vielleicht eine Nadel.«

»Nein«, sagte Fliss und zog vorsichtig etwas aus dem Steinkessel. »Guck, es ist eine alte Hutnadel. Granny hat auch so eine, aber ihre ist nicht so ausgefallen.« Sie rieb die glänzende Silbernadel an ihrem Schultertuch ab. Sie war stabil und fast so lang wie Fliss' Hand. Es war jedoch das verzierte Ende der Nadel, das ihren Wert verriet. Als

Fliss den Dreck abgewischt hatte, lag ein schimmerndes Perlmutt-Seepferdchen in ihrer Hand.

»Wunderschön«, murmelte sie, streichelte das Schmuckstück sehnsüchtig und reichte es ihrer Schwester.

»Ganz schön scharf«, flüsterte Betty. Ihr Blick schoss zu Ronias Entermesser. Vielleicht würde es nicht schaden, wenn auch sie eine Waffe hätten. Eine, die man leicht in einem Ärmel verstecken oder in einem Rock festmachen konnte, für den Fall der Fälle. Nicht gerade ein Dolch, aber doch zumindest nahe dran ...

»Und was ist das?«, fragte Fliss atemlos und riss Betty aus ihren Grübeleien. Sie fischte ein zusammengeknäueltes Etwas heraus. »Wie seltsam – das ist nicht einmal nass ... Schau doch mal, Betty! Samthandschuhe – wie *wunderschön.*«

Betty runzelte die Stirn, während Fliss den wertvollen Stoff glatt strich. Die Handschuhe waren aus tiefdunkelviolettem Samt, goldgerändert und luxuriöser als alles, was die Widdershins je besessen hatten. Fliss' dunkle Augen wurden immer größer vor Verlangen. »Stellt euch nur vor, die zu tragen«, murmelte sie. »Sie scheinen auch noch genau meine Größe zu haben ...«

»Nein!«, rief Betty und schlug Fliss das Fundstück aus der Hand. Die kostbaren Handschuhe landeten in der flachen Meerwasserlache im Steinkessel.

»He!«, schimpfte Fliss. »Ich wollte gerade ...«

»Die falsche Entscheidung treffen«, sagte Betty und

starrte auf das Fundstück in ihrer eigenen Hand. Mit zitternden Fingern legte sie die Hutnadel auf die Handschuhe in der Steinmulde. »Genau wie ich. Kapierst du nicht? Die Handschuhe? Sie sind luxuriös, die perfekte Größe. Genau wie die Schuhe, die Fortino sich ausgesucht hat. Und die Hutnadel? Die ist eine Waffe wie der edelsteinbesetzte Dolch. Wir sind beinahe auf ihre Tricks hereingefallen, Fliss! Wir müssen vorsichtiger sein. Wir müssen das Garn finden – wie auch immer es getarnt sein mag.«

»Aber so etwas ist hier überhaupt nicht drin«, sagte Fliss panisch. »Wie funktioniert das überhaupt? Soll sich jede von uns einen Gegenstand aussuchen?«

»Nimm eines«, krächzte der Rabe. »Eines, eines, *eines*!«

»Ich glaube, das bedeutet, ein Gegenstand für uns alle«, sagte Betty. »In der Geschichte reiste ja jeder der Brüder allein mit einem Gegenstand zur verborgenen Insel. Ich nehme an, wenn wir als Gruppe hier sind, dann dürfen wir trotzdem nur einen Gegenstand aussuchen …«

»Zwei«, ertönte Ronias Stimme hinter ihnen und ließ sie alle zusammenzucken. Die Piratin stieß Fliss zur Seite und durchwühlte den steinernen Kessel. Bandit sprang von einem Tümpel in der Nähe herbei und hüpfte auf ihre Schulter.

Betty packte Fliss am Ellenbogen, damit sie nicht das Gleichgewicht verlor. Sie spürte, wie die Wut in ihr hochkochte. »Nein, es ist *ein* Gegenstand. Und wir dürfen das jetzt nicht vermasseln – deshalb ist es wichtig, klug zu wählen.«

Ronia gluckste verächtlich, aber ihr Lachen klang hohl. »Ich meine, dass wir zwei Gruppen sind, nicht eine.« Sie wühlte noch tiefer in der Mulde, ohne Betty anzusehen. Bandit fauchte und zeigte seine langen weißen Reißzähne. »Und ihr könnt euch aussuchen, was ihr wollt, nachdem *ich* meine Wahl getroffen habe. Ha!« Eilig zog sie etwas aus dem Steinkessel. »Ich nehme das.« In ihrer Hand lag ein alter Schlüssel, der von Schlick überzogen war.

»Ich bin sicher, der war vorhin noch nicht da«, wisperte Fliss.

Ronias Augen funkelten gierig, und Betty wusste sofort, dass sie an verschlossene Kisten und unermessliche Reichtümer dachte. Aber gehörte der Schlüssel zu den Gegenständen der Hexe? Oder war er nichts als Treibgut?

»Leg das zurück«, sagte Betty wütend, denn ihr war bewusst, dass sie wertvolle Zeit vergeudeten. »So funktioniert die Insel nicht! Wenn wir die falsche Entscheidung treffen, ist alles verdorben. Und ob es dir nun gefällt oder nicht, wir stecken da jetzt zusammen drin …« Sie brach ab, als Ronia einen leisen Schrei ausstieß.

Der Schlüssel in ihrer Hand hatte begonnen, sich zu bewegen wie ein Vogel, der sein Gefieder schüttelte. Nach und nach blätterten jahrelanger Dreck und Rost von ihm ab, und eine glänzende goldene Oberfläche kam zum Vorschein, in die ein kleiner tränenförmiger Stein eingelassen war.

Gold, dachte Betty. Und je länger sie den Schlüssel ansah, desto weniger ähnelte der Stein darin einer Träne – und desto mehr sah er aus wie … *ein Ei*.

Sie sog erschrocken die Luft ein, als Ronias Finger sich um den glänzenden goldenen Gegenstand schlossen. Es war, als würde sie Betty eine Tür vor der Nase zuschlagen. Die Entscheidung war gefallen.

»Spit!«, rief Ronia. »Mach das Boot klar. Wir wollen los!« Sie steckte den Schlüssel in die Tasche und wandte sich ab. Schnell packte Betty sie am Arm und zwang sie, sich umzudrehen.

Ronia schüttelte ihre Hand ab, doch Betty hielt ihrem Blick stand, und ihre Augen funkelten genauso wütend wie die der Piratenkapitänin. »Wenn du es unbedingt auf deine Weise machen willst – bitte. Aber wir machen es auf *unsere* Weise, und wir lassen uns dabei nicht hetzen!«

Zu ihrer Überraschung grinste Ronia nur. »Lass dir nur Zeit, so lange du willst, mein kratzbürstiger kleiner Seeigel. Spit und ich werden längst über alle Berge sein, wenn ihr die Insel erreicht habt. *Falls* ihr sie je erreicht.«

»Käpt'n?«, begann Spit unsicher. Sein Blick ging zu den Mädchen, ruhte einen langen Moment auf Fliss und wanderte dann weiter zu Charlie, bevor er Bettys Blick begegnete.

Die Sorge, die sich auf seinem Gesicht abzeichnete, machte ihr Angst.

»Das kannst du nicht machen«, flüsterte Betty, als sie endlich begriff, was Ronia meinte. Und dann verebbte ihr Flüsterton, und sie brüllte: *»Du kannst nicht einfach unser Boot nehmen!«*

Plötzlich wurde sie sich der Stille um sich herum bewusst, als alle anderen innehielten und zuhörten. Selbst die Wellen schienen ruhiger zu werden.

»Wenn du unser Boot nimmst, sitzen wir hier fest!«, sagte Fliss. »Ohne Essen, ohne Unterschlupf …«

»Ohne Essen?«, wiederholte Charlie entsetzt.

»Ich bin sicher, du kannst dein hübsches Gesicht einsetzen, um ein vorbeifahrendes Fischerboot herbeizurufen«, sagte Ronia abfällig. »Wer weiß? Wenn ihr auf unserem Rückweg noch hier seid, lesen wir euch vielleicht selbst wieder auf. Ich denke, wir finden dann schon Verwendung für euch – vielleicht bringt ihr ja sogar ein paar Münzen ein.« Sie warf den Kopf zurück und lachte über Fliss' entgeistertes Gesicht. »Spit! Worauf wartest du noch?«

»Spit, wage es ja nicht!«, schrie Betty.

Der Piratenjunge zögerte. Er hatte die Füße im Sand vergraben, und Betty konnte sehen, dass er mit seinem Gewissen rang. Er mochte vielleicht nicht direkt ihr Freund sein – noch nicht –, aber Betty sah ihm an, dass er nicht damit einverstanden war, sie hier auszusetzen. Trotz seiner seltsamen Loyalität gegenüber Ronia war es ihm nicht egal, was aus ihnen wurde. Doch war das genug?

»*Spit.*« Ronias Stimme klang bedrohlich. »Du hast gesehen, was mit denen passiert, die sich mir widersetzen.«

Und ich auch, dachte Betty, die sich noch gut an die Gebeine am Mast des Piratenschiffs erinnerte. Spit drehte sich schwankend in Richtung des Bootes um, das gebräunte Gesicht ungewöhnlich blass.

»Meine Knochen werden die nächsten sein, die da oben am Mast baumeln«, hatte er gesagt.

Ist es Loyalität oder Angst, die ihn gehorchen lässt?, fragte Betty sich niedergeschlagen. In jedem Fall wusste sie, dass sie verloren hatten und Ronia gewonnen.

»Spit, *bitte*!«, flehte Fliss ihn an. »Du weißt, dass das falsch ist.«

»Es tut mir leid«, murmelte er und wich ihrem Blick aus. »Sie ist meine Anführerin.«

»Dann mach doch Leuterei!«, schrie Charlie. »Schubs sie über Bord!«

Betty warf Ronia und Spit einen wutentbrannten Blick zu. »Sie meint ›Meuterei‹.«

»Hab ich doch gesagt!«, brüllte Charlie. »MEUTEREI!«

Doch dazu würde es nicht kommen, das wusste Betty schon, als sie Ronia und Spit durch den Sand hinterherrannte. Ronia sprang behände an Bord der *Reisetasche*, während Spit das Tau losmachte und ihr folgte. Betty stürzte ans Ufer und griff verzweifelt nach dem Tau, doch Ronia zückte ihr Entermesser und fuchtelte damit vor Bettys Nase herum.

»Wage es ja nicht«, sagte sie. »Es sei denn, du willst, dass ich deine Finger zu Fischfutter mache.«

»Bitte!«, rief Willow mit bebender Stimme und taumelte ins Wasser, um dem Boot zu folgen, das jetzt abgelegt hatte. »Nehmt mich mit!«, schrie sie. »Ich *muss* zu dieser Insel – das Leben meines Vaters hängt davon ab! Bitte ... wartet! WARTET!«

Charlie und Fliss folgten ihr, wateten knietief durchs Wasser und riefen Spit und Ronia verzweifelt hinterher, bis ihr eigenes Flehen sich in Bettys Ohren mit Willows verzagtem, untröstlichem Schluchzen vermischte. Und dann war am Heck des Bootes ein blasses silbernes Leuchten zu sehen, das man für glitzerndes Licht auf den Wellen hätte halten können. Das leuchtende Etwas schwebte über dem Wasser und flimmerte schließlich matt an Willows Seite.

»Ihr Irrlicht«, sagte Charlie und deutete auf den Lichtschein. »Es ist zu ihr zurückgekommen!«

Betty musterte die blass leuchtende Kugel, die im Tageslicht leicht zu übersehen war. Sie war so ganz anders als die bedrohlichen Irrwische, die sie bei Rustys Schiff gesehen hatten. Dieses Irrlicht war ... anders. Es wirkte fast so zerbrechlich wie Willow selbst.

»Kommt zurück!«, schrie das Mädchen heiser.

»Das hilft alles nichts«, sagte Betty und ballte die Fäuste, als das Boot sich weiter entfernte. »Die kommen nicht zurück.«

»Und was *machen* wir jetzt?«, kreischte Fliss. Sie fuchtelte noch immer mit den Armen, schimpfte über Spit und machte eine unanständige Geste in Ronias Richtung, die sie sich nur von Granny abgeguckt haben konnte.

»Wir müssen hinterher«, antwortete Betty grimmig. »Sonst wird Willows Vater sterben. Wir müssen auch zur Insel.«

»Aber w-wie?«, fragte Willow mit tränenerstickter Stimme.

»Das ist zu weit«, fügte Charlie ungläubig hinzu. »Wir können doch nicht die ganze Strecke schwimmen!«

»Wir schwimmen auch nicht«, sagte Betty und wandte sich vom Wasser ab. Sie hatte dem Boot so angestrengt hinterhergestarrt, dass ihre Augen brannten. »Es muss noch eine andere Möglichkeit geben, zur Insel zu kommen – wie in der Geschichte.« *Die Geschichte*. Von ihr mussten sie sich leiten lassen, das spürte Betty. Was konnten sie noch daraus lernen? Was hatten sie übersehen? Plötzlich wusste sie es.

Eindringlich wandte sie sich an Charlie. »Und ich werde diese Möglichkeit finden, während du etwas aus dem Kessel aussuchst. Das ist jetzt wirklich wichtig. Deshalb vertraue ich es dir an. Erinnerst du dich an die Geschichte? Daran, wie der am wenigsten ausgefallene Gegenstand derjenige war, der die Brüder gerettet hat? Dafür brauche ich jetzt dich. Fliss und ich sind daran fast gescheitert – also musst du es versuchen. Genau wie in der Geschichte, Charlie. Es war der jüngste Bruder, der die richtige Entscheidung traf.«

Charlie machte ein skeptisches Gesicht und warf einen Blick zu Willow. »Aber Betty, wie soll ich denn wissen, was ich nehmen soll? Was, wenn ich es falsch mache?«

Auch Fliss sah besorgt aus. »Da war kein Garn drin. Wir haben doch nachgesehen.«

»Ich weiß«, sagte Betty und betrachtete das ängstliche Gesicht ihrer kleinen Schwester. »Aber ich weiß auch, dass du eine gute Wahl treffen wirst, Charlie. Du bist schlau. Deshalb baue ich auf dich.«

»Und was ist mit dir?«, fragte Charlie. Ihre Unterlippe begann zu zittern. »Du willst doch nicht alleine zur Insel, oder? Dann …«

»Nein, Charlie.« Betty schüttelte den Kopf. »Diesmal bleiben wir zusammen.«

»Und was willst *du* jetzt machen?«, fragte Fliss.

»Suchen«, antwortete Betty und gab ihrer älteren Schwester ein Zeichen, sich von dem steinernen Hexenkessel zu entfernen. Zu groß wäre die Versuchung, Charlie über die Schulter zu gucken, während sie ihre Wahl traf. »Und dabei brauche ich deine Hilfe.«

»Was suchen wir denn?«

»Alles, was wir gebrauchen könnten«, sagte Betty. »In der Geschichte ist Espero in einer Muschelschale zur Insel gelangt ...«

»Und das hast du jetzt auch vor«, sagte Fliss spöttisch.

»Nein, aber vielleicht liegt am Ufer etwas Treibholz ... wir könnten ein Floß bauen«, schlug Betty verzweifelt vor. »Irgendetwas *muss* doch zu finden sein.«

»Das glaube ich auch.« Ohne dass Betty es bemerkt hatte, war Willow ihnen gefolgt. Sie hatte aufgehört zu schniefen und zeigte hinüber zu den Felstümpeln. Ihre kalten Finger umfassten Bettys Hand und zogen sie beharrlich zum Ufer, während das Irrlicht voranschwebte. »Wir haben hier drüben was gesehen«, sagte Willow und schob einen Armvoll Seetang zur Seite. Knapp über der Oberfläche glänzte etwas silbern im Wasser. »Charlie hat es vorhin entdeckt.«

Betty riss ein weiteres Büschel Seetang aus, warf es weg und blieb erstaunt stehen. Das Gebilde im Wasser kam ihr bekannt vor – aber es war das absolut *Letzte*, was sie an diesem Ort zu finden erwartet hätte. Sie spürte ein leichtes Prickeln, eine verwegene Hoffnung, dass sich hier eine Möglichkeit auftun könnte.

Es war eine alte Badewanne, ganz ähnlich der, die sie zu Hause hatten. Sie lag halb unter Wasser und war voller Schutt und Sand, aber sie war groß. Und was noch wichtiger war: Sie hatte zwar ein paar Beulen, aber sie schien heil zu sein.

»Fliss!«, schrie sie. »Hilf mir, das hier auszugraben. Und Willow, du gehst zurück und hilfst Charlie.«

Fliss stolperte über die Steine zu ihr, und zusammen begannen sie, Kies und Treibholz aus der Wanne zu entfernen. Betty ächzte vor Anstrengung, doch sie spürte, dass der Rabe alles beobachtete. »Wir müssen uns beeilen«, murmelte sie und warf einen Blick in Richtung Insel. Die *Reisetasche* entfernte sich in beängstigendem Tempo. Bald würde das Boot ganz verschwunden sein – genauso, wie auch die Überlebenschancen von Willows Vater schwinden würden.

Doch auch wenn Betty weiter eine Handvoll Sand nach der anderen aus der Wanne schöpfte, wusste sie, dass die Fahrt zur Insel erst der Anfang wäre. Was sie dort erwartete, war eine ganz andere Sache. Gut möglich, dass Willow auf der Insel Antworten finden würde, doch war sie wirklich bereit für die Wahrheit?

Kapitel 24

Badezeit

»Du hast doch einen Knall.« Charlie starrte auf die Badewanne, die jetzt im Sand stand, und schüttelte den Kopf. Sie streckte die Hand aus und griff nach einem der alten Messinghähne, der sich nutzlos zwischen ihren Fingern drehte. »Das wird nicht klappen.«

»Doch, das *wird* es«, sagte Betty und verlieh ihren Worten eine Entschlossenheit, von der sie selbst nicht vollkommen überzeugt war.

»Und wie sollen wir da alle reinpassen?«, wollte Willow wissen. Sie wirkte so verloren, so zerbrechlich, dass Betty einmal mehr daran erinnert wurde, wie jung Willow war – und welch schwere Last sie auf ihren Schultern trug.

»Mit Ach und Krach«, murmelte Fliss.

Betty ignorierte es. »Jetzt hilf mir schon, das Ding ins Wasser zu schieben.«

Die zwei Mädchen hielten je eine Seite der schweren Wanne und schleiften sie durch den harschen Sand.

»Selbst wenn sie schwimmt«, grummelte Fliss, »wie sollen wir überhaupt steuern? Wir haben keine Ruder.«

Betty hob den Blick und sah zu dem Raben hinauf. »Irgendwelche schlauen Ideen?«

Der Rabe antwortete nicht. Er steckte seinen Kopf unter einen Flügel und begann, sein Gefieder zu putzen. Kurz darauf flatterten zwei glänzend schwarze Federn durch die Luft und landeten vor Bettys Füßen im Sand.

»Du machst wohl Witze«, murmelte sie vor sich hin.

»Na ja, so war es doch auch in der Geschichte, oder?«, sagte Fliss. »Federn als Ruder, erinnerst du dich?«

»Ich weiß, aber ...« Betty verstummte. Neben der ersten Feder lag etwas Glänzendes im Kies. Sie fuhr mit den Fingern durch den groben Sand und förderte eine große silberne Schöpfkelle zutage, wie Granny sie für Suppe benutzte. »Tatsächlich, ich glaube, *das* könnte funktionieren«, sagte sie und musterte den Raben misstrauisch. »Du hast gewollt, dass ich das finde, oder?«

Der Vogel stieß einen klickenden Laut aus. »Gewollt, gewollt«, wiederholte er.

Betty kniete sich neben die andere Feder und buddelte noch einmal im Sand. Ihre Finger stießen auf Holz und schlossen sich um einen Griff von etwas. Sie zog es heraus und stellte fest, dass es eine alte, zerkratzte Pfanne war. »Sieht aus, als hätten wir unsere Ruder.«

»Das meinst du doch nicht im Ernst«, murmelte Fliss.

Betty ließ die Schöpfkelle und die Pfanne scheppernd

in die Badewanne fallen. »Rein mit euch«, sagte sie zu Charlie und Willow, als sie und Fliss begannen, die Wanne ins Wasser zu schieben. »Ach, das hätte ich beinahe vergessen.«

»Was denn?«, fragte Fliss mürrisch. Sie stand knietief im Wasser und zitterte. »Ein Bad ohne heißes Wasser, ohne Rosenblüten – das ist doch *Folter.*«

Betty drehte sich noch einmal zu dem Raben um. »Es ist nur gut und richtig, dass wir dir als Dank für deine Hilfe auch etwas geben.« *Genau wie Espero das getan hat*, dachte sie.

Charlie schnaubte. »Hilfe? Wir haben diesen ganzen Schrott doch selbst ausgegraben.«

Betty warf ihr einen warnenden Blick zu. »Wir haben nicht viel, aber gibt es irgendetwas, das wir dir anbieten können?« *Nicht die Matroschka*, dachte sie im Stillen, und ihre Finger umklammerten die glatte Holzfigur in ihrer Tasche. *Bitte, nicht die Matroschka* …

Der Rabe musterte sie für einen langen Augenblick und schien nachzudenken. »Wird kalt hier«, sagte der Vogel schließlich. »Etwas von deinem schönen flauschigen Haar würde mein Nest wärmen.«

»*D-dieses Haar*?« Betty griff ungläubig nach einem Büschel auf ihrem Kopf. »Das ist das erste Mal, dass jemand mein Haar schön genannt hat. Na gut.« Sie sah sich um und durchwühlte das Strandgut, bis sie ein abgenutztes Rasiermesser fand. Sie klappte es auf und begann, sich eine Handvoll Haare abzuschneiden. Mit jeder Strähne rieselte der Rost des Messers auf den Boden. Der Rabe schoss herab und schnappte sich das Haarbüschel mit dem Schnabel, bevor er auf den Hexenfelsen zurückflog.

»Kommt«, sagte Betty und watete zur Badewanne zurück. »Lasst uns aufbrechen.«

Sie schoben die Wanne weiter hinaus, bis sie im Wasser Auftrieb bekam.

»Das war jetzt aber dumm«, meinte Fliss. »Hast du vergessen, dass Granny uns immer ermahnt, unsere Kämme zu säubern, sobald sich darin Haare gesammelt haben? Wenn eine Krähe deine Haare klaut und damit ihr Nest stopft, soll das zu einem verfrühten Tod führen!«

»Sie sind ja nicht geklaut«, wandte Betty ein und versuchte damit nicht nur Fliss, sondern auch sich selbst zu beruhigen. »Ich hab sie ihm *geschenkt.*« Sie klopfte an die Wannenseite. »Und jetzt rein mit euch. Ratzfatz!«

»Ich denke nur, es wäre schön, wenn wir mal von einem Abenteuer nach Hause kommen würden, ohne dass eine von uns die Haare verloren hat«, sagte Fliss. »Ratzfatz – genau.«

»Wir sind noch längst nicht zu Hause«, entgegnete Betty, und der Gedanke an den *Wildschütz* gab ihr einen Stich. Wie sehr wünschte sie sich, dorthin zurückzukehren! Doch sie wusste auch, dass die Heimkehr einen bitteren Beigeschmack bekäme, wenn sie zuvor nicht alles getan hätte, um Willow zu helfen. Es gab jetzt kein Zurück mehr.

Charlie zwirbelte unruhig ihre Zöpfe. Murrend kletterte Fliss in die Wanne und erntete kreischenden Protest von ihrer kleinen Schwester.

»Pass auf, wo du hintrittst!«, verlangte Charlie. »Und warum muss ich immer auf der Seite mit den Wasserhähnen sitzen?«

»Weil du die Kleinste bist«, sagte Fliss und kniete sich in die Wanne. »Jetzt rück noch mal ein Stück, damit Betty einsteigen kann, und pass auf, dass der Stöpsel drinbleibt, sonst sinken wir!«

»Das Ding wird sowieso sinken«, gab Charlie zurück.

Die Badewanne wippte auf und ab wie ein Korken und senkte sich noch etwas weiter, als Betty sich unter erneutem Gekreisch der anderen hineinquetschte. Aber sie gingen nicht unter. Nachdem sie sich so gut wie möglich zwischen Fliss und Willow gezwängt hatte, reichte Betty Fliss die Bratpfanne und tauchte selbst die Schöpfkelle ins Wasser. »Lass uns rudern«, sagte sie.

»Das ist doch lächerlich«, schnaubte Fliss und fuhrwerkte wie wild mit der Bratpfanne herum. »Bei dieser Geschwindigkeit sind wir doch nicht vor Sonnenuntergang da! Charlie, Mäuschen, ich glaube nicht, dass es was bringt, an den Wasserhähnen zu drehen.«

»Doch«, protestierte Charlie empört. »Ich steuere!«

»Wenigstens werden wir es zur Insel schaffen«, sagte

Betty, denn langsam, aber sicher funktionierte es tatsächlich. Den sandigen Meeresgrund konnte sie schon nicht mehr sehen; er war einem immer tiefer werdenden Blau gewichen. Betty hörte auf zu rudern und hob den Blick. In der Ferne flimmerte die Insel wie eine Straße an einem heißen Tag. »Auch wenn es noch ganz schön weit ist.«

Plötzlich kam ein Wind auf, der unter ihre Haare fuhr und den weit entfernten Wellen Schaumkronen aufsetzte.

»Habt ihr auch das Gefühl ... dass es windig geworden ist?«, fragte Fliss in besorgtem Tonfall.

»Ein bisschen«, gab Betty zu und suchte den Himmel nach Gewitterwolken ab. Sie beobachtete, wie Willows Hände den Wannenrand noch fester umklammerten. Wasser schwappte herein, als die Badewanne auf den Wellen schaukelte. Betty schluckte. Sie sah zurück zur *Zwinkernden Hexe* und stieß ein stummes Gebet aus. Konnte es sein, dass sie etwas falsch gemacht hatten?, fragte sie sich. Hatten sie die Hexe verärgert, weil sie sich einen zweiten Gegenstand ausgesucht hatten, nachdem Ronia sich den Schlüssel genommen hatte? *Bitte, bitte, lass uns nicht kentern ...*

Doch während helle Wolken über den Himmel jagten und der Wind weiter auffrischte, gab es keine Anzeichen für ein Gewitter.

»Was ist denn jetzt los?«, schrie Fliss. »Wie kann es angehen, dass wir auf einmal so schnell sind?«

Über dem Felsen konnte Betty die Silhouette eines

großen schwarzen Vogels erkennen, der in ihre Richtung starrte und im Wind mit den Flügeln schlug. Und dann ließ sie fast die Schöpfkelle fallen, als sich der Felsen unter dem Raben bewegte und zu einem höhlenartigen Gähnen öffnete.

»Haltet euch fest!«, brüllte Betty, die ahnte, was jetzt passieren würde.

Ein gewaltiger Windstoß strömte aus dem Mund der Hexe, ließ das Wasser hochspritzen und die Badewanne blitzschnell im Kreis herumwirbeln. Die vier Mädchen kreischten und klammerten sich verzweifelt fest, bis die Wanne sich schließlich nur noch langsam drehte.

Charlie fing sich als Erste wieder. »Verflixte Krähe!«, jauchzte sie. »Können wir das noch mal machen?«

»Nein«, stöhnte Fliss gequält und hielt sich den Bauch. »Oh, bitte lasst das endlich aufhören …«

Betty starrte zurück zur *Zwinkernden Hexe*, die jetzt nur noch ganz winzig zu erkennen war. Den Raben konnte sie nicht mehr sehen, doch für einen Moment glaubte sie zu beobachten, wie die Felsen wieder in ihre alte Position zurückrutschten – wie ein steinerner Mund, der sich langsam schloss. Der Wind flaute so schnell wieder ab, wie er aufgekommen war. In kurzer Zeit schwächte er sich zu einer Brise und dann zu einem leisen Windhauch ab, der sich ganz so anhörte wie ein sanftes Seufzen.

Erst als eine Gänsehaut ihre Arme überzog, schaffte Betty es, sich von dem Anblick der *Zwinkernden Hexe* loszureißen. Über die Badewanne war plötzlich ein Schatten gefallen. Betty sah auf und spürte, wie ihr der Atem stockte.

Die Insel lag direkt vor ihnen.

Kapitel 25

Die Holzspule

Die *Reisetasche* hatte auf der anderen Seite der Insel angelegt. So leise sie konnten, ruderten Betty und Fliss mit der Bratpfanne und der Schöpfkelle heran und brachten die Badewanne längsseits des Bootes. Ronia und Spit waren nirgends zu sehen.

»Allmählich habe ich den Bogen raus«, sagte Fliss, die nicht mehr ganz so grün im Gesicht war.

»Ja, ich hätte nicht gedacht, dass du so geschickt mit einer Bratpfanne umgehen kannst«, stimmte Betty ihr zu.

»He!« Fliss schöpfte Wasser in die Pfanne und versuchte ihre Schwester nass zu spritzen, doch Betty duckte sich schnell. Die Stimmung änderte sich, als sie zur Insel hinaufschauten.

»Ich kann den Grund sehen«, sagte Charlie dann mit einem prüfenden Blick ins Wasser. »Na ja, Felsen zumindest. Was sollen wir mit der Badewanne machen?«

»Wir versenken sie hier, wo es flach ist«, schlug Betty

vor. »Sieht aus, als hätte Ronia die *Reisetasche* an der sichersten Stelle festgemacht. Vielleicht können wir über das Boot auf die Insel gelangen, ohne durchs Wasser oder über die Felsen zu müssen.«

Eine nach der anderen kletterten sie an Bord der *Reisetasche*, zuerst Charlie und Willow, dann Fliss. Betty zog den Stöpsel aus der Wanne und sprang heraus, sobald sie sich mit Wasser füllte. Die Wanne sank gurgelnd auf den Grund und landete mit einem dumpfen *Klonk* auf den Felsen.

»Wir wissen ja, wo sie ist, falls wir sie noch einmal brauchen«, sagte Betty und hoffte inständig, dass es dazu nicht kommen würde.

»Wir haben es geschafft«, sagte Willow und starrte ehrfürchtig zur Insel hinauf. »Wir sind tatsächlich hier.« Ihr Blick wanderte die riesige Felswand empor, in deren Schatten sie jünger und kleiner wirkte als je zuvor. Das Irrlicht leuchtete hier ein bisschen heller und tauchte ihr blasses Gesicht in einen silbernen Schimmer. Charlie, der die Zöpfe inzwischen schräg vom Kopf abstanden, stellte sich schweigend zu ihr. Beim Anblick der beiden Mädchen, die vor den hohen Klippen der Insel winzig erschienen, verspürte Betty einen Stich im Herzen.

Sie sollten spielen und unbeschwert sein, dachte sie. Stattdessen waren sie in ein Abenteuer verwickelt worden, das größer und gefährlicher war als alles, was sie sich hätten ausmalen können.

Bisher war die Insel nichts als eine Geschichte gewesen. Eine belehrende Fabel, die nichts mit der Wirklichkeit zu tun hatte. Jetzt war das anders, und die *Zwinkernde Hexe* war nur der Anfang gewesen. Was würde das Schicksal noch für sie bereithalten? Hier, auf ihrem Boot, wusste Betty, dass sie und ihre Schwestern noch eine Wahl hatten. Eine Chance, nach Hause zurückzukehren. Wie viel mehr waren sie bereit, für eine Fremde zu riskieren?

Ihr habt sie immerhin hierhergebracht, sagte eine leise Stimme in ihrem Kopf. *Ihr könnt nicht jeden retten, aber ihr könnt euch selbst retten.*

»Ihr wollt nach Hause, nicht wahr?«, fragte Willow ruhig. Sie lächelte, ein zaghaftes, trauriges Lächeln, bei dem ihre Augen ausdruckslos blieben. »Ich verstehe.«

Für einen Moment hätte Betty ihrem Heimweh fast nachgegeben. Sie dachte an ihre Familie, an den *Wildschütz* und sogar an Pfui, wie sie sich auf ihrem Lieblingsbarhocker zusammenrollte. Sie wünschte sich nichts sehnlicher, als nach Hause zurückzukehren. Sie malte sich aus, wie sie in ihrem warmen Bett lag, während durch die Holzdielen laute Stimmen zu ihr heraufdrangen. Doch sie wusste: In jedem stillen Moment würde sie an den jetzigen zurückdenken müssen. Und sie würde sich fragen, wie es hätte sein können. Wer *sie* hätte sein können.

»Das wäre nicht unsere Art, jetzt abzuhauen«, antwortete Betty leise. »Du kannst das nicht alleine schaffen. Aber es ist nicht nur das. Ich will nicht zurückblicken und zugeben müssen, dass wir nur an uns gedacht haben, statt das Richtige zu tun. Ich will nicht mit solchen Selbstzweifeln weiterleben.« Sie warf einen Blick zu ihren Schwestern. »Ihr etwa?«

Fliss sagte für einen langen Moment gar nichts. Schließlich schüttelten sie und Charlie den Kopf.

Betty sah sich auf der Insel um. Auf den ersten Blick unterschied sie sich nicht von jeder anderen, aber die *Atmosphäre* hier hatte etwas Ungewöhnliches. Wenn man etwas länger hinschaute, schienen die Konturen zu verschwimmen, als würde aus dem Innern der Insel eine seltsame Magie strömen. Auf halber Höhe der Klippen war zwischen Felsen und grüner Vegetation ein schmaler Pfad zu erkennen. »Das muss der Weg zur Höhle sein«, sagte Betty.

Sie ließ ihren Blick über das Deck der *Reisetasche* wandern. »Lasst uns schnell gucken, ob hier noch etwas zu finden ist, das sich als nützlich erweisen könnte. Obwohl Ronia es dann wohl schon mitgenommen hätte.« Sie entdeckte den alten Kartoffelsack, den jemand neben der Tür zum Ruderhaus achtlos auf den Boden geworfen hatte, und hob ihn auf.

»Er ist leer«, bestätigte Fliss Bettys Vermutung. »Ronia hat gleich alle Tabakdosen an die Piraten verteilt, als sie unser Boot eingenommen hat.«

Betty ließ den Sack sinken. Zum ersten Mal, seit sie die *Zwinkernde Hexe* verlassen hatten, wagte sie die Frage zu stellen. »Charlie«, begann sie nervös. »Was ist der Gegenstand, den du dir aus dem Hexenkessel ausgesucht hast?«

»Oh.« Charlie zog eine Holzspule aus ihrer Tasche. Es war eine Garnrolle, wie man sie in Nähkästen fand, aber größer als ihre Hand und ohne Garn. »Ich hab das hier gefunden.«

Betty starrte sie mit offenem Mund an und konnte ihre Enttäuschung nicht verbergen. »Das ... das ist das, was du mitgebracht hast?«

Charlie machte ein beleidigtes Gesicht. »Du hast doch gesagt, ich soll was Einfaches nehmen. Hab ... hab ich es falsch gemacht?«

Betty schluckte und zwang sich, den Kopf zu schütteln. »Nein. Ich meinte nur ... behalte das Ding einfach. Vielleicht können wir es doch noch gebrauchen.« Sie wechselte einen besorgten Blick mit Fliss. Wenn sie sich auf der Insel zurechtfinden wollten, ruhte ihre ganze Hoffnung auf diesem Gegenstand. Und da sah Betty im Moment ziemlich schwarz.

»Vielleicht wurde das Ding ja in die Steinmulde geschwemmt«, überlegte Fliss. »Da lag so viel Strandgut rum, dass man gar nicht sicher sein konnte, was in den Kessel gehörte und was nicht.«

»Ich glaube nicht, dass eine Hexe irgendwas in ihrem

Kessel haben würde, das nicht da drin sein sollte«, sagte Charlie gekränkt. »Aber vielleicht hätte lieber jemand anders entscheiden sollen«, fügte sie hinzu. Sie wollte die Spule wieder in ihre Tasche zurückstecken, doch sie blieb an einer Stofffalte hängen und fiel auf das Deck.

»Jetzt sei nicht traurig, Charlie«, begann Fliss.

Doch Charlie beachtete ihre Schwester gar nicht, sondern bückte sich, um die große Holzspule aufzuheben. Seltsamerweise kullerte sie weiter über das Deck und außer Reichweite. Charlie sprang hinterher und verfehlte die Spule erneut.

Die Mädchen erstarrten, als die Spule entgegen der Bewegung des schwankenden Bootes über die Holzplanken rollte.

»Heiliger Krähenfuß«, murmelte Charlie und riss die Augen auf.

»Wie...wieso kann das Ding denn jetzt in diese Richtung rollen?«, fragte Fliss irritiert.

Die Spule kam neben dem Kartoffelsack zum Stillstand und heftete sich an einen losen Jutefaden. Vor ihren staunenden Augen ribbelte sich der Sack auf ... und die Spule rollte weiter blitzschnell übers Deck, bis der Sack vollkommen verschwunden war und die Holzspule prall umhüllt von Jutegarn liegen blieb.

Betty hob sie auf und spürte, wie sich zaghaft etwas in ihr regte. *Hoffnung.* »Sieht aus, als hätten wir doch noch unser Garn.«

Die ersten Spuren von Ronia und Spit fanden sie auf dem Pfad, der zur Höhle hinaufführte.

»Schaut mal.« Betty deutete atemlos auf ein Stück aufgewühlte Erde und ein Büschel Unkraut, das jemand halb ausgerissen hatte. »Einer der beiden muss ausgerutscht sein und sich hier festgehalten haben.«

»Hoffentlich Ronia«, sagte Fliss gehässig.

»Aber nicht ihre Katze«, fügte Charlie hinzu. Zwischen ihren Augenbrauen tauchte eine kleine Sorgenfalte auf.

Fliss warf einen Blick über ihre Schulter und verzog das Gesicht. »Ganz schön tief.« Sie hielt Charlies Hand noch fester und zog sie weiter. »Schau nicht zurück.«

»Einfach immer weiter nach oben«, sagte Betty. Sie dachte an die Legende. Würden sie dort oben wirklich etwas finden? Eine Erklärung für das rätselhafte Verschwinden von Willows Vater? Selbst wenn nicht, wäre es auf dem Felsplateau bestimmt sicherer als auf diesem halsbrecherischen Pfad.

Sie kletterten weiter, suchten sich ihren Weg die Klippen hinauf und redeten nicht viel, um nicht noch mehr außer Atem zu geraten. Erst als der Weg allmählich abflachte und auf eine grasbewachsene Fläche vor einer zerfallenen Höhle führte, erlaubte Betty sich eine Pause, um ihre schmerzenden Beine auszuruhen. Ihre Gedanken waren sorgenschwer. Was sie gesagt hatte, war richtig: Sie mussten Willow helfen, aber gleichzeitig hatte Betty

Angst. Wenn die Geschichten über die Hexe und ihre magischen Gegenstände stimmten, dann war diese riesige Insel im Grunde eine Falle. Wie wahrscheinlich war es, dass sie hier die Beweise fanden, die sie brauchten, obgleich sie gar nicht wussten, wonach sie suchten? Und dann war da natürlich noch Ronia …

Betty schob die Zweifel beiseite. Die Karte – und die *Zwinkernde Hexe* – hatten sie bis hierhin gebracht, und Charlie hatte den richtigen Gegenstand aus dem Hexenkessel gefischt. Sie mussten weiter auf die Magie der Insel vertrauen – und auf sich selbst.

Eine Sache jedoch bereitete ihr immer noch große Sorgen, und das war Willow. Wenn das Mädchen zuvor kränklich gewirkt hatte, so war sie jetzt fast totenbleich. Sie sah so zerbrechlich aus wie ein brüchiger Zweig, der keinem Windstoß standhalten würde.

»Willow?«, fragte Betty behutsam. »Bist du sicher, dass du noch weiterlaufen kannst? Du siehst richtig krank aus. Seit wir diese Irrlichter vertreiben mussten, hast du immer mehr an Kraft verloren.«

Willow blinzelte langsam, als wollte sie ihre Gedanken verscheuchen. »Mein Kopf fühlt sich ganz … benebelt an«, gab sie zu. »Meine Gedanken purzeln durcheinander. Aber wir sind jetzt so … so nah dran. Ich muss die Wahrheit erfahren. Wenn ich damit meinen Vater retten kann, muss ich weitergehen.« Sie sah Betty mit fiebrigen Augen an. »Ich kann jetzt nicht aufgeben.«

»Ich hab was gefunden!«, rief Charlie von der anderen Seite des dichten Buschwerks, nicht weit vom Höhleneingang. »Hier drüben!«

»Was ist es?«, rief Betty zurück und eilte zu ihr, dicht gefolgt von Fliss. »Vorsicht – nichts anfassen!« Der Gedanke an die tückischen Fallen der Insel schoss ihr wieder durch den Kopf.

»Schaut mal«, sagte Charlie. »Ein alter Brunnen.«

Eine kreisrunde Mauer aus grauen Steinen umfasste ein tiefes Loch in der Erde. Darüber hing eine Brunnenwinde ohne Seil, und von einem Eimer fehlte jede Spur.

»Da steht etwas«, sagte Fliss und fuhr mit den Fingern über einige Buchstaben, die auf dem Brunnenrand in den Stein geritzt worden waren. »Ein paar Wörter, sind kaum noch zu lesen … ich kann nicht alle entziffern. ›Der Brunnen des verlo… …tums‹?« Sie kniff die Augen zusammen und bewegte lautlos die Lippen. »›Der Brunnen des verlogenen Tuns‹? Das ergibt doch keinen Sinn.«

»Der Brunnen des verlorenen Reichtums!«, rief Betty, der blitzartig die Lösung eingefallen war. »Der älteste Bruder in der Geschichte hieß doch Prospero, und das bedeutet Reichtum. Er ist in den Brunnen gefallen und wurde zu einem …«

»Hilfe!«, rief eine leise Stimme zu ihr herauf und unterbrach sie. »Ist da jemand?«

»War das etwa …?«, begann Charlie. »Da unten ruft jemand!« Sie spähte in die Tiefen des Brunnens. »Hallo?«

»Charlie, nicht!« Fliss packte sie am Arm. »Das könnte gefährlich sein!« Von unten war noch einmal die leise Stimme zu hören. »Bitte helft mir doch!«

»Wartet«, sagte Betty, der auf einmal ein Licht aufging. »Das ist doch … die Stimme kenne ich!« Sie beugte sich über den Brunnenrand und legte ihre Hände trichterförmig um den Mund. »Spit! Bist du das?«

»Ja!«, hallte Spits Stimme zu ihnen herauf. »Holt mich raus – ich sitze hier unten fest! Und da ist so ein unheimlicher Fisch, der mich nicht in Ruhe lässt!«

»Fisch?«, flüsterte Betty und dachte sofort an die Legende der drei Brüder. »Spit, bist *du* ein Fisch?«

Für einen Moment kam keine Antwort, dann ertönte Spits Stimme, leise, aber entrüstet. »*Was?* Nein!«

»Schon gut!«, rief sie und kam sich ziemlich albern vor. »Ist der Eimer da unten?«

»Ja«, schrie er zurück. »Das Seil ist gerissen!«

»Wir holen dich da raus«, versprach Betty. Sie rief sich noch einmal die Legende in Erinnerung und fragte sich, ob es mit dem Fisch nicht auch eine besondere Bewandtnis haben könnte. »Fang den Fisch mit dem Eimer und bring ihn mit rauf.«

Es folgte ein verblüfftes Schweigen, bevor Spit antwortete. »Meinetwegen. Hauptsache, ihr holt mich hier raus!«

»Charlie, schnell«, sagte Betty. »Das Garn!«

»Nix da.« Charlie verschränkte trotzig die Arme.

Fliss starrte Betty mit offenem Mund an. »Du willst *dem* doch nicht etwa helfen? Er hat uns auf dem Hexenfelsen sitzen lassen, hast du das schon vergessen?«

»Genau«, pflichtete Charlie ihr bei. »Er hat unser Boot geklaut!«

»Ronia hat das Boot geklaut«, sagte Betty. Sie war wütend auf Spit – das war vollkommen klar. Doch gleichzeitig hatte sie auf dem *Magischen Kompass* eine andere Seite von ihm kennengelernt. Spit hätte ihnen auch gleich den Rücken kehren können – aber das hatte er nicht getan. Er hatte ihnen geholfen, obwohl er Ronia fürchtete. Betty schluckte und versuchte, sich vorzustellen, wie es wäre, in Angst vor ihrer eigenen Familie leben zu müssen. »Ich weiß, dass Spit mitgemacht hat, aber er *wollte* es nicht!«

»Umso schlimmer«, sagte Charlie.

»Stimmt«, sagte Betty. »Er hat etwas falsch gemacht. Aber davor hat er uns geholfen. Wir können ihn nicht einfach da unten lassen. Er wird sterben.«

Mürrisch reichte Charlie ihr die Holzspule.

»Binde das am Eimer fest!«, rief Betty und warf das Garn in den Brunnen. Sie spürte den Zug am anderen Ende, als Spit ihrer Aufforderung folgte. Der Faden in ihren Händen fühlte sich hauchdünn an, als könnte er jeden Augenblick reißen. Es würde schon mehr als eine Prise Magie brauchen, dachte sie verzweifelt, um damit einen Menschen hochzuziehen.

»Das könnte auch eine Falle sein«, sagte Fliss und

warf einen Blick über ihre Schulter, als rechnete sie damit, Ronia jeden Moment aus dem Gebüsch springen zu sehen.

»Ich weiß«, erwiderte Betty. »Aber die beiden haben bestimmt nicht erwartet, dass wir hier auftauchen.«

»Fertig!«, schrie Spit.

Betty spürte ein Gewicht am Ende der Schnur. Sie zog, und langsam kam ein verwitterter Holzeimer zum Vorschein. Darin schwamm ein großer silbrig grüner Fisch mit seltsamen fransigen Flossen, der sie mit beängstigend menschlichen Augen anstarrte.

»Spit hat recht«, sagte Fliss. »Das ist wirklich ein gruseliger Fisch!«

»Und er spricht!«, rief Spit. »Erzählt mir die ganze Zeit, er sei faul. Dabei schwimmt er pausenlos herum! Und überhaupt sieht er gar nicht aus wie ein Fisch!«

»Faul?« Betty sah Willow stirnrunzelnd an. »Warte … Saul? SAUL! Zum Donnerraben! Was, wenn das wirklich …?«

Willow entfuhr ein leiser Schrei, als sie sich über den Eimer beugte und seinen Rand mit ihren Fingern umklammerte. »Saul?«, flüsterte sie mit zittriger Stimme.

Der Fisch schnellte im Wasser hoch und kam an die Oberfläche. »Saul«, sagte er blubbernd. *»Saul.«*

Willow starrte ihn mit offenem Mund an. »Saul! Mein Vater – du musst mir erzählen, was damals passiert ist …«

»Saul«, wiederholte der Fisch und glotzte sie regungslos an.

Willow machte ein enttäuschtes Gesicht. »Er kann es mir nicht sagen.«

»Vielleicht ist es ja gar nicht wirklich Saul«, wandte Fliss vorsichtig ein. »Nach allem, was wir wissen, könnte es auch einer der Tricks dieser Insel sein.«

»Sprechende Raben«, murrte Spit unten im Brunnen. »Und jetzt auch noch sprechende Fische!« Er spuckte geräuschvoll aus.

»Schwimm im Uhrzeigersinn, wenn du es wirklich bist«, forderte Willow den Fisch auf.

Sofort drehte sich der Fisch und schwamm rechtsherum.

»Er ist es!«, beharrte Willow. »Ich wusste es – er hat seine Augen! Er ist am *Leben.*«

»Und immer noch ein Fisch«, sagte Betty grimmig. »Wenn wir ihn mit zurücknehmen, beweist das überhaupt nichts, besonders, wenn er uns gar nichts erzählen kann.«

»Dann müssen wir weiter«, sagte Willow.

»Wenn das wirklich Saul ist«, stimmte Betty ihr zu, »dann müssen wir das, ja. Jetzt, wo wir so weit gekommen sind, gibt es kein Zurück mehr.« Sie dachte an die drei Brüder und daran, wie Prospero und Fortino ihre alte Gestalt zurückgewonnen hatten, nachdem Espero die Gefahren der Insel bestanden hatte. Genau wie die Brüder gerieten sie jetzt selbst immer weiter in die Fänge dieser geheimnisvollen Insel, ohne eine Antwort auf ihre Fragen zu erhalten. Was, wenn Fliss recht hatte – was, wenn es nicht Saul war? Auf jeden Fall hatten sie keine andere Wahl, als weiterzugehen. »Aber zuerst müssen wir Spit rausholen.«

»*Damit* kannst du ihn nicht hochziehen«, sagte Fliss und zupfte an dem dünnen Garn. »Das zerreißt doch sofort.«

»Vielleicht, wenn wir die Schnur zweifach nehmen oder sogar dreifach ...«

Doch Betty kam nicht dazu, ihren Satz zu Ende zu führen, denn vor ihren Augen rollte die Spule davon, und das Jutegarn begann sich flink zu einem dicken, festen Seil zu verweben.

»Bei der diebischen Elster!«, hauchte Betty, als das Seil ordentlich aufgewickelt vor ihren Füßen liegen blieb. »Jetzt ist es auf jeden Fall stark genug!« Sie hob das Tau auf und rief: »Spit, pass auf! Ich werfe dir ein Seil runter. Halt dich fest!«

Sie ließ das Seil in den Brunnen hinunter.

»Ich hab es«, kam die gedämpfte Antwort.

»Ich brauche eure Hilfe«, sagte Betty zu ihren Schwestern. »Der Brunnen ist ganz schön tief.« Zusammen zogen Betty, Fliss und Charlie am oberen Ende des Seils. »Los, weiter!«, keuchte Betty.

»Ich sehe ihn!«, rief Charlie. Sie ließ das Seil los und

kletterte auf den Brunnenrand, um besser sehen zu können. »Er ist fast oben!«

Einen Augenblick später kam Spits goldblonder Haarschopf zum Vorschein. Er streckte einen Arm über den Brunnenrand, zog sich heraus und ließ sich schwer atmend auf den Boden fallen. Hinter ihm ribbelte sich das Seil so schnell auf, wie es entstanden war, und wickelte sich wieder um die Spule zu Bettys Füßen. Spit beobachtete das Ganze argwöhnisch.

»Noch mehr Magie?«, sagte er schließlich. »Die folgt euch wohl überallhin, was? Genau wie das Pech.«

Betty überhörte seine Bemerkung. »Wo ist Ronia?«, wollte sie wissen. »Wie bist du in den Brunnen gekommen?«

»Hat sie dich reingeschubst?«, fragte Charlie mit einem kaum verhohlenen Grinsen. Betty versetzte ihrer Schwester einen Knuff mit dem Ellenbogen.

Spit schüttelte den Kopf. Sein Gesichtsausdruck verfinsterte sich. »Aber so ähnlich.« Er rappelte sich auf und spuckte auf den Boden. »Ihr vermaledeiter Kater ist auf den Brunnenrand gesprungen, um einen Vogel zu fangen. Statt ihn zu erwischen, ist der Kater in den Brunnen gefallen. Ronia zwang mich, runterzuklettern und den Kater in den Eimer zu setzen, damit sie ihn hochziehen konnte. Das schaffte sie auch, aber natürlich war das Seil nicht stark genug, um mich damit rauszuholen. Ist sofort durchgerissen.« Er zuckte die Achseln und rieb sich wütend die Nase. »Sie hat versprochen zurückzukommen …«

»Vielleicht wollte sie das ja auch«, sagte Betty. Im Stillen hatte sie da ihre Zweifel, aber Spit sah so niedergeschlagen aus, dass sie nicht wusste, was sie sonst sagen sollte. Doch er schien sich ohnehin keine Illusionen zu machen.

»Ihr habt ihr Gesicht nicht gesehen«, sagte er mit einem gequälten Ausdruck in den Augen. »Sobald sie den Schlüssel hatte, war das, als ob … als ob ihr alles andere egal wäre. Je näher wir an die Insel kamen …«

»In *unserem* Boot«, warf Fliss frostig ein.

Er nickte beschämt. »Je näher wir kamen, desto weniger schien sie sich dafür zu interessieren, zu den Rusty Scuttlers zurückzukommen, und desto mehr redete sie davon, welche Schätze wohl auf der Insel warteten. Ich wollte ihr einfach nur helfen und mich bewähren. Aber ich fing langsam an, mich zu fragen, ob …« Er zögerte und rang immer noch damit, seine tief sitzende Loyalität zu vergessen. »… ob sie mich überhaupt dabeihaben wollte.« Er schluckte, und als er weitersprach, klang seine Stimme brüchig. »Wenn ihr nicht vorbeigekommen wärt … wäre ich …« Er brach ab und runzelte die Stirn. »Wie seid ihr eigentlich hierhergekommen?«

Betty wechselte einen Blick mit ihren Schwestern. »Du würdest uns nicht glauben, wenn wir es dir erzählten«, sagte sie. »Aber eines ist sicher: Wegfahren werden wir mit unserem Boot, und weder du noch Ronia werden uns davon abhalten.«

Spit nickte und ließ den Kopf hängen. »Verstanden. Aber ich muss euch warnen, ich glaube, Ronia wird schneller sein. Und das gilt auch für den Schatz.«

»Den kann Ronia ruhig behalten. Wir sind ja nicht wegen des Schatzes hier«, sagte Betty. »Wir sind ihretwegen hier.« Sie drehte sich zu der Stelle um, wo Willow zuletzt gestanden hatte, und spürte einen Anflug von Panik. Willow war nicht da. »Wo ist sie? Willow?«, rief sie und sah sich hektisch um.

»Hier«, kam Willows Stimme leise vom Höhleneingang. Sie starrte weiter in die Dunkelheit, während sich die anderen zu ihr gesellten. Das Irrlicht, bei Tage kaum sichtbar, schwebte neben ihr. »Die Brüder sind durch die Höhle gegangen, nicht wahr? Dann müssen wir ihnen wohl folgen.«

Betty band das Ende der Schnur an einen niedrigen Zweig des Baums vor dem Höhleneingang.

Spit hob eine Augenbraue. »Damit wir den Weg zurück finden können?«

Betty nickte. »Falls wir uns in den Höhlengängen verlaufen. Das ist alles, was uns geblieben ist, seit Ronia die Karte hat.«

»Hat sie gar nicht.« Spit griff unter sein Hemd, zog eine Pergamentrolle hervor und reichte sie ihr.

Betty stockte der Atem. Sie nahm die Karte entgegen,

rollte das Pergament aus und schnipste Wassertropfen von der gewachsten Oberfläche. »Wie bist du denn an die rangekommen?«

»Ronia hat sie fallen gelassen, als sie sich über den Brunnenrand gebeugt hat«, antwortete Spit. In seinen Augen blitzte Wut auf. »Selbst das war kein Grund für sie, mich rauszuholen. Sie sagte, wir bräuchten die Karte nicht mehr – wir hätten hierhergefunden, und den Rest würde sie allein schaffen.«

»Wartet«, sagte Charlie und zeigte auf die Karte. »Sie hat sich schon wieder geändert. Guckt mal! Das war doch vorher noch nicht da, oder?«

»Ja, hier«, bestätigte Betty aufgeregt und fuhr mit dem Finger um die Lagune auf der Karte. Tatsächlich: In der Mitte des Gewässers war jetzt eine große Holztruhe zu sehen, und sie konnte beobachten, wie sich die tintenblaue Wasseroberfläche sanft kräuselte. Ein erwartungsvoller Schauer durchrieselte sie, und die Magie der Karte ließ ihre Fingerspitzen kribbeln. Die Magie hatte sie hierhergeführt. Jetzt mussten sie weiter darauf vertrauen, wenn sie nach Hause finden wollten. »Die Lagune liegt im Herzen der Insel. Dort müssen wir hin.«

»Sieht so aus, als hätte Willow recht. Wir können es wohl nur durch die Höhle schaffen«, murmelte Spit und deutete mit einem Kopfnicken auf die Karte. »Schaut mal.«

Und wirklich – da war noch etwas anderes auf der Karte, das vorher nicht zu sehen gewesen war: eine winzige Laterne am Eingang der gemalten Höhle. Mit einem flackernden Licht, das wie eine Aufforderung wirkte.

»Lasst uns gehen«, sagte Betty.

Fliss deutete auf den Eimer zu Willows Füßen und sah Spit erwartungsvoll an. »Den nimmst du.«

Spit verzog das Gesicht.

»Wenn wir nicht gewesen wären, würdest du jetzt noch im Brunnen hocken«, sagte Fliss. »Das Mindeste, was du tun kannst, ist, den Fisch zu tragen.«

»Habt ihr etwa vor, den zu essen?«, murrte er.

»Nein«, antwortete Willow entsetzt. »Das Leben meines Vaters hängt von diesem Fisch ab – er darf nicht sterben, also hör auf, überall das Wasser zu verschütten!«

Spit sah sie belustigt an. »Das Leben deines Vaters ... hängt an diesem Fisch?«

»Wenn das hier Saul ist, dann ist das der Beweis, dass mein Vater ihn nicht umgebracht hat«, erklärte Willow.

Betty beobachtete den Fisch, noch immer irritiert von seinen so menschlich wirkenden Augen. Sie hätte schwören können, Traurigkeit darin zu sehen und Reue. Hatte Saul sich von der Aussicht auf die Schätze der Insel dazu verleiten lassen, Willows Vater zu hintergehen, und zugelassen, dass sein Freund des Mordes an ihm beschuldigt wurde? Wenn das stimmte, hatte Saul einen hohen Preis für seine Habgier bezahlt. Aber nicht so einen hohen Preis wie Willow und ihre Familie.

»Seid ihr bereit?«, fragte Betty und deutete auf den Höhleneingang.

»Ja«, sagte Charlie. Entschlossen schob sie eine Hand in Bettys und die andere in Willows.

Zusammen traten sie in die finstere Höhle und warteten, bis sich ihre Augen ein wenig an die Dunkelheit gewöhnt hatten.

»Wie sollen wir uns denn hier drinnen überhaupt zurechtfinden?«, fragte Spit. »Wir haben keine Fackeln, keine Laternen …«

Das Irrlicht trudelte voraus und schwebte in einem schmalen Teil des schwarzen Tunnels auf und ab. Sein Leuchten erhellte die zerklüfteten Wände und tauchte alles in ein schauriges blasses Licht.

»Uaah!« Spit sah das Irrlicht zum ersten Mal, stolperte erschrocken zurück und bekreuzigte sich. »Wo kommt *das* denn auf einmal her?« Verwirrt und verängstigt sah er sich mit großen Augen um. »Ist es uns vom Wrack gefolgt?«

»Es war die ganze Zeit bei uns«, sagte Betty leise. »Du konntest es nur nicht sehen. Es ist kein Irrlicht wie die anderen – es gehört zu Willow. Und es will uns nichts Böses.« Während sie sprach, beobachtete sie Willow. In den Augen des Mädchens spiegelte sich jetzt Sorge, als hätte sich in ihren Gedanken ein Nebelschleier gelichtet.

»Ich … ich dachte, es wäre Saul«, sagte sie und starrte auf das kugelförmige Licht. »Aber jetzt weiß ich, dass das nicht sein kann.« Ihr Gesicht nahm einen ermatteten, gequälten Ausdruck an, als ihr klar wurde, was Betty bereits vermutet, aber nicht ausgesprochen hatte. »Als ich von Mutter getrennt wurde, hab ich gar nicht gesehen, was mit ihr passiert ist … Was, wenn …?«

»Wir können nicht wissen, was passiert ist«, sagte Betty behutsam. »Oder wer es ist. Alles, was wir tun können, ist, jetzt nicht aufzugeben, deinem Vater zuliebe. Er braucht dich, Willow.«

Willow musterte das Irrlicht, und ihre Augen nahmen wieder diesen starren Blick an. »Vater braucht mich«, wiederholte sie und machte ein paar Schritte in den dunklen Höhlengang. »Er *braucht* mich …«

»Na toll«, murmelte Spit griesgrämig. »*Perfekt*. Habt ihr noch nie was davon gehört, dass man Irrlichtern nicht folgen soll?«

»Folge nie den Irrlichtern …« Tatsächlich, genau das sagten die Leute immer, dachte Betty. Und doch waren sie gerade dabei, alles aufs Spiel zu setzen. Ihr Leben für das eines Fremden.

»Wir folgen ihm nicht«, sagte Betty. »Es leuchtet uns nur den Weg.« Sie legte die Holzspule auf den Boden und hoffte, dass sie ihnen noch einmal helfen würde. Die Spule lag still. Dann fing sie an zu zucken wie ein Tier, das eine Witterung aufnimmt, und begann langsam in die Dunkelheit zu rollen.

Kapitel 26

Die Höhle des verlorenen Glücks

»Das gefällt mir nicht«, sagte Charlie und rückte näher an Betty heran, als die Dunkelheit sie immer mehr umschloss, ja geradezu verschluckte. »Das gefällt mir ganz und gar nicht.«

»Ich weiß«, antwortete Betty. Ihr Blick folgte dem Glimmen des Irrlichts vor ihnen. Die Temperatur in der Höhle war merklich gefallen, und etwas Unheimliches lag in der Luft. Ein Gefühl von bedrohlicher Enge. »Mir auch nicht. Aber solange wir dieses Garn haben, werden wir uns nicht verirren.« Sie wiederholte den Satz in ihrem Kopf, denn sie versuchte nicht nur ihre kleine Schwester zu überzeugen, sondern auch sich selbst. *Wir werden uns nicht verirren ... wir werden uns nicht verirren ...*

Doch sie wussten alle, dass Fortino, der zweite Bruder, sich tatsächlich verirrt hatte. Und es war leicht nachzuvollziehen, warum. Die Tunnel verliefen kurvig und gabelten sich immer wieder zur einen oder zur anderen

Seite. Jedes Wort und jede Bewegung prallten als schauriges Echo zu ihnen zurück, und Betty bekam die Legende nicht mehr aus ihrem Kopf. Sie erinnerte sich, dass Fortino so lange gerufen und gerufen hatte, bis nur noch seine Stimme von ihm übrig war.

Die Temperatur fiel noch weiter, und die Kälte kroch Betty in die Knochen, als sie sich schließlich dazu durchrang voranzugehen. Sie merkte, wie sie allmählich das Zeitgefühl verlor. Immer wieder musste Betty abrupt stehen bleiben, als sie im schummrigen Licht dem Garn folgte. Fliss und Spit, die mit Charlie direkt hinter ihr gingen, stießen mit ihr zusammen. Willow lief lautlos neben Betty, die Augen starr auf das Irrlicht gerichtet. Je weiter sie in die Höhle vordrangen, desto schwieriger wurde es, die Hinweise auf das, was hier geschehen war, zu ignorieren. In feuchten Ecken und verborgenen Winkeln warteten liegen gebliebene Gegenstände nur darauf, dass man über sie stolperte. Betty fluchte über einen ausgetretenen Schuh, der im Weg lag, und bekam eine Gänsehaut, als sie unter ihren eigenen Schuhen das Knirschen zerbrochener Eierschalen hörte. Im nächsten Moment unterdrückte sie einen Aufschrei, denn sie war aus Versehen auf ein Gabelbein getreten. Alles Hinweise auf die Menschen – und ihre falschen Entscheidungen –, die vor ihnen hier gewesen waren.

»Von da vorne scheint frische Luft zu kommen«, sagte sie, als sie einen kühlen Luftzug an ihren Wangen spürte.

Doch dann verengte sich der Tunnel erneut und zwang sie, gebückt zu gehen. Die Luft wurde sofort wieder muffig.

»Bist du sicher, dass die Richtung stimmt?«, fragte Spit, der ganz und gar nicht glücklich wirkte. Sein blondes Haar war trotz der Kühle schweißnass, und er atmete schwer. Widerwillig schleppte er den Eimer und verschüttete dabei so viel Wasser, dass Betty schon fürchtete, bald würde nicht mehr genug für den Fisch übrig sein.

»Nein, sicher bin ich nicht«, sagte sie. »Alles, was ich weiß, ist, dass wir weitergehen müssen.« Die Worte hinterließen einen schalen Geschmack in ihrem Mund, und eine prickelnde Hitze kroch ihren Hals und ihre Wangen hoch. Plötzlich wurde ihr bewusst, auf welch ungeheuerliches Abenteuer sie sich da eingelassen hatten. Als der Tunnel immer enger wurde, hatte sie das Gefühl, als würde sich die Tür zu einer Grabkammer hinter ihnen schließen. Konnten sie wirklich all ihre Hoffnung auf eine alte Legende und eine Spule Garn setzen? Da ihnen die Zeit davonlief und es keine Alternativen gab, blieb ihnen wohl nichts anderes übrig.

»Was machen wir, wenn die Schnur zu Ende ist?«, fragte Spit. »Nach allem, was wir wissen, können sich diese Gänge meilenweit erstrecken.«

»Das tun sie wahrscheinlich auch«, sagte Betty. »Aber wir sind schon ziemlich weit gegangen, und die Spule sieht immer noch so voll aus wie am Anfang.« Sie musterte die Holzspule mit einem Anflug von Angst. »Es ist, als ob … als ob immer so viel Schnur da ist, wie man braucht.« Langsam ging sie ein Stück weiter den Tunnel entlang und versuchte, die spitzen Steine zu ignorieren, die durch ihre abgelaufenen Stiefelsohlen stachen. »Sieht aus, als würde der Gang hier wieder breiter werden, Gott sei Dank.«

Der Tunnel war jetzt so dunkel, dass das Glimmen des Irrlichts ihn kaum noch zu erleuchten vermochte. Aus Angst, sie aus den Augen zu verlieren, beugte sich Betty hinunter und hob die Schnur auf, die von der Spule abrollte. Vorsichtig ließ sie den Faden durch ihre Finger laufen. Jetzt wusste sie, dass sie es sich nicht eingebildet hatte: Das Irrlicht wurde tatsächlich immer schwächer. War nur noch ein Schatten seiner selbst, wie Willow. Plötzlich wurde die Höhle noch breiter und verzweigte sich. Ein schmaler Tunnel führte in die eine Richtung, ein höherer und breiterer in eine andere. Beide Gänge waren stockdunkel. Betty blieb stehen und wartete, bis die anderen sich um sie versammelt hatten. Sie war froh, dass sie ausnahmsweise nicht weit vorausgegangen war.

Sie trat ein Stück auf den höheren Tunnel zu, um besser sehen zu können. Als sie ein paar Schritte gemacht hatte, klirrte etwas unter Bettys Füßen. Sie hob ihren Stiefel, beugte sich hinunter und erkannte den Gegenstand sofort. Es war ein goldener Schlüssel, in den ein eiförmiger Edelstein eingelassen war.

»Ronia«, flüsterte sie. Ihr Blick schoss zu den zwei

dunklen Gängen vor ihnen. Es war kein Geräusch zu hören, und von der Piratin fehlte jede Spur.

Spit starrte auf den Schlüssel. »Ausgeschlossen, dass sie den zurückgelassen hätte. Es muss ihr etwas zugestoßen sein.« Ein seltsamer Ausdruck huschte über sein Gesicht: eine Mischung aus Erleichterung und Bedauern. Würde er ohne Ronia zu den Piraten zurückkehren, fragte sich Betty, oder würde er die Gelegenheit ergreifen, sich von ihnen zu befreien? Denn, wie er selbst gesagt hatte, wenn er kein Rusty Scuttler war, wer war er dann?

»Ja, ihr und allen anderen, die hier entlanggekommen sind, muss etwas passiert sein«, sagte Betty und dachte an die Schuhe, die Eierschalen und das Gabelbein. Die einzigen Spuren jener Menschen, die es mit der Insel aufgenommen – und verloren hatten. Konnte die kühne und unbesiegbare Ronia wirklich zu diesen Unglücklichen gehören? Und wenn dem so war, was hatten sie – eine Gruppe Kinder, ein Irrlicht und ein Fisch – dann überhaupt für eine Chance? »Wer weiß, was wir noch finden werden, wenn wir weitergehen?«

Spit schüttelte den Kopf. »Das reicht. Ich gehe keinen einzigen Schritt mehr durch diese Tunnel.«

»Und du willst ein Pirat sein?«, fragte Charlie. »Du bist kein echter, oder?«

Spit schluckte. »Nein, vielleicht bin ich das nicht«, gab er zu. Bei dem Gedanken, dass seine Furcht einflößende Anführerin besiegt worden sein könnte, spiegelte sich blanke Angst in seinen unruhigen Augen. »Aber ich bleibe keine Minute länger hier.« Er stellte den Eimer unsanft auf den Boden und ging zurück in den dunklen Tunnel, durch den sie gekommen waren.

»Spit, warte!«, protestierte Betty. »Bleib bei uns! Du wirst dich verirren – das Irrlicht ist das einzige Licht hier!«

Ihre Stimme echote zu ihnen zurück, schrill und laut wie eine Ohrfeige. Und dann kam eine weitere Stimme aus der Dunkelheit, und noch eine und noch eine: wispernde Stimmen, die überall um sie herum durch die Höhle hallten. Die Worte klangen leise und tuschelnd, wie trockene Blätter, die im Wind raschelten. Bettys Kopfhaut fing an zu kribbeln.

»Nehmt uns mit …«

»So dunkel hier drinnen …«

»Wir folgen euch … folgen euch …«

Spit drehte sich noch einmal um. Sein Gesicht war jetzt fast so bleich wie das von Willow.

»Was *ist* das?«, fragte er atemlos. Die Schnur, die durch den Gang zurückführte, glitt ihm aus den Händen. »Wo kommen die Stimmen her?«

»Von überall.« Betty drückte Fliss den Eimer in die Hand. »Komm jetzt, schnell!«

Betty stolperte durch die Dunkelheit, hangelte sich an der Schnur weiter und hatte Mühe hinterherzukommen, als die Holzspule in den breiteren der beiden Tunnel davonrollte. Vor ihnen war nichts als Finsternis und das schwache Glimmen des Irrlichts zu sehen. Es war nicht genug, um ihren Weg zu erleuchten. Immer wieder unterdrückte Betty einen Aufschrei, als sie gegen hervorstehende Felsen stieß oder knirschend auf weitere Gegenstände trat, die im Weg lagen. Wie lange noch konnte Willow es hier drinnen aushalten? Und wie lange würde der Fisch noch im Eimer überleben? Wenn sie stolperten oder ihn fallen ließen, gäbe es keine Hoffnung, rechtzeitig das Wasser aufzufüllen.

Hinter ihrem Rücken hörte Betty panische Atemzüge. Die Angst hatte ihnen endgültig die Sprache verschlagen, und sie konnten alle nur noch einen Gedanken fassen: Flucht. Von allen Seiten hallten ihnen die Stimmen entgegen, bis Betty das Gefühl hatte, sie wären in ihrem Kopf. Mit jedem Echo schienen die Tunnelwände näher zu rücken. Einige Stimmen klangen flehend, andere bösartig.

»*Hier entlang … folgt uns …*«

»*Wir führen euch zu unsagbaren Schätzen …*«

»*… Bleibt weg! Meins, meins …*«

Schreckliche Angst beherrschte Bettys Gedanken und machte sie ungeschickt. Zweimal ließ sie die Schnur fallen, als sie stolperte und ihre Hände ausstrecken musste, um nicht mit dem Gesicht aufzuschlagen. Sand wirbelte auf und ließ ihre Augen tränen. Hinter ihr stieß Charlie ein Wimmern aus – oder vielleicht war es auch Fliss. Bettys Hand griff nach der Schnur. Sie weinte fast vor Erleichterung und schwor sich, das Garn nie wieder loszulassen. Wenn sie sich verirrte, waren sie alle verloren.

»Wie lange noch, Betty?« Charlie klammerte sich mit heißen Händen an sie. »Ich hab das Gefühl, man bekommt hier nicht mehr so gut Luft!«

»Es ist nicht mehr weit«, sagte Betty, ohne im Geringsten zu wissen, ob das stimmte. Sie mussten doch bald wieder draußen sein, oder? Sie wusste einfach nicht, wie lange sie schon in der Höhle waren. Es fühlte sich an wie Stunden, aber genau konnte sie das nicht sagen. Jedes Zeitgefühl war verschwunden; geblieben waren nur noch Angst und der Wille zu überleben. »Es dauert nicht mehr lang, bestimmt nicht!«

»Bestimmt nicht … bestimmt nicht …«, wiederholten die hallenden Stimmen, spottend und unbarmherzig.

Ohne Vorwarnung fiel der Boden unter ihnen plötzlich ab. Betty strauchelte, und ihr Fuß wurde auf einmal eiskalt. »Wasser«, japste sie. »Ich glaube, es ist ein Gezeitentümpel …« Sie machte noch einen Schritt und spürte, wie die Kälte an ihrem Bein hochkroch. »Es wird tiefer. Ich werde versuchen durchzuwaten.«

»Sei vorsichtig«, flehte Fliss und spritzte aus Versehen etwas Brunnenwasser gegen Bettys Rücken. Der eiskalte Guss ließ Betty herumschnellen. Ihr Blick fiel auf den Eimer, in dem noch immer der Fisch schwamm.

»Saul«, blubberte er. »Saul!«

»Ja, das wissen wir!«, sagte Fliss gereizt. »Wenn du

nicht gewesen wärst, würden wir gar nicht in diesem Schlamassel stecken!«

Der Fisch stieß ein paar empörte Blasen aus und sah sie mit kummervollen Augen an.

Ein dritter Schritt, und Betty stand knietief im Wasser. Ein vierter, und das Wasser reichte noch weiter hinauf. Sie strengte ihre Ohren an und versuchte, etwas anderes auszumachen als das ständige Wispern. Irgendwo in der Nähe glaubte sie ein leises Tröpfeln zu hören. War da womöglich auch Wasser über ihnen? Unter ihnen? Sie wagte noch einen Schritt und fröstelte, als das eiskalte Nass ihre Hüften erreichte. »Das Wasser wird immer tiefer«, berichtete sie den anderen. Über ihr neigte sich die Decke des Tunnels und zwang Betty, weiter ins Wasser zu waten. Dann fiel die Höhlendecke rapide ab, bis sie auf die Wasseroberfläche traf. Beklommen wurde ihr bewusst, was das bedeutete: Der Tunnel verlief unter Wasser. Aber wie weit?

»Woher willst du wissen, dass es hier *wirklich* nach draußen geht?«, fragte Spit. »Und dass der Faden nicht bloß ein weiterer Trick der Hexe ist?«

»Das kann nicht sein«, sagte Betty, aber gleichzeitig beschlichen sie leise Zweifel – wie Finger, die sich ihren Rücken hinauftasteten. Konnten sie sich wirklich auf etwas verlassen, das aus dem Hexenkessel stammte? Betty war so von der Legende und allem, was sie davon wusste, überzeugt gewesen, aber auf einmal war die Geschichte mehr als nur ein Schauermärchen. Es ging um ihr Leben und das Leben ihrer Schwestern. Um Spits Leben und um Willows Leben. Doch im schummrigen Licht der Höhle, erfüllt von Stimmen, die in ihren Ohren widerhallten, konnte sie nicht mehr sicher sein, was Wirklichkeit war und was nicht.

Betty machte noch einen Schritt. Sie hatte nicht einmal mehr Zeit, Luft zu holen, als der Boden unter ihr scheinbar verschwand. Wasser brannte in ihren Augen und strömte in ihren Mund. Verzweifelt versuchte sie, mit den Füßen Halt zu finden, und schlang das Garn um ihr Handgelenk, damit sie es nicht verlor. Nach Atem ringend, durchbrach sie schließlich die Wasseroberfläche, holte tief Luft, schwamm zu den anderen zurück und schürfte sich das Knie an der Felskante auf.

»Betty!«, kreischte Fliss. »Was ist passiert?«

Hände griffen nach ihr, zogen an ihren durchnässten Kleidern. Sie hustete und klapperte mit den Zähnen. »Mir ist nichts passiert ... aber es wird tiefer. Ich weiß nicht, ob wir hier durchkommen können – oder wie lang der Tunnel noch ist.«

»Aber es ist doch der richtige Weg«, protestierte Charlie. »Oder etwa nicht? Haben wir uns verirrt?«

»Nein ... dies ist der Weg, den die Schnur uns zeigt«, sagte Betty. Sie hatte Mühe zu verhindern, dass ihre Stimme schriller wurde, als ihr ein furchtbarer Gedanke kam. »Vielleicht *war* dies einmal der Weg nach draußen, vor langer Zeit. Die Dinge ändern sich manchmal. Wer weiß, vielleicht wurde der Tunnel überflutet. Vielleicht ...«

Ein unheimliches Lachen hallte durch die Höhle. Dieses Mal war die Boshaftigkeit nicht zu überhören. »*Überflutet ... wer weiß ...*«

»HALT DIE KLAPPE!«, brüllte Fliss. »Lass uns einfach in Ruhe!«

»Es muss noch einen anderen Weg geben.« Willows Stimme klang matt, das Irrlicht an ihrer Seite wurde immer schwächer. »Zieh die Schnur zurück. Vielleicht führt sie uns dann woanders lang.«

Betty zog an der Schnur, aber sie ahnte schon, dass die Spule weiter in den Unterwassertunnel gerollt war und sie sich nicht zurückholen lassen würde. Es war, als sträubte sie sich. »Sieht so aus, als *wollte* die Schnur, dass wir ihr folgen.«

»Das ist zu gefährlich«, sagte Fliss mit erstickter Stimme. »Solche Unterwasserhöhlen ... die können sich sonst wie weit erstrecken. Am Ende ertrinken wir noch alle!«

Betty kniff die Augen zusammen und suchte die Höhlendecke nach irgendeiner Möglichkeit ab, sich festzuhalten, aber da war nichts. »Ich sehe keinen anderen Weg«, sagte sie verzweifelt. »Wir müssen durchs Wasser.« Sie unterdrückte ein Schluchzen. »Ich gehe ... ich gehe vor, schwimme ein Stück. Wer weiß, vielleicht ist es auch nur eine kurze Vertiefung.«

»Nein«, schnaubte Fliss. »Kommt nicht infrage!«

»Wir können nicht zurückgehen«, entgegnete Betty. »Wir haben keine andere Wahl. Eine von uns muss es wagen. Wenn ich irgendwo rauskomme, ziehe ich dreimal an der Schnur, und ihr könnt mir folgen. Wenn der Tunnel zu lang ist, komme ich zurück. Das verspreche ich.«

»Versprich lieber nichts, was du nicht halten kannst«, sagte Fliss erhitzt. Betty konnte das Gesicht ihrer Schwester nur schemenhaft erkennen, aber das wenige Licht, das sie noch hatten, ließ die Tränen in ihren Augen glitzern.

Betty presste die Zähne aufeinander. »Ich *verspreche* es«, wiederholte sie und nahm allen Mut zusammen, um wieder ins Wasser zu gehen.

»Betty?«, fragte Charlie ängstlich. »Was ist mit Hopsi? Er kann nicht so weit schwimmen!«

»Oh, Charlie«, sagte Betty und spürte eine Woge von Zuneigung für ihre kleine Schwester. »Du und diese verflixte Ratte. Hopsi schafft das schon.« Sie seufzte und strubbelte Charlie durchs Haar. »Du bist doch bei ihm.«

Charlie nahm die Ratte aus ihrem Kragen und küsste sie auf das Näschen. »Du schaffst das, Hopsi«, flüsterte sie. »Und du auch, Betty.«

»Gut, dann mal los«, sagte Betty und atmete tief durch. »Bevor ich den Mut verliere.« Sie ließ sich ins Wasser gleiten und watete zu der Stelle, wo die Decke steil abfiel und schließlich die Wasseroberfläche berührte. Sie holte tief Luft, tauchte hinunter und streckte einen Arm aus, um sich den Weg zu ertasten. Felsen kratzten ihren

Rücken entlang, und schleimige Algen verfingen sich in ihren Haaren. Ein Stiefel mit zugebundenen Schnürsenkeln trieb an ihrem Gesicht vorbei. Sie stieß mit ihren Füßen an die Felswände und verstauchte sich den Knöchel. Ihre Lungen begannen zu brennen. Wie hatte sie es geschafft, beim Schiffswrack so lange die Luft anzuhalten? Jetzt erschien ihr die Anstrengung um vieles größer, und eine grenzenlose Erschöpfung drohte sie zu überwältigen. Am Rande ihres Blickfelds flimmerten dunkle Punkte. Sie dachte ganz fest an ihre Schwestern und Granny und ihr Zuhause. Aber sie musste atmen! Kaltes Wasser strömte auf sie zu …

Die Felsdecke über ihrem Rücken stieg wieder an, und Betty tauchte japsend in einem feuchten Hohlraum auf. Im Stockdunkeln hob sie eine Hand und ertastete eine Armlänge über ihrem Kopf kalten, nassen Stein. Vorsichtig schwamm sie ein Stück voran und hoffte, dass die Tunneldecke hoch genug bleiben würde, um weiterhin den Kopf über Wasser halten zu können – doch es dauerte nicht lange, und ihre ausgestreckten Fingerspitzen streiften erneut den schräg abfallenden Felsen über sich.

Betty war sich bewusst, dass die anderen auf ein Signal von ihr warteten. Sie zog dreimal an der Schnur und spürte einen kurzen Zug als Antwort. Die Zeit schien stillzustehen. Das Wasser rauschte und strudelte durch den Höhlengang. *Kommt schon*, dachte sie ungeduldig. *Kommt schon!*

Es war Charlie, die als Erste neben Betty auftauchte, dicht gefolgt von Willow und dem Irrlicht. Nach der vollkommenen Finsternis war das Glimmen des Irrlichts, so schwach es auch sein mochte, eine Erleichterung. »Hier stinkt es aber«, keuchte Charlie. Ihre Zöpfe klebten klatschnass an ihrem Kopf; auf ihrer Schulter quiekte ein durchnässter Hopsi, als wollte er ihr zustimmen.

»Charlie!«, rief Betty atemlos und umarmte ihre Schwester glücklich. »Du hast es geschafft!«

Zu Bettys großer Erleichterung tauchte Fliss als Nächste auf, gefolgt von Spit. Doch erschrocken stellte sie fest, dass er blutete.

»Es ist nichts«, murmelte er und rieb sich die Stirn. »Nur eine kleine Schürfwunde.«

Betty nickte und sog dankbar die Luft ein. Stinkend oder nicht – diese Luft hielt sie alle noch ein bisschen länger am Leben.

Spit schwamm eine Armeslänge von ihr entfernt, den Eimer mit dem Fisch neben sich. »Hier ist noch ein weiterer Durchgang«, sagte er und deutete unter die Wasseroberfläche. Er atmete schwer und blinzelte, als ihm wässriges Blut in die Augen rann. »Ich muss nur ... erst zu Atem kommen. Dann geh ich zuerst.«

»Spit«, brachte Betty hervor. »Das geht nicht! Du hast eine Kopfverletzung.«

»Ich gehe«, wiederholte er. »Ihr drei gehört zusammen. Wenn einer von euch etwas zustößt ... Ich habe niemanden. Niemanden, der mich vermissen würde, zumindest«, sagte er mit einem bitteren Lachen und reichte den Eimer an Fliss weiter. »Ich hab ja nicht mal einen richtigen Namen.«

Seine Worte gaben Betty einen Stich. »Pass auf dich auf«, sagte sie mit einem beklemmenden Gefühl. »Und vergiss nicht: dreimal ziehen.«

Er nickte, atmete tief ein und verschwand im trüben Wasser.

»Die Stimmen haben aufgehört«, sagte Fliss leise in die Stille hinein und hielt Charlie fest. Der Eimer schaukelte neben ihr auf dem Wasser. »Ich weiß auch nicht, ob das besser oder schlimmer ist.«

Schlimmer, dachte Betty. Denn das Fehlen der Stimmen verstärkte die Totenstille dieses Ortes noch mehr.

»Ist er noch da?«, fragte Charlie zitternd.

Betty zog sanft an der Schnur und spürte denselben Widerstand wie zuvor. »Er ist da.«

»Er sollte aber inzwischen raus sein«, sagte Fliss. »Das dauert doch zu lang!«

»Nun gib ihm doch erst mal 'ne Chance«, sagte Betty und versuchte damit wieder einmal, vor allem sich selbst gut zuzureden. »Er schafft das schon.« Ein Bild von Spit, regungslos und mit leerem Blick, tauchte vor ihrem inneren Auge auf. Wie lange konnte er es da unten aushalten? Sie unterdrückte einen Laut, der sich wie ein ersticktes Schluchzen anhörte. In ihrem Kopf hallten Spits

Worte wider: *Ich habe niemanden. Niemanden, der mich vermissen würde ...*

»Das bedeutet nicht, dass es nichts ausmachen würde«, flüsterte sie. Was Spit für sie riskiert hatte, war nicht egal. *Er* war nicht egal.

Plötzlich spannte sich die Schnur, wickelte sich fest um Bettys Finger. *Eins, zwei, drei.*

»Er ist da!«, schrie Betty. »Er hat es geschafft – er ist irgendwo angekommen. Los!«

Charlie und Fliss holten beide tief Luft und verschwanden unter der Wasseroberfläche. Betty griff nach Willows Hand, deren Kälte ihre eigene Hand fast taub werden ließ. Sie sah dem Mädchen ins Gesicht und wurde erneut von Zweifel und Angst gepackt.

»Willow«, begann Betty beunruhigt. »Du siehst ja blasser aus als je zuvor!«

»Ich kann das schaffen«, sagte Willow und schwamm näher an sie heran, das Gesicht aschfahl. Mit eisernem Griff zog Betty sie unter Wasser, das hier eisig und voller Schlamm war. Ihre Knöchel schabten am Fels entlang. Schlick sammelte sich unter ihren Fingernägeln. Ohne es zu wollen, öffnete sie die Augen und wünschte sofort, sie hätte es nicht getan. Überall um Willow herum schimmerte das Wasser unheimlich, schwach erleuchtet durch das Irrlicht an ihrer Seite. Ihr entsetzter Blick suchte den Bettys. Luftblasen traten aus ihrem Mund.

Betty schloss die Augen und stieß sich mit den Beinen

ab. Seetang verfing sich in ihren Haaren und drohte, sie zurückzuziehen. Sie in der Dunkelheit festzuhalten.

»Neiiiiiiin!«, schrie Betty und verlor dabei wertvolle Atemluft.

Irgendwo da vorn, ganz nah, erwartete sie strahlendes Licht. Wasser schoss ihre Nase hoch und füllte ihren Rachen. Dann wurde das Wasser zu Luft, und Betty tauchte hustend und japsend auf, umgeben von blendender Helligkeit. Gedämpfte Stimmen drangen zu ihr vor und wurden erst deutlicher, als ihre Ohren nicht mehr voller Wasser waren. Taumelnd watete sie aus der Tiefe, gefolgt von einer prustenden Willow. Jetzt erst ließ Betty die Hand des kleinen Mädchens los. Vor ihnen kamen drei Gestalten in Sicht, die knöcheltief in flachem Wasser standen, und hinter ihnen strömte zwischen Bäumen warmes Sonnenlicht in die Höhle.

»Fliss, Charlie!«, rief sie ungestüm, rannte auf ihre Schwestern zu und schloss sie, überwältigt von Liebe und Erleichterung, in die Arme.

»Wir haben es geschafft!«, lachte Charlie und hielt ihr den pitschnassen Hopsi vors Gesicht. Die Ratte schnupperte übermütig und schüttelte das Wasser aus ihren Schnurrbarthaaren. »*Alle* von uns!«

»Saul!«, kam erneut die Fischstimme aus dem Eimer, der jetzt wieder fast bis zum Rand gefüllt war.

»Ja, du auch«, fügte Betty mit einem unerwarteten Anflug von Mitgefühl hinzu. Einer nach dem anderen wateten sie aus dem Wasser ins Freie und blinzelten, als sie die Dunkelheit der Höhle hinter sich ließen. Die Sonnenstrahlen waren wie Balsam auf Bettys Haut, ihre Wärme und der Sonnenstand deuteten darauf hin, dass während ihrer Durchquerung der Höhle Stunden vergangen waren. Jetzt standen sie auf einem felsigen Pfad, der rechts an einer hohen Klippe entlangführte und sich in der Ferne hinunterschlängelte. Zu ihrer Linken erstreckte sich eine riesige Waldfläche, die steil abfiel. Weit unten, hinter der dichten Vegetation, war ein kleiner Kreis von leuchtendem Türkis zu sehen. *Die Lagune*.

Bettys Herz machte einen Sprung, doch gleichzeitig durchzuckte sie ein Gefühl der Besorgnis. Sie wusste, Entfernungen konnten täuschen, und schon von hier sah es so aus, als wäre es ein weiter Weg bis zur Lagune. Die kürzeste Strecke verlief abseits vom Pfad durch den Wald, doch allein bei dem Gedanken daran bekam Betty eine Gänsehaut. Den Weg zu verlassen – das war in allen Märchen, die sie kannte, ein Fehler.

Etwas stieß an ihre Füße. Betty sah hinunter und entdeckte die Holzspule, die jetzt vor ihren Augen begann, das Garn aufzurollen, das aus der Höhle führte. Staunend beobachtete Betty, wie sich die Schnur wieder und wieder um die Spule wickelte und schließlich endete. Als Betty die prall gefüllte Spule aufhob, verflogen ihre Zweifel fast schon wieder. Was auch immer ihnen noch bevorstand – der magische Gegenstand hatte seine Aufgabe erfüllt, indem er sie sicher durch die Höhle geleitet hatte. »Seltsam«, murmelte sie. »Die Spule ist knochentrocken. Kein Tropfen Wasser darauf.«

»Dieser Ort ist wirklich rätselhaft.« Spit schüttelte sich wie ein nasser Hund, doch dann zuckte er zusammen und presste eine Hand an seinen Kopf.

»Lass mich mal«, sagte Fliss. Sie nahm ihren Ärmel und berührte vorsichtig seine Haut.

Spit klappte der Unterkiefer herunter, und seine Wangen färbten sich tiefrot. Wie gebannt starrte er Fliss in die Augen.

»Danke«, sagte Fliss. »Für das, was du getan hast. Wenn du nicht gewesen wärst und dein Leben für uns riskiert hättest, wären wir womöglich gar nicht aus der Höhle rausgekommen.« Sanft legte sie ihre Finger auf seine Wange.

»Ja«, sagte eine eiskalte Stimme hinter ihnen. »Du warst *überaus* nützlich, Spit. Vielleicht bist du doch mehr wert, als ich gedacht habe.«

Betty wirbelte herum. Angst stieg in ihr auf wie eine Flut.

Im Ausgang der Höhle stand Ronia.

Kapitel 27

Verhext

»Ach«, sagte die Piratin in einem spöttischen Tonfall. »Entschuldigung – ich störe doch nicht etwa?« Sie starrte Fliss und Spit mit einem Blick an, der eine Blume verwelken lassen könnte.

Fliss ließ die Hand sinken; ihre Finger ballten sich zu einer Faust.

»Du *lebst*«, brachte Spit heiser hervor. »Wir dachten ...«

Ronia trat auf sie zu, tropfnass wie eine Meerhexe. Einer ihrer Ärmel war zerrissen und blutgetränkt, und ihre Hand zitterte leicht. Doch in ihrer anderen Hand hielt sie ihr Entermesser, mit festem Griff wie immer. Neben ihr schlich Bandit aus der Höhle und nieste. Der Kater warf Ronia einen bösen Blick zu und begann sich emsig das nasse Fell zu lecken.

»Ihr dachtet, ich wäre tot«, sagte Ronia. »Oder was auch immer mit den Leuten passiert, wenn sie sich in dieser Höhle verirren.« Sie grinste hämisch und näherte sich ihnen wie ein Geier. »Tut mir leid, euch zu enttäuschen, aber ich habe nicht vor, diese Insel mit leeren Händen zu verlassen.«

»Aber der Schlüssel«, stammelte Spit. »Der lag doch …«

»*Dieser* Schlüssel?«, fragte Ronia und zog ihn aus ihrer Tasche. Der Stein leuchtete golden im gleißenden Sonnenlicht. »Ich hab euch durch die Tunnel stolpern hören und mich schnell versteckt, bevor ihr mich entdecken konntet. Ich muss sagen, zu dem Zeitpunkt hab ich mich fast über Gesellschaft gefreut.« Ihre Augen musterten Betty von oben bis unten. »Aber *wie* seid ihr eigentlich hergekommen?«

»Das geht dich nichts an«, knurrte Betty. Sie dachte an die Stelle zurück, wo sich die zwei Tunnel gabelten. Wenn sie einen Blick in den engeren Gang geworfen und Ronia entdeckt hätten, wäre dann alles anders gekommen? Oder hätte die Piratin sie einfach mit gezücktem Messer vor sich hergetrieben? »Du bist uns gefolgt.«

»Ich bin allein auch nicht schlecht vorangekommen.« Ronia zuckte die Achseln. »Aber ihr habt es mir so leicht gemacht.« Sie grinste triumphierend. »Ihr habt sogar den Schlüssel gefunden, der mir aus der Tasche gefallen ist – ich dachte, ich hätte ihn verloren! Als ihr weg wart, hab ich ihn aufgehoben und bin euch gefolgt. Oder vielmehr eurer wunderbaren Schnur. Was für einen Lärm ihr gemacht habt! Und dann noch diese Echos ... bei all dem habt ihr mich überhaupt nicht gehört.« Sie wandte sich an Spit. »Ich hab immer gedacht, du bist ein nichtsnutziger Angsthase, aber du warst mutiger, als ich erwartet hätte. Vielleicht hast du nach dieser ganzen Sache eine Beförderung verdient.«

»Nach dieser Sache?«, wiederholte Spit matt. Er machte einen Schritt auf Ronia zu.

Betty beobachtete die Szene ungläubig. Nach allem, was passiert war, würde Spit doch nicht wieder die Seiten wechseln?

»Es wird kein *Danach* geben«, fuhr Spit fort. Seine Stimme bebte, aber vor Wut und nicht vor Angst, das merkte Betty jetzt. »Ich bin fertig mit den Rusty Scuttlers – und mit dir.«

Ronia starrte ihn donnergrollend an. »Du wagst es, dich gegen deine Anführerin aufzulehnen?«

»Ich habe immer zu dir aufgeschaut«, sagte Spit. »Die ganze Zeit habe ich versucht, mich zu beweisen. Und dann hast du mich in diesem Brunnen zurückgelassen. Du bist nicht mehr meine Anführerin.«

»Meuterei!«, jubelte Charlie.

»Ich wollte dich später holen ...«

»Lügnerin!«, rief Spit. »Alles, was dich interessiert, ist das, was im Herzen dieser Insel verborgen liegt. Was immer es ist, du willst es mit niemandem teilen.«

»Ich hab gedacht, Piraten halten zusammen«, warf

Charlie ein. »Aber du hast ihn im Stich gelassen!« Hopsi quiekte, als wollte er ihr zustimmen.

Ronia kräuselte die Lippen. »Sei still!«, befahl sie. »Wenn du brav bist, kannst du deine Ratte vielleicht sogar noch ein bisschen behalten, bevor ich sie an meine Katze verfüttere.«

Charlie funkelte sie trotzig an. »Witzig«, fauchte sie. »Dabei hatte ich eigentlich geplant, *dich* an meine Ratte zu verfüttern.«

Hopsi hickste wenig überzeugend.

»Worauf wartest du noch?«, sagte Spit wütend zu Ronia. »Du hast es durch die Höhle geschafft. Jetzt kannst du doch losziehen und den Schatz plündern. Wir werden dich nicht davon abhalten! Und danach müssen wir uns ja alle nicht wiedersehen.«

Ronia seufzte und inspizierte ihre Klinge. »So läuft das nicht. Ihr wisst ja, dieser Ort steckt voller Tücken. Darauf war ich nicht vorbereitet. Aber irgendwie werde ich es zum Mittelpunkt der Insel schaffen, zu dieser Lagune. An einem Ort wie diesem ist es praktisch, jemanden zu haben, der vorausgeht. Das ist dann ein bisschen so, als wäre man eine Katze mit neun Leben. Es bleibt immer Spielraum für den einen oder anderen … Fehler.« Sie lächelte. »Und ihr Mädels habt euch auch als nützlich erwiesen, mit eurer magischen Karte und dieser Schnur …«

Fliss atmete tief ein. »Du meinst, du willst uns als … als Extra-Leben für dich, falls etwas schiefgeht?«

»Ich bin froh, dass wir uns verstehen.« Ronia hob ihr Messer und fuchtelte damit gefährlich nah vor Spits Nase herum. »Du zuerst. Los.«

Spit rührte sich nicht von der Stelle, die Hände zu festen Fäusten geballt. Betty warf ihm einen Seitenblick zu. Jetzt hatten sie Spit auf ihrer Seite, dachte sie mit klopfendem Herzen. Sie waren in der Überzahl, und Ronia war allein.

»Mit dir gehen wir nirgendwohin«, sagte sie. Und dann fielen ihre wagemutigen Gedanken in sich zusammen wie zerknülltes Papier. Blitzschnell und lautlos hatte Ronia Charlie gepackt und hielt ihr das Entermesser an den Hals.

»Ich glaube, ich habe mich nicht deutlich genug ausgedrückt«, sagte Ronia leise. »Fordert mich nicht heraus.« Sie deutete mit einem Kopfnicken auf den Pfad, der die Klippen hinunterführte. »*Bewegt* euch, habe ich gesagt!« Sie zeigte auf Fliss und dann auf den Eimer. »Du trägst das Abendessen.«

»Saul!«, protestierte der Fisch aufgebracht, doch Betty ignorierte es. Der Anblick der Klinge an Charlies Hals mahnte sie zur Vorsicht. Außerdem wusste niemand, was Ronia tun würde, wenn sie erführe, dass der Fisch ihnen so wichtig war.

Spit warf Betty einen hilflosen Blick zu und bewegte im Vorbeigehen lautlos die Lippen: *»Macht euch unsichtbar!«*

Betty folgte ihm mit zittrigen Knien und ließ die Hand in ihre Tasche gleiten. Mithilfe der Matroschka könnte sie sich und die anderen verschwinden lassen. Vielleicht würde ihnen dann die Flucht gelingen. Aber Ronia ließ sich nicht so leicht täuschen – und sie hatte schon Charlie in ihren Klauen. Wenn Betty ihre kleine Schwester jetzt unsichtbar machen würde, könnte Ronia sie immer noch spüren – könnte ihr immer noch *wehtun*.

»Jetzt geh schon«, kommandierte Ronia und packte Charlie am Kragen. Charlies Augen füllten sich mit Tränen, aber sie presste die Lippen aufeinander.

Betty unterdrückte die Wut, die in ihr aufstieg. Sie hatten keine andere Wahl, als zu gehorchen – zumindest im Augenblick.

Die Sonne schien noch immer, als sie die Höhle hinter sich ließen und die ersten Schritte den Pfad hinuntergingen. Über ihnen zwitscherten bunt gefiederte Vögel; am Waldboden wuchsen Blumen und nickten mit ihren Köpfen im Wind. Am Wegesrand hingen Früchte an den Zweigen, die keiner von ihnen kannte. Im Gegensatz zu den felsigen Klippen, die sie erklommen hatten, um zur Höhle zu gelangen, führten hier grob in den Stein gehauene Stufen den Abhang hinunter. Betty starrte die steilen Klippen hinauf, die sie umgaben. So weit das Auge reichte, neigten sich die Felsen leicht nach innen und gaben einem das beunruhigende Gefühl, sich in einem riesigen Hexenkessel zu befinden.

Auch wenn sie sich mehrfach besorgt nach Ronia und Charlie umsah, wurde Bettys Aufmerksamkeit immer wieder auf die Bäume gelenkt, die den Weg säumten.

Zweige schwangen im Wind und streiften sie wie neugierig tastende Finger. Je weiter sie den Pfad entlanggingen, desto höher wurden die Bäume und Büsche um sie herum. Bald verstellten sie den Blick auf die Lagune, aber Betty konnte erkennen, dass der Abhang hinter den Bäumen noch steiler war, als sie zunächst gedacht hatte. Wenn einer von ihnen dort hinunterfallen würde, könnte das tödlich enden. Es war nicht verwunderlich, dass Ronia beschlossen hatte, auf dem sicheren Pfad zur Lagune zu bleiben, sosehr die Piratin die Schätze der Insel auch begehrte. Betty musste daran denken, was Spit über seine Anführerin gesagt hatte: »Sie ist schlau und gerissen, und was das Gefährlichste ist: Sie ist *geduldig.*«

Und unbarmherzig. Sie marschierten schweigend hintereinanderher. Während die Zeit dahinschwand, kroch die Sonne über den Himmel und verlor allmählich ihre Kraft. Der Marsch wurde zu einem schwerfälligen Trott. Bettys Füße bekamen Blasen, und selbst Fliss geriet ins Schwitzen. Ronia war kaum anzumerken, dass ihre Energie nachließ. Nur ihr Entermesser hatte sie irgendwann weggesteckt, nachdem sie Charlie eiskalt eingeschärft hatte: »Mach ja keine Mätzchen.«

»Fliss?«, rief Charlie nach einer Weile zögerlich. »Hopsis Magen knurrt. Und meiner auch. Könnten wir nicht ein paar Früchte pflücken?« Sie blieb stehen, um eine seltsame glockenförmige Frucht zu bewundern. »Sieht lecker aus.«

Betty schüttelte den Kopf. Sofort kamen ihr Geschichten von verzauberten Köstlichkeiten in den Sinn, die Menschen ins Verderben lockten. »Iss bloß nichts davon, Charlie. Das ist bestimmt gefährlich. Diese ganze Insel ist verhext.«

Ronia grinste höhnisch. »Deine Schwester hat recht. Hier etwas zu essen, könnte riskant sein. Wenn es so weit ist, kannst du also gerne den ersten Bissen nehmen.«

»Ich kann gar nicht richtig erkennen, was da an diesen Zweigen hängt«, sagte Spit und sah zweifelnd an einem der Bäume hinauf. »Sind das überhaupt Früchte …?« Über ihnen schimmerte es golden.

»Ein *Ei*?« Charlie spähte zwischen den Blättern hindurch. »Ein *goldenes Ei*. Was für ein Vogel …«

»Guckt mal«, sagte Betty verblüfft. »Da sind ein Stängel und Blätter dran. Es *wächst*.«

»Oh«, flüsterte Charlie und musterte ein winziges Ei, das kaum so groß war wie eine Eichel.

»Fasst ja nichts an«, sagte Betty beunruhigt. »Irgendwas stimmt hier nicht.«

»Aber guck doch mal, wie niedlich dieses Ei ist«, erwiderte Charlie enttäuscht.

»Nicht anfassen«, wisperte Fliss, doch auch ihrer Stimme hörte man die Versuchung an. Betty bemühte sich, nicht in die Bäume zu sehen, doch ihr Blick wurde immer wieder von den verheißungsvoll glänzenden Früchten angezogen. Wäre es wirklich so schlimm, *eine* davon zu pflücken? Unwillkürlich streckte sie die Hände nach den Zweigen aus. Ein köstlicher Duft nach Puderzucker wehte zu ihr herunter.

Doch Ronia kam ihr zuvor. Mit einem gezielten Hieb ihres Entermessers holte sie eines der goldenen Eier vom Baum, das fast so groß war wie ein Kürbis. Sie machte einen Schritt zur Seite, als das Ei herunterfiel und neben ihren Füßen zerbrach. Betty hielt den Atem an und rechnete schon fast damit, Eidotter herausquellen zu sehen. Stattdessen flatterte ein schwarzes Federbüschel heraus und landete auf dem Boden.

Verunsichert beeilten sie sich weiterzukommen und folgten dem Pfad, der sich den Abhang hinunterschlängelte. Willow lief zwischen Betty und Fliss. Ihr taumelnder Gang wurde immer schwerfälliger, und hinter ihr schwebte, unbemerkt von Ronia, das Irrlicht. Sein Leuchten war jetzt nur noch so matt, dass es aussah wie schimmerndes Mondlicht. Je weiter sie kamen, desto tiefer hingen die Zweige am Wegesrand. Es schien fast, als würden die Bäume ihre Früchte absichtlich vor ihren Augen schwenken, um sie in Versuchung zu führen. Bevor sie wusste, was sie tat, griff Betty nach den seltsamen glockenförmigen Früchten, mit denen Charlie zuvor geliebäugelt hatte.

Sie pflückte eine Frucht, doch in dem Moment, als der

Stiel abbrach, verdorrte und verfaulte das Fruchtfleisch zwischen ihren Fingern.

Betty wollte ihre Hand zurückziehen, doch als ihr Arm die grünen Zweige streifte, spürte sie etwas Seltsames, als wären die Blätter in Wirklichkeit gar keine Blätter. Stattdessen fühlten sie sich an wie Federn. Betty vergaß vor Schreck, ihre Hand zurückzuziehen. Da schoss ohne Vorwarnung etwas aus den Zweigen. Sie spürte ein Kratzen vogelartiger Krallen, ein Stechen wie das Picken eines Schnabels auf ihrer Haut.

Betty wich zurück, verfing sich mit dem Fuß in einer Baumwurzel und verlor das Gleichgewicht. Verzweifelt versuchte sie, sich mit den Händen abzustützen, doch ihr Knöchel knickte um. Strauchelnd kam sie vom Weg ab und begann den bewaldeten Abhang hinunterzutaumeln. Als sie mit dem Kopf gegen einen Baumstamm stieß, tanzten ihr für einen Moment Sterne vor den Augen. Wurzeln und Lianen kratzten über ihren Rücken und schlugen ihr entgegen, während sie wie ein holperndes Wagenrad haltlos in die Tiefe rollte.

Ich bin vom Weg abgekommen, dachte sie zwischen Schmerzen und flackernden Lichtern vor den Augen. *Ich falle, und es gibt nichts, das mich aufhält.*

Stimmen riefen nach ihr. Von irgendwo weit oben hörte sie ein Schluchzen, und Fliss brüllte ihren Namen. Das war das Letzte, was Betty noch wahrnahm, bevor alles um sie herum schwarz wurde …

Betty öffnete die Augen und verzog das Gesicht. Warum war es so dunkel? Wie viel Zeit war vergangen, seit sie gestürzt war? Panik überkam sie und ließ ihren schmerzenden Kopf pochen. Sie befühlte ihn vorsichtig und ertastete eine eigroße Beule. Zu bluten schien sie nicht. *Wie weit bin ich gefallen?*, fragte sie sich. Sie öffnete den Mund, um zu rufen, doch heraus kam nur ein trockenes Krächzen, das einen weiteren stechenden Schmerz durch ihren Kopf schießen ließ.

Ihre Finger verhedderten sich in etwas, und sie merkte, dass ihr Körper langsam hin und her schwang.

Dieses seltsame Gefühl riss sie endgültig aus ihrem Dämmerzustand. Ihre Hände spürten etwas Raues und Dünnes, das sie wie ein Kokon umgab.

Das Garn. Es hatte sie gerettet, sie wie ein Fisch in einem Netz gefangen, das jetzt in den Zweigen hing. Stöhnend kletterte Betty heraus und ließ sich vorsichtig auf den Boden hinunter. Sie taumelte und versuchte, ihr Gleichgewicht wiederzuerlangen. Sie stützte sich mit einer Hand an einem furchigen Baum ab, doch schon bald fühlte sich der Stamm immer weniger an wie Rinde und immer mehr wie etwas Schuppiges, wie das Bein eines riesigen Vogels. Hastig wich sie zurück. Blind tastete sie im Dunkeln nach der Schnur und zog behutsam daran. Das Garn hielt, befestigt irgendwo in den Zweigen über ihr – doch sie hatte keine Chance, die Spule zu finden, das wurde Betty mit wachsender Angst bewusst.

Ein leichter Wind kam auf und strich durch etwas, das sich wie Flügel anhörte. Betty hielt den Atem an. Sie wusste nicht mehr, welchen Weg sie einschlagen sollte. Sie hatte sich verirrt.

Sie war allein.

Kapitel 28

Der Schatz

Die Angst beherrschte Bettys Sinne und lähmte jede ihrer Bewegungen. Wie konnte es so unnatürlich dunkel sein, wenn die Sonne doch gerade noch auf den Pfad geschienen hatte? Sie hob den Blick und bemerkte, wie die Zweige hin und her schwangen. Doch eigentlich sahen sie gar nicht aus wie Zweige. Stattdessen hatte Betty das Gefühl, dass es Federn waren. Als würde ein großer schwarzer Flügel sie erdrücken und ihr die Orientierung nehmen.

Ein Schluchzen stieg in ihrer Kehle auf. Wie sollte sie je den Weg zurückfinden, ohne die magische Spule? War sie vielleicht irgendwo in der Nähe des Pfads hängen geblieben und hatte mit dem Garn eine Spur hinterlassen, der sie folgen konnte? Betty hielt das Garn fest umklammert, aber sie wusste, dass es zwecklos war. Selbst wenn sie der Schnur folgen könnte, wäre das im Dunkeln zu gefährlich. Sofort sah sie Felsen vor sich, die in den Weg ragten, und Schlingpflanzen, die sich um ihre Füße wickelten. Verborgene Rabenkrallen und Schnäbel … Und selbst wenn sie zu der Stelle zurückfinden könnte, an der sie gestürzt war, was würde ihr das nützen? Sie hatte keine Vorstellung, wie viel Zeit vergangen war. Mit Sicherheit würde sie die anderen nicht mehr einholen. Da hatte sie eine größere Chance, wenn sie sich zwischen den Bäumen einen Weg suchte, hinunter zur Lagune, wo sie die anderen treffen würde. Doch der Gedanke, tiefer in den Wald zu gehen, machte ihr Angst.

»Betty Widdershins«, sagte sie mit zittriger Stimme zu sich, »jetzt reiß dich zusammen. Es ist auch nicht sicherer, zurück zum Pfad zu kraxeln, als von hier aus einen Weg zum Mittelpunkt der Insel zu suchen.« Sie ballte ihre Hände so fest sie konnte zu Fäusten, als versuchte sie, all ihre Kraft darin zu bündeln. Das war sie Willow schuldig, sie erinnerte sich noch genau daran, wie verzweifelt das Mädchen gewesen war, als sie von ihrem Vater erzählt hatte. Und außerdem konnte sie ihre Schwestern nicht im Stich lassen! Sie waren in Gefahr – dafür sorgten noch immer Ronia und ihr Messer.

Betty nahm allen Mut zusammen und machte einen Schritt. Da flackerte etwas vor ihr in der Dunkelheit. Betty hielt den Atem an. *Das Irrlicht*? Nein, dies war ein helleres, wärmeres Licht. Betty ging noch einen Schritt weiter, und ein zweites Licht tauchte auf. Bald flimmerten Dutzende von winzigen Leuchtpunkten vor ihr über den Waldboden, wie eine Lichterkette, die ihr den Weg wies.

»Glühwürmchen«, flüsterte Betty, als ihr erneut die Legende in den Sinn kam. »Die Leuchtkäfer haben Espero geholfen, den Weg aus der dunklen Höhle zu finden. Was, wenn ich ihnen folge …?« Sie zögerte. War dies ein weiterer Trick der Insel? Eine Prüfung? Vielleicht. »Espero«, sagte Betty leise. »Hoffnung – das ist es, woran ich mich festhalten muss.«

Sie atmete tief durch und folgte den Lichtern. Die Leuchtkäfer schwirrten voraus und bildeten in der Finsternis eine Linie, wie helle Nadelstiche auf dunklem Stoff. Der Waldboden fiel jetzt steil ab. Betty biss die Zähne zusammen. Ihre Beine schmerzten, und ihre Kehle brannte, als sie den Glühwürmchen durch das Unterholz folgte, das unter ihren Füßen knirschte wie zerdrückte Eierschalen. Mit jedem Schritt hörte sie Zweige knacken, als würde sie durch ein riesiges Vogelnest laufen. Sie strengte die Ohren an und horchte, ob irgendwo ihre Schwestern zu hören wären, ihre Rufe, ihre panischen Stimmen. Doch da war nichts, nur das Stapfen ihrer eigenen Schritte und das Surren der Leuchtkäfer. Immerhin konnte sie jetzt ein wenig sehen, denn die Glühwürmchen erleuchteten die Zweige und Wurzeln.

Bettys Kopf pochte mit jedem Schritt. Wie lange war sie bewusstlos gewesen? Sekunden? Minuten? Sie glaubte, sich zu erinnern, dass Fliss und Charlie nach ihr gerufen hatten, aber jetzt war sie sich schon nicht mehr sicher, was wirklich passiert war. Sie stellte sich vor, wie ihre Schwestern Ronia unter Schluchzen angefleht hatten, sie zu suchen ... und die Piratin sie erbarmungslos gezwungen hatte weiterzugehen – getrieben von ihrer eigenen Gier, sich die Schätze um jeden Preis zu sichern, die im Herzen der Insel warten mochten.

Ein Schluchzen stieg in Bettys Kehle auf, doch sie unterdrückte das Bedürfnis zu weinen. Tränen würden nicht helfen. Ihr Schluchzen würde sie nur verraten, falls ihr etwas oder jemand im Unterholz auflauerte. Wenn sie die anderen einholen wollte, musste sie so lautlos und unerschrocken sein wie Ronia.

Sie stolperte weiter durch den Wald, folgte den winzigen Lichtern und hoffte inständig, dass die Glühwürmchen sie sicher führen würden. Es vergingen einige Minuten, bis sie die unheimliche Kälte spürte, die sie plötzlich umgab. Eine Kälte, für die kein aufkommender Wind verantwortlich war. Betty sah sich um. Ihr Blick suchte verzweifelt nach irgendeinem Hinweis auf ihre Schwestern oder dem Leuchten des Irrlichts.

In diesem Moment sah sie eine Gestalt hinter sich, kaum mehr als ein Schatten. Es war unverkennbar, dass es eine Frau war, mit wallenden, zerschlissenen Kleidern und langen Haaren. Etwas Gefiedertes saß auf ihrer Schulter, mit Krallen und einem krummen Schnabel. Ein *Rabe*.

Bettys Angst schnürte ihr die Kehle zu, als würden sich unsichtbare Hände um ihren Hals legen.

Es ist eine optische Täuschung, dachte sie. *Schatten sehen immer nach etwas aus, genauso wie Wolken, wenn man sie lange genug anstarrt.* Betty ging einen Schritt weiter. Als sie einen Blick über ihre Schulter warf, rechnete sie fest damit, dass sich die Erscheinung auflöste, dass aus der Gestalt nichts als verwachsenes Astwerk wurde.

Schon wollte sie erleichtert auflachen, doch der Schatten blieb unverändert. Er befand sich noch immer in derselben Entfernung zu Betty, auch wenn sie nicht gesehen hatte, wie er sich bewegte. Schlagartig breitete sich ein seltsames Gefühl im Innern ihrer Brust aus. Sie fühlte sich fiebrig, fröstelte und schwitzte gleichzeitig. Wie stark hatte sie sich den Kopf gestoßen? Sie entfernte sich ein paar Schritte. Der Schatten bewegte sich mit.

Noch einmal stieg ein Schluchzen in ihrer Kehle auf. Betty strauchelte und schürfte sich den Ellenbogen an einem Baumstamm auf. Der Schatten folgte, ergoss sich über den Boden wie zähflüssige Tinte. Die Gestalt ging nicht oder bewegte sich sonst irgendwie fort, und doch folgte sie Betty mit jedem Schritt.

Betty begann zu rennen; ihr Atem ging stoßweise. Der Schatten hatte sie abgelenkt, und so hatte sie fast die Glühwürmchen aus den Augen verloren, die vorausgeflogen waren. Jeder Blick über die Schulter sagte ihr, dass die Gestalt noch da war. Sie blieb weder zurück noch kam sie näher, beständig wie ihr eigener Schatten. Vielleicht gab es eine Möglichkeit, sich zu verstecken? Reglos stand Betty in der Dunkelheit und zog die Matroschka aus ihrer

Tasche. Vorsichtig nahm sie die Puppen auseinander und verschob die beiden Hälften der dritten Puppe, damit nur sie und nicht ihre Schwestern oder Willow verschwinden würden. Die zweite Puppe mit ihrem eigenen Haar darin ließ sie verschlossen. Dann fügte sie die äußerste Puppe passgenau zusammen, um sich unsichtbar zu machen, und lief dem blasser werdenden Licht der Glühwürmchen hinterher. Sie merkte schnell, dass es keinen Unterschied machte. Die Schattengestalt konnte sie trotzdem sehen – oder vielleicht auch spüren.

Sie rannte schneller, vergaß, leise zu sein, und kümmerte sich nicht mehr um die Matroschka. Es war ihr egal, wie viel Lärm sie machte. Sie wollte nur noch, dass der Schatten verschwand und die Glühwürmchen sie aus dieser immerwährenden Dunkelheit führten, *irgend*wo*hin*, nur weg von hier. *Nur nicht die Hoffnung verlieren*, wiederholte sie wie ein Mantra in Gedanken, doch mit jedem Schritt entglitt ihr die Hoffnung mehr. Was, wenn ihre Schwestern mit der habsüchtigen Ronia in Streit geraten waren? Was, wenn sie schon fort waren? Was, wenn …?

Betty spürte etwas Feuchtes auf ihren Wangen und merkte, dass sie weinte. Die kleinen Lichter der Glühwürmchen wurden schwächer, als hätte sich ein Nebelschleier über einen Sternenhimmel gelegt. Sie warf einen Blick zurück und wünschte sofort, sie hätte es nicht getan. Der Schatten der Hexe verschwamm, doch in seiner bizarren Mehrdeutigkeit wirkte er nur noch Furcht einflößender. *Sie wartet darauf, dass ich aufgebe*, dachte Betty. Schwindelig vor Angst, spürte sie, wie sich die Wurzeln auf dem Waldboden um ihre Knöchel wickelten und ihre Beine festhielten. *Sie weiß, dass es nur eine Frage der Zeit ist …*

Zeit. Das Wort leuchtete in ihren Gedanken auf wie ein Streichholz. Die Zeit lief ab – für Willow und ihren Vater, und für ihre Schwestern, die noch immer in Ronias Gewalt waren. Sie durften sich nicht auseinanderbringen lassen! Sie *musste* zu ihren Schwestern zurück. Betty wischte sich die Tränen von den Wangen und suchte verzweifelt nach dem immer schwächer werdenden Leuchten der Glühwürmchen im Unterholz. Da! Ein winziger Funken war noch zu sehen, der gleich in der Dunkelheit verschwinden würde.

Betty nahm ihren letzten Mut zusammen und stürzte hinterher. Sie musste weiterlaufen, durfte ihn nicht verlieren, diesen letzten kleinen Lichtpunkt, der ihre einzige Hoffnung war …

Als sie so erschöpft war, dass sie sich schon fragte, ob ihre Beine oder ihr Herz zuerst versagen würden, durchbrach auf einmal ein Geräusch die Stille: das Plätschern von Wasser.

Betty zwang sich weiterzugehen und blieb abrupt stehen, als das knisternde Unterholz unter ihren Füßen zu zuckerweichem Sand wurde. In dem Moment, als ihre Stiefel darin versanken, war es, als würde ein Schleier gelüftet, und blendend helles Licht strömte ihr entgegen. Sie warf einen Blick zurück zu den Bäumen, die seltsamerweise nicht länger in Dunkelheit gehüllt waren. Am Waldrand funkelten die winzigen Glühwürmchen wie glitzerndes Licht auf Glas. Wie lange wäre sie ohne die Leuchtkäfer durch die Finsternis geirrt? Wie lange *war* sie eigentlich durch den Wald gelaufen? Es war noch nicht dunkel, aber die Sonne verbarg sich hinter den steilen Klippen, die einen Kreis um die Insel bildeten, und der Himmel färbte sich blassrosa. Eine schmale Mondsichel und ein paar matt leuchtende Sterne waren schon zu sehen.

»Danke, Glühwürmchen«, flüsterte Betty. Ein Lichtlein nach dem anderen flackerte und erlosch.

Der Schatten aber verharrte zwischen den Bäumen. Die Gestalt kam nicht näher, aber sie wich auch nicht zurück. Sie wartete und beobachtete, was Betty als Nächstes tun würde.

Die Helligkeit gab Betty neuen Mut. Sie ging ein paar Schritte durch den weißen Sand, der weich und glatt wirkte wie frischer Schnee. Es war ein breiter, halbmondförmiger Strand, gesprenkelt nur mit ein paar Steinen und Felsen. Vor sich sah Betty jetzt Wasser, kristallklar und türkis. Sie hatte die Lagune erreicht. *Das Herz der Insel.* Ohne den Schatten in ihrem Rücken hätte sie sich vielleicht an der Schönheit der Landschaft erfreut, aber als sie ihren Blick über die Lagune schweifen ließ, überkam sie wieder ein unbehagliches Gefühl.

Das Wasser war glatt und glasklar, ein Spiegel des Himmels. Und doch konnte das eigentlich nicht sein, denn auf der gegenüberliegenden Seite sprudelte ein Wasserfall, ein blasser Sprühregen am äußersten Rand der Lagune.

Eine Bewegung erweckte ihre Aufmerksamkeit. Betty ging um einen Felsen herum und blickte den sichelförmigen Strand entlang. Da sah sie in der Ferne eine Gruppe von Gestalten am Ufer stehen. Sie hatten sich um etwas versammelt, das halb im Sand, halb im Wasser lag. War es ein Mensch? Die Entfernung war zu groß, um das erkennen zu können oder Gesichtsausdrücke zu deuten. Betty ging weiter. Sie zählte die Personen, erkannte Charlies strubbeliges Haar. Fliss und Spit standen neben ihr, und da war Ronia, das Messer in der Hand. Willow wartete ein Stück abseits der Gruppe und schien sich nur mit Mühe auf den Beinen zu halten. Wie durch ein Wunder stand der Eimer, in dem Saul herumschwamm, noch neben ihr.

Erleichtert schlich Betty näher. Sie waren alle da; sie hatten noch eine Chance. Sie mussten nur Ronia austricksen, und dann – dann …?

Sie ließ ihren Blick noch einmal über die Lagune wandern und dachte an die Geschichte der drei Brüder. Sie hatten das Herz der Insel erreichen müssen, damit Prospero und Fortino ihre wahre Gestalt zurückerlangen konnten, bevor sie die Insel verließen. Und für Betty und ihre Schwestern war die Reise hier auch zu Ende – aber wie sollten sie nach Hause kommen und Saul zu seiner menschlichen Gestalt verhelfen?

Betty schaute zaghaft über ihre Schulter. Die Schattenhexe verharrte noch immer in der Dunkelheit, doch Betty fühlte sich jetzt stärker, belebt durch den Anblick ihrer Schwestern. Denn trotz aller Gefahr, in der sie sich befanden, gab es immer noch … *Hoffnung*. Das Wort klang wie ein Glockenton in ihrem Kopf. War es Einbildung, oder war der Schatten etwas blasser geworden? Sie machte noch einen Schritt auf ihre Schwestern zu. Unverkennbar wich die Hexe weiter zurück.

Sie verliert ihre Macht über mich, wurde Betty klar. *In der Dunkelheit, als ich Angst hatte, hat sie mich beinahe erwischt. Jetzt kann sie das nicht mehr.* Langsam näherte Betty sich ihren Schwestern. Ihr Herz klopfte immer schneller, als sie ihre Stimmen hören konnte – zuerst nur bruchstückhaft, doch dann mit jedem Schritt deutlicher. Als sie das nächste Mal über ihre Schulter sah, war der Schatten verschwunden – aber eine Bewegung am Waldesrand ließ sie innehalten.

Zwischen den Bäumen rollte die Holzspule hervor, prall gefüllt mit Garn. Als hätte sie jemand aus Versehen angestoßen, kullerte sie über den Sand und blieb schließlich vor Bettys Füßen liegen. Betty hob die Spule auf und schob sie tief in ihre Tasche, bevor sie weiterging.

Sie wagte sich noch näher heran, dankbar für den Mantel der Unsichtbarkeit, den die Matroschka ihr bot. Bald war Betty so nah, dass sie jedes Wort verstehen konnte. Charlie schniefte. Sie interessierte sich nicht für das, was da vor ihnen im Sand lag, was auch immer es sein mochte. Ihr Blick ging zurück zu dem Pfad, der die Klippen hinaufführte.

»Wir müssen sie finden, Fliss!«, sagte Charlie und zog ihre ältere Schwester an der Hand. »Betty ist noch irgendwo da oben …«

Fliss legte ihren Arm um Charlies Schultern und versuchte, sie zu beruhigen, doch ihr eigenes Gesicht war angespannt und tränenüberströmt.

Betty schlich sich noch weiter heran, bis sie fast die Hände nach den anderen ausstrecken konnte. In ihrem Inneren mischte sich die Liebe zu ihren Schwestern mit der Abscheu für Ronia. Im nächsten Moment zerrte Charlie Fliss noch fester an der Hand und zeigte in Bettys Richtung. Betty erstarrte vor Schreck – sie *war* doch unsichtbar … oder etwa nicht?

Dann sah sie an sich hinunter und begriff im selben Moment wie Fliss: Ihre Fußspuren im Sand waren zu sehen! Schnell ließ sie sich auf die Knie fallen und malte mit dem Finger ein paar Buchstaben in den Sand: *Pst!*

Sofort breitete sich auf Charlies Gesicht ein Grinsen aus, doch Fliss legte einen Finger auf ihre Lippen und schüttelte leicht den Kopf. Charlie hörte auf zu grinsen und tat, als würde sie ein Schluchzen unterdrücken.

»Sorg dafür, dass dieses Kind aufhört zu flennen. Oder

muss ich das tun?«, blaffte Ronia Spit an. »Und mach den Deckel auf.«

Deckel? Hastig wischte Betty die Buchstaben im Sand weg und spähte an Ronia vorbei.

Halb versunken im Sand lag eine riesige Holztruhe. Ihr gewölbter Deckel war nach unten geneigt und mit Seetang besetzt. Auch wenn die untere Hälfte im Sand vergraben war, konnte Betty erkennen, dass die Truhe gut und gerne so groß war, dass ein Mensch hineinpasste. Ein furchtbares Gefühl der Vorahnung überkam sie, und wie es schien, war sie damit nicht allein.

»Ich glaube nicht, dass wir sie öffnen sollten«, sagte Spit mit leiser, eindringlicher Stimme. »Da kann alles Mögliche drin sein. Vielleicht ist es eine Falle. Wir wissen doch, was passiert, wenn jemand etwas anrührt, das ihm nicht zusteht – das hat uns Rusty Swindles gezeigt.« Seine Augen nahmen einen gehetzten Ausdruck an.

»Ja«, sagte Ronia und schwenkte ihr Entermesser. »Und genau deshalb machst *du* die Truhe auf.«

Widerstrebend hob Spit den Deckel, während Ronia, Fliss und Charlie zusahen. Nur Willow stand abseits. Ein seltsamer Strahl des blasser werdenden Lichts schien auf ihre Gestalt, tauchte sie in einen fast bläulichen Schimmer. Betty runzelte die Stirn. Ihr Unbehagen verstärkte sich, auch wenn sie nicht wusste, warum ... doch als die Truhe sich knarrend öffnete, vergaß sie für einen Augenblick das kleine Mädchen.

Alle sogen erschrocken die Luft ein und hielten den Atem an. Betty schlug sich die Hand vor den Mund und fürchtete schon, sich verraten zu haben, doch Ronia war zu sehr damit beschäftigt, in die Truhe zu starren.

Sie war voller Landkarten – mehr Landkarten, als Betty je gesehen hatte. Auf den feinen Pergamenten konnte man Ausschnitte von Tintenzeichnungen – in Schwarz, Gold und Silber – erkennen. Die Kartenrollen, die sich an den Enden leicht nach außen wellten, wirkten wie eine Aufforderung, und Betty spürte, dass sie einen Schritt auf die Truhe zumachte, als wäre sie in Trance. Was für eine Art Karten fand man wohl auf einer Insel, die in keinem Atlas verzeichnet war? Das Geheimnis dieser Karten lockte sie wie der Gesang einer Sirene.

»Oh«, flüsterte Charlie und unterbrach Bettys Gedanken. »Seht euch nur die kandierten Äpfel an! Und diese Fruchtbonbons – ich hab noch nie so viele Farben gesehen!«, quiekte sie und deutete begeistert in die Truhe. »Und diese Zuckermäuse sind ja größer als Hopsi!«

Betty schüttelte den Kopf. *Kandierte Äpfel? Zuckermäuse?*

Ronia stieß Charlie mit dem Ellenbogen zur Seite und beugte sich über die Truhe. Bernsteinfarbenes Licht fiel auf ihr Gesicht und erleuchtete es auf eine nicht zu erklärende Weise. Wie Licht, das von glänzendem Gold zurückgeworfen wurde. »Das hier ist kein Spiel, du dummes Kind! Das sind Reichtümer. Und sie gehören *mir.*«

»Reichtümer?«, fragte Spit zaghaft. »Ist es das, was du siehst?«

»Mäuse!«, beharrte Charlie, die noch immer mit großen Augen auf die Truhe starrte. »Riesige Zuckermäuse mit Schnurrbarthaaren und Schwänzen aus Lakritz!«

Betty blinzelte verwirrt, denn sie sah nur Landkarten.

»Ich sehe etwas anderes«, murmelte Fliss.

»Ich auch«, sagte Spit mit einem ruhelosen Blick in den Augen. »Ich sehe … eine *Familie.*«

»Nein, es ist eine Treppe«, fuhr Fliss gedankenverloren fort. »Die Treppe, die vom Keller in den *Wildschütz* führt.« Sie griff nach Charlies Hand. »Wir müssen nur diese Treppe hochgehen, dann kommen wir nach Hause, das weiß ich!«

»Da is' keine Treppe!«, protestierte Charlie und leckte sich die Lippen. »Da sind Süßigkeiten!«

»Hört auf mit dem Unsinn«, zischte Ronia. »Es ist doch klar, was hier passiert.«

»Unermessliche Reichtümer«, sagte Spit atemlos und riss vor Staunen die Augen auf. »Es ist alles wahr! Nur, dass jeder eine andere Vorstellung davon hat, was wertvoll ist. Die Truhe zeigt uns allen das, was wir uns wünschen.«

»Aber nur einer von uns wird seine Reichtümer davontragen«, sagte Ronia boshaft. Sie tauchte eine Hand in die Schatzkiste, und in dem Moment verschwanden die Landkarten, die Betty gesehen hatte. Goldene Münzen und glänzende Juwelen rieselten durch Ronias Finger. Sie lachte verzückt, als sie einen riesigen Feueropal hervorholte und ihren Arm noch tiefer in der Truhe vergrub.

»Wie kann das denn sein?«, flüsterte Charlie und betrachtete verwirrt die glänzenden Münzen.

Ein seltsamer Ausdruck ging über Spits Gesicht, und Betty folgte seinem Blick zu Ronia, die er so bewundert hatte. Sie lachte keckernd wie eine Elster, das Gesicht fast bis zur Unkenntlichkeit verzerrt. Als hätte der Schatz selbst sie vollkommen hemmungslos gemacht.

»Was für eine große, *riesige* Schatzkiste«, schwärmte sie und bestaunte die Truhe, als wäre es die Wiege eines langersehnten Kindes. »Größer und herrlicher als alle Schatzkisten, die wir je gefunden haben.«

»Ja«, sagte Spit leise. »Und du willst alles darin für dich, nicht wahr? Zum Teufel mit den Rusty Scuttlers.«

Mit einem hämischen Grinsen wühlte Ronia noch tiefer in den klimpernden Münzen, doch dann erstarb ihr Grinsen, und sie hielt für einen Moment verdutzt inne. Sie zog ihren Arm zurück, schwang ein Bein in die Truhe und stieß mit ihrem Fuß in die Schätze. »Ich – es muss doch irgendwo enden … es –«

Die Goldschätze unter ihr gaben nach, als hätte sich eine Falltür geöffnet. Ronia kreischte, als sie in den Haufen von Münzen gezogen wurde, die wie Treibsand in den verborgenen Tiefen der Truhe verschwanden. Ihr Arm fuchtelte durch die Luft und suchte verzweifelt nach Halt, während ihr Entermesser lautlos in den Sand fiel.

Geistesgegenwärtig griff Fliss danach, aber Betty konnte sehen, dass Ronia schon bis zu den Schultern in der Truhe und in großen Schwierigkeiten steckte. Goldmünzen über Goldmünzen purzelten durch die Kiste. Die Edelsteine rieben aneinander wie Pfefferkörner in einer Mühle und zermahlten alles zwischen sich.

»Die Schatztruhe verschluckt sie!«, kreischte Charlie, die Augen weit aufgerissen vor Grauen und Faszination.

Spit verzog entsetzt das Gesicht und griff instinktiv nach Ronias Arm.

»Spit, nein!«, rief Fliss. »Du wirst mit hineingerissen!«

»Ich kann sie nicht sterben lassen!«, schrie er. Münzen flogen durch die Luft und trafen ihn im Gesicht. Eine von ihnen sprang aus der Kiste und kullerte ein Stück über den Sand. Als sie liegen blieb, erkannte Betty, dass die vermeintliche Münze nichts anderes als Willows Hühnergott war. In der Schatztruhe sackte die nächste Schicht von Münzen in die Tiefe, und Spit wurde weiter in die Kiste hineingezogen.

»Nein!«, rief Betty und gab ihre Deckung auf. Sie machte einen Satz nach vorn, packte Spit und hielt ihn an der Taille fest. »Fliss, Charlie – helft mir! Lasst ihn nicht los.«

Überall sprangen Münzen um sie herum, und das glitzernde Gold blendete sie. »Zieht!«, brüllte Betty.

Ronias Augen traten panisch hervor. Mit einer Hand

hielt sie Spits Arm, mit der anderen klammerte sie sich am Rand der Truhe fest.

Ein dunkles Grollen drang aus der Schatzkiste.

»Ronia!«, rief Spit atemlos. »Gib mir deine andere Hand!«

Mit großer Anstrengung ließ Ronia den Rand der Truhe los und streckte die Hand nach Spit aus, ein riesiger Feueropal blitzte zwischen den Münzen hervor und ließ ihre Haut rot aufleuchten …

»Nicht!«, schrie Spit. Doch Ronia konnte der Versuchung nicht widerstehen: Sie griff nach dem Edelstein und umschloss ihn mit ihrer Faust. Für einen Moment lag Genugtuung in ihren Augen … dann Entsetzen, als Spits Finger sie nicht mehr halten konnten und sie in die Tiefe rutschte. Goldenes Licht streifte noch einmal ihr fassungsloses Gesicht.

Dann fiel der Deckel krachend zu und begrub Ronia unter sich in der Schatzkiste.

Kapitel 29

Hühnergott

»Achtung, zurück!«, schrie Betty. Sie spürte, wie der Sand unter ihnen auf die Lagune zurutschte. Das Wasser begann zu leuchten und zu brodeln; die Wellen leckten gierig an der Kiste. Die Kinder stolperten das Ufer hinauf und beobachteten ungläubig, wie die Schatztruhe durch den Sand geschleift wurde, als zöge jemand einen Löffel durch eine Schüssel mit Zucker. Dann neigte sich alles – Wasser, Sand und Schatzkiste – nach links, und die Lagune begann sich zu drehen. Betty und die anderen konnten nur noch entsetzt zusehen, wie die Truhe immer weiter in die Mitte eines riesigen Strudels gerissen wurde.

»Das war unser Weg nach Hause!«, schrie Fliss mit Tränen in den Augen. »Ich hab es gesehen!«

»Nein«, sagte Betty. Sie drehte an den Holzpuppen in ihrer Tasche, um sich wieder sichtbar zu machen. »Es war die Versuchung. Eine Falle, wie Spit gesagt hat. Mehr nicht.«

Fliss umarmte Charlie fest. »Und wie kommen wir dann von hier weg? Wie kommen wir *zurück*? Die Karte hat uns zur Lagune geführt – aber warum?«

»Was, wenn wir überhaupt nicht mehr zurückkönnen?«, fügte Charlie unter Tränen hinzu. »Ich will zu Granny!«

»Moment mal«, sagte Fliss plötzlich. »Wo ist eigentlich Willow?«

Betty drehte sich um und schüttelte betroffen den Kopf über sich selbst. Fast hatte sie das seltsame Mädchen vergessen, das doch der Grund für ihre Reise auf diese Insel gewesen war. Doch als sie Willow endlich entdeckte, verstärkte sich ihre Betroffenheit nur noch.

Neben dem blassen kleinen Mädchen flackerte schwach das Irrlicht, aber es war nicht zu übersehen, dass sein Lichtschein fast verloschen war. Es war, als würde seine Leuchtkraft irgendwohin entschwinden ...

»Was ist mit dem Irrlicht los?«, fragte Fliss. »Es sieht ja aus, als ob ... als ob es stirbt.«

Willow schwankte. Doch jetzt, da es fast ganz dunkel geworden war, konnte Betty erkennen, warum das Mädchen so seltsam aussah. Zuerst hatte sie gedacht, es wäre das Mondlicht, das Willow so schaurig bleich erscheinen ließ, aber nun wurde ihr klar, dass es etwas anderes war. Ein merkwürdiges fahles Licht drang aus Willows Innerem, ließ die Konturen ihres Körpers verschwimmen und stieg von ihrer Haut auf wie Dampf ...

... oder Marschnebel.

»Willow?«, brachte Betty mit erstickter Stimme hervor.

»Was ist denn mit ihr?«, fragte Spit und wich zurück. »Warum leuchtet sie so? Sie sieht aus ... sie sieht aus wie ein *Irrlicht*!«

Willow hob ihre Hände und starrte sie verwirrt an. »Ich verstehe das nicht«, sagte sie. Ihre Stimme klang gedämpft, als käme sie von weit her. »Was passiert mit mir?« Sie sah sich mit irritiertem, flehendem Blick um. »Ich musste doch etwas tun, aber es fällt mir immer schwerer zu denken ...«

»Wir haben dir geholfen«, sagte Charlie sanft. »Erinnerst du dich? Du bist von der *Insel der Qualen* geflohen. Du wolltest zu dieser Insel. Du bist nachts zu uns gekommen ...«

Du bist nachts zu uns gekommen ...

In Bettys Gedanken blitzte etwas auf. Eine Erinnerung an Worte, die Willow selbst ausgesprochen hatte.

Irrlichter geistern über das Wasser, weil sie mit irgendetwas nicht abschließen können. Manchmal ist es ein Gefühl: Wut oder Traurigkeit. Manchmal sind sie rachsüchtig; manchmal wollen sie Gerechtigkeit ...

»Gerechtigkeit«, flüsterte Betty und begann allmählich zu ahnen, worum es hier ging. »Das hast du gesagt. Du hast durchgehalten, um die Unschuld deines Vaters zu beweisen. Jetzt ergibt das alles einen Sinn.« Die Gedanken schwirrten in ihrem Kopf, als Betty anfing, das Puzzle zusammenzusetzen.

»Und es war Charlie, die dich gefunden hat«, erinnerte sich Betty. »Ich hab dich zuerst gar nicht gesehen. Ich hab nur Charlie gesehen, aber dann ... warst du auf einmal da.«

»Betty, was willst du damit sagen?«, zischte Fliss. »Das erklärt doch noch nicht, warum sie so ... *leuchtet*!«

»Doch, ich denke schon.« Eine Gänsehaut lief über Bettys Arme und kroch ihren Nacken hinauf. »Weil Charlie sie gesehen hat, konnten wir sie auch sehen. Sonst hätten wir sie vielleicht gar nicht bemerkt. Und dann haben wir sie mit ins Haus genommen. Nur durch uns wurde sie ... real.«

»Bitte hör auf«, wisperte Willow. Ihre Hände zitterten. »Ich kann nicht ... kann nicht ...«

Eine weitere Erinnerung drängte sich in Bettys Gedanken. Das Geraune von Stimmen im *Wildschütz*, als die Nachricht von der Flucht verkündet worden war.

Zwei Ausbrecher ... eine Person wurde halb ertrunken an Land gespült und wird die Nacht wohl nicht überleben ...

Doch etwas von Willow *hatte* überlebt ... oder hatte sich an das letzte bisschen Leben geklammert, das ihr geblieben war.

»Auf eurer Flucht von der *Insel der Qualen* ist etwas passiert, nicht wahr, Willow?«, fragte Betty vorsichtig. »Das Boot ist gekentert. Du bist ins Wasser gefallen. Die ganze Zeit habe ich geglaubt, dass das Irrlicht deine Mutter war – dass sie nicht überlebt hat. Dabei warst *du* es.«

Willow zog die Stirn kraus. »Ich … ja. Wir sind gegen einen Felsen gefahren, glaube ich. Das Boot ist gekentert, und ich bin ins Wasser gefallen, hab Mutter aus den Augen verloren. Mir war so *furchtbar* kalt, und ich bekam keine Luft mehr, aber ich …«

Eine Abfolge von Bildern tauchte vor Bettys innerem Auge auf: Willow, umgeben von Marschnebel im Hinterhof. Tropfnasse Kleidung, die nie richtig trocken wurde. Atem, der in der kalten Luft nicht zu sehen war. Ein Gesicht, das bleich war wie der Nebel selbst.

Totenbleich.

»… ich erinnere mich nicht mehr, wie ich an Land gekommen bin«, schloss Willow stirnrunzelnd. »Ich erinnere mich nur, dass mir die Karte eingefallen ist, und ich wusste, dass ich … dass ich hierher musste. Und ich erinnere mich, wie ich gerannt bin und gerannt … und mich versteckt habe.«

»Was sagst du da?«, flüsterte Spit.

»Kapierst du nicht?«, fragte Betty. »Willow ist nicht nur von einem Irrlicht begleitet worden. Sie *ist* das Irrlicht!« Ein schreckliches Gefühl von Verlust drohte sie zu überwältigen. Betty versuchte, ihre Tränen zu unterdrücken. Die arme, verlorene Willow. Ein verglimmendes Licht in der Nacht, eine in der Marsch verschollene Seele, die versucht, jemanden dazu zu bringen, ihr zuzuhören.

Ihr zu *folgen*. »Genau das passiert, wenn jemand in der Marsch ... oder auf See ... verloren geht. Zum Donnerraben, wir haben uns wirklich in die Irre führen lassen«, sagte Betty mit einem hohlen Lachen.

Ein stummes Schluchzen ließ Willows Schultern beben. Sie schien inzwischen fast zu schweben, flimmernd wie das winzige Licht neben ihr, das jetzt vor ihrer aller Augen mit ihr verschmolz. »Ich kann mich an nichts mehr erinnern.«

»Willow ist ein Irrlicht«, sagte Fliss. Ihre Augen weiteten sich, als sie begriff, was passiert war. »Und sie hat uns hierhergeführt. Wir ... wir sind ihr gefolgt, und das ist das Schlimmste, was wir hätten tun können!«

»Wir sind ihr nicht gefolgt«, widersprach Charlie. »Wir sind der Karte gefolgt. Wir haben ihr geholfen.« Sie machte einen zaghaften Schritt auf das Mädchen zu. Der blasse Lichtschein, der von Willow ausging, erleuchtete Charlies Gesicht. »Und ich will ihr noch immer helfen.«

»Vielleicht gibt es noch eine Chance«, sagte Betty und nahm ihren Mut zusammen. »Was auch immer sie ist ... sie hat noch nicht ganz losgelassen. Wenn wir es schaffen, von dieser Insel wegzukommen, können wir sie vielleicht noch retten. Aber wir müssen uns beeilen – jetzt, wo das Irrlicht sich ... sich mit ihr verbunden hat, läuft die Zeit für sie ab!«

»Und wie kommen wir hier weg?«, fragte Spit, den

Blick starr auf Willow gerichtet. »Wir haben die Lagune gefunden, aber ich will ganz bestimmt nicht so enden wie Ronia!«

»Die Brüder haben es auch zurück geschafft«, sagte Betty leise zu sich. »Es *muss* einen Weg geben.« Sie nahm noch einmal die magische Karte zur Hand. Nichts hatte sich verändert; keine Beschriftung war dazugekommen. Nur der Höhleneingang, der Brunnen und die Lagune in der Mitte der Insel waren zu sehen. Die Schatzkiste hingegen war verschwunden.

»Zeig mal her«, sagte Charlie.

»Ich hab doch schon geguckt.« Bettys Stimme war die Erschöpfung anzuhören, doch sie reichte Charlie die Karte. »Da ist nichts anders.«

»Nicht anders«, sagte Charlie. »Sondern *gleich*.« Sie hielt einen Gegenstand über die Karte – Willows Hühnergott, den die Schatzkiste wieder ausgespuckt hatte. Charlie legte den Stein neben die Insel auf der Karte. »Er hat genau die gleiche Form!«

Betty starrte auf die Tintenzeichnung und den seepockenbesetzten Stein mit Loch. Die Form war unbestreitbar identisch.

Fliss packte aufgeregt Charlies Arm. »Sie hat recht!«

»Es ist ein Hühnergott«, sagte Betty langsam. Sie hatte das Gefühl, als würde ihr Blick von dem Wasserstrudel angezogen. »Die Lagune in der Mitte … sie muss ganz hindurchgehen. Die Insel selbst ist ein *Hühnergott*!«

Sie ließ die Karte sinken. »Und wenn man die Insel nur finden kann, indem man durch einen Hühnergott schaut, dann kann man sie vielleicht auch nur verlassen, indem man ... indem man ...«

»... *versucht, durch die Mitte zu kommen*«, beendete Fliss den Satz.

»Ihr wollt, dass wir uns da reinwagen?«, fragte Spit entgeistert. Er fuchtelte mit dem Arm durch die Luft und deutete auf den brodelnden Wasserstrudel. »Überlegt doch, was mit Ronia passiert ist!«

Betty schüttelte den Kopf. Allmählich verstand sie die Zusammenhänge. »Ronia ist hierhergekommen, weil sie es auf einen Schatz abgesehen hatte, der ihr nicht zustand«, erklärte sie. »Ihre Habgier hat sie grausam gemacht und egoistisch, und dafür wurde sie bestraft. Aber Willow hat uns hierhergeführt, um die Unschuld ihres Vaters zu beweisen. Sie ist für jemand anderen gekommen. So funktioniert die Insel: Die Habgierigen werden bestraft, und die Selbstlosen werden belohnt.«

»Das gilt doch dann auch für uns.« Charlie zerrte eifrig an Bettys Ärmel. »Wir sind schließlich für Willow hergekommen, nicht wahr?« Sie machte ein sorgenvolles Gesicht. »Ich hab keine von den Süßigkeiten *gegessen*, auch wenn ich das wirklich wollte. Und ich schwöre, ich hätte sie mit euch geteilt.«

»Das weiß ich«, sagte Betty und umarmte sie fest. »Und du hast recht. Ich glaube, das ist tatsächlich der

Weg nach Hause, für uns alle. Wir müssen einfach Vertrauen haben.«

»Betty?«, sagte Fliss mit zittriger Stimme und deutete mit einem Kopfnicken auf Willow. »Was ist mit ihr?«

Willow leuchtete noch immer, heller als zuvor, und ihr Blick war glasig und leer. Eine Welle von Panik ergriff Betty. Willow musste durchhalten, musste es zurück nach Krähenstein schaffen. Sie kannten die Wahrheit – dass ihr Vater unschuldig war. Doch solange sie nicht nach Hause kämen, würde das nie jemand erfahren – und Willow würde ein Irrlicht bleiben; für immer durch die Marsch irren und niemals zur Ruhe kommen. Doch selbst wenn sie es schafften – was sollte dann mit Willow geschehen? Könnte sie auf irgendeine Weise weiterleben? Oder war sie schon verloren?

»Was, wenn wir getrennt werden?«, rief Fliss. »Der Strudel wird uns auseinanderreißen!«

»Nicht damit.« Betty zog die Holzspule aus ihrer Tasche und wickelte das Garn ab. »Bindet die Schnur um eure Hände und lasst nicht los.« Sie packte Willow am Arm und befürchtete fast, dass ihre Hand nur Luft berühren würde, als sie das Mädchen in Richtung Wasser zog. Dann warf sie einen ängstlichen Blick auf Charlie, die ihre andere Hand drückte, und schließlich auf Fliss. Sie klammerten sich alle aneinander – und an die Hoffnung.

»Und der Fisch?«, fragte Fliss plötzlich erschrocken.

»Gib ihn mir«, sagte Spit und nahm Fliss den Eimer

ab. Er war kreidebleich. »Ich werde versuchen, ihn so lange wie möglich über Wasser zu halten.«

»Jetzt wir«, sagte Betty und drückte Willows Hand. Diese kalte, blass leuchtende kleine Hand, die ihr schon seit ihrer ersten Begegnung Schauer über den Rücken gejagt hatte, auch wenn sie jetzt erst verstand, warum.

»Halte durch, nur noch ein wenig länger«, sagte Betty zu ihr. Was auch immer passieren würde, sie waren es Willow – und sich selbst – schuldig, diese Sache zu Ende zu bringen. »Wir haben es bald geschafft. Seid ihr alle bereit? Los geht's!«

Sie nahm allen Mut zusammen, holte tief Luft und watete in das aufgewühlte Wasser. Augenblicklich wurden ihre Füße unter ihr weggerissen, und der Strudel zog sie mit einer solchen Wucht seitwärts, dass es ihr den Atem verschlug. Die Schnur wickelte sich fest um ihr Handgelenk, als sie nach links in den Strudel gesogen wurde.

»Betty!«, kreischte Charlie, als sie, dicht gefolgt von Fliss und Spit, an ihr vorbeiwirbelte. In schwindelerregenden, immer kleiner werdenden Kreisen strudelten sie auf die Mitte des Mahlstroms zu. Das Wasser toste, und im Zentrum des Strudels öffnete sich ein schwarzes Loch, das sich immer schneller und schneller drehte, bis Betty alles nur noch verschwommen wahrnahm. Ein Bein, eine leuchtende Hand, eine Fischflosse. Eine gewachste, vergilbte Karte ... ein jaulendes helles Fellknäuel und Willows geschlossene Augen, als sie weiter in den Strudel gesaugt wurden, tiefer und tiefer ... Wasser in ihren Ohren, über ihrem Kopf und die Oberfläche weit, weit über ihr ...

Dann schoss sie hinauf, durch Licht und blubberndes Wasser, begleitet von einem tosenden Lärm und dann von einem Geräusch, das wie das Keckern und Kreischen eines Raben klang und in Bettys Kopf widerhallte.

Endlich durchbrach sie die Wasseroberfläche, das furchtbare Geräusch noch in den Ohren. Um sie herum war ein lautes Platschen, Prusten und Japsen zu hören.

»Fliss? Charlie?«, brachte Betty hervor und schmeckte Salz. Der Himmel über ihr war jetzt tintenschwarz, der Mond hinter einer Wolke verschwunden. »Spit?« Sie blickte sich verzweifelt um. In der Hand, mit der sie Willow festgehalten hatte, fand sie nur noch die leere Holzspule.

»Hier drüben!«

Betty schluchzte vor Erleichterung und schwamm auf ihre Schwestern zu.

»Wir sind draußen«, prustete Fliss. »Sie ist weg. Die Insel ist verschwunden!«

Erst jetzt sah Betty, dass sie recht hatte. Sie trieben auf einer riesigen Wasserfläche, ohne eine Insel in Sicht. Nur ihr altes, leicht mitgenommenes grünes Fischerboot schaukelte ein Stück entfernt ohne Halteleine auf den Wellen.

»Aber Willow ist auch verschwunden«, flüsterte

Betty und umklammerte die Holzspule. »Eben noch hab ich sie gespürt ... und jetzt ist sie weg.« Sie fuhr herum und suchte mit bangem Blick das Wasser ab, schwankend zwischen Hoffnung und Angst.

»Und wer ist das?«, fragte Spit und zeigte auf eine Gestalt, die ein Stück entfernt reglos im Wasser trieb. Spit kraulte schnell hinüber, erreichte den Körper und drehte ihn um. Der Mann stöhnte und hielt sich den Kopf. Hinter beiden Ohren guckte ein Büschel Haare hervor, das Betty vage an etwas erinnerte.

»Wie gut sich das anfühlt, wieder Luft zu atmen«, murmelte er. »Und zu sprechen statt nur zu blubbern.«

»Der Fisch«, rief Charlie. »Es ist Saul! Wir haben es geschafft.« Tränen liefen über ihre ohnehin schon nassen Wangen. »Für Willow.«

Betty suchte weiter verzweifelt die Wasseroberfläche ab, doch von Willow fehlte jede Spur. Was hatte es zu bedeuten, dass sie verschwunden war? Wo war sie jetzt? *Was* war sie jetzt? Ein blasses kleines Irrlicht, das in der Marsch umhergeisterte? Oder hatten die Widdershins ihr doch noch helfen können? Der Gedanke, dass sie es womöglich nicht geschafft hatten, das Mädchen zu retten, war unerträglich. Betty brachte es nicht übers Herz, diesen Gedanken auszusprechen und die Hoffnungen ihrer Schwestern zu zerschmettern.

»Los, kommt«, sagte Betty knapp. Sie versuchte, sich

ihre Gefühle nicht anmerken zu lassen, und deutete fröstelnd auf die *Reisetasche.* »Bevor unser Boot endgültig abtreibt.«

Einer nach dem anderen kletterten sie die Bootswand hoch und zogen einander an Bord, bis sie schließlich alle erschöpft auf dem Deck lagen. Sterne funkelten durch die Wolkendecke hindurch. Auf dem Dach des Ruderhauses leckte eine magere Gestalt Wassertropfen von ihrem Fell und hob dann den Kopf, um mit einem traurigen Jaulen auf das Wasser zu starren.

»Bandit!«, rief Charlie, unbeeindruckt von dem Fauchen, das sie als Antwort bekam. »Ich *wusste*, dass wir dich am Ende behalten würden.«

»Charlie«, sagte Betty und reichte ihrer Schwester eine Decke aus dem Ruderhaus. »Das kannst du dir gleich aus dem Kopf schlagen.«

»Was?« Charlie streckte ihre Zunge raus und grinste schelmisch. »Ich hab da einen Plan.« Sie kraulte Hopsi am Kinn und flüsterte: »Keine Sorge. Du bist noch immer die Nummer eins.«

»Wir brauchen im Moment nur *einen* Plan«, entgegnete Betty und trat ans Steuerrad. »Und zwar den Plan, wie wir nach Hause kommen.« Doch als sie das Steuerrad in die Hände nahm, erstarrte sie. Denn dort, vor dem Fenster, lag eine vertraute Karte.

»Wie kommt die denn hierher?«, fragte Fliss und hörte für einen Moment auf, ihre Haare trocken zu rubbeln. »Ich dachte, die wäre im Mahlstrom verloren gegangen …«

»Ja, die Karte ist in der Lagune ins Wasser gefallen«, sagte Betty stirnrunzelnd. »Es ergibt doch keinen Sinn, dass sie jetzt hier ist. Andererseits … vielleicht muss Magie ja auch nicht immer einen Sinn ergeben.«

»Oder vielleicht ist die Karte unzerstörbar«, fügte Fliss leise hinzu, doch man hörte ihrer Stimme die Verantwortung an, die auch Betty empfand. Es war an ihnen, dafür zu sorgen, dass die Karte nicht weitergereicht wurde. Um andere daran zu hindern, sich auf die Suche nach der geheimnisvollen Insel zu machen.

Vorsichtig rollte Betty die Karte zusammen und breitete stattdessen eine größere vor sich aus – eine, die den Weg nach Hause zeigte. »Hier, übernimm mal einen Moment das Steuer«, sagte sie zu Fliss und drängte sich an ihr vorbei aus dem Ruderhaus. »Ich muss noch schnell was machen.«

Sie ging zum Heck des Bootes. Hinter ihnen erstreckte sich das Wasser, unergründlich und schwarz wie der Flügel eines Raben, der die Insel und ihre Geheimnisse bewachte.

Betty streckte ihre Hand aus und ließ einen hölzernen Gegenstand aus ihren Fingern gleiten.

Die Spule tauchte in die Tiefe und verschwand so spurlos wie die Insel selbst.

Kapitel 30

Krähenteufelswild

Als das Boot der Widdershins in den Hafen von Krähenstein einlief, wimmelte es auf dem Kai von Wärtern. »Da ist Vater!«, quiekte Charlie und deutete auf zwei Gestalten inmitten der dunklen Uniformen. »Und Granny! Oha, sie sieht aus, als wäre sie furchtbar wütend.«

»Krähenteufelswild«, stimmte Fliss ihrer Schwester zu. »Oh-oh – sie hat uns gesehen!«

»Denkt an unsere Geschichte«, murmelte Betty. Ihr Puls raste, als sie die Leute auf das Boot zuströmen sah, Laternen in den Händen und Fragen auf den Lippen. »Wir haben Charlie beim *Magischen Kompass* gefunden, ohne ihre Entführer. Auf dem Rückweg sind wir vom Kurs abgekommen und auf der *Zwinkernden Hexe* gelandet, wo wir Saul getroffen haben.«

»Meint ihr, das wird uns irgendjemand glauben?«, fragte Spit.

»Es ist jedenfalls die einzige Geschichte, die sie von uns

hören werden«, sagte Betty. »Und was *wirklich* passiert ist, würden sie uns sowieso nicht glauben.« Sie glaubte es ja selbst kaum. »Und Saul«, fügte sie hinzu, »du musst ihnen die Wahrheit sagen. Ich meine, nicht alles ... nicht den fischigen Teil. Aber den Rest – oder das meiste davon. Und du musst dich beeilen. Willows Vater soll morgen hingerichtet werden – und du kannst das verhindern.«

Aber was war mit Willow? Sie warf einen Blick in den Himmel, der jetzt von leuchtenden Sternen übersät war. Betty schluckte, den Tränen nahe. Hatten sie Willow noch retten können? Oder waren sie zu spät gewesen?

Sie waren die Nacht durchgefahren, und während dieser dunklen Stunden, in denen alles ganz unwirklich erschien, hatte Saul ihnen seine Geschichte erzählt. Er gestand ihnen, dass er derjenige gewesen war, der die seltsame alte Karte auf einem dahintreibenden Boot gefunden und Willows Vater überredet hatte, mit ihm nach der geheimnisvollen Insel zu suchen. Und er gab beschämt zu, dass die Entdeckung der Insel und der Gedanke an die Schätze, die dort schlummerten, ihn mit Habgier und der Entschlossenheit erfüllt hatten, alle Reichtümer für sich zu behalten.

»Wir haben uns gestritten«, hatte Saul leise erzählt und den Kopf gesenkt. »Conroy hat darauf bestanden, dass wir alles teilen, was wir finden würden – oder er würde nach Hause zurückfahren. Doch ich wollte das Boot nicht verlieren. Es gab eine Prügelei – er traf mich im Gesicht, und ich blutete.« Seine Miene verfinsterte sich. »Und dann ... dann hab ich ihn mit einem Ruder geschlagen. Ich dachte, ich hätte ihn umgebracht, und geriet in Panik. Zu dem Zeitpunkt war die Insel schon in Sichtweite, nah genug, um hinzuschwimmen. Also hab ich ihn im Boot abtreiben lassen. Ich hab meinen Freund hintergangen, und alles, was dann passierte, geschah mir nur recht. Aber eines müsst ihr mir glauben: Ich wollte nicht, dass man ihm die Schuld für mein Verschwinden gibt.«

»Mag sein«, hatte Betty geantwortet, nachsichtiger, als Saul es verdient hatte. Sie hatte selbst erlebt, was die Insel mit den Menschen machte, hatte den Wahnsinn in Ronias Augen gesehen und ihre eigenen Momente der Versuchung gehabt. »Aber jetzt steht sein Leben auf dem Spiel. Und es ist an dir, ihn zu retten.«

Als die drei Mädchen, Spit und Saul wankend von Bord gingen, kam Granny durch die Menge auf sie zugestürmt und schloss die Schwestern in eine feste Umarmung, die stark nach Tabak und Whisky roch. »Charlie! Ihr habt sie *gefunden*«, schluchzte sie, bevor sie eine Frage nach der anderen stammelte. »Ihr habt sie zurückgebracht! Aber wie ...?«

»Granny«, drang Bettys Stimme aus den Tiefen der großmütterlichen Umarmung. »Das Mädchen von der Verbannteninsel ... haben sie die auch gefunden? Ist sie ... ist sie am Leben?«, fragte sie hastig.

Granny schluckte, und ihre Augen füllten sich erneut mit Tränen. Betty spürte eine Woge von Angst über sich zusammenschlagen, als sie sich auf das gefasst machte, was Granny sagen würde.

»Armes Ding«, murmelte sie und machte das Zeichen der Krähe. »Eine furchtbare Geschichte, das Ganze. Niemand hat damit gerechnet, dass sie überleben würde – halb ertrunken war sie! Mehr tot als lebendig, wie die Leute gesagt haben, aber vor ein paar Stunden dann kam sie wieder zu sich, entgegen allen Erwartungen. Ihre arme Mutter war ganz außer sich.«

»Dann *lebt* sie?«, platzte Betty heraus. Sie hatte einen Kloß im Hals und fühlte eine übersprudelnde Freude in sich aufsteigen. Mitten in Grannys Umarmung spürte sie Fliss neben sich, und die beiden Schwestern drückten einander so fest, dass sie fast keine Luft mehr bekamen. Sie hatten tatsächlich nicht nur Willows Vater gerettet, sondern auch sie selbst. *Willow lebte!*

»Wir haben es geschafft!«, flüsterte Fliss und tauschte einen freudestrahlenden Blick mit Betty. In ihren Augen glänzten Tränen.

»Zum Donnerraben, das haben wir!«, jubelte Charlie.

Granny schürzte die Lippen. »Es hat uns noch immer niemand erklärt, wie Charlie in all das hineingeraten ist.« Ihre Augen blitzten zornig. »Aber *was* wir wissen, ist, dass ihre Entführer die beiden Wärter waren, die vor zwei Monaten verschwunden sind. Sie haben alle glauben lassen, dass sie tot wären! Die *echten* Wärter sind aufgebrochen, um Charlie zu suchen – aber es war Fingerty, der sie zu einer geheimen Höhle in der Nähe der Klippen beim *Hageren Hain* geführt hat. Dort haben sie ein Versteck gefunden und eine Kopie der Blaupause für Rusty Swindles' altes Schiff.« Granny schnipste mit den Fingern. »Ich *wusste* doch, dass ich mich nicht verhört hatte, als ich in diesem Kerker hockte – aber was ich nicht verstehe, ist, warum sie ein Kind mitschleppen wollten.« Ihre Augen nahmen einen rebellischen Ausdruck an. »Wenn ich die zwei jemals zu fassen kriege, hoffe ich, dass man sie auf immer und ewig einsperrt.«

Betty und Charlie wechselten einen Blick.

»Sie werden nicht zurückkommen, Granny«, wisperte Charlie.

Grannys Augen loderten. »Nun, wir wollen auf jeden Fall wissen, was passiert ist, nicht wahr, Barney?«

Betty drehte sich in Grannys fester Umarmung zur Seite und erhaschte einen Blick auf die rot unterlaufenen Augen ihres Vaters.

»Ja«, sagte er. »Aber erst mal will ich meine Töchter umarmen.«

Granny drückte sie noch ein letztes, fast schmerzhaftes Mal, bevor sie die Mädchen widerstrebend freigab. Nach Grannys unbeholfener, rauchiger Umarmung fanden sich die Schwestern in den verlässlichen, starken Armen ihres Vaters wieder, der sie so fest hielt, dass Betty sich fragte, ob er sie je wieder loslassen würde – womit sie auch ganz und gar einverstanden war. Nach den Abenteuern und Schrecken der letzten Tage – Ausreißer, Irrlichter, Piraten und all das – hätte sie nicht glücklicher sein können, zu Hause zu sein. *In Sicherheit.*

»Charlie, *warum* ist da eine weiße Katze auf unserem Boot?«, fragte Granny, die immer noch vor sich hin schniefte. »Ich hoffe bloß, du denkst nicht …«

»Nein, nein, Granny.« Charlie grinste und befreite sich aus Vaters Armen. »Ich will doch Pfui nicht eifersüchtig machen. Das ist Bandit. Er wird ab jetzt die Hafenkatze sein. Ich hab mir das alles schon überlegt …«

»Und wer kann *das* sein?«, fragte Vater und sah Fliss mit hochgezogener buschiger Augenbraue an. »Felicity?«

»Ist 'ne lange Geschichte«, murmelte Fliss und wechselte einen Blick mit Betty, während sie Vater noch fester umarmte. Spit grinste verlegen. Dann presste er die Lippen zusammen, um seinem Namen nicht noch einmal alle Ehre zu machen.

Und das war nur der Anfang vieler endloser und unbeholfener Fragen, die sie alle nicht zu beantworten wussten. Also blieben sie bei ihrer Geschichte: einer Geschichte von betrügerischen Wärtern, Schiffswracks und Schiffbrüchigen. Eine zusammengeschusterte Version aus Halbwahrheiten, wie so viele Fantasiegespinste zuvor. Was sie nicht erwähnten, waren Irrlichter, Hexen, als Boote benutzte Badewannen und unerforschte Inseln. Oder die alte Münze, die Betty einige Zeit später in ihrer Tasche fand … und die einmal einer Piratin gehört hatte.

Epilog

Drei Wochen später landete eine Ausgabe des *Krähensteiner Boten* auf der Fußmatte an der Eingangstür des *Wildschütz.*

VERMEINTLICHES OPFER LEBEND GEFUNDEN – ZU UNRECHT VERURTEILTER MANN AUS GEFÄNGNIS ENTLASSEN

Ein Insasse des Krähenstein-Gefängnisses ist knapp dem Todesurteil entronnen, nachdem er vom Vorwurf des Mordes freigesprochen wurde. Conroy Gill war fast ein Jahr in Haft, nachdem sein Angelpartner, Saul Heron, verschwunden war – doch diese Woche wurde Heron LEBEND gefunden.

Inzwischen hat ein weiteres Ereignis die *Inseln des Jammers* erschüttert: Gills Tochter, deren Name hier aufgrund des Alters nicht erwähnt werden darf, ist auf der Flucht von der Verbannteninsel mit ihrer Mutter fast ertrunken – drei Nächte bevor Heron wiederauftauchte. Wie seitdem bekannt wurde, war die Familie dazu verurteilt worden, auf der *Insel der Qualen* zu leben, bis Gill das Versteck von Herons Leiche preisgeben würde, was in Krähenstein die Forderung nach einer Gesetzesänderung laut werden ließ.

»Es ist ungeheuerlich«, sagte Seamus Fingerty, ein ehemaliger Wärter im Krähenstein-Gefängnis. »Sie hätten den Mann nie einsperren oder seine Familie bestrafen dürfen, ohne einen Beweis zu haben!«

In einer weiteren überraschenden Wendung entführten zwei als Wärter getarnte Männer ein ANDERES Kind, das sie mit Herons Tochter verwechselten. Beide Männer sind seitdem verschwunden, auch wenn das entführte Kind unversehrt aufgetaucht ist.

Gill, inzwischen wiedervereint mit seiner Familie, hat Krähenstein verlassen. Beide Familien erwartet eine beträchtliche Entschädigung.

Als man ihn nach seinem Verbleib in den letzten Monaten befragte, behauptete Heron, er sei auf einer unbekannten Insel gestrandet. Sein Bericht weist auffällige Parallelen zu einer lokalen Legende* auf [Fortsetzung auf den Seiten 7 & 8].

*Von Zwinkernden Hexen bis Sorsha Spellthorn: Eine magische Anthologie Krähensteins, S. 9.

»Habt ihr das gesehen?« Fliss schlug mit der Zeitung auf den Schanktisch des *Wildschütz*. Ihre Augen leuchteten vor Aufregung. »Das sind wir! Auf der Titelseite, wohlgemerkt!«

»Wo?«, fragte Charlie. Ihre Zöpfe hüpften auf und ab, als sie versuchte, die Wörter zu entziffern. »Wo steht da ›Widdershins‹? Ich kann das nicht sehen!«

»Es steht da auch nicht«, gab Fliss zu. »Granny hat darauf bestanden, dass die Zeitung unsere Namen nicht nennt, aber alle wissen, dass wir es sind.«

»Das ist ja auch kein Wunder, nachdem du und Vater jeden damit vollgequasselt habt, der es hören wollte«, bemerkte Betty und verschnürte eine weitere Kiste mit ihren Habseligkeiten.

»Ein Glück für uns, dass wir das getan haben«, sagte Fliss, aber sie rang sich ein verlegenes Lächeln ab. »Wir hätten ewig darauf warten können, dieses Haus zu verkaufen, wenn nicht so etwas Aufsehenerregendes passiert wäre. Wo ist jetzt die Kiste, die ich gerade packen wollte?«

»Ich glaube, Pfui sitzt drin«, sagte Charlie. »Ich bin gespannt, wie du sie da rausscheuchen willst.« Sie huschte die Treppe hinauf, und kurz darauf war von oben zu hören, wie sie die Tür des Vorratsschranks zuschlug. »Hat jemand die Marmelade eingepackt?«

»Nee!«, schrie Betty zurück. »Die hast du komplett verputzt!«

Dann war noch einmal Charlies Stimme zu hören: »Hat irgendjemand Hopsi gesehen?«

»Wie soll ihn denn jemand *sehen*«, rief Fliss die Treppe hinauf, »wenn du ihn doch immer wieder unsichtbar machst?«

Einen Augenblick war es still über ihnen, dann antwortete Charlie: »Ich hab ihn!«

Betty starrte aus dem Fenster in Richtung Nestleinpark. Von draußen waren laute Hammerschläge zu hören, als Vater mit Spits Hilfe das ZU VERKAUFEN-Schild durch ein neues ersetzte, auf dem das Wort VERKAUFT prangte. Zumindest sollte Spit Vater zur Hand gehen, aber Betty hatte ihn schon dreimal dabei erwischt, wie er Fliss durch das Fenster hindurch verträumte Blicke zuwarf.

»Meinst du, er bleibt auf Krähenstein?«, fragte Fliss.

»Solange er dich anschmachten kann, wird er das wohl«, sagte Betty und beobachtete Spit mit einem plötzlichen Gefühl der Zuneigung. »Wer weiß? Vielleicht könnte unsere sonderbare Sippschaft die Familie werden, die er immer vermisst hat.«

Neben dem Süßigkeitenladen der Hubbards entdeckte Betty eine ungeduldig wirkende Granny mit einem Korb über dem Arm, umringt von neugierigen Nachbarn, die weitere Klatschgeschichten aus ihr herausbekommen wollten.

»Manchmal denke ich, Charlie wusste von Anfang an

Bescheid«, fuhr Fliss fort, während sie ein Regal über der Theke abwischte. »Du weißt schon, über Willow und was ... was sie wirklich war.«

»Wie sollte sie, wenn doch nicht einmal Willow selbst es wusste?«, erinnerte Betty sich mit einem Schaudern. »Charlie behauptet, sie hat nichts geahnt.« Die Dielen im Obergeschoss knarrten, als Charlie weiter in der Küche herumtrappelte. »Sie sagt, sie hat nur gespürt, dass Willow Hilfe brauchte, aber ... unterschwellig hat sie es vielleicht *doch* gewusst.« Sie schüttelte den Kopf. »Charlie erschreckt so schnell nichts, so viel ist sicher.«

»Denkst du, Willow geht es gut?«, fragte Fliss.

Betty lächelte matt, doch der Gedanke, dass sie Willow höchstwahrscheinlich nie wiedersehen würden, versetzte ihr einen Stich. Sie hatten nicht einmal die Möglichkeit gehabt, sich richtig von ihr zu verabschieden, aber es war zumindest ein Trost zu wissen, dass sie wieder bei ihrer Familie war. »Ja, ich glaube, jetzt geht es ihr gut.« Betty überflog noch einmal den Zeitungsartikel, und ihr Blick blieb an dem Wort Entschädigung hängen. »Fliss?«, sagte sie leise. »Das Geld, das wir bekommen haben. Du glaubst doch nicht ...?«

Die Frage schwebte in der Luft wie eine Feder. Sie wussten beide, was Betty meinte.

»Fünfhundert Goldkrähen – das ist mehr Geld, als wir je hatten«, sagte Fliss und senkte die Stimme. (Diesen Teil der Geschichte hatten sie und Vater *nicht* herausposaunt.) »Und vermutlich je haben *werden*. Granny sagt, es ist Schweigegeld, aber es kommt mir schon ... viel vor.« Sie zögerte. »Ich weiß, ohne das, was passiert ist, hätten wir das Geld nie erhalten, aber es ist doch seltsam, dass wir dazu gekommen sind, nachdem ... nachdem wir auf der Insel waren.«

»Unermessliche Reichtümer«, flüsterte Betty. War ihr Reichtum das Werk der geheimnisvollen Insel? Das größte Vermögen, das sie je besessen hatte, waren ein paar Silberraben gewesen. Sie könnte wahrscheinlich an einer Hand abzählen, wie oft sie eine Goldkrähe auch nur *zu Gesicht bekommen* hatte. Jetzt hatten die Widdershins nicht nur die Chance, Krähenstein endgültig zu verlassen, sondern sie besaßen auch genügend Geld für einen Neuanfang.

»Ich weiß, Krähenstein ist ein düsterer Ort und so weiter«, sagte Fliss leise, »aber ich werde den *Wildschütz* vermissen. Auch wenn er noch so heruntergekommen ist, er ist unser Zuhause.« Ihre Augen fingen plötzlich an zu glänzen, und sie wandte den Blick ab.

Betty sah sich um. Sie musterte die gekehrten Kamine, die glänzenden Zapfhähne aus Messing und die zugigen Fenster und nickte. »Ich hab immer über all das hier geschimpft, aber ich werde es auch vermissen«, gab sie zu. »Aber eigentlich kommt es ja nicht darauf an, wo man ist, sondern mit wem man zusammen ist. Solange ich mit dir zusammen bin, mit Charlie, Granny und mit Vater, bin ich zu Hause. Sind wir alle zu Hause. Aber ein kleiner Teil von uns wird immer zum *Wildschütz* gehören.«

Was Betty meinte, waren natürlich die Erinnerungen, die für sie mit diesem Haus verbunden waren und die man nicht einfach mit einem Besen wegkehren oder mit etwas frischer Farbe übertünchen konnte. Die Blumen in dem Bierglas, das sie den neuen Besitzern auf die Theke gestellt hatten, würden irgendwann verwelken und weggeschmissen werden. Der Zettel, den Granny ihnen mit dem riesigen Schlüsselbund übergeben hatte, würde ganz hinten in einer Schublade landen. Doch es blieben andere Dinge von den Widdershins zurück, unsichtbar und unentdeckt, wie die Erinnerungen.

So wie eine seltsame alte Karte, die inmitten von Spinnweben unter einer Holzdiele versteckt lag, zusammen mit einer angelaufenen Münze. Vielleicht war sie einmal ein Teil eines alten Kinderspiels gewesen.

Vielleicht aber auch etwas ganz und gar anderes.

Danksagungen

Mein größter Dank geht an meine Lektorin, Lucy Rogers, die stets klug, geduldig und gerade streng genug ist. Manchmal denke ich, du kennst die Widdershins-Schwestern besser als ich. (Das war das anstrengendste Spiel von »Das Päckchen geht um« aller Zeiten.)

Danken möchte ich außerdem:

meiner Agentin, Julia Churchill, die – wie immer – großartig war, und dem tollen Team von A. M. Heath, die meine Widdershins auf so viele Reisen ins Ausland begleitet haben.

Laura Hough und Olivia Horrox für die absolut FANTASTISCHE Verkaufs- und Marketingarbeit und dem Rest des Kinderbuch-Teams bei Simon & Schuster UK sowie den Lektorinnen Jane Tait, Jenny Glenross und Leena Lane mit ihrem scharfsinnigen Blick für die wichtigen Einzelheiten.

Melissa Castrillón und Jenny Richards für ein weiteres

Traumcover zum Dahinschmelzen. Ich habe ja SO ein Glück.

Ein großer Dank geht an Tanya Lace, die Gewinnerin des Wettbewerbs zur Benennung des Schiffswracks. Dein Vorschlag ›*Der Magische Kompass*‹ war einfach **perfekt**!

Danke an Alan Milford, der mich freundlich und geduldig beraten hat, als es um Bootsbegriffe ging. Jegliche Fehler sind meine eigenen.

Unglaublich dankbar bin ich auch all den Buchhändlern, Lehrern, Bibliothekaren und Bloggern, die *Eine Prise Magie* (und meine weitere Arbeit) so unterstützt haben, insbesondere: Scott Evans, Gavin Hetherington, Liam Owens und Sue Chambers.

Sophie Anderson, Claire Barker and Emma Carroll: Ich kann euch nicht genug danken für eure zügige Lektüre und liebenswürdigen Worte.

Danke auch an meine Familie: Theresa für all das Jack-Sitting und die Cat-Chat-WhatsApp-Gruppe zum Ideenaustausch, für viele Vorschläge und täglichen Zuspruch, um nicht durchzudrehen.

Nicht zuletzt danke ich *euch*, meine Leser, die ihr den Irrlichtern gefolgt seid und mich auf diesem Abenteuer begleitet habt.

Team Widdershins!

Die Autorin

Michelle Harrison, geboren 1979, hat schon als Kind Bücher geliebt. Nach ihrem Studium arbeitete sie in einem Kinderbuchladen und einem Kinderbuchverlag. Inzwischen schreibt sie selbst Romane für junge Leserinnen und Leser. Mit ihrem Debüt *Elfenseele* gewann sie 2009 den Waterstone's Children's Book Prize. Michelle mag schwarze Katzen, und 13 ist ihre Glückszahl. Zusammen mit ihrem Sohn wohnt die Autorin in Essex (England).

Die Übersetzerin

Mareike Weber studierte Literatur- und Verlagswissenschaften in Bamberg, Edinburgh und Stirling (Schottland). Für Verlage auf beiden Seiten des Kanals hat sie zahlreiche Bücher begutachtet, vermittelt und übersetzt. Ihre besondere Leidenschaft gehörte dabei schon immer der Literatur für Kinder. Inzwischen lebt Mareike Weber mit ihrer Familie in Schottland, ist aber weiterhin in der deutschen Sprache zu Hause und übersetzt englische Kinder- und Jugendbücher.

Zum Donnerraben!
Charlie Widdershins' Krähenwissen

- Krähen gehören zur Familie der Rabenvögel (Corvidae), der Raben, Elstern, Dohlen und Saatkrähen zuzuordnen sind. Im Volksglauben sagt man ihnen oft nach, dass sie Unglück bringen.
- Krähen sind hochintelligent. Sie können sich Gesichter merken – und manchmal sind sie sogar nachtragend!
- Einige Vertreter der Rabenvögel – zum Beispiel Raben und Elstern – können ähnlich wie Papageien menschliche Sprache nachahmen.
- Von Krähen weiß man, dass sie als Dank für Futter und Fürsorge kleine Gaben wie Seeglas, Knöpfe und Perlen hinterlassen. Zu diesen Geschenken gehören manchmal auch tote Vogelküken und Krabbenbeine. IGITT!
- Eine Gruppe von Krähen nennt man auf Englisch »murder«, also »Mord«. Gruselig!

Granny Widdershins' abergläubische Ansichten:

- Aller schlimmen Dinge sind drei.
- Eine schwarze Katze, die deinen Weg kreuzt, bringt Glück (es sei denn, es ist Pfui).
- Rühre einen Topf oder eine Tasse nie *gegen* den Uhrzeigersinn um. Rühre immer *im* Uhrzeigersinn, in Richtung der Sonne.
- Ein Spinnennetz im Fenster ist ein Zeichen dafür, dass du zu Geld kommen wirst. Entferne es nicht, bis das Geld da ist (und pass auf, dass du der Spinne nichts zuleide tust)!
- Flicke nie ein Kleidungsstück, das du gerade trägst, denn das bringt Unglück. Außerdem weißt du nie, wo dich dann plötzlich eine Stecknadel pikst!

Krähen zählen

Eine für Marschnebel
Zwei für Sorgen
Drei für eine lange Reise am Morgen
Vier für Gefängnis
Fünf für Gesundheit
Sechs für den Galgen
Sieben für Wohlstand
Acht für Schiffswracks
Neun für Spaß
Zehn für Glück im Übermaß